ULLSTEIN

Das Buch

Ein mitreißender Thriller vor dem Hintergrund des organisierten Verbrechens: »Der Mitternachtsclub«, ein in Europa präzise funktionierendes Syndikat einflußreicher Wirtschaftsbosse, Banker und Politiker , versucht, unter der Führung des smarten Alexandre Ste-Germain, alias »Der Grabtänzer«, auch die amerikanische Wirtschaft unter Kontrolle zu bringen. Dazu ist ihm jedes noch so skrupellose Mittel recht: Drogenhandel, Kidnapping, Verleumdungen, Folter, Mord.
John Stefanovitch, Detective des New York Police Department, Spezialgebiet Rauschgiftdelikte, ist seit langem auf der Fährte des »Grabtänzers«. Er ist von einem grenzenlosen Rachebedürfnis erfüllt, da dieser seine Frau umgebracht und ihn selbst zum Krüppel geschossen hat. Mit Hilfe einer Journalistin gelingt es ihm, die Spuren zu verfolgen. Sie führen ihn – über getürkte Investmentgeschäfte und Drogendeals, den Verlust seines besten Freundes, Edelbordelle, den Sumpf der Kinderprostitution und Massenexekutionen in Trumps Plaza Hotel – zu Alexandre Ste-Germain und den Mitgliedern des legendären »Clubs«.

Der Autor

James Patterson ist Chef einer großen Werbeagentur in New York. Er wurde als Krimiautor mit dem begehrten Edgar Award ausgezeichnet.

Von James Patterson sind in unserem Hause bereits
erschienen:

Black Market
Die Toten aber wissen gar nichts
... denn zum Küssen sind sie da
Wer sich umdreht oder lacht
Morgen, Kinder, wird's was geben
Warte, warte nur ein Weilchen

James Patterson

Der Mitternachtsclub

Roman

Aus dem Amerikanischen
von Jürgen Abel

Ullstein

Ullstein Taschenbuchverlag 2001
Der Ullstein Taschenbuchverlag ist ein Unternehmen der
Econ Ullstein List Verlag GmbH & Co. KG, München

Titel der amerikanischen Originalausgabe: The Midnight Club
(Little, Brown and Company; Boston MA)
Übersetzung: Jürgen Abel
Umschlagkonzept: Lohmüller Werbeagentur GmbH & Co. KG, Berlin
Umschlaggestaltung: DYADEsign, Düsseldorf
Titelabbildung: Mauritius
Druck und Bindearbeiten: Elsnerdruck, Berlin
Printed in Germany
ISBN 3-548-25344-X

Für J., für P. und für N.,
die mir erzählt haben, wie es ist,
an den *Stuhl* gefesselt zu sein.

Für meine Mutter und meinen Vater,
Isabelle und Charles.

Inhalt

Prolog

Die Nacht des Bullen

Long Beach,
New York,
März 1986

Die Nacht, in der John Stefanovitch von den Kugeln des Mörders hingestreckt wurde, hätte nicht kälter sein können, die Sterne am klaren Winterhimmel hätten nicht heller funkeln können.

Kurz nach Mitternacht lief Stefanovitch die knackende, von einer dünnen Eisschicht überzogene Bretterpromenade am Strand von Long Beach entlang. Er summte »Surfer Girl« vor sich hin, eines von jenen albernen kleinen Liedern, die in Badeorten so populär sind. Normalerweise entlockten sie ihm ein Lächeln.

Stefanovitch bemühte sich, jede Einzelheit wahrzunehmen. Sein aufmerksamer Blick wanderte die stummen Häuser an der Uferstraße entlang. Der Grabtänzer war in der Nähe. Stefanovitch spürte es in seinen Knochen. Es war ein sechster Sinn, den er manchmal hatte, etwas, das an Hellsichtigkeit grenzte. Er spürte den Abschaum, hinter dem er seit knapp zwei Jahren her war, so nahe, daß seine Haut kribbelte.

Schließlich kam er wieder zur Florida Street, einer schäbigen Seitenstraße, wo er und seine Mitarbeiter sich verabredet hatten. Er war übrigens schon vor zehn Minuten hier gewesen, aber dann war er zur New York Avenue hinuntergegangen und die nostalgische alte Promenade entlangmarschiert, um einen klaren Kopf zu bekommen.

Das komplette Team von vierzehn Rauschgiftfahndern war be-

reits vollzählig versammelt. Es war ein gemeinsames Einsatzkommando der Polizei des Bezirks Nassau und der Stadt New York, handverlesen für die Jagd auf den Grabtänzer.
Stefanovitch begrüßte die Männer, klopfte Rücken in daunengefütterten Parkas, stellte die richtige kameradschaftliche Atmosphäre her. Er hatte keine Mühe, sich ins Team einzufügen, was für einen Lieutenant keineswegs normal war. Vielleicht lag es daran, daß er sich nie allzu wichtig gefunden und nie seinen Rang herausgekehrt hatte. Oder daran, daß er zynischer war und die Welt nicht so ernst nahm wie die Kriminalbeamten, die unter ihm arbeiteten.
Er trug einen stilechten schwarzen Ledermantel und ein graues Sweatshirt mit angesetzter Kapuze. Er war fast eins neunzig groß, und in dieser Kluft wirkte er stämmiger, massiger als sonst. Das Haar unter dem zerknautschten, schwarzen, breitkrempigen Filzhut war lang und braun und zerzaust. Die dunkelbraunen Augen blickten gewöhnlich kalt, bekamen aber etwas Herzliches, wenn er mit jemandem redete, der ihm sympathisch war. Manche sagten, Stefanovitch sehe aus wie ein eigenwilliger abgehalfterter Filmstar, und er fand den Vergleich gar nicht übel. Neuerdings schien die Welt von eigenwilligen abgehalfterten Filmstars regiert zu werden.
In der Florida Street, die von wenigen schwachen Straßenlaternen beleuchtet wurde, klappten Kofferraumdeckel hoch und machten dabei nur das leiseste Geräusch. Die Männer nahmen .357er Magnums heraus, mörderische Schrotflinten vom Kaliber .12, Polizeirevolver, die zur Standardausrüstung der Polizei des Bezirks Nassau und der Stadt New York gehörten, und prallgefüllte Patronentaschen. Die Häuser am Strand schienen sich vor dem bevorstehenden Angriff zu ducken.
Es ging um mehr Stoff als damals bei der berühmten French Connection. An die zweihundert Kilo; über anderthalb Millionen Schüsse für die zweihunderttausend Fixer von New York.
Sie zogen die Schlinge um Alexandre Ste-Germain zu, um das Tier, das Grabtänzer genannt wurde, den Mann, der Stefano-

vitchs Denken in den letzten zweiundzwanzig Monaten beherrscht hatte. Das war kein Zufall. Stefanovitch bekam regelmäßig die schwierigsten Drogenfälle der New Yorker Polizei. Er war seit einigen Jahren das As des Rauschgiftdezernats. Er gab sich nicht mit Routinefällen ab.
Stefanovitch wandte sich schließlich an seinen Stellvertreter, einen zwei Zentner schweren Beamten namens Bear Kupchek.
»Seid ihr soweit, Charlie Chan?« fragte er.
»Mhm. Kluger Mann betreten keine dunklen Gassen«, sagte Kupchek und grinste wie der dicke chinesische Fernsehbulle, dem er seinen Spitznamen verdankte.
»Laß den Scheiß, Charlie«, sagte Stefanovitch.

John und Anna Stefanovitch, Brooklyn Heights

Einige Stunden vorher waren Stefanovitch und seine Frau Anna essen gegangen. Er hatte sie in das elegante River Café eingeladen, das sich wie ein funkelndes Juwel unter die Brooklyn Bridge schmiegte. Nach dem Essen waren sie zu ihrem Mietshaus in Brooklyn zurückgegangen und hatten sich in die Schwimmhalle auf dem Dach gestohlen. Sie war prinzipiell ab neun Uhr geschlossen, aber Stefanovitch hatte einen Schlüssel. Er nahm einen Kassettenrecorder mit, und sie tanzten auf dem Dach, zuerst zu dem Blues von Robert Cray und dann zu den sentimentalen Melodien Laurindo Almeidas.
»Wir brechen das Gesetz, als dessen Hüter sie dich vereidigt haben«, flüsterte Anna an seiner Wange. Sie fühlte sich weich und warm an, und sie tanzte großartig zu langsamer Musik. Hingebungsvoll und sehr begehrenswert.
»Schlechtes Gesetz. Unmöglich, Verstöße zu ahnden«, flüsterte Stefanovitch zurück.
»Du bist mir ein schöner Polizist. Kein Respekt vor der Justiz.«
»Stimmt. Ich kenne zu viele von denen da oben.«
Er fing an, ihr Kleid aufzuknöpfen, das die Farbe ihrer grünen

Augen und ihrer goldblonden Haare annahm und sich unter seinen Fingern wie die weichste Seide anfühlte.
»Und jetzt versuchst du es mit obszöner Zurschaustellung?« Anna lächelte zärtlich.
»Das ist nur der Anfang. Ich hab' noch ein paar andere Delikte vor.«
Als sie sich ausgezogen hatten, schwammen sie ein paar Züge und ließen sich dann, nur von den blitzenden Sternen beleuchtet, unter dem Glasdach im lauen Wasser des Pools treiben.
Anna inspirierte Stefanovitch zu herrlich romantischen Dingen. Er war ein Meister unerwarteter Überraschungen geworden: Ein Dutzend Rosen wurden in der Schule abgegeben, in der Anna die vierte Klasse unterrichtete, er organisierte einen Wochenend-Skiausflug nach Stowe in Vermont, schenkte ihr goldgefaßte Perlmuttohrclips, die er bei Saks in der Fifth Avenue gekauft hatte – er hatte eine volle Stunde gebraucht, um sie auszuwählen.
An der tiefen Seite des Beckens griff er nach ihr und zog sie an sich. Ihre Augen blickten warm und intelligent – es waren umwerfende Augen. Ihr Körper schien im Licht des Mondes wie von einer glänzenden Schicht bedeckt. Sie war ein Traumbild, das er schon als Schuljunge gehabt hatte. Sie waren wie füreinander geschaffen.
»Manchmal kann ich nicht glauben, wie sehr ich dich liebe«, flüsterte er stockend wegen der ungewohnten Worte. »Anna, ich liebe dich mehr als alles andere zusammen. Ohne dich wäre ich verloren. Traurig, aber wahr.«
»So traurig finde ich das gar nicht, Stef.«
Sie liebten sich in dem stillen blaugrünen Wasser des Pools, zuerst zärtlich, dann mit wachsender Leidenschaft. Es war der kälteste März seit Jahren.
John Stefanovitch war in dem Moment ganz sicher, daß er alles hatte, was er vom Leben erwartete. Und Ste-Germain würde das Tüpfelchen auf dem i sein.

Der Grabtänzer, Long Beach, New York

Alexandre Ste-Germain war bis nach Mitternacht bei einer mondänen Party in einem Penthaus in der Fifth Avenue gewesen. Die Gäste waren meist Investmentbanker und andere Mächtige aus Wall Street, ihre Frauen waren attraktive junge Raubtiere. Eine sehr gute schwarze Band spielte, die in dieser Umgebung besonders fehl am Platz wirkte.
Ste-Germain paßte sehr gut hierher. Er war gewandter und geistreicher als die Banker, ein wohlhabender und angesehener europäischer Kapitalanleger, der über unbegrenztes Kapital zu verfügen schien.
Jetzt näherte sich der Grabtänzer in einem dunkelblauen Sportwagen den Häusern von Long Beach. Er war überaus zufrieden mit den letzten beiden Wochen. Er hatte eine Strategie entwikkelt, die das Gesicht des organisierten Verbrechens von Grund auf ändern würde. Er hatte finanziellen Rückhalt in New York und im Ausland. Er mußte nur dafür sorgen, daß in den nächsten paar entscheidenden Monaten nichts schiefging.
Dieser verdammte Kerl, der mir neuerdings immer wieder in die Quere kommt, dachte Ste-Germain, als er die Brücke zur Uferstraße überquerte. Ein Bulle namens Stefanovitch hatte beschlossen, ihm das Leben in Amerika schwer, wenn nicht unmöglich zu machen. Er war ein Meister darin, anderen Steine in den Weg zu legen. Er war hartnäckig und schlauer als die meisten Polizisten. Er hatte bereits mehr Scherereien und Schwierigkeiten gemacht, als Ste-Germain es zulassen durfte. Er war Ste-Germain zweimal nach Europa gefolgt. Er hatte seine Wohnung in Central Park West überwachen lassen. Eines Abends war er Ste-Germain sogar in das Restaurant Le Cirque gefolgt und hatte den Besitzer, Sirio Maccioni, praktisch ins Verhör genommen.
Das Verlangen, Unmögliches zu versuchen, gegen den Wind anzurennen, schien zum amerikanischen Nationalcharakter zu gehören. Ste-Germain hatte Anfang der siebziger Jahre in Süd-

ostasien zugesehen, wie sie kläglich scheiterten, und er würde jetzt in New York wieder zusehen, wie sie Schiffbruch erlitten. Stefanovitch forderte ihn heraus, und das konnte er nicht dulden.
Dann war er endlich in Long Beach und lenkte den Sportwagen zum Treffpunkt. Er mußte heute nacht eine wichtige Lektion erteilen.

Stefanovitch, Long Beach, New York

Vierzehn Kriminalbeamte von der Polizei des Bezirks Nassau und der Stadt New York schritten auf beiden Seiten der Oceanview Street in Long Beach in loser Formation hintereinander her. Sie gingen an den vierzig Jahre alten Holzhäusern und den irischen Kneipen der schmalen Straße vorbei. Dann und wann passierten sie Pizzabuden oder altersschwache Souvenirläden, die den Winter über mit Brettern vernagelt waren.
»Ich könnte jetzt eine Pizza brauchen«, brummte Bear Kupchek. »Mit Peperoni und Zwiebeln und viel Käse.«
»Und ich könnte einen Partner brauchen, der seine fünf Sinne beisammen hat«, flüsterte John Stefanovitch zurück.
Sie gingen weiter, bis sie eine noch schmalere Straße, die Louisiana Street, erreichten. Hier sah man nur noch parkende Autos, meist alte Kisten, ebenso hinfällig wie die feuchten Strandbungalows.
Am anderen Ende der Louisiana bogen die Polizisten um eine scharfe Kurve, hinter der sich die Straße in einem sehr stumpfen Winkel gabelte. An den beiden Enden der Gabelung standen große Strandhäuser – wie bullige Wachposten.
Stefanovitch wußte alles über Alexandre Ste-Germain: daß er momentan der Drogenkönig in Europa war, daß er in manchen Teilen der Welt auch als Geschäftsmann bekannt war, als seriöser Finanzier und Kapitalanleger, was es um so schwieriger machte, ihn zu erwischen. Stefanovitch wußte, daß Ste-Germain und seine Organisation gerade einen sehr erfolgreichen Vorstoß in

die Vereinigten Staaten machten und daß Ste-Germain ein kompliziertes und höchst effizientes Netz geknüpft und geleitet hatte, um das organisierte Verbrechen, das Gesetz der Straße, in Europa zu kontrollieren. Das Gesetz der Straße galt für Verbrecher wie für Polizisten. Es gab strenge Regeln, und jedermann kannte sie. Rivalisierende Gangsterbosse, aber auch Kriminalbeamte, Staatsanwälte, sogar Richter, die Ste-Germains Netz bedrohten, wurden gnadenlos bestraft. Mord und sadistische Folter waren die gewöhnliche Form der Vergeltung. Racheakte gegen Freunde und Angehörige waren an der Tagesordnung. Alexandre Ste-Germain sagte, er weigere sich, nach den Regeln der Schwachen zu leben. Heute abend verstießen Stefanovitch und seine Rauschgiftfahnder gegen das Gesetz der Straße. Sie wollten einen Schlag gegen ein wichtiges Drogenzentrum Ste-Germains in den Vereinigten Staaten ausführen.

Stefanovitch blickte plötzlich zum linken Ende der Sackgasse. Die Lichter in dem Haus, das dort stand, waren gelöscht worden.

»Da, links. Habt ihr gesehen?« Bear Kupchek zeigte hin.

Stefanovitch und die anderen blieben ebenfalls stehen, als wären ihre Beine mitten im Schritt paralysiert.

Der Wind blies mit einem leisen, fast unheilvollen Zischen vom Meer her.

»Was hat das zu bedeuten?« flüsterte Kupchek. »Ich hoffe, da ist nur jemand spät zu Bett gegangen.«

»Ich weiß nicht. Paßt auf.« Stefanovitch hob langsam seine Remington. Er hatte ein scheußliches Gefühl in der Magengrube, den Beginn eines Adrenalinschubs.

Der durch die kahlen Bäume scheinende Mond warf ein bizarres schwarzes Muster auf die Gruppe.

»He, Bullen! Wir haben hier eine Überraschung für euch«, tönte plötzlich eine Stimme aus dem Dunkel.

»He, hier drüben!«

Vom anderen Ende der Straße klangen andere heisere Stimmen. Dort mußten sich mehrere Männer versteckt haben.

»Nein! Hier, ihr Arschlöcher.«
Grelle Scheinwerfer blitzten auf. Weiße Lichtbalken schossen in alle Richtungen und schnitten einander.
Dann detonierte auf beiden Seiten der Straße schweres Gewehrfeuer, ein tödliches Konzert von Schüssen und blendendem Licht begann.
»Runter, alle Mann runter!« schrie Stefanovitch, während er entsicherte und seine Flinte leer pumpte und wahrnahm, daß sein Körper wie ein Automat reagierte.
»Runter«, rief er, während er auf die grellen Lichter feuerte. »Alle Mann runter!«
Die Straße war eine flammende und krachende Hölle. Polizisten schrien und fluchten. Stefanovitch ließ sich endlich auf den Bauch fallen. Er rang nach Luft. Ein Gedanke an Anna durchfuhr ihn blitzartig: der Gedanke, sie nie wiederzusehen. Er preßte sich der Länge nach auf den eiskalten Beton. Er konnte nicht sagen, ob er getroffen war oder nicht. Er wußte es wirklich nicht. Ein Gestank von Motoröl und Benzin stieg ihm in die Nase.
Er robbte unter das hintere Ende eines geparkten Autos. Er schrammte sich dabei Hände und Knie auf. Wo, zum Teufel, blieb das Verstärkungsteam? Was konnte er jetzt machen?
Er schaffte es bis zu einem zweiten parkenden Wagen. Er knallte mit dem Kopf unter das Fahrgestell. Er fluchte. Seine Lungen schmerzten furchtbar. Die Maschinenpistolen feuerten weiter.
Er lag einen Moment unter einem dritten Auto. Er fragte sich, ob er hier bleiben sollte. Das Chassis war so tief, daß sein Gesicht über das Pflaster scheuerte. Er schrie innerlich.
Dicht hinter dem dritten Auto, fast Stoßstange an Stoßstange, parkte ein viertes. Er horchte angestrengt auf das Heulen näher kommender Polizeisirenen.
Nichts. Kein Mensch in der Nachbarschaft hatte die Polizei alarmiert.
Er robbte weiter von einem Auto zum nächsten. Fort von den Killern und dem Gemetzel. Wußten sie, wo er war? Hatte ihn jemand gesehen?

Er hörte auf zu zählen, unter wie vielen Autos er hindurchgekrochen war. Sein Körper war taub vor Kälte.
Das letzte Auto stand an der Ecke Oceanview Street. Die Stimmen der Angreifer verklangen hinter ihm. Er mußte einmal durchatmen, ehe er aufstand und zu laufen versuchte.
Schließlich verließ Stefanovitch den Schutz des letzten Autos und stemmte sich hoch. Er sprintete, so schnell er konnte, nach links. Sein Körper war taub und von eiskaltem Schweiß bedeckt und fühlte sich an, als ob er einem Fremden gehörte, unheimlich. Aber er rannte, und niemand würde ihn kriegen. Er lief im Zickzack und kam sich vor wie ein aus seinem engen Silo freigelassenes Raketengeschoß.
Alles war unwirklich. So wie jetzt hatten seine Füße noch nie das Pflaster berührt. Sein Atem ging stoßweise, und bei jedem Atemzug durchfuhr ihn ein Stechen.
Einfach weiterlaufen. Es war wie ein Gedanke von außen, an dem er sich festklammerte. Er war das einzige, was zählte.
Endlich erblickte Stefanovitch die Seitenstraße, wo er und seine Männer ihre Autos geparkt hatten. Die Wagen, Mustangs und Camaros, Stingrays und BMWs, waren stumm und leer. Sie schienen ihn mit blinden Scheinwerferaugen anzuglotzen.
Er lief um die Ecke auf die Florida Street. Er sah seinen schwarzen Transporter. *Hilfe alarmieren,* schrie es in seinem Kopf.
Er langte im Laufen in die Tasche und holte die Schlüssel heraus. Endlich heulte in der Ferne eine Sirene.
Seine schweißgetränkten Sachen klebten eisig an seiner Haut. Von seinen Haaren troff Wasser.
Als er noch fünf Meter vom Transporter entfernt war, knallte ein Schuß. Er ging genau hinter ihm los. Die Explosion hallte in seinem Schädel wider und schien sein Innerstes zu zerreißen.
Die erste Kugel durchschlug seine rechte Seite. Es schien so einfach, zu denken und zu sagen: *in die Seite getroffen.*
Die erste Kugel riß John Stefanovitch herum wie einen schleudernden Lastwagen, so mühelos, wie ein erwachsener Mensch ein kleines Kind herumreißen kann.

Das zweite Geschoß folgte dem ersten fast unmittelbar. Es zersplitterte die Wirbel an der linken Seite seines Rückgrats. Ein schartiger Knochen brach durch das Fleisch – wie ein Gehörn an der Wand.
Das Projektil prallte von den Knochen ab und suchte sich buchstäblich einen Weg durch seinen Körper wie ein Unterwasserobjekt. Dann trat es, ein scheußliches schwarzes Loch hinterlassend, aus seiner linken Seite aus.
In den Rücken getroffen.
Stefanovitch lag mit dem Gesicht nach unten, halb auf der Straße und halb auf dem sandigen, vereisten Bürgersteig.
Seine Augen waren naß, als ob er weinte. Er wollte fortkriechen, etwas tun, aber er konnte sich keinen Zentimeter weiterbewegen. Endlich trat der verborgene Schütze aus dem Schatten. Er näherte sich, blieb neben dem hingestreckten Körper stehen, starrte einen langen Moment auf ihn hinunter.
Stefanovitch konnte den Atem des Mannes, seine unheimliche Gelassenheit hören... Er konnte genau hören, was der Schütze tat. Plötzlich war in seinem Verstand alles klar und deutlich. Er stand im Begriff, seine eigene Ermordung mitzuerleben!
Er hörte tatsächlich, wie der Killer eine dritte Patrone durchlud. Er hörte, wie er für eine lange, atemlose Sekunde innehielt, und dann hörte er, wie er wieder feuerte.
Eine letzte Kugel – genau in Stefanovitchs Rücken.
Dann entfernte sich der Grabtänzer von dem Mann, der sich angemaßt hatte, ihm das Handwerk zu legen.

Alexandre Ste-Germain, Brooklyn Heights

Alexandre Ste-Germain fuhr einen nachtblauen Porsche Carrera mit Turbolader. Die rötliche Instrumentenbeleuchtung ließ die schwarze Lederausstattung matt schimmern. Das einzige Geräusch kam von den breiten Reifen, ein Geräusch, wie wenn man Heftpflaster von einer unebenen Fläche abzieht.

Lektionen, dachte er, während er zur Stadt zurückfuhr. Die Welt brauchte konkrete Lektionen, vor allem jedoch der Bulle, der hinter ihm hergewesen war und ihn seit zwei Jahren stur verfolgt hatte.

Das Mietshaus, vor dem Ste-Germain schließlich parkte, wirkte fehl am Platz. Es bestand aus verblichenen roten Backsteinen und hatte neunzehn oder zwanzig Geschosse. Es war eines der Häuser, aus denen die in den oberen Stockwerken wohnenden Mütter Kleingeld in Alufolie wickeln und es ihren kleinen Kindern hinunterwerfen, damit sie sich ein Eis kaufen können.

Der Grabtänzer betrat das Haus hinter einer Schwarzen, die, nach dem unter ihrem Mantel hervorlugenden weißen Kittel und ihren Gesundheitsschuhen zu urteilen, eine Krankenschwester oder Pflegerin war. Der Korridor des Stockwerks, wo er den Fahrstuhl verließ, glich allen anderen Hausfluren des Gebäudes. Ein muffiger Geruch von Essen. Ein Knacken in der Heizung. Wände in Anstaltsblau gestrichen, ein abgetretener blauer und schwarzer Läufer.

Alexandre Ste-Germain klingelte an Wohnung 9 B. Er klingelte beharrlich, insgesamt neunmal.

Endlich kam von drinnen eine sehr dumpf und fern klingende Frauenstimme: »Ja, sofort. Ich komm' ja schon. Wer ist da?«

Die dunkelblaue Tür von Wohnung 9 B wurde geöffnet. Anna Stefanovitch blickte vollkommen verständnislos.

»Stef ist was passiert«, sagte sie dann. Eine Feststellung, keine Frage.

»Ja. Und jetzt wird *Ihnen* was passieren.«

Sie spürte keinen Schmerz. Aber sie *hörte* den ploppenden, schallgedämpften Schuß, der aus weniger als einem Meter Entfernung abgegeben wurde. Sie sah den grellen Blitz, der den Korridor für einen Sekundenbruchteil in Weiß tauchte, fast wie das Blitzlicht einer Kamera. Anna Stefanovitch war tot, ehe sie auf den Dielenboden prallte.

Alexandre Ste-Germain, der Grabtänzer, verließ das Mietshaus genauso unbefangen, wie er es betreten hatte.

Erster Teil

Der Grabtänzer

Isiah Parker,
125. Straße

Orange Julius, der Kiosk an der Ecke 125. Straße und Frederick Douglass Boulevard, war den vielen anderen Geschäften des Viertels zumindest in einer Hinsicht überlegen – er bot einen ungehinderten Blick auf die Straße, einen Blick auf die lebhafte Nachbarschaft, die sich stetig änderte. Oder vielmehr herunterkam: zum Beispiel die mit Brettern vernagelten und verlassenen Gebäude wie Blumstein's, das letzte Warenhaus von Harlem und der Filmpalast Loew's Victoria, die nun beide geschlossen waren. Das Hotel Teresa, wo Fidel Castro abgestiegen war, als er New York besucht hatte, war nun ein Bürohaus. Das Apollo, wo Count Basie und Bessie Smith, Bill Eckstein und Duke Ellington aufgetreten waren, war geschlossen worden, wurde inzwischen aber wieder bespielt – für wie lange?

Isiah Parker stand hinter der grellfarbenen Theke des Orange Julius. Er polierte sie pflichtbewußt auf Hochglanz, während er das faszinierende Panorama der 125. Straße betrachtete, das vor ihm lag. Er dachte auf einmal, daß Verwahrlosung und Niedergang eigentlich sehr interessant seien, obgleich er nicht wußte, warum.

Er hörte, wie der Boß des Getränkekiosks seinen Namen rief. »He, Mann, bist du taub oder was? Zwei Banana-Julius, aber dalli.«

Isiah Parker war nicht taub, im Gegenteil. Er hatte in letzter

Zeit festgestellt, daß er Ohren hatte wie ein Wolf. Oder wie die Baseball- und Footballspieler, deren Gehör die persönlichen Beleidigungen aus dem Gejohle von den Tribünen herauszufiltern und zu verstärken schien. Parker dachte kurz daran, das Gesicht des Besitzers in einen Orange-Julius-Spezialmix zu verwandeln. Er überlegte es sich jedoch anders, wenigstens für den Moment.

»Ja, Sir, zwei Julies, schon in der Mache«, knurrte er in die Richtung, wo sein Boß stand.

»Zwei Banana-Julius.«

»Ja, Sir, zwei *Banana*-Julius, sind sofort da.«

Er hatte die ganze Zeit nicht aufgehört, die Straße zu beobachten. Er beobachtete insbesondere die altersschwachen Hochgleise der New York Central Railroad. Seit fast einer Woche hatte er auf diesen Augenblick gewartet, und nun war er nicht sicher, worauf er achten sollte. Also beobachtete er einfach *alles,* während er die Julies machte; zerstoßenes Eis, frische Bananen und die Spezialmixtur der Kette, zu der der Kiosk gehörte, ein süß-saures Pulver, das seiner Meinung nach widerlich schmeckte.

Dann war Isiah Parker auf einmal sicher, worauf er achten mußte. Die beiden Dealer blickten sich kurz um, und er sah die Transaktion. Er sah, wie es drüben einen Sekundenbruchteil lang grün aufblitzte – ein Dollarschein.

»He, du, Parker. *Parker!*« hörte er wieder.

»He, du, Mann!« rief Parker zurück. »Halt's Maul. Du sollst das Maul halten, verstehst du?«

Dem Leuteschinder neben ihm blieb tatsächlich die Spucke weg, vielleicht zum erstenmal in seinem Leben. Irgend etwas in Parkers Gesicht sagte, daß er viel gefährlicher war, als eine normale Hilfskraft sein sollte.

Isiah Parker schnellte plötzlich hoch und sprang über die Theke. Sein Körper war katzenhaft gespannt. Die Penner und Müßiggänger, die wie üblich im Getränkekiosk herumlungerten, blickten auf, als er aus den verschrammten Plexitüren sauste. Er hatte

einen Revolver vom Kaliber .22 in der Hand, dessen Mündung schräg nach oben gerichtet war, zum Himmel und zu den Dachgesimsen der Häuser auf der anderen Straßenseite.
Einer der dort stehenden Kokaindealer hatte ihn bereits gesehen. Verdammt, dachte Parker.
Der Dealer und sein Kollege sprinteten den Frederick Douglass Boulevard hinunter. Dann rannten sie die 125. Straße in östlicher Richtung entlang.
Ein Taxi hupte ihn zornig an. Parker haute mit der flachen Hand auf die gelbe Kühlerhaube. *Laß dich nie auf der Straße anmachen*, lautete die Lektion, die er vor langer Zeit in Harlem gelernt hatte. Dann lief Parker, so schnell er konnte. Er rannte wie ein vollgepumpter Junkie oder wie ein Dieb. Er tat das, was er früher mal, zu einer anderen Zeit und an einem anderen Ort, so gern getan hatte. Das, was er so gut konnte, daß er von einem College in Texas ein Stipendium bekommen hatte, nur damit er im Leichtathletikteam mitmachte. Auf dem College hatte er gelernt, seinen Zorn ein wenig zu kontrollieren, ihn zumindest besser zu kaschieren und nicht mit Worten preiszugeben.
Er konnte mit seinen fünfunddreißig Jahren immer noch laufen. Vielleicht nicht mehr so gut, um die hundert Meter zu gewinnen, aber schneller als zwei erbärmliche Drogenpusher, die eben versucht hatten, ein paar Vierzehnjährigen in der 125. Straße eine Tüte Schnee zu verkaufen. Schneller als zwei miese Strolche, die sich ohne Achtung vor irgend etwas oder irgend jemandem in Harlem nach Opfern umsahen. Als ob die Menschen hier nicht zählten, als ob es nur darauf ankam, an all dem Elend, dem Bedürfnis nach einem kleinen Hoffnungsschimmer und einer kurzen und schmerzlosen Flucht aus dem Alltag ein paar Dollar zu verdienen.
Parker fing an zu lächeln, während er weiterlief. Von wegen schmerzlose Flucht. Einer der Dealer mußte sich einen Muskel gezerrt haben, denn er fing an zu humpeln und langte an seinen linken Oberschenkel. *Das* war wirklich ein guter Witz.
Er ließ sich von Isiah Parker einholen, als wartete er darauf, beim

Staffellauf den Stab in die Hand zu kriegen. Isiah Parker knallte ihm im Vorbeirennen den Kolben auf den Schädel. Der Dealer plumpste in einen Haufen bunter Fummel im Rinnstein.
Parker war fast sicher, daß der andere Dealer Pedro Cruz war, ein Typ aus Kolumbien, der die Gegend hier seit ein paar Monaten unsicher machte. Pedro Cruz konnte wirklich rennen. Wie um diese Tatsache zu unterstreichen, explodierte in Parkers Brust ein Feuer. Seine Schenkel fingen an zu brennen. Sein Herz klopfte bis zum Hals, und sein Kopf schien zu platzen. Schon acht Blocks. Los, Mann, werd endlich müde ...
Einige Leute, die in der 125. Straße standen, erkannten Parker. Isiah Parker wohnte schon lange in dem Viertel. Eine Menge Leute kannten Isiah. Noch mehr hatten seinen Bruder Marcus gekannt. Aber trotzdem würde kein Mensch den miesen Dealer aufhalten, hinter dem er her war. Wenn man in Harlem einen lateinamerikanisch aussehenden Burschen aufhielt, konnte man mit einem Messer in der Seite aufwachen oder Schlimmeres.
Außerdem waren Verfolgungsjagden eine willkommene Abwechslung an einem Sommernachmittag, an dem sonst nichts los war, besser als ein Film mit Sylvester Stallone im Loew's-Kino.
Die 125. Straße sah aus wie ein Friedhof für ramponierte alte Plymouths, Chevrolets, Fords. Ein paar Halbidioten applaudierten dem Wettlauf, den sie als angenehme Abwechslung betrachteten. Warum er stattfand, schien sie nicht zu interessieren.
Endlich hatte Parker den kolumbianischen Dealer eingeholt. Er blickte ihn von der Seite an, als wollte er an ihm vorbeilaufen, statt ihn festzunehmen. Es war tatsächlich Pedro Cruz. Der bärtige kolumbianische Pusher dachte gar nicht daran, ihn entsetzt anzustarren. Er überlegte nur, wie er es anstellen sollte, seine Kanone rauszuholen und gleichzeitig mit Höchstgeschwindigkeit weiterzulaufen.
Seine rechte Hand langte krampfhaft in die flatternde Nylonweste, die er über seiner nackten braunen Brust trug.
Parker ließ ihn jetzt einen Schritt hinter sich. Dann schien er plötzlich in Zeit und Raum umzukehren ...

Sein Arm sauste hoch, knickte ein und erwischte den Drogendealer mit voller Wucht am Kinn.
Cruz führte einen komplizierten Purzelbaum aus, ehe er an einem alten Sturmzaun landete, der viele große Löcher hatte, damit jeder, der wollte, den kleinen Vorgarten betreten und wieder verlassen konnte.
Isiah Parker freute sich, daß er den Dealer nicht angeschossen oder sogar erschossen hatte. Er zog seinen .22er Revolver und zeigte damit zu dem Hausmeister hoch, der sich an die Verandabrüstung eines nahen Reihenhauses lümmelte und interessiert zuschaute. Der Mann zuckte zusammen und wollte sich dünne machen.
»Ich bin Polizeibeamter...«, sagte Parker keuchend. »Rufen Sie das 19. Revier an...«
Der Hausmeister grinste, als hätte er soeben im Lotto gewonnen. Er schlurfte ins Haus und rief die Polizei an. Er sah gern eine gute Verfolgungsjagd in *Miami Vice* oder auch genau vor seinem Haus auf der Straße. Wenigstens dafür war Harlem immer noch ein guter Platz.

Um drei Uhr nachmittags hatte Isiah Parker, Zivilbulle der New Yorker Polizei, immer noch das T-Shirt mit dem Aufdruck Orange Julius und die fleckige lange Schürze vom Kiosk an. Aber seine Ledermütze hatte er irgendwo unterwegs verloren, ein Jammer, denn es war eine schöne Mütze gewesen.
In der sonderbaren Kluft sah er aus wie irgendein x-beliebiger kleiner New Yorker Arbeiter. Sie gab ihm das Gefühl, ein Teil der schäbigen Nachbarschaft zu sein; welche Nachbarschaft es war, spielte keine große Rolle. Diese hier war in Harlem-Süd, zwischen Broadway und West End Avenue. Parker stand an der Ecke, lutschte an einem orangefarbenen Eislolly und musterte den Schauplatz. Er registrierte Kleinigkeiten, die er heute abend, an diesem Abend der Rache, wissen mußte.
Endlich ging Isiah Parker zurück zum 19. Revier in Harlem, wo er noch bis halb fünf Dienst hatte.

Mitternacht,
99. Straße
West

Die Luft war stickig heiß geworden, fast faulig. Einige Häuserblocks weiter an der südlichen Grenze Harlems schliefen die Leute auf den Austritten der Feuerleitern und auf den Flachdächern der Mietshäuser.

In der 99. Straße, auf halber Höhe zwischen Riverside Drive und West End Avenue, parkte ein zerbeulter schwarzer Ford Escort. In dem unbeleuchteten Wagen saßen drei Männer, die offenbar auf etwas warteten.

Um zwanzig nach zwölf wurden sie für ihre Ausdauer und Geduld belohnt.

»Das sind sie. Sie sind da. Blauer Mercedes«, sagte einer von ihnen, Jimmy Burke, leise. Er saß am Steuer und richtete sich jetzt kerzengerade auf. Er zeigte die 99. Straße hinunter auf ein Stadthaus, das die Männer im Escort unter der Bezeichnung *Allure* kannten.

Das viergeschossige Stadthaus wurde von den höheren und protzigeren, vor dem Krieg errichteten Apartmenthäusern überragt. Es wirkte zurückhaltend und unauffällig, und seine Lage in der Mitte des Blocks erlaubte Besuchern, es so gut wie unbemerkt zu betreten und zu verlassen.

Vor dem Haus, das eine diskrete Vornehmheit ausstrahlte, hatte ein verlängerter dunkelblauer Mercedes gehalten. Eine steile Eingangstreppe aus grauem Stein führte zu der von alten Gaslaternen beleuchteten doppelten Eichentür.

Zwei Männer in dunklen Geschäftsanzügen stiegen aus der verlängerten Limousine. Sie schauten sich aufmerksam um, ehe sie einen dritten aussteigen ließen.
»Zwei Soldaten ... Ein Fahrer. Er reist mit verdammt leichtem Gepäck.«
Einer der Männer in dem Wagen hatte sich quer über die hintere Sitzbank gelümmelt. Isiah Parker beugte sich vor.
Er hatte kurzgeschnittene schwarze Haare und ein markantes, gutgeschnittenes Gesicht. Sein sehniger Körper ließ viele vermuten, daß er Berufssportler war, aber Parker hätte gesagt, daß es eher seine Hautfarbe als sein Körper war, die manche auf den Gedanken brachte, daß er vielleicht mal Basketball gespielt hatte.
»Wir geben den Schuften ungefähr eine Stunde, damit sie es sich gemütlich machen und entspannen können«, sagte Parker gelassen. »Dann gehen wir rein. Warum machst du nicht das Radio an, Jimmy? Die Brüder in der 99. Straße würden gern etwas Musik hören. Ba-da-da, ba-da-da. Wenn schon, dann richtig.«

Alexandre Ste-Germain, Allure

Alexandre Ste-Germain war ganz oben angekommen, und er wußte es. Wie viele andere Männer hatten es in einer Branche geschafft, und wie viele sogar in zweien? Wie viele hatten Zugang zu den Direktionszimmern in Wall Street und zu den Villen der Mafiagrößen Anthony (Joe Batters) Accardo und Carmine Persico?
Ste-Germain war sich allerdings bewußt, wie gefährlich persönliche Eitelkeit sein konnte. Er hatte wieder und wieder gesehen, wohin sie führt. Dennoch, er wußte, daß er schlauer war als andere Männer. Er hatte mehr gelesen, er hatte weit mehr Erfahrungen gemacht. Er hatte an der Sorbonne studiert, Wirtschaftswissenschaft und Biologie. Ihm war jedoch die harte Schule der Straße lieber.

Als er zweiundzwanzig war, hatten sie ihn in Marseille nur »Mercedes« genannt. Wie die Automarke, aber jeder in der Unterwelt wußte, wer damit gemeint war. Schon damals hatte er eine besondere Begabung gehabt, die ihm erlaubte, im Hafen Rauschgift zu kaufen und zu verkaufen und sich anschließend mit den Reichen auf ihren Luxusjachten zu amüsieren. Alexandre Ste-Germain hatte Stil, er sah ungewöhnlich gut aus, und er hatte jede Menge Charme. Er hatte gelernt, diese Qualitäten zu nutzen, um überall auf der Welt ein Entree zu haben.
In Tripolis hieß er der Schlächter, der wichtigste Kontaktmann für Waffengeschäfte mit Syrien und Libyen, an den sich Mörder wandten, die bereit waren, den Preis für erste Qualität und zuverlässigen Service zu bezahlen.
Nun nannten die Polizeibehörden ihn den Grabtänzer. Er war ein Mann mit vielen verschiedenen Gesichtern, vielen Namen, vielen Lebensstilen.

Das ist also das Allure, dachte Ste-Germain, während er durch die geräumige Diele in das Wohnzimmer im Erdgeschoß ging. Er lächelte, als er den luxuriös ausgestatteten Club in der 99. Straße West betrachtete. Schwere geschnitzte Flügeltüren. Elegante Marmorböden. Ein de Kooning, ein Pissarro, ein Klee. Ein Musikzimmer mit einem Steinway-Flügel, das in ein Solarium mit tropischen Pflanzen führte.
Die Einrichtung war eklektisch. Hier und da ein wenig Artdeco. Ein wenig italienische Renaissance. Ein paar französische Akzente – wie die Louis-XVI.-Anrichte im Flur und einige galante Stiche. Es gab eine Bar mit Kristallkaraffen, mehreren Flaschen Taittinger, Meursault, frischen Limonaden und Zitronen, Eis, das wie Diamanten blitzte. Ein langer Anrichtetisch war mit Moosrosen und anderen Blumen geschmückt. Und überall standen und saßen die attraktivsten Frauen und Knaben. Sie erinnerten ihn an Models und Mannequins bei einer Pariser Modeschau. Sie sagten zurückhaltend guten Abend und neigten

affektiert den Kopf. Einige waren auffallend geschminkt, hatten ihre Gesichter bemalt wie raubgierige urbane Wilde.
Hier waren einige der angesehensten Männer der Welt Kunden, das wußte er. Die übertriebene Eleganz sollte ihrem Reichtum und ihrem mutmaßlichen Geschmack entsprechen oder vielleicht die Schuldgefühle neureicher Amerikaner dämpfen, die Wahrheit kaschieren, daß dies nichts anderes war als ein enorm teures Bordell, vielleicht eines der besten der Welt.
Er wurde von einem großgewachsenen schwarzen Model begleitet, das ihn nun unterhakte und die Mahagonitreppe zum ersten Stock hinaufführte. Ein wunderschön bedruckter Läufer zierte die Stufen. Das Model war schlank und langbeinig, in jeder Hinsicht Klasse.
Er wurde sich bewußt, daß er ein bißchen gespannt war, und fragte sich, welche Überraschungen sie wohl für ihn vorbereitet haben mochten.
Alexandre Ste-Germain stieß die Eichentür zum Schlafzimmer im ersten Stock auf. Die Frau neben ihm war geräuschlos verschwunden.
Die beiden Frauen in der Schlafzimmersuite vom Allure waren hinreißend, viel besser als seine Begleiterin oder irgendeines der Geschöpfe, die er unten gesehen hatte. Beide waren jung, beide wirkten wie die Verkörperung des unschuldigen großäugigen amerikanischen Mädchens, obgleich beide Callgirls waren.
Bis jetzt ganz gut. Sogar sehr gut.
»*Je m'appelle Kay*«, sagte die eine zu ihm. »*Bienvenu à Allure. On nous a choisi de vous saluer, de dire bonjour... Il y a d'autres filles, si vous désirez.*«
»Nein, ich möchte keine anderen Frauen«, antwortete Ste-Germain auf englisch. »Ihr beide seid sehr schön.«
Die Frau, die ihn angesprochen hatte, Kay, hatte dunkles Haar und einen auffallend hellen Teint. Ihre Haut war mit einem feinen Puder bestäubt. Ihre Augen waren mandelförmig. Der Puder hob ihre Wangenknochen hervor. Das Haar war zur Seite gekämmt und endete in einer sanften Welle hinter dem Ohr. Sie

bewegte ihre schmalen Hände mit großer Anmut. Ihr Lächeln war strahlend und wirkte kein bißchen aufgesetzt. Sie war wirklich sehr gut. Sogar ihr Französisch war ausgezeichnet.

»Ich heiße Kimberley. Kim.« Das zweite Mädchen schien jünger zu sein als das erste und machte einen schüchternen Eindruck. Sie war höchstens achtzehn und hatte lange blonde Haare, die bis zur Taille hinunterfielen.

Ste-Germain nahm den Duft eines teuren Parfüms wahr, während er in der offenen Tür stand. Ein Aroma exotischer Blüten hüllte ihn ein. Im Allure machte man alles perfekt, genau so, wie Ste-Germain es haben wollte.

Die Schlafzimmersuite war ein Traum aus Kristall, italienischem Marmor, fünf Zentimeter dicken Bodenteppichen und erlesenen Mosaikfliesen. Aus versteckten Lautsprechern drang Musik, ein leiser Tango-Rock, wie er gerade in den mondänen privaten Clubs der oberen Zehntausend bevorzugt wurde. Die Atmosphäre war unleugbar erotisch und zugleich romantisch.

Die dunkelhaarige Frau, Kay, trug ein seitlich geschlitztes Abendkleid von Hermès. Es gab Seidenstrümpfe frei, an denen sich zarte Silberstickereien geheimnisvoll nach oben wanden. Das Kleid gab ihr etwas Fließendes, betonte jede Kurve, jede Einzelheit ihres Körpers.

Auch Kimberley hatte sehr lange Beine und feste, wie gemeißelte Brüste, ihre Haut war sonnengebräunt. Ihre Brustwarzen waren bereits aufgerichtet. Sie hatte ebenfalls ein Abendkleid an, von Givenchy oder Yves St. Laurent. Dazu hochhackige Pumps und ein raffiniertes Make-up.

Alexandre Ste-Germain lächelte und verbeugte sich. Wenn er sich selbst um jede Kleinigkeit gekümmert hätte, hätte es nicht besser sein können.

Die drei Männer aus dem Escort wußten genau, welchen Knopf sie drücken mußten, als sie das Vestibül des Hauses betreten hatten. Eine wichtige Frage lautete, wie sie in die Eingangsdiele der

Wohnung selbst kommen sollten, aber diese Frage würde erst in einigen Sekunden beantwortet werden.
Nach der Theorie der Polizei drangen sie entweder durch ein offenes Fenster zum Garten oder durch ein Kellerfenster in das Haus ein. Beides traf hier nicht zu. Sie kamen durch die Haustür, die schöne alte Doppeltür aus Eiche.
Sie trugen Regenmäntel, schwarze Strickmützen und hohe Sneaker, aber sie betraten die Diele, als ob Allure ihnen gehörte.
Jeder von ihnen hatte eine Maschinenpistole bei sich.

Die beiden Mädchen hatten angefangen, Alexandre Ste-Germain auszuziehen. Sie machten es langsam und sinnlich, mit Bewegungen wie Tänzerinnen. Ihre Finger spielten an seinem Rückgrat, um dann plötzlich wie zarte Pinsel über seine Schenkel, Oberarme und Genitalien zu streifen. Das ausgeklügelte Ritual erinnerte ihn an die Technik der besten Geishas in Kioto.
Er hatte einen durchtrainierten muskulösen Körper. Er machte in New York mit einem Privattrainer Fitneßübungen, und er hatte auch in London jahrelang einen Trainer gehabt. Sein Körper war ebenso perfekt oder annähernd perfekt wie alles, das er persönlich kontrollierte.
Plötzlich stand Alexandre Ste-Germain auf. Er winkte die Mädchen fort. Seine Augen blickten eiskalt. Er schien sich wieder ganz auf sich und seine Gedanken zu konzentrieren. Was ging in seinem Kopf vor?
Ohne ein Wort zu sagen, eilte er durch das Zimmer und ging in das Bad, das zur Suite gehörte. Er schloß die Tür und drehte den Wasserhahn voll auf.

Die drei Männer – Jimmy Burke, Aurelio Rodriguez, Isiah Parker – trennten sich sofort, als sie das Erdgeschoß vom Allure betreten hatten. Die beiden Posten, die dort am Fernseher saßen, waren schnell außer Gefecht gesetzt. Bis jetzt schien es so gut wie reibungslos zu gehen.

Als Alexandre Ste-Germain zurückkam, sahen die beiden Callgirls, daß er heute nacht die Initiative übernehmen würde. Dem gegenwärtigen Trend zu abartigen Sexspielen entsprechend, trug er eine schwarze Ledermaske mit Reißverschlüssen, die wie Narben die Wangen hinunterliefen. Stirn und Kinn waren mit glänzenden Metallbeschlägen versehen.
Er war der Grabtänzer, wie die Medien ihn darstellten, exotisch, gefährlich und geheimnisvoll.
Die neuartigen Drogen, die sie nach seiner Ankunft genommen hatten, begannen zu wirken. Die Bemühungen um ein Gespräch verebbten in unvollendeten Sätzen, zusammenhanglose Worte folgten auf abgehackte Befehle. Alexandre Ste-Germain wurde mit duftenden Ölen eingerieben. An der verspiegelten Decke sah er Gestalten, die sich umeinanderwanden, tanzende Schatten, die miteinander zu verschmelzen schienen. Ein warmer, öliger Finger bohrte sich in sein Rektum, ein anderer stieß in seinen Mund. Dann stimmte plötzlich irgend etwas nicht mehr. Mitten in all der Lust passierte etwas, das absolut nicht hierhergehörte.
»Was ist das? Dieses Geräusch?«
Sie hörten es alle drei. Draußen im Flur. Es begann mit einem schweren Schritt... dann folgten mehrere Schritte, die näher kamen und wieder leiser wurden.
Nun ertönten Stimmen. Mehrere Leute redeten, riefen und schrien zugleich, und es gab einen Heidenlärm. Dann passierte alles viel zu schnell.
Ste-Germain saß hellwach auf dem Bett, aber er saß zwischen allzu vielen Kissen und Seidenstrümpfen und Dessous und Strapsen – wie in einer luxuriösen und zugleich lächerlichen Falle. Die beiden Frauen waren auf den Knien und sperrten überrascht den Mund auf.
»Wer ist da? Wer ist da draußen?« rief Ste-Germain.
Die Schlafzimmertür wurde heftig aufgestoßen. Ein Mann mit einer Maschinenpistole kam hereingestürzt. Sein Gesicht war großenteils von einer heruntergezogenen schwarzen Strickmüt-

ze mit Sehschlitzen bedeckt. Er zielte in der gebückten Stellung eines Profis.
»Was soll das? Sind Sie vom Mitternachtsclub?« Alexandre Ste-Germain hatte jede Fassung verloren. Er plärrte mit einer Stimme, die nicht die seine zu sein schien. *»Sind Sie vom Mitternachtsclub?«* schrie er wieder.
»Raus hier, alle beide«, sagte der Mann mit der MP zu den Callgirls.
Die Frauen hasteten durch das verspiegelte Schlafzimmer und kollidierten miteinander, als sie beide gleichzeitig durch die Tür wollten.
Im selben Augenblick riß eine MP-Salve Alexandre Ste-Germain teilweise den Kopf vom Rumpf. Der Verbrecherkönig aus Europa flog gegen die cremefarbene Wand.

99. Straße
West,
2.00 Uhr

Alpträume.

Es waren diese ständig wiederkehrenden Alpträume, die auf einmal Realität wurden, dachte John Stefanovitch seit einiger Zeit. So wie jetzt.

Sein Nacken war schweißnaß, und sein Khakihemd klebte an der Haut. Sein Herz hämmerte. Ihm war speiübel, als ob er sich jeden Moment übergeben würde.

Die Reifen seines Transporters kreischten, als er Gas gab und das abschüssige Stück zur 99. Straße West hinuntersauste. Knapp vierzig Minuten vorher hatte ihn die besorgte Stimme seines Captains von der Mordkommission geweckt.

»Oben in der 99. Straße West sind ein paar Leute umgelegt worden. Anscheinend ein Profijob. Sie haben Maschinenpistolen benutzt... Es ist Alexandre Ste-Germain.«

»Was ist mit Ste-Germain? Was soll das heißen?« hatte Stefanovitch gefragt. Seine Stimme war unsicher, sein Gehirn erst halb wach.

»Er ist tot. Irgend jemand hat ihn endlich erwischt. Ich dachte, es würde Sie interessieren, Stef.«

Als er in der 99. Straße war, entdeckte Stefanovitch seinen Partner, Bear Kupchek, sofort. Er sah ihn, als der Transporter langsam die Neigung zum Riverside Drive hinunterrollte. Es wäre schwer gewesen, den zwei Zentner schweren, über eins neunzig großen Kriminalbeamten *nicht* zu bemerken.

»Ich wohne ganz draußen in Ridgewood, New Jersey«, sagte Kupchek zur Begrüßung. Die Feststellung bedeutete, daß er, obgleich er fast fünfzig Kilometer weiter wohnte, Stefanovitch bei ihrem kleinen privaten Wettrennen zum Verbrechensschauplatz im oberen Manhattan geschlagen hatte.
Stefanovitch war zu sehr mit seinen Gedanken beschäftigt, um beleidigt zu sein. Er langte nach hinten und fummelte auf dem Rücksitz des Transporters herum und verursachte Geräusche wie jemand, der auf einem Küchenregal voller Töpfe und Pfannen etwas sucht.
»Sie haben mich nicht gleich angerufen«, sagte er, nach hinten gewandt. »Der Grund dürfte wohl klar sein.«
»Manchmal bist du wirklich ein paranoides Arschloch. Im Ernst, Stefanovitch. Hör endlich auf, dir so was einzubilden.«
»Es ist nicht Paranoia. Sie haben mich erst angerufen, als sie festgestellt haben, daß sie keinen anderen erreichen können, den sie hierherschicken können. Sie dachten, ich würde nicht damit fertig.«
Schließlich schob er die Seitentür des Transporters auf. Er stieß einen zusammengeklappten, nur zehn Kilo schweren Spezialrollstuhl auf die Straße. Dann rutschte er über die vordere Sitzbank und biß die Zähne zusammen, um nicht zusammenzuzucken, als ein stechender Schmerz sein unteres Rückgrat durchfuhr. Sich mit einer Hand an der Tür festhaltend, klappte er den Rollstuhl auf und ließ sich hineinfallen. Die ganze Operation hatte keine zwanzig Sekunden gedauert.
»Jesus, du wirst wirklich immer langsamer. Ich dachte, du würdest schneller mit dem Ding fertig werden, wo du doch früher auf der Farm geritten bist.«
Kupchek, der auf dem Bürgersteig stand, hörte nicht auf zu sticheln. Stefanovitch konnte sehen, daß er heute nacht echt geladen war. Er war seit knapp vier Jahren sein Stellvertreter, er war es schon kurz vor seiner Versetzung zur Mordkommission gewesen. Er hatte gelernt, ihm nur dann zu helfen, wenn es unbedingt nötig war oder wenn er ausdrücklich darum bat.

Stefanovitch ignorierte Kupcheks Genörgel und rollte den Bürgersteig entlang. Seine Arme waren fest auf die Gummiwülste über den Rädern gedrückt. Das ursprünglich chromblitzende, inzwischen stark angelaufene Vehikel schoß mit beängstigender Geschwindigkeit dahin.
Er fuhr zu den fünf oder sechs Streifenwagen, die kreuz und quer über die Straße verteilt waren und ihre Einsatzlichter nicht abgestellt hatten. Das rote und blaue Blitzen blendete ihn einen Moment lang.
»Wie viele Tote sind drin, Officer?« fragte Stefanovitch, als er vor einem gepflegten Stadthaus gehalten hatte. Er wandte sich an einen trübe vor sich hin glotzenden Streifenpolizisten, der am Fuß der Eingangstreppe postiert war.
Der junge Beamte erkannte Lieutenant Stefanovitch von der Mordkommission. John Stefanovitchs umstrittene Rückkehr in den aktiven Dienst hatte letztes Jahr Schlagzeilen gemacht und war auch im Fernsehen diskutiert worden. Seitdem stand er nicht mehr in dem Ruf, ein harter Kämpfer zu sein, sondern galt als leicht meschugge und neuerdings sogar als selbstmörderisch.
»Ich glaube drei, Sir. Zwei im Erdgeschoß. Kehle durchgeschnitten. Einer oben im ersten Stock. Der Untersuchungsrichter ist selbst da.«
»Große Sache«, zischte Bear Kupchek. »Ich bin doch auch selbst da, oder? Und Lieutenant Stefanovitch ist auch selbst da.«
Kupchek hob Stefanovitch unvermittelt aus dem Rollstuhl. Es war ein überraschendes und gänzlich unerwartetes Bild, aber der junge Streifenpolizist gestattete sich kein Zwinkern, geschweige denn ein Lächeln.
»Stehen Sie da nicht rum, nehmen Sie Lieutenant Stefanovitchs Rollstuhl und bringen Sie ihn rein«, fuhr Kupchek den jungen Mann an, und dieser gehorchte umgehend.
»Vorsicht, zerbrechlich«, sagte Stefanovitch, als er wie ein Sack Getreide die Eingangsstufen hinaufgetragen wurde. Egal, wie sehr er sich vor Augen führte, daß es manchmal nicht anders

ging, war es demütigend, getragen zu werden. Er kam sich dann immer vor wie eine Mißgeburt. Ja, das war das Wort, es gab genau wieder, wie er sich fühlte, wie sich viele an den Rollstuhl gefesselte Leute gezwungenermaßen fühlen.

»Los, laßt den Lieutenant durch«, rief Kupchek barsch.

Stefanovitch und Bear Kupchek passierten die Schar von Laborleuten und anderen Experten, die sich an jedem Mordschauplatz zu schaffen machen. Sie hörten das Klappern von Schußwaffen, das Klirren von Handschellen.

Kriminalbeamte nickten und brummten ihr Hallo. Alle schienen Stefanovitch und Kupchek zu kennen. Die weiter hinten Stehenden reckten die Hälse, um sie zu sehen.

Im ersten Stock setzte Kupchek seinen Lieutenant wieder in den Rollstuhl.

»Danke für den Trip«, sagte Stefanovitch mürrisch.

»Was tut man nicht alles für sein Geld. Außerdem hält es mich fit.«

»Bear, ich möchte, daß du Mordzone fünf alarmierst«, sagte Stefanovitch. »Das heißt, alarmier besser fünf und sechs.«

»Warum nicht gleich ganz New York?«

»Laß alle Wagen zwischen 90. und 110. Straße überprüfen. Wir werden alle Zulassungsnummern brauchen. Stell fest, wer am späten Abend irgendwo auf der Straße geparkt hat. Vielleicht hat einer von ihnen etwas gesehen. Laß die Hausmeister und Pförtner in allen Häusern der 99. Straße wecken ... Stell fest, ob es hier in der Gegend Parkhäuser gibt, die lange geöffnet sind. Such mir einen Zeugen, Bear. Das wird dich fit halten.«

Die beiden Callgirls, die mit Alexandre Ste-Germain zusammengewesen waren, warteten in einem stilvoll möblierten kleinen Salon im ersten Stock auf ihre Vernehmung.

Als erstes sah Stefanovitch eine junge, ungewöhnlich schöne blonde Frau, die niemand von der Bettkante stoßen würde, der einigermaßen normal veranlagt war. Sie trug ein teuer aussehendes Abendkleid aus Seidenbrokat und hatte beide Hände vors Gesicht geschlagen. Sie stand offensichtlich unter Schock, aber sie sah trotzdem umwerfend aus. Das Haar war mit einer roten Schleife nach hinten gebunden. Sie sah nicht so aus, als ob sie zum Allure gehörte. Vielleicht zu einem der feinen Etablissements in Westchester oder oben am Connecticut River.

»Ihr Name ist Kimberley Victoria Manion«, vertraute Kupchek ihm an. »Sie ist Model und kriegt manchmal eine kleine Rolle beim Fernsehen. Sie gibt hier im Allure nur dann und wann ein Gastspiel. Sie nennt es Verabredungen. Ehrenwort, das hat sie gesagt. Kommt aus Lincoln, Nebraska.«

»Sie hätte in Nebraska bleiben sollen«, sagte Stefanovitch.

»Die andere heißt Kay Whitley.«

Das zweite Callgirl, das in dem kleinen Salon wartete, fiel Stefanovitch noch mehr ins Auge. Sie hatte sich bereits umgezogen und trug jetzt ein gelbes Kleid mit Minirock und cremefarbene Strümpfe und teure hochhackige Pumps.

»Kay Whitley. Sie kommt aus Poughkeepsie im Staat New York. Aber sie erzählt jedem, allen ihren Freiern, daß sie aus Boston sei. Redet entsprechend. Zieht das A fabelhaft in die Länge.«

Stefanovitch rollte ein Stück weiter und fing an zu reden. Seine Stimme war zuerst ruhig, fast tröstend.

Die beiden jungen Frauen blickten auf. Der Rollstuhl überraschte sie offensichtlich, aber auch der attraktive und virile Mann, der darin saß.

»Mein Name ist John Stefanovitch. Ich bin Lieutenant bei der Mordkommission. Der Mann mit dem Patentschlips hier ist mein Vertreter, Kupchek. Wie Sie bereits wissen, ist hier ein Mord verübt worden. Um genau zu sein, drei Morde. Sie sind beide Augenzeugen.«

Die Mädchen nickten, ohne etwas zu sagen. Kimberley Manions Wangen wiesen Streifen von Wimperntusche auf. Sie tat Stefanovitch leid, aber er rechnete sich aus, daß sie wahrscheinlich mehr einstecken konnte, als ihr Aussehen vermuten ließ.

Sie konnte es, wie er im Lauf der beiden nächsten Stunden herausfand. Beide konnten einiges einstecken.

Am Ende der Sitzung war es drei Uhr morgens. Stefanovitch

hatte nicht annähernd genug erfahren. Er hatte keine Beschreibung des Killerteams, er wußte nicht einmal zweifelsfrei, wie viele es gewesen waren. Oder wie sie ins Haus gekommen waren.
»Ich würde gern sehen, wo er umgelegt wurde. Bear?« Stefanovitch hatte sich im Rollstuhl umgedreht, um mit Kupchek zu reden. Er hatte den letzten Schritt hinausgeschoben, aber nun war es soweit.
Sein Partner nickte, schien sich aber nicht über Stefanovitchs Entscheidung zu freuen.
»Die Mediziner sind noch drin. Der Kombi des Untersuchungsrichters steht vor der Tür. Ich hab' schon jede Menge Notizen gemacht, Stef. Laß es.«
»Sag ihnen, sie sollen kurz Pause machen. Ich muß das Zimmer sehen. So, wie es ist. So, wie *er* ist.«
»Aber warum? Ich hab' genug Notizen gemacht, um *Schuld und Sühne* zweiter Teil zu schreiben. Sie machen forensische Skizzen. Tu dir das nicht an.«
John Stefanovitch rollte aus dem kleinen Salon, ohne ein weiteres Wort zu sagen. Als er im Flur war, merkte er, daß die Sache ihn mehr mitnahm, als er gedacht hatte. Sein Mund war wie ausgedörrt. Ein Zentnergewicht lastete auf ihm, drückte seine Schultern vornüber.
Er fuhr in das hohe Schlafzimmer und machte die schwere getäfelte Tür hinter sich zu. Alexandre Ste-Germain lag neben einem offenen grauen Leichensack auf dem Bett. *Dort lag der Grabtänzer.* Endlich wurde Stefanovitch physisch bewußt, daß hier ein grausamer, kaltblütiger Mord verübt worden war. Gallenbittere Flüssigkeit stieg in seiner Kehle hoch. *Irgend jemand hatte den Grabtänzer erwischt, ehe er es hatte tun können.*
Aus der zerfetzten Brust ragten gesplitterte Knochen. Kopf und Hals des Gangsters waren grausig zugerichtet. Der Leichnam wirkte geschändet und sonderbar klein, fast zwergenhaft. An einem Finger des Bandenführers steckte ein unbeschädigter Ring, ein Onyx und ein dicker Brillant, die lanzettförmig gefaßt waren. Alexandre Ste-Germain war offenbar unter gräßlichen

Schmerzen gestorben. Stefanovitch wußte, wie das war. Er hatte es am eigenen Leib gespürt, bis auf den Augenblick des Todes selbst.

Er rollte näher an das mit silberfarbenem Satin bezogene Bett. Seine Gedanken wanderten zurück und beschworen Bilder herauf, deren Ansturm er nicht gewachsen war. Nur ein Teil von ihm war in dem Stadthaus an der West Side – aber ein anderer Teil war in Long Beach, zwei Jahre zurück. Wieder ein anderer hielt in seiner Phantasie Anna, seine Frau, wiegte sie verzweifelt schluchzend in seinen Armen. Er erinnerte sich genau, wie Anna sich angefaßt hatte. Er erinnerte sich an den Duft von Bal de Versailles, ihrem Lieblingsparfüm. Diese Erinnerungen verblichen nicht. Manchmal war ihre Intensität ein Trost, und manchmal war sie eine grausame Tortur.

Alle Qual und alles körperliche Leid der letzten beiden Jahre schienen in diesem Moment komprimiert zu sein. Er spürte einen unsäglichen Zorn, der wie Feuer in seiner Brust brannte.

Stefanovitch beugte sich vor, sehr behutsam, damit der Rollstuhl nicht vornüberkippte und er hilflos am Boden landete. Er starrte auf das, was von Alexandre Ste-Germain übriggeblieben war, auf den Millionen-Dollar-Ring, den der Grabtänzer mit in den Tod genommen hatte.

Dann tat er etwas, woran er sich noch erinnern sollte, als vieles andere schon vergessen war. Er beugte sich noch ein Stück weiter vor und spie auf Ste-Germains blutverschmierten Leichnam.

»Willkommen in der Hölle«, flüsterte er rauh und erkannte den Klang seiner eigenen Stimme nicht. *»Du seist verdammt.«*

Als er sich aufrichtete und den Rollstuhl wendete, stand Bear in der Türöffnung. Er runzelte die Stirn und schüttelte langsam den Kopf. »Hoffentlich geht's dir gut, Stef. Hast du alles gesehen, was du sehen wolltest?«

Sarah McGinniss, 66. Straße Ost

An jenem Morgen um vier Uhr empfand eine erfolgreiche junge Autorin namens Sarah McGinniss einen vertrauten dumpfen Schmerz, ein unverkennbares messerscharfes Ziehen in ihrem Magen. Sie ächzte und stöhnte übertrieben laut, machte sich über sich lustig wie ein Komiker im Nachtprogramm des Fernsehens.
Sarah zwang sich, jeden Morgen zwischen vier und halb fünf aufzustehen und zu schreiben, ehe ihr kleiner Sohn Sam wach wurde und sie so lange bedrängte, bis sie ihm Toast und Ei oder vielleicht Waffeln machte, als ob kleine Jungs ein Recht hätten, das und nichts anderes zum Frühstück zu bekommen.
Sie fühlte sich heute morgen ungewöhnlich zerschlagen. Obgleich sie es versucht hatte, hatte sie keine Minute geschlafen.
Während sie sich zum zweitenmal Kaffee machte, blickte sie abwechselnd auf körnige Schwarzweißfotos von Alexandre Ste-Germain und, aus dem Küchenfenster, auf die verlassene 66. Straße Ost.
Neben den Fotos lag ein 700-Seiten-Manuskript über organisiertes Verbrechen auf der Arbeitsplatte. Der Arbeitstitel lautete »Der Club«. Die Hauptfigur war Alexandre Ste-Germain, der versucht hatte, die Unterwelt in ein neues Zeitalter zu führen. Ein ungelöstes Problem bestand darin, den Widerspruch zwischen dem Leben eines Supergangsters und dem eines unbekannten Geschäftsmanns zu klären. Jetzt würde er ungelöst bleiben.

Wenn sie morgens nicht recht in Schwung kam, kritzelte sie *Sei dabei!* quer über die Seite. Es zwang sie, die Szene, die sie gerade schilderte, zu sehen und zu fühlen. Irgend jemand hat Alexandre Ste-Germain umgebracht, dachte sie nun. Sei dabei!

Während sie in der Küche hantierte, dachte sie unwillkürlich daran, wie weit sie es gebracht hatte – und wie schnell. Sie konnte sich kaum vorstellen, daß sie noch vor fünf Jahren eine kleine Reporterin, kaum mehr als eine Zuträgerin bei der *Times Tribune* in Palo Alto, Kalifornien, gewesen war. Sie war mit ihrem Mann Roger aus San Francisco, wo sie für den *Chronicle* geschrieben hatte, nach Palo Alto gezogen. Sie hatten San Francisco verlassen, weil Roger eine Dozentur für kreatives Schreiben an der Stanford-Universität bekommen hatte.

Roger hatte nicht mal daran *gedacht,* in San Francisco zu bleiben, weil sie einen guten Job beim *Chronicle* hatte. Sie hatte schließlich zugestimmt, nach Palo Alto zu gehen, vor allem deshalb, weil sie ein Kind haben wollte und es ein guter Platz für Kinder sein sollte. Im Frühjahr 1982 schrieb Sarah ihre bisher beste Reportage, eine dreiteilige Serie über Korruption in nordkalifornischen Krankenhäusern. Sie hatte sich sehr für diese Arbeit engagiert, weil sie zutiefst empört war, als sie erfahren hatte, daß einige Krankenhäuser sich von Lieferanten schmieren ließen.

Eine dreiundzwanzigjährige Krankenschwester namens Jeanne Galetta las die Serie in der *Times Tribune.* Der Stil, Sarahs Art, die Wahrheit in knallharte Sätze zu fassen, gefiel ihr, und sie beschloß, sich wegen einer Sache mit ihr in Verbindung zu setzen, die sie zutiefst beunruhigte.

Jeanne Galetta war bei einem der privaten Schwesterndienste angestellt, die in Palo Alto und Umgebung tätig waren. Sie hatte noch vor einem Monat auf dem Besitz der Cavanaughs im nahe gelegenen Woodside gearbeitet. In den zehn Monaten, die sie Agnes Cavanaugh, eine bettlägerige Frau Anfang Fünfzig, gepflegt hatte, hatte sie die Überzeugung gewonnen, daß die beiden Töchter der wohlhabenden Dame ihre Mutter vergifteten.

Kurz nachdem die Schwester mit Sarah über ihren Verdacht gesprochen hatte, erlitt Agnes Cavanau gh einen schweren Schlaganfall und starb. Eine Autopsie wurde angeordnet und durchgeführt. Man fand überall im Körper der Toten Spuren von Zyankali.

Da die Cavanaughs wegen ihrer Extravaganzen bekannt waren, druckte der *San Francisco Chronicle* die Serie, die Sarah über den Fall schrieb, und anschließend wurde sie von United Press gekauft und vermarktet. Die beiden Töchter wurden des vorsätzlichen Mordes angeklagt und vor Gericht gestellt. Sie wurden schließlich im Gerichtsgebäude von Palo Alto zu »lebenslänglich« verurteilt. Sarah war sich von Anfang an darüber klar gewesen, daß diese Story den Rahmen des Üblichen sprengte, und hatte sie sehr breit angelegt und alle Familienangehörigen und Freunde befragt, die sie zu einem Interview überreden konnte. Sie nannte die Serie *Einer Mutter Freundlichkeit.* Als das Urteil verkündet wurde, hatte sie das umfangreiche Manuskript bis auf die beiden letzten Kapitel beendet.

Einer Mutter Freundlichkeit erschien im darauffolgenden Herbst als Buch. Es übertraf alle Erwartungen des Verlegers und wurde ein Bestseller in Kalifornien und an der übrigen Westküste. Zuletzt stand es an der Spitze der überregionalen Sachbuch-Bestsellerliste und wurde dann vom Fernsehen zu einer dreiteiligen Serie verarbeitet, die selbst strenge Kritiker beeindruckte.

Dann endete das Märchen fast so plötzlich, wie es begonnen hatte. Sarah kam sich vor wie ein hilfloses Papierflugzeug in einem Windkanal – herumgewirbelt, geschunden, vernichtet. Kurz nachdem das Nachrichtenmagazin *Time* und die Klatschillustrierte *People* Artikel über sie gebracht hatten, verließ Roger sie.

Er gab zu, daß er es nicht ertragen konnte, als »Sarah McGinniss' Mann« bezeichnet zu werden. Er gab auch zu, daß es eine dreiundzwanzigjährige Studentin gab, die ihn »getröstet« hatte. Wie Sarah später erfuhr, hatte die Studentin ihm bereits beigestanden, als sie mit Sam schwanger gewesen war.

Je mehr sie über Rogers Freundin in Stanford erfuhr, um so zorniger wurde sie. Sie hatte ihre Karriere zweimal aufgegeben, zuerst, als er an seiner Promotion arbeitete, und dann, als er beschloß, die Dozentur anzunehmen und San Francisco zu verlassen. Nun hatte er gezeigt, daß er nicht einmal ein bißchen von sich selbst geben konnte, um ihr zu helfen. Er hatte sie immer »die rasende Reporterin von Palo Alto« genannt. Ganz witzig, aber es änderte nichts daran, daß er ein mieser Kerl war.

Im nächsten Sommer zog sie mit Sam nach New York, wo sie für ihr neues Buch recherchieren mußte, aber der Hauptgrund war, daß sie weit von alldem, was in ihrer Ehe passiert war, entfernt sein wollte. Sie wollte nicht immerfort daran erinnert werden.

Jetzt wollte sie nur noch eins – ein sehr gutes Buch schreiben. Sie wollte beweisen, daß *Einer Mutter Freundlichkeit* keine Eintagsfliege gewesen war. Sie wollte Rogers Gesicht mit jeder Seite weiter auslöschen.

Das Aschenende der Zigarette in ihrer Hand war bedrohlich lang. So schlimm war es geworden: Sie rauchte wieder, sie trank schon vor dem Mittagessen zwei Kannen Kaffee. Sie setzte sich wieder an den Schreibtisch und starrte auf das leere Blatt in ihrer alten Smith-Corona.

Ganz oben stand, wie ein Motto: *Sei dabei!* Aber heute war das nicht so einfach.

Stefanovitch, Allure

Man kann so gut wie jedes Auto mit Getriebeautomatik für körperbehinderte Fahrer umbauen. In Stefanovitchs Fall ging es besonders leicht, und außerdem überwachte er die Änderungen selbst. Er brauchte nur einen von Hand zu bedienenden und gut erreichbaren Gas- und Bremshebel, um wieder fahren zu können. Das schwierige war, die Fußreflexe, die er jedesmal hatte, wenn er bremsen oder beschleunigen wollte, zu ignorieren und dann vollkommen zu vergessen. Er arbeitete immer noch daran.

Die Straßen von New York waren ein interessantes Übungsgelände. Als er nun bei Tageslicht in die 99. Straße West einbog, bemerkte er, daß das viergeschossige Stadthaus, das das Allure beherbergte, außerordentlich gepflegt war. Er hielt, blieb aber noch einige Minuten im Wagen sitzen und beobachtete die Straße und besonders das schöne Haus aus den frühen dreißiger Jahren. Er wollte, daß sich der Aufruhr in seinem Kopf legte und er wieder klar denken konnte, ehe er noch einmal hineinging.
Er hatte heute morgen wie üblich in seinem Fitneßclub trainiert, und dann hatte er einige anstrengende Stunden in Police Plaza Nr. 1 zugebracht, dem Hauptquartier der New Yorker Polizei. Fast alles an der Ermordung Alexandre Ste-Germains gab ihm ein Rätsel auf.
Gegen elf Uhr war er in die Autopsie hinuntergefahren. Er hatte Ste-Germain noch einmal sehen wollen. Er kannte das Motiv für das Massaker immer noch nicht, und solange er das Motiv nicht wußte, konnte er die Lösung nicht finden.
Die Leiche lag zwischen einer Reihe anderer Mordopfer aus den fünf Boroughs von New York. Der Grabtänzer war inmitten der Rollbahren aus Edelstahl, der Kühlfächer und der gleichgültig blickenden Pathologen mit ihren scharfen Instrumenten nichts weiter als ein Objekt unter vielen.
Der leitende Pathologe, Thomas Yamada, hatte Ste-Germain selbst übernommen. Er weidete den Starkadaver aus, während eine Polizeistenografin seine Bemerkungen protokollierte.
»Seine Hoden wiegen dreiunddreißigeinhalb Gramm«, sagte Yamada zu Stefanovitch, während dieser zu der Rollbahre fuhr. »Durchschnitt.« Er zuckte mit den Schultern und wirkte enttäuscht.
»Ist das alles, was Sie für mich haben, Tommy?« fragte Stefanovitch. Er war nicht in Stimmung für Yamadas schwarzen Humor. »Die wichtigsten Daten sind mit der Spurensicherung abgecheckt worden. Drei ›Geschäftspartner‹ haben ihn identifiziert. Ich sage Ihnen Bescheid, wenn wir was Wichtiges finden. Keine saubere Arbeit. Sieht aus wie ein Racheakt. Irgend je-

mand mochte den Schurken nicht sehr. Jemand außer Ihnen, Stef.«

Als er wieder einigermaßen klar denken konnte, langte Stefanovitch nach hinten zu seinem Rollstuhl. *Aufgesessen, Soldaten,* schoß es ihm durch den Kopf. Aufgesessen, in der Tat.

Kay Whitley wartete in demselben kleinen Salon, in dem er sie gestern nacht oder vielmehr heute morgen vernommen hatte. Kay Whitley hatte offenbar ein paar Einzelheiten »vergessen«, und er hatte sie deshalb noch einmal hierherbestellt.

Kupchek und Harold Lee Friedman, ein anderer Kriminalbeamter von der Mordkommission, lungerten in dem Raum herum, als er ihn betrat. Sie sahen aus wie Leute, die aufgrund einer lästigen Konvention Totenwache hielten. Keiner sagte etwas.

Kay Whitley sah ohne das bizarre Make-up, das sie für Ste-Germain aufgelegt hatte, noch aufregender aus. Sie trug eine dunkelblaue Strickjacke, ein T-Shirt und enge verwaschene Jeans. Ihre vielgetragenen und fleckigen schwarzen Lederstiefel reichten bis über die Knie. Sie hatte sich mit dem Rücken zum Fenster hingesetzt, so daß die Sonne ihr nicht ins Gesicht schien.

Diesmal wollte Stefanovitch allein mit Kay Whitley reden. Sie mußten irgendein Einverständnis erreichen. Er bat Bear Kupchek und den anderen Beamten, das Zimmer zu verlassen.

Als sie allein waren, tat das Luxus-Callgirl etwas, das Stefanovitch überraschte. Ohne ein Wort zu sagen, beugte sie sich vor und legte ihre Hand leicht auf sein Handgelenk. Er konnte fühlen, wie weich ihre Haut war, wie warm ihr Körper war, und hatte keine Ahnung, was sie vorhatte.

»Ehe wir anfangen, möchte ich Ihnen für gestern nacht danken, Lieutenant«, sagte sie. »Ich weiß, Sie hätten uns viel härter in die Mangel nehmen können. Es tut mir leid, daß ich ein paar Sachen ausgelassen habe.«

»Vielleicht *hätte* ich Sie härter in die Mangel nehmen sollen«, war alles, was Stefanovitch hervorbrachte. Er mußte sich jedoch

eingestehen, daß sie ihm gezeigt hatte, wie man einem Gegner zuvorkommt, und kam sich vor wie ein Anfänger.
»Es tut mir jedenfalls leid.« Sie zog die Hand zurück, hielt den Blick aber weiter auf ihn gerichtet. Ihre Wangen waren mit einem sanften Rosa überhaucht. Wenn es einstudiert war, war es eine gute Nummer. »Ich mußte zuerst über einiges nachdenken. Ich mußte mich entscheiden, auf welcher Seite ich sein wollte.«
»Kupchek sagte, Sie wollten mir etwas zeigen?« sagte Stefanovitch schließlich. »Alles, was Sie mir jetzt geben, könnte als Friedensangebot in Frage kommen. Wir werden sehen.«
»Gut, Lieutenant.« Kay Whitley zeigte auf einen Spiegel, der eine halbe Wand des Salons einnahm. »Wir können gleich da drüben anfangen.«
Sie stand auf und ging zu dem Spiegel. Sie bückte sich und drückte auf etwas Metallisches am unteren Rand einer der Scheiben. Dann richtete sie sich auf und drückte auf die obere rechte Ecke des Spiegels. Dieser klappte auf wie eine Schwingtür. Stefanovitch verrenkte sich den Hals, um in die Öffnung zu spähen. Kay Whitley knipste Neonlampen an, und dann konnte er alles sehen. Es war ein gutes Friedensangebot.
Hinter dem Spiegel war ein knapp zwei mal drei Meter großer Raum. Sie ging hinein, und Stefanovitch folgte ihr. Er stieß einen leisen Pfiff aus, als er in das Gelaß kam.
»Von hier aus konnten sie alles filmen, was in den drei großen Schlafzimmern passierte«, sagte Kay Whitley, zwei seiner Fragen vorwegnehmend.
Stefanovitch nickte, während er sich in dem kleinen Raum umsah. Er hatte einen guten Blick für eine neue Umgebung, nahm alles auf, zog Querverbindungen und merkte sie sich.
Er sah zwei schwarze Sony-Kompakt-Videokameras. Eine Wand wurde von einem Regal mit Videokassetten, Hunderten von Filmen in schwarzen Gehäusen, eingenommen. Die Pornogeschichte vom Allure? Eine komplette Videothek zärtlicher und wollüstiger Momente?
Als nächstes stellte er die entscheidende Frage. »Ist dieser Raum

gestern nacht benutzt worden?« Nichts konnte der Polizei so gut helfen wie ein Film des Mordes.
»Ich weiß nicht, Lieutenant. Ich habe Johnny D. gestern nacht nicht gesehen. Johnny D. ist der Mann, der gewöhnlich die Kameras bedient. Er ist einer von den Geschäftsführern.«
»Aber er *hätte* gestern nacht filmen können?«
»O ja ... Wir sind oft gefilmt worden. Manchmal haben sie es uns vorher gesagt, manchmal nicht. Ich nehme an, es war eine Art Qualitätskontrolle, das heißt, sie wollten uns damit in Form halten. Es wirkte sogar ein bißchen. Wir haben nie gewußt, wer zusah oder warum sie zusahen.«
Bear Kupchek war wieder in den Salon gekommen. Er stand nun wie ein riesiger Schatten, halb großer Bruder und halb freundlicher Gorilla, in der vom Spiegel freigegebenen Öffnung zum Kameraraum. »Was haben wir denn da? Haben sie gestern nacht einen Pornothriller gedreht?« fragte er stirnrunzelnd. »Seht euch die vielen Heimvideos an. Ist das vielleicht das New Yorker Erotikfilmfestival?«
Stefanovitch blickte sich zu ihm um. »Wir wissen nicht, ob sie gestern nacht gefilmt haben. Du bestellst die Laborleute besser noch mal her.«
»Vielleicht haben die Killer sich sogar hier versteckt?«
»Das werden wir auch prüfen. Inzwischen müssen wir die Filme einpacken und ins Präsidium bringen lassen. Wir werden einen privaten Vorführraum brauchen. Ich möchte nicht, daß es sich herumspricht, ehe wir uns ein paar von den Dingern angesehen haben.«
Stefanovitch wandte sich wieder zu Kay Whitley. Er hatte den Eindruck, daß sie etwas von ihrer Kaltschnäuzigkeit, der New Yorker Abgebrühtheit, die er gestern nacht registriert hatte, verloren hatte. Sie änderte sich fortwährend, und er konnte aus ihr nicht schlau werden.
»Sie haben einen Punkt gut«, sagte er endlich. »Sie können jetzt nach Hause fahren. Aber versuchen Sie nicht, die Stadt zu verlassen, wie es im Kino immer heißt. Wir lassen von uns hören.«

Stefanovitch und Kupchek, 99. Straße West

Als sie das Allure am Nachmittag verlassen hatten, warteten sie in Stefanovitchs Transporter. Sie sahen zu, wie die leuchtendrote Sonne über New Jersey unterging.

Sie teilten einen Sechserpack Bier aus einer sehr preisgünstigen Kneipe am Broadway.

Als sie dort saßen und quatschten, mußte Stefanovitch daran denken, wie sehr er auf den Bear angewiesen war. Er, Stefanovitch, war vielleicht der Kopf, aber der Bear war der Körper für sie beide. Nur daß der Bear ebenfalls einen Kopf hatte. Der Bear hatte ebenfalls Straßenerfahrung, jede Menge Straßenerfahrung, und er war ein guter Freund.

Zuletzt beugte Kupchek sich nach links und boxte Stefanovitchs Arm. Es war wie ein Schlag mit dem Vorschlaghammer, aber Stefanovitch zuckte mit keiner Wimper.

»Du bist mir ein komischer Vogel«, sagte Kupchek nach dem Schlag. Dann fing er an zu lachen. »Sie gefällt dir, stimmt's?«

»Wer soll mir gefallen?« fragte Stefanovitch zurück. Kupcheks rundes, gutmütiges Gesicht hatte so etwas. Er liebte es, dieses harmlose Gesicht zu necken. Er verteilte die Rollen gern neu. Der Bear war sein ganz privater Allroundkomiker.

»*Wer?* Die dicke alte Frau, die da drüben auf den Riverside-Bus wartet... Kay Whitley natürlich. Wer sonst?«

»Oh, hör auf. Du glaubst, ich träume von einer Luxusnutte? Nur weil sie eine der schönsten Frauen von New York ist? Fünfundzwanzig Jahre, vollkommener Körper.«

Bear Kupchek versetzte ihm noch einen Hieb auf den Arm. »Sie ist eine sehr teure, sehr ausgebuffte Aufreißerin. Sie ist eine der beiden Augenzeuginnen, die wir bis jetzt haben.«

»Laß den Scheiß, Sherlock. Hör auf, meinen Arm zu malträtieren. Du wirst dir noch die Hand verletzen.«

»Für einen Opa im Rollstuhl bist du ganz schön hart im Nehmen. Ich bin beinahe beeindruckt.«

»Meine Physiotherapeutin würde vielleicht drei Sekunden lächeln, wenn sie von dir hörte, daß ich ein bißchen Muskeltonus entwickele. Sie heißt Beth Kelley. Sie hat auch einen vollkommenen Körper.«

»Noch eine wichtige Frau in deinem Leben. Sieht sie gut aus, diese Therapeutin?«

Stefanovitch fing an zu lächeln und lachte dann laut los. Der Bear interessierte sich sehr für private Dinge.

»Auf jeden Fall besser als ich.«

»Was ist also das Problem? Gehst du mit ihr aus? Gehst du mit irgend jemandem aus, Stef? New Yorks begehrtester Junggeselle im Rollstuhl?«

»Fang nicht schon wieder an. Fahr lieber nach Haus nach New Jersey, zu Jo Ann und den Bärenjungen, solange du noch kannst. Ehe diese verdammte Geschichte uns nicht mehr losläßt... He! Wohin willst du? Wir sind mitten bei einem Bier! Mitten im Gespräch!«

»Ich fahre nach Haus nach New Jersey, zu Jo Ann und den Kindern. Dieses eine Mal hast du absolut recht. Das erstemal seit langer Zeit. Bis morgen, Stef.«

»Bis morgen, Bear«, rief Stefanovitch hinter der massigen Gestalt her, die bereits die 99. Straße zu einem blauen Kombiwagen mit vielen Great-Adventure-Aufklebern am Rückfenster hinunterlief. Stefanovitch trank langsam sein Bier aus. *Da du schon danach fragst... Es geht gar nicht so gut,* dachte er. Erstens gehe ich natürlich mit niemandem aus. Und zweitens habe ich bei diesem Fall entschieden Ladehemmung.

Ich muß mit jemandem darüber reden, oder ich drehe bald durch. Ja, mir gefällt Kay Whitley, wenigstens ihr Aussehen. Nein, ich werde ihretwegen keine Dummheiten machen. Ich glaube es jedenfalls nicht... *Ich hab' nicht mehr den Mumm dazu, wenn du es unbedingt wissen willst.*

Bin ich jetzt nicht so aufrichtig, wie man nur sein kann, Bear?

Stefanovitch, Vergnügungsgelände in Coney Island

John Stefanovitch hatte sich seit einigen Monaten schon fest vorgenommen, den Rest dieses Tages freizunehmen. Er würde sich durch nichts, nicht mal durch die Ermittlungen im Mordfall Ste-Germain, davon abhalten lassen. Um vier Uhr fuhr er rasch heim in die 81. Straße Ost, auf der anderen Seite der Stadt. Dieser Abend war sein Abend.
Nach der Schießerei in Long Beach hatte er sich eine Wohnung weiter oben in der Stadt suchen müssen. Jenes Erlebnis hatte ihm mehr als alles andere bewußtgemacht, welch spaßige Zeiten im Rollstuhl noch auf ihn zukommen würden.
Er hatte schließlich etwas in einem modernen Hochhaus an der oberen East Side gefunden. Es war ein Viertel, das er nie sehr gemocht hatte. Der Rollstuhl hatte ihn jedoch in seiner Wohnungswahl bestimmt.
Die Frau des Mannes, dem das Haus gehörte, hatte einen Schlaganfall gehabt und mußte sich ebenfalls mit einem Leben im Rollstuhl abfinden. Der Schicksalsschlag hatte ihrem Mann die Augen für die schlimme Lage der New Yorker geöffnet, die sich nur im Rollstuhl fortbewegen konnten. Er und seine Frau hatten persönlich jeden Hauseingang und jeden Bürgersteig in der Nähe daraufhin geprüft, ob sie rollstuhlgeeignet waren.
Stefanovitch legte sich hin und schlief eineinhalb Stunden. Am frühen Abend saß er wieder in seinem Transporter und fuhr nach Coney Island in Brooklyn.

Gegen sieben erreichte er einen der riesigen Parkplätze des Vergnügungsgeländes. Auf einem abgetrennten Teil, der für das normale Publikum geschlossen war, waren schon mehrere hundert Leute versammelt. Stefanovitch hatte noch nie so viele Menschen in Rollstühlen gesehen.

Sein Spezialrollstuhl war von seinem Vater und seinem Bruder in Pennsylvania konstruiert worden. Sie hatten ihm den heißen Schlitten letzten November geschenkt. Anders als die altmodischen Rollstühle, in denen man körperbehindert *aussieht,* wirkte dieser eher wie ein Sportfahrzeug, er war pechschwarz. Die Räder hatten einen Durchmesser von siebzig Zentimeter.

Stefanovitchs Bruder Nelson und sein Vater hatten sicher gesehen, wie der Transporter auf den Parkplatz fuhr. Sie kamen angelaufen, als Stefanovitch seinen Rollstuhl aus dem Wagen schob. Sie waren den ganzen Weg von Pennsylvania gekommen, um ihm beim Wettrennen zuzusehen.

»Sieh dir das an.« Nelson hielt ein zerknittertes T-Shirt mit einem Aufdruck in Leuchtfarbe hoch, offensichtlich ein Geschenk für das große Ereignis dieses Abends. Der Aufdruck lautete *Mikes Doughnuts – Eßt den Großen in Minersville.*

»In welchem Rennen bist du?« fragte sein Vater, als sie von dem Transporter zu dem abgesperrten Teil gingen beziehungsweise rollten.

Stefanovitch sah überall auf dem vollen Parkplatz die Opfer von Unfällen, Krankheiten und Kriegen, besonders des Vietnamkrieges. Sie wirkten heute abend alle so freudig, so aufgeregt wie kleine Kinder. Stefanovitch wurde sich bewußt, daß er keine Ausnahme machte.

»Ich mache bei der Wundermeile mit. Vielleicht macht meine Begeisterung ein bißchen von der Technik und Erfahrung wett, die mir fehlen. Einige von diesen Jungs sind unglaublich – und die Frauen fast noch mehr.«

Plötzlich war ein gutaussehender Mann mit sonnengebleichtem Haar und Bart neben ihnen. Pierce Oates sah aus, als ob er sein Leben im Freien zubrachte. Stefanovitch hatte ihn vor ungefähr

fünf Monaten bei seinem ersten Rennen kennengelernt. Überraschenderweise war John Stefanovitch in einem Feld von zehn meist sehr erfahrenen Rennfahrern als Dritter durchs Ziel gesaust. Er hatte sofort Pierce Oates' Aufmerksamkeit erregt.
»Ich hoffe, du machst mir gleich die Hölle heiß, Mann?« Pierce hatte ein breites, ansteckendes Lächeln. Sein Rollstuhl war feuerwehrrot und sah aus, als könnte er alle Rekorde brechen.
»Ich werd' mein Bestes tun. Darf ich bekannt machen, Pierce Oates, mein Vater, Charles Stefanovitch. Mein großer Bruder Nelson. Sie sind extra aus Pennsylvania gekommen. Die ganze Familie ist ein bißchen verrückt. Sie fahren auch zu einem Pillsbury-Wettbewerb, wenn meine Mutter mit ihrer Himmelstorte teilnimmt.«
»Fabelhaft. Gefällt mir. Nur um zuzuschauen, wie du mich abhängst?« Trotz all dem, was ihm zugestoßen war, wirkte Pierces Lächeln unbeschwert.
»Ich freue mich, Sie kennenzulernen.« Charles Stefanovitch gab dem Mann in dem Rollstuhl neben dem Rollstuhl seines Sohnes die Hand. »Wenn Sie Stef schlagen, dürfen Sie beim nächsten Rennen das Superdoughnut-Hemd tragen.«
»Mehr Anreiz brauche ich nicht«, erwiderte Pierce Oates und lachte. Dann schwenkte der muskulöse, sonnengebräunte Mann ab, um zu den anderen Teilnehmern zu fahren.
»Er ist ein bißchen überschwenglich, aber schwer in Ordnung«, sagte Stefanovitch zu seinem Vater und seinem Bruder, als Pierce sich entfernt hatte. »Einige von den Jungs sind Supersportler. Was sie durchgemacht haben, um es bis hierher zu schaffen, ist nicht zu fassen. Ihr könnt es euch nicht vorstellen.«
Charles Stefanovitch beugte sich zu seinem Sohn hinunter und sagte ihm etwas ins Ohr. Stefanovitchs Vater war ein stiller Mann, der Stef nie gesagt hatte, daß er ihn liebte, jedenfalls nicht mit Worten. Er war großgewachsen und schlank und hielt sich kerzengerade, aristokratisch. Sein Sohn John hatte sich einmal ebenso gehalten.
»Tu einfach dein Bestes, John. Niemand kann jemals mehr von

dir verlangen ... Sieg für Mikes Superdoughnuts!« Der alte Herr rang sich ein trockenes Lächeln ab.

Es dauerte noch zwanzig Minuten, bis die Teilnehmer der Wundermeile an der Startlinie bereitstanden. Stefanovitch entdeckte Pierce vier Rollstühle weiter. Beide lachten und gaben einander das Siegeszeichen. Er konnte spüren, daß Pierce fest entschlossen war, ihn hinter sich zu lassen.

Er erinnerte sich an zwei Dinge, die Pierce ihm damals, als sie sich kennengelernt hatten, über Rollstuhlrennen gesagt hatte. Das erste war, nur den Fahrer zu sehen, der führte, sonst niemanden. Anderenfalls könnte man in eine Gruppe von Nachzüglern geraten und das Rennen nur noch frustriert beenden. Das zweite war, daß eine Position im Führungsdrittel oder im Mittelfeld davon abhing, wie man seinen Rollstuhl *streichelte.* Stefanovitch hatte es fast jeden Abend auf dem Gracie Square und, wenn er arbeitete, sogar auf der Straße geübt.

Plötzlich knallte der Startschuß, und die fünfzehn Männer in ihren Rollstühlen sausten überraschend schnell und behende los.

Dies war sein erstes großes Rennen, und er wollte passabel abschneiden. Ganz sicher hatten die Foltersitzungen im Fitneßcenter seinen Oberkörper so geformt, daß es so *aussah,* als ob er mit den anderen mithalten könnte. Er würde es bald wissen.

Die erste Viertelrunde führte ein Schwarzer mit einem knallroten T-Shirt und einer weißen Schirmmütze. Er schien förmlich zu fliegen. Stefanovitch fragte sich, ob er das Tempo durchhalten könnte. Er bezweifelte es, und er hatte recht.

Im zweiten Viertel fiel der Schwarze auf den zweiten Platz zurück. Dann auf den dritten. Stefanovitch hielt seine Position im vorderen Mittelfeld.

Der Mann, der nun führte, saß in einem niedrig gebauten Rollstuhl, der wie eine Seifenkiste aussah.

Pierce Oates war nun auf dem dritten Platz und bewegte sich mit wundervollen Schlägen. Er sah aus, als könnte er dieses Tempo den ganzen Tag beibehalten.

Die dritte Viertelrunde war physisch und nervlich am anstrengendsten, auch in der Mitte des Feldes. Stefanovitchs Arme fingen an sich zu verkrampfen und wurden vom Bizeps bis hinunter zu den Fingergelenken hart wie Stein. Er geriet in Panik. Er verlor merklich an Schwung. Er wunderte sich über die anderen. Er ruckte mit den Armen, statt kraftvolle streichelnde Bewegungen auszuführen. Die anderen Teilnehmer wirkten alle gelassen und entspannt.

Ein anderer zog an ihm vorbei, ein drahtiger Mann mit Halbglatze, auf dessen Brust das kornblumenblaue Emblem der Stokes-Manville Games prangte. Das Stokes-Manville war ein wichtiges internationales Rennen, das jedes Jahr in England stattfand. Wenn der drahtige Kerl daran teilgenommen hatte, mußte er nicht nur gut, sondern auch mit großer Leidenschaft bei der Sache sein.

Er hatte nicht mehr das Gefühl dahinzugleiten. Seine Arme waren wie Bretter, und der Schmerz breitete sich wie eine Flamme in die Schulterpartie aus. Wenn noch irgendwelche Kraft in ihm war, mußte er sie jetzt mobilisieren. *Wenn* noch etwas da war.

Er tat es zu Beginn der letzten Viertelrunde. Er spürte den Adrenalinschub. Es war wie eine zweite Energiewelle. Irgend etwas wirkte in ihm und trieb ihn an, er wußte nicht, ob es Stolz war oder Furcht. Finger einer unsichtbaren Hand ließen ihn *streicheln*.

Er überholte Stokes-Manville.

Dann den spitzköpfigen Schwarzen, der zuerst geführt hatte.

Pierce Oates rückte nun in Führung. Pierce wirkte unbesiegbar. Er streichelte, ja, er streichelte!

Die letzte Viertelrunde dauert bei einem Top-Rollstuhlrennen rund fünfundfünfzig Sekunden. Er hatte *beim Training* so gute Zeiten gefahren. Die Durchschnittszeit für die Meile lag irgendwo zwischen drei Minuten fünfundvierzig Sekunden und vier Minuten.

Der Schmerz in seinen Armen war unerträglich – die Oberarmmuskeln waren taub. Seine Lungen brannten.

Die Zuschauer feuerten die Rennfahrer an. Sie waren wirklich uneingeschränkt dabei. Es war ein großartiges Gefühl für Stefanovitch, erhebend und vollkommen unerwartet.
Er empfand bei jedem Atemzug ein Stechen, es war, als risse jemand seine Brust entzwei. Aber er mußte durchhalten. Er hatte keine Ahnung, was noch an Kraft in ihm übrig war.
Er hielt den Blick fest auf Pierce Oates' gelbes Hemd, die zweifache Wölbung seiner Rückenmuskulatur gerichtet. Die streichelnde Bewegung ist alles, rief er sich ins Gedächtnis. Nur das *Streicheln* ist wichtig.
Links und rechts blitzten Gesichter mit offenen Mündern vorbei. Er blickte wie gebannt auf das goldgelbe T-Shirt, das einige Meter vor ihm war.
Irgend jemand bespritzte ihn mit Wasser, und die Nässe löste ein köstliches Gefühl aus. Sie löschte die Flammen in ihm. Nur für einige wenige Sekunden, aber das spielte keine Rolle. Der zweite Energieschub war noch nicht abgeebbt. Es war so, wie er zu seinem Vater gesagt hatte – er war nun wieder da. Deshalb war das Rennen so wichtig. Stefanovitch kehrte zurück von den Toten. Seine Arme waren Muskeln aus Stein, aber der leichte Rollstuhl flog dahin. Er hätte ihn nicht besser streicheln können. Seine Bewegungen waren hart und zugleich fließend. Die qualvollen Sitzungen im Fitneßcenter zahlten sich endlich aus.
Er hatte Pierce fast eingeholt. Fast, aber nicht ganz. Es war genau so, wie er sich dieses Rennen vorgestellt hatte, wenn er abends in der Stadt trainierte. Außer, daß er den anderen nicht hinter sich lassen konnte.
Er und Pierce rasten auf die Ziellinie zu, an der sich die meisten Zuschauer versammelt hatten. Sie waren nun fast auf gleicher Höhe. Beide waren mehrere Meter vor dem dritten und dem vierten Teilnehmer.
Aber er konnte Pierce nicht schlagen. Er konnte ihn nicht hinter sich lassen. Er konnte es nicht.
Er würde sich auch nicht von Pierce schlagen lassen. Er mußte es verhindern. Er würde es verhindern.

»Deine Hand... deine verdammte Hand!« schrie Pierce plötzlich in seine Richtung.
Stefanovitch kapierte nicht – aber dann tat er es. Er streckte die Hand zur Seite, bekam die von Pierce zu fassen, wurde *eins* mit ihm.
Die beiden fuhren gemeinsam, Hand in Hand wie Teamkameraden, über die Ziellinie. Jesus, sie *waren* in einem Team. Die Rollstuhljungs.
Stefanovitch jubelte stumm. Er hatte so etwas nicht mehr gefühlt seit Long Beach, seit der Schießerei.
Er entdeckte seinen Vater und seinen Bruder in der Menge. Er sah seinen Vater, und der alte Herr lächelte, aber zugleich weinte er. Er hatte seinen Vater in den fünfunddreißig Jahren seines Lebens kein einziges Mal weinen sehen, nicht bei Hochzeiten, nicht bei Taufen und nicht mal bei Beerdigungen. Dies war das erste Mal.
Pierce Oates umarmte ihn ebenfalls. Nun würde alles irgendwie klappen. Stefanovitch war wieder da, wenigstens für einen Abend.

Isiah Parker, East Side

Es war kurz nach halb zehn, und der stetig dahinfließende Verkehr in der Third Avenue wurde spärlicher. Isiah Parker und Jimmy Burke warteten vor einer geschlossenen und verdunkelten Buchhandlung von Doubleday an der Kreuzung 50. Straße.
Beide trugen einen beigefarbenen Leinenanzug. Sie sahen aus wie zwei von den Geschäftsleuten, die immer noch aus den Bürowolkenkratzern im mittleren Manhattan herauskamen. Isiah Parker hatte oft gedacht, ein Straßenräuber oder Dieb, der sich in Manhattan wie ein seriöser Geschäftsmann anzog, würde wahrscheinlich nie gefaßt werden – und den meisten Bullen würde es zumindest nicht im Traum einfallen, ihn anzuhalten und zu befragen.

Als er endlich den langgestreckten Cadillac sah, der sich dem eleganten Baldachin über dem Eingang von Smith & Wolenskys Steak House in der Third Avenue näherte, wischte er alle anderen Gedanken fort und konzentrierte sich auf das, was in den nächsten neunzig Sekunden erledigt werden mußte.
»Gehen wir«, flüsterte er dem neben ihm stehenden Burke zu. »Wir sind Geschäftsleute von der East Side. Wir haben uns ein gutes Dinner gegönnt. Wir machen das so perfekt, so daß sich kein Mensch an uns erinnern wird. Wir sind *unsichtbar.*«

John Traficante und der Rechtsanwalt James O'Toole hatten ein Spezialsteak gegessen und mehrere Drinks genommen, sie waren rundum zufrieden. Traficante, der Erste von den unteren Bossen der New Yorker Mafia, war in einschlägigen Kreisen als Johnny Angel, der Todesengel, bekannt. Das hing vermutlich mit der Zahl der Morde zusammen, die er seit seiner Kindheit und Jugend in den Mafianachwuchsvierteln Howard Beach und Canarsie in Brooklyn verübt hatte. Traficante war der bevorzugte Killer des Lucchese-Clans gewesen. Auch als er unaufhaltsam höher kletterte, hatte er nicht vor schmutziger Arbeit zurückgeschreckt. Zu seinen Opfern gehörten ein Bundesrichter, mehrere New Yorker Kripobeamte, ein Zeitungsautor, potentielle Zeugen, darunter auch einige Frauen, und zwei kleine Kinder in Long Island.
Eben war seine Limousine vorgefahren. O'Toole, der Anwalt, stieß die Türen aus Glas und Mahagoni auf, als sie das Steakhaus verließen. Sie gingen an einem Paar vorbei, das unter dem dunkelgrünen Baldachin auf ein Taxi wartete. Cesare DeCicco, ihr Fahrer und Leibwächter, öffnete die Beifahrertür von Traficantes Cadillac.
»Er ist ein guter Junge«, pflegte Traficante über seinen siebenundvierzigjährigen Leibwächter zu sagen. »Loyal wie eine Hausschlange.«
Irgendein Idiot in einem Leinenanzug, der ihm entgegenkam,

paßte nicht auf, wo er hintrat. Er rempelte O'Toole an und streifte Traficantes Gucci-Anzug.
»He, he, nicht so eilig, du Idiot!« zischte der Gangster.
»Tut mir leid. Entschuldigung, Sir«, sagte Isiah Parker.
Die MP war ganz plötzlich da, wie hergezaubert.
Eine kurze Salve schleuderte den stämmigen Cesare DeCicco auf das hintere Ende des Cadillacs.
Das Paar, das gerade zu seinem Taxi wollte, warf sich zu Boden, und die Frau stieß einen gellenden Schrei aus. Restaurantgäste starrten entsetzt auf die Szene. Der Empfangschef ging unter einem Tisch in Deckung.
Ein Colt-Magnum richtete sich auf Traficantes pockennarbiges Gesicht.
»Polizistenmörder«, zischte Isiah Parker ihn an. »Dreckiger Schuft.«
Die Magnum wurde zweimal unmittelbar unter Traficantes Kinn abgefeuert. Der Kopf des Mafioso zuckte hoch wie vom Rumpf gerissen.
Parker ließ den Revolver einfach fallen. Er und Jimmy Burke gingen rasch, aber kein bißchen nervös die 50. Straße Ost hinunter zu einem wartenden Buick-Skylark. Die beiden Beamten der New Yorker Polizei stiegen ein, und der unscheinbare Mittelklassewagen fuhr fort.
Unsichtbare Männer.

Stefanovitch,
Police Plaza

Am nächsten Morgen rollte Stefanovitch kurz nach acht Uhr durch die doppelt verglasten Eingangstüren in die Hauptlobby von Police Plaza Nr. 1. Auf seinem Schoß lagen zwei zusammengefaltete Zeitungen, die *New York Time* und die *Post*. Die Neuigkeiten waren nicht erbaulich. *Mafiaboß erschossen! Neuer Gangsterkrieg.* Die Hochstimmung von Coney Island war wie weggeblasen.

Die Audiovisuelle Abteilung hatte in einem kleinen Vernehmungszimmer bei seinem Büro einen Videorecorder und einen Monitor installiert. Um Viertel nach acht sah er den ersten der Videofilme, die sie im Allure entdeckt hatten.

Er dachte dabei immer wieder an Ste-Germains Worte: *»Sind Sie vom Mitternachtsclub?«* Seit Jahren waren Geschichten über einen sogenannten Midnight Club in Umlauf. Angeblich war das eine kleine Gruppe von Gangsterbossen, die das organisierte Verbrechen rings um die Welt kontrollierten. Die Struktur des Clubs war bis heute ein Geheimnis.

Hatte der mysteriöse Club die Exekution von Ste-Germain und Traficante angeordnet? Wer vom Mitternachtsclub gab die Befehle? Was mochte auf den Sexbändern aus dem Allure sein?

Stefanovitch hatte beschlossen, sich die Videofilme allein anzusehen. Er konnte sich nicht vorstellen, wen man auf den Bändern festgehalten hatte, und er wollte niemanden dabeihaben, wenn er es herausfand. Gangster? Einflußreiche New Yorker

Geschäftsleute? Leute aus dem Showbusineß? Politiker? Mitglieder des Mitternachtsclub?

Sarah McGinniss saß vornübergebeugt in einem Taxi. Sie versuchte, eine Mappe mit Unterlagen über Alexandre Ste-Germain durchzugehen, während der Wagen den West Side Highway hinunterbrauste.
Vieles von ihrem Material über Ste-Germain war von einem ungewöhnlichen Dokumentar zusammengestellt worden, einem ehemaligen Angehörigen der Sondereinsatzgruppe gegen organisiertes Verbrechen. Nach den Unterlagen waren viele Frauen, die auf den Luxusstrich gingen, neuerdings keine hauptberuflichen Prostituierten mehr. Die meisten von ihnen wollten in irgendeinem Glamour-Beruf Karriere machen, als Fotomodell oder Schauspielerin, bei einer Künstleragentur oder Filmgesellschaft.
Ihrer Quelle zufolge brauchten sich die Superreichen nicht sehr anzustrengen, um Sex zu bekommen. Wenn sie in New York in einem Mortimer's oder in Los Angeles in den Luxusrestaurants Chasen's oder Spago's waren, konnten sie sich vielleicht beim Empfangschef nach verfügbaren Frauen oder Männern erkundigen. Dasselbe galt für exklusive Hotels. In vielen Städten des Landes gab es Luxusbordelle wie das Allure, so in Los Angeles, Miami, San Francisco, Las Vegas, Houston, Dallas, sogar in Cincinnati und Cleveland und einigen kleineren Städten.
Zuletzt klappte Sarah den Aktendeckel mit den Aufzeichnungen zu. Um halb neun hielt das Taxi vor der angegebenen Adresse im unteren Manhattan. Sarah sprang hinaus und eilte die Eingangsstufen hinauf, lief über den Fußweg und betrat den Gebäudekomplex des Police Plaza. Sie warf rasch einen Blick auf den Namen, den sie in ihren Notizblock gekritzelt hatte – *Lieutenant John Stefanovitch.*
»Scheiße. Zum Teufel, Bear, was ist los?«
Als die ersten Bilder über den Videomonitor geflimmert waren, hatte Bear Kupchek das verdunkelte Zimmer betreten und Ste-

fanovitch beim Anschauen des Films gestört. Stefanovitch schaltete das Gerät aus.

»Ich hab' dir doch *gesagt*, daß ich mir die Dinger allein ansehen will.«

Kupcheks rundes Gesicht nahm einen mißbilligenden Ausdruck an. »Ich hab's gehört. Ich glaube, ich verstehe die Situation. Du willst die Pornos allein genießen.«

»Was ist also? Ich muß bis Mittag hundert Stunden Film prüfen.«

Kupchek klimperte in den Taschen seiner ausgebeulten grauen Hose, die wie eine Pennerhose aussah, mit Kleingeld. Aus der Brusttasche seines weißen Hemds schaute ein Plastiketui mit Kugelschreibern heraus. Kupchek kleidete sich ungefähr so ausgesucht wie die Burschen, die vor dem Wettbüro bei Stefanovitchs Wohnung herumhingen. Alle seine Sachen sahen so aus, als hätte er sie von jemandem geborgt, der seine große Zeit in der Wirtschaftskrise gehabt hatte.

»Ich hab' eben von der Rezeption eine Nachricht für dich entgegengenommen. Eine Miss Sarah McGinniss ist auf dem Weg nach oben. Der Commissioner hat ihr erlaubt, die Heimvideos zu sehen. Sie ist eine bekannte Autorin. Anscheinend war der Commissioner ihr einen Gefallen schuldig, weil sie uns ein paar Sachen über Ste-Germain gesagt hat, die wir nicht wußten. Verstehst du?«

»Ich hab' so was gehört. Der Captain hat sie erwähnt. Hör zu, ich werde nicht dulden, daß irgendeine Enthüllungsreporterin oder Autorin oder was auch immer sie zu sein behauptet...«

Stefanovitch verstummte mitten im Satz. Er hatte keine Wahl. Jemand, vermutlich Sarah McGinniss, war soeben ins Zimmer getreten.

»Guten Morgen«, sagte sie mit einer angenehmen, unaufdringlichen Stimme. »Lieutenant Stefanovitch, ich bin Sarah McGinniss. Die Autorin, von der Sie eben gesprochen haben.«

Stefanovitch schaffte es irgendwie, seine Wut zu unterdrücken. Er rang sich ein Lächeln ab und murmelte der schlanken, dunkelhaarigen Frau an der Tür ein »Hallo« zu. Sie war keine Kay Whitley, aber sie war attraktiv, gewiß nicht das, was er erwartet hatte, als er hörte, daß eine Autorin im Anmarsch sei.

»Bear, könntest du Miss McGinniss und mich eine Minute allein lassen?« fragte er.

Kupchek machte ein vielsagendes Gesicht und verließ langsam das Zimmer, ohne die Hände aus den Taschen zu nehmen. Er machte die Tür hinter sich zu und ließ den Schnäpper mit einem lauten und deutlichen *Klick* einrasten.

»Dürfte ich etwas sagen, bevor Sie anfangen, Lieutenant?«

»Lieber nicht.« Stefanovitch seufzte und schüttelte den Kopf. Ihm war klar, daß er bei ihr unnachgiebig, vielleicht sogar unfreundlich sein mußte. »Sehen Sie, wir haben beide viel um die Ohren. Sie schreiben Ihre Story, Ihr Buch, und ich führe eine unangenehme und schwierige Ermittlung durch. Eine, die mir besonders an die Nieren geht.«

»Lieutenant, ich glaube, ich könnte ...«

»Ich kann mich jetzt nicht mit New Yorker Politik befassen. Ich will es auch nicht. Ihre Sachen gefallen mir auch so. Ich habe *Einer Mutter Freundlichkeit* gelesen. Aber diese Videofilme sind Teil einer Mordermittlung, die gerade erst angefangen hat. Es ist mir egal, was Sie mir über Alexandre Ste-Germain erzählen können. Wenn Sie also bitte gehen würden.«

»Es gefällt mir, wie Sie das alles gesagt haben, Lieutenant. Vor allem das Kompliment über mein Buch.« Als Sarah endlich dazu kam, ein paar Worte einzuwerfen, begannen ihre Augen entwaffnend zu funkeln. »Das Problem ist nur, daß es nicht das einzige bleiben darf.«

»Es ist mir ziemlich egal, ob ...«

»Ich habe Sie auch ausreden lassen, Lieutenant. Seien Sie bitte fair, ja?« Sarah lächelte. Der kleine Disput zwischen ihnen schien ihr Spaß zu machen. »Erstens haben nicht Sie zu bestimmen, wer die Filme sehen darf, sondern der Commissioner der New Yorker Polizei. Zweitens interessiert sich der Commissioner für das Material, das ich über Alexandre Ste-Germain und

besonders über den Midnight Club habe. Ich verspreche Ihnen, daß ich Ihnen nicht bei Ihrer Arbeit in die Quere komme, Lieutenant. Solange Sie mir auch nicht in die Quere kommen.«
Sarah zog ihre Jacke aus, einen alten stahlblauen und rosa Anorak. Außer der farbenfrohen Jacke trug sie ein verwaschenes Clubhemd, eine Khakihose und schmuddelige Sneaker. Die Kluft war bequem und schien sich gut für eine lange Arbeitssitzung im Polizeipräsidium zu eignen.
»Lassen Sie das. Warten Sie. Fangen Sie bloß nicht an, sich hier häuslich niederzulassen.« John Stefanovitch rollte auf sie zu.
»Hören Sie«, sagte er dann. »Entweder ich sehe mir diese Filme allein an, und diese Mordermittlung geht weiter... Oder *Sie* sehen die Filme, und die Ermittlung ruht so lange, bis Sie hier raus sind.«
»Die Entscheidung liegt bei Ihnen«, sagte Sarah achselzuckend.
»Ich habe nichts dagegen, wenn Sie warten wollen.«
Sie setzte sich auf einen der beiden harten Stühle, die in dem winzigen, muffig riechenden, ziemlich ungastlichen Büro standen.
Der Raum war höchstens zweieinhalb mal drei Meter groß. Sie war in geräumigeren Wandschränken, anheimelnderen Klosetts, stilvolleren Telefonzellen gewesen.
Plötzlich stand sie wieder auf. Sie trat zu einem kleinen Wandtisch und schenkte sich einen Plastikbecher Kaffee ein.
»Bitte bedienen Sie sich«, sagte Stefanovitch verspätet.
»Danke.« Sarah trank einen Schluck und schnitt eine Grimasse.
»Mein Gott, das ist ja höllisch bitter. Machen Sie Ihren Kaffee selbst? *Ist das* Kaffee?«
»Ich mache meinen Kaffee selbst, und ich mag zufällig nur starken Kaffee. ›Davon kriegt man Haare auf der Brust‹, wie mein Vater immer gesagt hat. Ich habe nicht damit gerechnet, daß ich Besuch bekomme. Ich habe niemanden eingeladen. Meinetwegen, sehen Sie sich die Dinger mit an.«
Stefanovitch haute mit dem Ballen seiner rechten Hand auf die

Play-Taste des Videorecorders. Zwei nackte Körper erschienen auf dem Bildschirm. Eine passende Untermalung des Gesprächs. »Fabelhaft. Wirklich großartig.« Er konnte sich nicht erinnern, wann er zuletzt so stocksauer gewesen war. Diese Ermittlung nahm ihn entschieden mit. Er konnte auch nicht aufhören zu sticheln.

»Ich nehme an, Sie sehen Ihre Pornovideos gewöhnlich zu Haus?«

»Manchmal.« Sarah begann sich zu amüsieren. Zumindest hatte sie das Gefühl, daß sie die meisten Runden für sich entschied. »Hotels mit Münz-TV sind auch sehr gut. Dann und wann leihe ich mir auch drüben in der Ninth Avenue selbst einen Porno aus.« John Stefanovitch hielt den Blick fest auf den flimmernden Bildschirm gerichtet. Er tat sein Bestes, um sich auf die Szene zu konzentrieren, die dort ablief.

Die Videofilme vom Allure waren so offenherzig wie irgend etwas, das in der Ninth Avenue in New York, in der Zeedijk-Straße in Amsterdam oder auf der Reeperbahn in Hamburg gezeigt wurde. Aber es gab einen wichtigen Unterschied. Auf diesen Bändern agierten keine unterbezahlten Pornodarsteller.

Ein bildschönes blondes Mädchen, das nicht älter als achtzehn oder neunzehn aussah, posierte gerade verführerisch. Sie rekelte sich auf einem mit Silberlamé bezogenen Doppelbett. Die junge Prostituierte war schlank und schmalhüftig, mindestens so hinreißend wie die besten Models in *Vogue* oder *Cosmopolitan.*

Ein cremefarbenes Nachthemd aus einem Schleiergewebe zeigte die Konturen ihrer Brüste. Ihre großen braunen Augen wurden durch raffiniert aufgetragenen Lidschatten betont. Das Haar war zur Seite gekämmt und wurde von einer kostbaren Elfenbeinspange gehalten. Er dachte an Kay Whitley und Kimberley Manion, an die Vollkommenheit, die im Allure verlangt wurde.

Auch Sarah McGinniss fragte sich, wo sie so schöne Frauen herbekamen. Was hatte all das mit der Ermordung Alexandre Ste-Germains zu tun? Mit irgendeinem internationalen Banden-

krieg, der täglich ausbrechen konnte? Mit dem Mord an John Traficante in der Third Avenue? Mit dem Midnight Club?
Während sie die Luxusnutte betrachtete, glaubte sie allmählich zu wissen, wie die Pornos aussahen, deren Produzenten nicht mit Geld sparen mußten. Sie fing auch an, ein bißchen verlegen zu werden. Dann, etwas später, wurde sie immer verlegener.
Ein guterhaltener silberhaariger Mann, wahrscheinlich Anfang Fünfzig, trat von links in das Aufnahmefeld der Kamera. Er setzte sich neben das blonde Mädchen.
Sarah konnte sehen, daß er sich regelmäßig fit hielt. Außerdem wirkte er reich, er hatte etwas Verwöhntes und Übersättigtes an sich. Seine nach hinten gekämmten Haare waren noch naß. Er hatte einen kurzen, weißen, flauschigen Bademantel an. Sie dachte, sie sollte etwas von alldem notieren.
»Ich bin seit drei Wochen mit niemandem mehr zusammengewesen«, sagte das blonde Mädchen. Ihre Stimme war weich und melodisch. Ihr Lächeln war ein klein wenig schief, was ihr einen zusätzlichen Reiz verlieh. Ihre Brustwarzen stießen gegen das dünne Gewebe des Nachthemds. »Du siehst wie immer sehr gut aus, Gerard. Alle Leute bei Chanterelle haben dich angestarrt, nicht nur die Frauen, auch die Männer. Hast du es nicht gemerkt?«
Der Mann lächelte geschmeichelt. Er bildete sich offensichtlich eine Menge auf sich ein. Seine teuren italienischen Mokassins lagen neben dem Bett.
»Wohin hat dein Kurztrip dich geführt?« fragte er.
»Oh, ich war auf St. Barts. Ich habe nur relaxt. Eine Freundin von mir hat da eine Villa in den Bergen.«
»Eine Freundin?«
»Ja, eine uralte Freundin.« Das blonde Mädchen bewegte sich mit katzenhafter Geschmeidigkeit. Sie hatte eine natürliche Anmut und machte keine Geste zuviel. Sie schien Ballettunterricht gehabt zu haben, vielleicht war sie sogar Tänzerin.
Das Nachthemd raschelte kaum hörbar, als Seide über Haut strich. Sarah mußte auf einmal daran denken, daß irgendwann

mal jemand für sie Tanzunterricht bezahlt hatte. Der Gedanke bekümmerte sie. Was für eine Verschwendung war das gewesen.

Das Mädchen schmiegte sich an den Rücken des Mannes und begann, mit beiden Händen seine Schläfen zu massieren. Ihre Fingernägel waren blutrot. Er seufzte unter ihrer Berührung.

Als sie ihn einige Minuten massiert hatte, verließ sie plötzlich die Suite. Die romantische Hintergrundmusik war gedämpft und sinnlich. Man hatte an alles gedacht. War es bei Alexandre Ste-Germain auch so gewesen? War es im Allure immer so?

Die junge Frau kam mit einer kleinen silbernen Dose zurück, die wie eine Pillenschachtel aussah. Sie wählte eine der vielen farbigen Pillen, die sich darin befanden, und der silberhaarige Mann nahm eine andere. Sie machten es offensichtlich nicht zum erstenmal. Sie lachten jetzt übermütig wie zwei Kinder, die ausnahmsweise einmal länger aufbleiben dürfen.

Stefanovitch hatte von ein oder zwei außerordentlich teuren Bordellen in New York gehört. So sahen sie also aus. »Er hat ein Qaalude, ein Aufputschmittel, genommen«, sagte er. »Was sie geschluckt hat, weiß ich nicht.«

Die Prostituierte stand nun vor dem Silberhaarigen und streifte langsam die Träger des Nachthemds von ihren zarten, sommersprossigen Schultern. Das seidene Hemd rutschte bis zur Taille hinunter, und ihre Brüste waren für den Mann, nicht aber für die Kamera sichtbar.

Dann langte sie unter den Bademantel des Mannes. Sarah meinte, endlich zu verstehen, was das Wort Luxusdirne bedeutete. Dinge, die sie nur aus Büchern und Polizeiprotokollen kannte, erwachten plötzlich zum Leben.

»Du hast mir wirklich gefehlt, Gerard«, sagte das blonde Mädchen sehr leise und etwas theatralisch.

»Faß dich selbst bitte auch da unten an.« Der Mann wirkte plötzlich unterwürfig. Er legte langsam Hand an sich.

Faß dich selbst bitte auch da unten an, wiederholte Sarah spöttisch für sich. Sie war zornig auf den Mann, der das junge Mädchen nur gebrauchte. Als sie in Kalifornien erfahren hatte, daß ihr Mann mit einer anderen schlief, hatte sie sich selbst betrogen und mißbraucht gefühlt. Und sie hatte geglaubt, es müsse ihre eigene Schuld sein, daß sie ihn verloren hatte.

»Du bist so unglaublich attraktiv. So elegant. Gerard ... du tust alles mit so viel Stil. Ich sage das nicht nur, weil ... du weißt schon.«

Sarah konnte sehen, daß der Silberhaarige das Bedürfnis hatte, die Worte zu glauben. Sie hatte plötzlich den Drang, etwas zu dem Film zu sagen. Die Szene war ausgesprochen packend. Stefanovitch räusperte sich verlegen.

»Möchten Sie ein Eukalyptusbonbon, Lieutenant? Ich hab' zufällig welche dabei«, sagte sie. Er verdiente jeden Hieb, der ihr einfiel.

Stefanovitch spürte, wie er rot wurde. Sein Nacken und seine Brust kitzelten. Aber er hätte um ein Haar losgelacht. Sarah McGinniss stand jetzt vor dem Monitor. »Wahrscheinlich haben die Pillen ihre Körper sensibilisiert«, sagte er schließlich.

»Haben Sie schon mal Qaaludes genommen?«

»Ein- oder zweimal«, sagte Stefanovitch. Dann fiel ihm ein, daß seine Bemerkung in ihrem Buch landen könnte, und er runzelte die Stirn. *Viele, wenn nicht die meisten New Yorker Kriminalbeamten nehmen selbst verbotene Drogen!*

»Ich möchte dich jetzt nicht ausziehen«, flüsterte der Silberhaarige nun rauh.

»Noch nicht. Laß es uns auskosten ... Gerard? Ich weiß was, was besser ist. Bist du einverstanden? Du vertraust mir doch?«

»Natürlich. Ich bin mit allem einverstanden, was du machst.« Er klang plötzlich unsicher, mehr seinem Alter entsprechend.

Das Callgirl stand wieder auf. Es trat zwei Schritte vom Bett fort. Es zog das Nachthemd langsam wieder hoch, streifte die Träger wieder über die Schultern.

Dann fuhr sie sich langsam mit ihren langen Fingernägeln die Schenkel hinunter. Man hörte ein leises kratzendes Geräusch.

Stefanovitch dachte an einige schlüpfrige Hollywoodfilme, die er gesehen hatte. *Body Heat.* Ein Remake von *Im Netz der Leidenschaften.* Verglichen mit dem hier, waren sie zahm und prüde.

Obgleich noch gar nichts passiert war. Nur ein bißchen Vorspiel... Nichts Konkretes. *Aber es war authentisch.* Keine hölzernen Schauspieler und Schauspielerinnen, die auf Wollust machten.

Mitternacht? fragte er sich abermals. Was bedeutete Mitternacht? Wenn es der Mitternachtsclub war, was war der Zusammenhang? War der Club hinter Alexandre Ste-Germain hergewesen? Oder war jemand hinter Mitgliedern des Clubs her? Das war ein enormer Unterschied. Ein wichtiger Unterschied für seine Ermittlungen.

Die blonde Prostituierte hatte der Kamera nun ihr Profil zugewandt. Wußte sie, daß die Szene gefilmt wurde? Von ihren Arbeitgebern? Von jemand anderem? Sie öffnete den Mund ein wenig, und ihre Lippen glänzten feucht – sie öffneten sich wie eine exotische Muschel.

Ihre Brustwarzen waren aufgerichtet. Wenn sie alles nur spielte, war sie eine brillante Schauspielerin, viel zu gut für diesen Film. Sie rieb ihre Brustwarzen mit den Handflächen, und ihre Brüste schienen anzuschwellen.

Nun langte sie unter das dünne weiße Nachthemd. Sie kniete auf Zehenspitzen, und ihre zarten Fesseln spannten sich. Der Silberhaarige fing plötzlich an zu zucken. Zum erstenmal hatte er die Kontrolle verloren. Er sah nicht so aus, als ob er es gewohnt war, die Kontrolle zu verlieren. Stefanovitch war so gut wie sicher, daß er irgendein wichtiger Mann war, jemand, den er erkennen müßte. Wußte er, was Mitternacht bedeutete? Wußte das blonde Callgirl es? Wußte irgend jemand von den Leuten, die das Allure aufsuchten, die Antworten, die er brauchte?

Außer den Geräuschen der Tonspur des Films war in dem kleinen Raum nichts zu hören. Stefanovitch hatte die letzten paar Minuten nicht mehr zu Sarah McGinniss hinübergeblickt.

»Zweitausend Dollar für eine Nacht«, sagte Stefanovitch schließlich. Er hatte das Gefühl, daß er etwas sagen mußte, um die Spannung zu lösen.

»Sie ist sehr clever«, sagte Sarah McGinniss. »Sie hat sich kein einziges Mal von ihm anfassen lassen.«

Sarah McGinniss, New York, Kennedy Airport

»Daddy! Daddy!« rief Sam. Seine helle Jungenstimme überschlug sich vor Freude und Erwartung. In diesem Augenblick zuckte Sarah zusammen. Der Schmerz war unvermittelt und durchdringend, kaum zu ertragen. »Roger the Dodger« kam leichtfüßig durch den supermodernen, in Rot und Blau gehaltenen TWA-Terminal auf sie zugeschritten. Er streifte nicht vorhandene Knitterfalten seines Cordsakkos und seiner Hose glatt. Daddy war wieder da.

Sein Gesicht wirkte wie gewöhnlich abgehetzt und zu dünn. Endlich lächelte er und winkte Sam mit beiden Armen zu.

Sarah zwang sich, tief durchzuatmen. Rogers Lächeln erinnerte sie daran, wie es ganz am Anfang, das heißt fast sechs Jahre lang, mit ihnen gewesen war. Sie dachte daran, wie lustig und charmant Roger sein konnte, wenn er in der richtigen Stimmung war. Und an die unleugbare Tatsache, daß er ein guter Vater gewesen war, ein richtiger Daddy, bis zu dem Tag, an dem er sie beide verlassen hatte.

»Hallo, Dicker!« Roger hob Sam hoch und schwenkte ihn herum. Sarah sah mit ihrem geistigen Auge, wie er sich früher nach unten gebeugt und Sam hochgehoben hatte, viele hundert Male. Sie registrierte, daß Sam sie beide beobachtete, um endlich dahinterzukommen, was vor zwei Jahren zwischen seiner Mam und seinem Dad vorgefallen war. Sarah versuchte auch noch, es zu ergründen.

»Tag, Sarah, wie geht's?« begrüßte Roger endlich auch sie. »Hübsch und braungebrannt wie immer im Sommer«, beantwortete er die floskelhafte Frage selbst. »Du auch, Kamerad. Wie gefällt dir das Strandhaus von deiner Mami?«
»Toll, es ist Spitze. Fährst du mit uns raus?« fragte Sam und wartete gespannt, wie sie auf die harmlos klingende Frage reagieren würden.
»Hm, ich weiß noch nicht. Wir werden sehen, mein Junge, aber ich denke, bis dahin gibt es mehr als genug anderes, was wir tun können. Ich habe daran gedacht, mit Sam zu meinen Eltern zu fahren«, teilte Roger ihr mit.
Es war nur zu ihrer Information. Er bekam Sam im Sommer für zwei Wochen und für zwei Wochen über Weihnachten – ohne Bedingungen. Er konnte ihn mitnehmen, wohin er wollte. Als er sie gestern angerufen hatte, hatte er sogar betont, es wäre gut, wenn Sam eine Zeitlang nicht in New York wäre – während sie an einer so brisanten und womöglich »gefährlichen« Story arbeitete. Sarah war aufgefallen, daß er die Worte »Dicker«, »Kamerad« und »mein Junge« benutzt hatte, als er Sam anredete. Sie kannte diese Art, wenn sie selbst beim Schreiben bemüht war, dasselbe Wort in einem Satz nicht zweimal zu verwenden, wenn sie voller Selbstkontrolle und Anstrengung war. Und sie war erstaunt, wie sehr sie diese seltenen Begegnungen immer noch mitnahmen.
»Weißt du noch, wie du in Batavia warst?« fragte Sarah ihren Sohn. Sie registrierte, daß ihre Stimme gepreßt und etwas aufgesetzt klang.
»Sicher weiß Sam es noch«, sagte sein Vater.
»Ja, klar. Da wohnen Oma und Opa. Der Schnee wird im Winter drei Meter hoch. Oma nennt es Klein-Sibirien.«
»Sie hat jede Menge Phantasie. Sie hätte Schriftstellerin werden sollen.«
Sarah wollte sich noch nicht von Sam trennen, und die drei fuhren fort, vor einem Flugversicherungsstand nichtssagende Bemerkungen zu tauschen.

Dann winkten sie einander zum Abschied zu, ihr übertriebenes beidarmiges Winken. Sie lächelten, als ob es keine große Sache wäre.

Endlich gab Sarah sich einen Ruck und drehte sich um. Sie ging zurück zum Parkplatz, wo ihr Wagen stand. Sie merkte, daß sie sich auf die Unterlippe biß, und dann fing sie an zu weinen. Heiße Tränen liefen ihre Wangen und ihren Hals hinunter, in den Kragen ihrer Bluse. Ihr Augen-Make-up hinterließ dunkelbraune Streifen, aber es war ihr gleich. Sie hustete und fing an zu würgen, während sie von den Leuten angestarrt wurde.

Eine Frau, die ihr entgegenkam, blieb stehen und fragte, ob etwas nicht in Ordnung sei, ob sie vielleicht Hilfe brauche. Sarah versuchte zu erklären, daß sie sich einfach dumm anstellte, ihr geschiedener Mann übe nur sein Besuchsrecht aus und habe ihren kleinen Jungen für zwei Wochen mitgenommen – und sie vermisse Sam schon jetzt furchtbar.

Die Frau umarmte sie mitfühlend und tätschelte dann, während sie redete, ihren Arm. Sarah wußte, daß New Yorker manchmal zu solchen Gesten der Nächstenliebe imstande sind, und es war immer wieder rührend, wenn sie eine machten. Sie wußte, daß sie Roger immer noch liebte, wenn auch auf eine sonderbare, unerklärliche Weise. Und spätestens in diesem Moment wußte sie auch, daß sie die Trennung überwunden hatte. Sie mußte weitermachen mit ihrem eigenen Leben.

Aber sie fühlte sich so schrecklich einsam. Während sie diesen einen Augenblick auf dem Kennedy Airport mit einer Fremden teilte, hatte sie das Gefühl, daß sie ihr Leben lang noch nie so allein gewesen war. Alles, was sie hatte, war Sam, und jetzt hatte sie nicht mal mehr ihn.

Sarah McGinniss, Police Plaza

Als sie später am Morgen Police Plaza Nr. 1 betrat, war sie sich einer ungewöhnlichen inneren Spannung bewußt. Sie wollte

keine Neuauflage der Auseinandersetzung, die sie beim erstenmal mit Lieutenant Stefanovitch gehabt hatte, aber sie mußte weitere Videofilme sehen, möglichst alle.
Zum Glück war sie als erste in dem kleinen Raum, wo man gestern den Monitor und den Videorecorder angeschlossen hatte.
Eine gefällige Sekretärin schloß das Gelaß für sie auf. Sarah machte es sich im feindlichen Lager so bequem wie möglich. Dann entwickelte sie ein System, um eine größere Zahl von Bändern zu »verarbeiten«.
Kurz nach Mittag ging die Tür langsam auf. Sarah hob den Blick von dem Notizblock auf ihrem Schoß. Lieutenant Stefanovitch war gekommen. Er zögerte, ehe er ganz in den Raum fuhr. Übrigens sah er heute anders aus, fast wie ein richtiger Bulle. Er trug ein braunes Tweedsakko, ein grünes Hemd, einigermaßen gebügelte Hosen und Schnürstiefel.
»Ich habe nicht gewußt, daß Sie hier sind.« Er lächelte. Er war sogar halbwegs höflich.
»Wenn ich die Schnelltaste drücke, wird der Ton automatisch abgeschaltet«, erläuterte Sarah die Stille.
»Etwas Interessantes in der Serie, die Sie gesehen haben?« fragte Stefanovitch.
Sie hielt den Block mit Aufzeichnungen hoch, die sie gemacht hatte. »Ich führe eine Art Logbuch.« Es war eine bunte Mischung von Mafiagrößen, Geschäftsleuten und vielen Berühmtheiten aus dem Schaugeschäft, vor allem aus Los Angeles und New York.
»Ich habe mir erlaubt, Kaffee zu machen«, fügte sie hinzu, ehe sie noch einen Schluck trank. Sie registrierte, daß Stefanovitch immer noch einigermaßen freundlich war.
Er fing sogar zu lachen an.
»Sie lachen mich aus«, sagte Sarah finster. »Obgleich ich mich an Ihre Spielregeln halte.«
»Ich lache Sie nicht aus. Es ist nur, weil Sie so ernsthaft bei der Sache sind. Die Reporterin, die von sich aus ermittelt.«

Sarah lächelte. Aus den Augenwinkeln heraus konnte sie auf dem Bildschirm immer noch nackte Leiber zucken sehen.
»Lieutenant, ich bin aus Stockton, Kalifornien. Kennen Sie Stockton? Kleine Klitschen, Wanderarbeiter. Meine Eltern schlugen sich mit Zwiebelernten, Salatanbau und Erbsenpflükken durch. Ich schaffte es irgendwie rauszukommen. Und bekam einen Zeitungsjob. Wie Red Smith zu sagen pflegte: ›Ich verdiene meinen Lebensunterhalt damit, daß ich eine Schreibmaschine betätige.‹ Ich schrieb über alles, was gerade passierte. Ich hatte Glück. Ich stolperte über eine sehr gute Story.«
»Sie haben auch ein gutes Buch geschrieben. Das war kein Glück. Das war wieder die ernsthafte Arbeiterin.«
John Stefanovitch ertappte sich dabei, wie er Sarah McGinniss etwas aufmerksamer betrachtete. Ihr Lächeln hatte etwas sehr Frauliches. Ihre Wangen waren ein wenig gerötet. Sie war verlegen, und er staunte darüber, daß sie so verwundbar war.
»Hören Sie, Sarah.« Stefanovitch blickte zerknirscht. »Tut mir leid, daß ich gestern so ekelhaft gewesen bin. Das ist die Nummer, die *ich* abziehen muß, seit all das passiert ist. Manchmal trage ich einfach etwas zu dick auf.«
»Vielleicht etwas zu dick«, sagte Sarah lächelnd.
Einige Sekunden war es in dem Kabuff still. Der Bleistift in Sarahs Hand klopfte rhythmisch auf die Spirale ihres Notizblocks.
»Hören Sie, haben Sie Hunger? Ich sterbe nämlich vor Hunger. Wie wär's, wenn wir kurz um die Ecke gingen und etwas äßen? Kennen Sie Forlini? Kommen Sie, Lieutenant. Wenn schon hängen, dann lieber für eine große Sünde.«
Auf dem Weg zu dem Restaurant in Little Italy steckte Stefanovitch einem Bettler, einem Penner, der jetzt, mitten im Juni, einen dicken, schwarzen, schmuddeligen Wintermantel trug, eine zusammengefaltete Dollarnote zu.
»Sind Sie immer so großzügig?« fragte Sarah ihn.
Stefanovitch brummte etwas über Wohlfahrtsküchen und dann und wann eine gute Tat tun. Sarah ließ das Thema fallen. Aber

sie war sonderbar gerührt. Das Bild dieses merkwürdig charismatischen Mannes im Rollstuhl, der Asozialen half, ließ sie nicht los. Der Oberkellner von Forlini begrüßte Sarah mit einem strahlenden Lächeln und einem übertriebenen ritterlichen, fast liebevollen Händedruck. »Ah, *la bella signora,* wie schön, Sie neuerdings so oft bei uns zu sehen!«

Seit sie am »Club« arbeitete und soviel Zeit am Foley Square und in Police Plaza Nr. 1 verbrachte, war Forlini eines ihrer Stammlokale geworden, wenigstens für den Lunch. Der Oberkellner und die meisten Kellner kannten sie von früheren Besuchen. Der Oberkellner führte sie zu einem Ecktisch und nahm die Getränkebestellung entgegen, um dann zur Bar zu eilen.

Sarah hatte schon andere Kriminalbeamte hierhergebracht, und sie schien immer diejenige zu sein, die bezahlte. In Little Italy waren Frauen, die die Rechnung zahlten, immer noch ungewöhnlich und äußerst suspekt.

»Erzählen Sie von der Zeitungsarbeit«, sagte Stefanovitch, als der Mann gegangen war. »Ich habe dann und wann mit ein paar verdammt guten Reportern zu tun. Burschen von der *Times.* Oder von der *New York Daily News.* Scheint eine knallharte Branche zu sein.«

»An der Westküste ist sie nicht ganz so macho. Vielleicht ein bißchen in San Francisco, wo ich angefangen habe. Aber nicht in Palo Alto.«

Sarah hatte nie unbefangen über sich selbst reden können, nicht einmal als ihr Buch auf die Bestsellerlisten gekommen war. Auch jetzt wollte sie nicht unbedingt über sich reden.

»Warum machen Sie nicht den Anfang?« sagte sie über den kleinen, isoliert stehenden Tisch hinweg. »Erzählen Sie mir etwas über sich, Lieutenant, irgend etwas. Ich werde in meinem Buch über Sie schreiben müssen. Ich habe schon ein wenig über Sie geschrieben.«

»Über gestern?« Stefanovitch hustete und klopfte sich auf die Brust.

»Ein wenig. Klar. Ich schreibe jeden Morgen.« Der Ausdruck

auf ihrem Gesicht war ein bißchen schalkhaft, nicht mehr so ernst. Ihre Augen hatten ein sympathisches Funkeln.
»Wie bin ich bei dem weggekommen, was Sie heute morgen geschrieben haben?«
»Was glauben Sie? Unfreundlich, ein ziemliches Ekel. Genau so, wie Sie waren.«
Sie lachten beide. Es ließ sich gut an. Die Getränke kamen, und der Oberkellner hielt das übliche leidenschaftliche Plädoyer für einige Spezialitäten des Hauses. Stefanovitch entschied sich für Tomaten mit Mozzarella und Basilikum und gebratene Tintenfischringe. Er lernte immer noch, seinen Appetit zu zügeln, sich dem Leben im Rollstuhl anzupassen. Sarah wählte Linguini mit Muscheln und Krabben und als Vorspeise Schinken mit Melone.
»Zuerst hatte ich den Eindruck, daß Sie auch sehr ernsthaft sind«, sagte Sarah. Sie legte beim Reden den Kopf zur Seite. Die Wirkung war faszinierend. »Sind Sie das?«
Stefanovitch fand, daß sie ihn ein bißchen manipulierte, ihn interviewte. Er fand es ganz interessant und betrachtete es als eine Herausforderung, die man annehmen mußte.
»Ich verlasse mich nicht mehr so sehr auf erste Eindrücke«, sagte er. »Die Leute sind zu aalglatt geworden. Es gibt zu viele gute Schauspieler.«
»Jetzt reden Sie wieder wie ein Bulle«, sagte Sarah.
»Ich bin ein Bulle. Das war jedenfalls der Eindruck, den ich von mir als Bullen erwecken wollte. Wollen Sie den Eindruck von Minersville, Pennsylvania? Den Eindruck vom Einschiffungshafen der Navy? Ich beherrsche ein paar verschiedene Nummern. Jeder Straßenbulle muß ein paar Tricks parat haben.«
Während Sarah beobachtete, wie John Stefanovitch menschlicher wurde, beschloß sie, es darauf ankommen zu lassen. Danach, auf dem Rückweg zur Police Plaza, sollte sie sich allerdings fragen, ob sie das Recht gehabt hatte, die nächsten paar Fragen zu stellen. Sie stützte die Ellbogen auf den Tisch und beugte sich vor, ohne den Blick von ihm zu wenden. »Erzählen

Sie mir etwas über die Zeit, bevor Sie angeschossen wurden, Lieutenant. Ihre Frau hieß Anna, nicht wahr? Sie war Lehrerin?«

Stefanovitch rutschte unbehaglich in seinem Rollstuhl hin und her. Er hob sein Weinglas, trank aber nicht. Er drehte das Glas zwischen den Fingern.

Sarah sah, daß ihre Fragen etwas in ihm anrührten, das er lieber ruhen lassen würde.

»Ja, sie hieß Anna. Eigentlich Anna Maddalena. Wir haben uns in Ashland, Pennsylvania, kennengelernt, als ich aus der Navy entlassen wurde. Ich habe vier Jahre gedient.«

»Erzählen Sie mir von Anna.« Sarahs Stimme war leise, vertraulich. Sie war als Interviewerin ein Naturtalent. Sie fand fast immer den richtigen Ton und verstand es, Menschen zuzuhören.

»Ich glaube ... Warten Sie. Als ich größer wurde, irgendwann in der Zeit, in der ich oft in Teenagerkneipen rumhing, fragte ich mich, was es eigentlich mit der Liebe auf sich hat. Zum Beispiel, wann man weiß, ob man wirklich verliebt ist ...«

Er war viel offener, als sie gedacht hatte. Es war fast, als ob John Stefanovitch das Bedürfnis hatte zu reden.

»Wann weiß man, ob das die große Liebe ist?« fuhr er fort. »Ich hatte Glück. Verdammtes Glück. Etwa vier Jahre lang waren meine Prioritäten ganz klar. Anna stand ganz oben auf der Liste. Dann kam meine Arbeit. In dieser Reihenfolge. Und ich hatte nie den Schatten eines Zweifels.«

Sarah bemerkte, daß er die Hände verschränkt hatte. Die Finger waren so verkrampft, daß sie an den Spitzen weiß anliefen.

»Wir paßten einfach sehr gut zueinander. Ich nehme an, wir ergänzten uns. Als ich hörte, daß Anna tot war ... ich weiß nicht, wie ich das beschreiben soll, was ich fühlte. Eine Leere, ein großes Nichts. Etwas in mir war kaputt. Ich ... ich weiß nicht mal, was ich Ihnen sagen soll.«

Es war eine Kleinigkeit, kaum merklich, aber Sarah hörte, daß seine Stimme bei den letzten Worten lebhafter wurde.

»Ende des Interviews«, sagte er. »In Ordnung?«
Sein Gesicht war vor Kummer verzerrt. Seine braunen Augen waren in diesem Augenblick der Wahrheit von unsäglicher Trauer erfüllt, aber dann zwang er sich, sie wieder anzusehen.
Sarah war beschämt. Etwas in seinen Augen hatte sie unerwartet angerührt, ehe sie sich dagegen wappnen konnte.
»Entschuldigung. Ich hab' lange nicht mehr darüber geredet.« Er lächelte bittend.
Sarah empfand zum erstenmal ein Gefühl der Wärme für ihn. Sie verstand plötzlich viel besser, wer er war, und bedauerte, daß sie seinen Kummer entweiht hatte. Sie stellte fest, daß ihre eigenen Hände zusammengeballt waren.
»Nein, nein. Ich bin diejenige, die sich entschuldigen muß. Wahrscheinlich hat Ihnen nie jemand so persönliche Fragen gestellt. Es tut mir leid. Wirklich.«
Stefanovitch reichte plötzlich vorsichtig, um kein Glas umzustoßen, die Hand über den Tisch. Er lächelte wieder. Ein Mann, der vieles wegstecken kann, dachte Sarah.
»Auf gute Partnerschaft«, sagte er.
Sarah war es immer noch schrecklich peinlich, ihn all das gefragt zu haben. Sie schlug ein.
Sie sah ihm in die Augen und wußte, daß das, was sie dort sah, Aufrichtigkeit war. Vielleicht hatte er recht, vielleicht sollte man sich nicht mehr auf seine ersten Eindrücke verlassen.
»Und jetzt erzählen Sie endlich, was Sie heute in den Pornos gesehen haben«, sagte er schließlich.

Isiah Parker,
Cin-Cin

Eine unauffällige blaue Leuchtreklame – BAR – war der einzige Hinweis darauf, daß Spring Street 649 mehr war als eines der düsteren und heruntergekommenen Lagerhäuser, aus denen die ganze Straße zu bestehen schien.

Der kleine Nachtclub hieß Cin-Cin, aber weder der Name noch irgend etwas anderes, was Aufmerksamkeit erregen konnte, war von draußen sichtbar. Nichts ließ darauf schließen, daß sich hinter der trostlosen Fassade einer der heißesten New Yorker Treffs verbarg.

Isiah Parker lehnte sich an den Maschendrahtzaun des gegenüberliegenden Grundstücks. Er hatte nun schon seit einer Stunde die altbekannten Türsteherdramen beobachtet. Das Einlaßsystem von Cin-Cin beruhte auf Geld, Aussehen und dem Phänomen, das man am besten mit »Wen kennst du, wen bumst du?« umschreibt. Die beiden vulgär-attraktiven Türsteher waren arrogant und unbarmherzig, richtige Rassisten, dachte Parker unwillkürlich, während er zusah, wie sie ein oder zwei Glückliche einließen und bei anderen verächtlich den Kopf schüttelten.

Um drei Uhr morgens überquerte Isiah Parker das Kopfsteinpflaster. Da er das richtige Outfit anhatte, durfte er das Cin-Cin betreten. Mit seinem dunkelblauen Seidenhemd, den weiten japanischen Designerhosen, seinen schwarzen Stiefeln und dem Brillanten im rechten Ohr sah er aus, als ob er hierhergehörte.

Parker kannte die Szene im Cin-Cin. Freitagnacht war hier *die* Nacht. So wie Montag *die* Nacht im Heartbreak war und Mittwoch *die* Nacht im Area und so fort.
Überall waren muskulöse Kerle postiert, meist gefährlich aussehende Gewichthebertypen, die in Wahrheit aber ziemlich harmlos waren. Das Publikum war typisch für eine In-Disco. Größere und kleinere Rockstars und verschiedene Maler aus SoHo. Models aus dem oberen Manhattan, Designer und berühmte Profisportler, Strizzis und Flittchen aus Queens und Kriminalbeamte in Zivil, die ein akzeptierter Teil der Szene waren.
Parker fragte sich, wie diese Leute es schafften, sich um eins oder zwei ins Nachtleben zu stürzen, oft bis acht oder neun zu feiern, dann im Moonlighter oder im Empire Diner zu frühstücken. Und dann?
Die U-förmige Bar war wie üblich dicht umlagert. Die meisten Männer und Frauen trugen Schwarz: schwarze Stiefel, schwarze Socken und Schuhe, schwarze Leder- und Wollwesten, schwarze Rollkragenpullis und schwarze Hosen. Einige dieser Leute blätterten in der Comme-des-Garçons-Boutique um die Ecke vierhundert Dollar für schwarze Pseudokampfstiefel hin, ohne mit der Wimper zu zucken.
Ein paar Individualisten trugen bunte Fetzen aus einem Secondhandladen, spitze Schuhe aus London, verrückten Schmuck aus Stahl und Plastik. Hier und dort sah man eine tätowierte Wange oder Stirn.
Isiahs Bruder Marcus hatte einmal gesagt, die Nachtschwärmer New Yorks »leben Rock 'n' Roll«. Er hatte gemeint, sie täten nicht nur so, als ob die Songtexte auf sie und niemand anders gemünzt seien, sondern sie *lebten* sie richtig. Dies sei ihre wahre Existenz.
Während er sich von der großen Bar entfernte, spürte er, wie sein Körper auf die Musik zu reagieren begann: meist westeuropäische Discosongs, die er nicht identifizieren konnte. Bands aus Holland und der Bundesrepublik, aus Italien, Schweden und

Norwegen herrschten vor. Dann und wann kam ein amerikanischer Hit. Experimentelle Gruppen wie Husker Du, die Blow Monkeys, die Fine Young Cannibals.
»Willst du tanzen? Los, tanzen wir.« Eine großgewachsene und gertenschlanke junge Schwarze war auf Parker zugetreten. Sie trug ein hautenges schwarzes Lederkleid mit einem Reißverschluß an der Seite und einem anderen schräg über die Brüste. Ein Schleierhut von Pomes Segli vervollständigte das Outfit.
Im Cin-Cin forderten die Frauen öfter auf als die Männer. Parker wollte freundlich sein, aber nicht mehr.
»Klar, gern.«
Sie ging auf die Tanzfläche und fing an sich zu bewegen.
»Du tanzt super. Ätzend. Sehr gut«, flüsterte sie lächelnd, als der Song vorbei war. »Ich muß mal für kleine Mädchen. Kommst du mit?«
»Nicht jetzt. Vielleicht später.«
»Okay. Ciao. Danke für den Tanz. Du hast einen schönen Brillanten im Ohr. Paßt gut zu dir.«
»Ciao.«
Parker ging weiter. Das Mädchen war ausnehmend hübsch, wenigstens in dieser schummrigen Beleuchtung, aber er mußte heute nacht beide Hände frei behalten.
Er trat in einen kleineren, intimeren Raum, in dem alles rosarot zu leuchten schien. Die Wände waren mit stilisierten, karikaturhaften Flamingos dekoriert. Einige der Besitzer des Clubs unterhielten sich mit Gästen, die so prominent waren, daß sie auf Kosten des Hauses trinken konnten. Ein bekannter Tennisspieler hielt hof. Und ein berühmter Rocksänger. Seine Frau, ein vielbeschäftigtes Model, stand neben ihm.
Isiah Parker mußte unwillkürlich wieder an seinen Bruder denken, als er sich einen Weg durch den Raum bahnte. Er und Marcus waren damals in der großen Zeit oft ins Cin-Cin gegangen. Er erinnerte sich an ein Privatzimmer bei der Küche, wo Crack aus Wasserpfeifen geraucht wurde.
Er bemerkte einige Leute von Oliver Barnwell, die sich in einer

Ecke des auf New Age getrimmten rosa Raums versammelt hatten. Barnwells Clique war die New Yorker Drogenbande mit dem ausgeprägtesten Revierinstinkt. Sie kontrollierte Harlem, Bedford-Stuyvesant und den größten Teil von SoHo. Wehe dem, der ihnen dort ins Gehege kam. Barnwell hatte angeblich Geschäfte mit Alexandre Ste-Germain gemacht, mit dem krakenhaften Syndikat, das momentan in den USA Fuß faßte. Mit dem Midnight Club.

Parker sah, daß Barnwell es sich neben der Bar gemütlich gemacht hatte. Der Obermafioso, der auf mindestens zweihundert Millionen Dollar geschätzt wurde, trug ein braunes Wildledersakko, ein beiges Seidenhemd und dunkelbraune Hosen. Oliver Barnwell gefielen weiße Frauen, und Parker dachte sofort an Allure, die Sexverbindungen.

Zwei umwerfende Frauen redeten leise mit ihm und wiegten sich in den Hüften. Eine von ihnen spielte mit der goldenen Kette, die Barnwell um den Hals trug. Sie hatte lange, zuckende Finger. Isiah Parker war überzeugt, daß sie an der Nadel hing.

Es gab mehrere Möglichkeiten. Parker begann sie sorgfältig zu prüfen. Er mußte Barnwell irgendwie aus dem rosa Raum lotsen.

Er beschloß, vom schlimmstmöglichen Fall auszugehen: daß die Leibwächter ihn bereits bemerkt hatten. Vielleicht kannten sie ihn aus der Zeit, als er den Club zusammen mit seinem Bruder besucht hatte.

Plötzlich spielten solche Einzelheiten keine Rolle mehr. Oliver Barnwell hatte sich von der Gruppe gelöst und wollte den rosa Raum verlassen. Parker beobachtete, wie er mit seinen Gorillas diskutierte und sie dann fortwinkte. Er ging allein auf den Ausgang zu, und er hielt sich offenbar für den Supermacho aus Harlem, den Macher, dem alles gelang. Er konnte allein zurechtkommen, wenn er wollte. Überall, jederzeit.

Isiah Parker folgte dem mächtigen Drogendealer aus dem rosa Raum. Im Cin-Cin war es leicht, nicht aufzufallen, wenn man sich fünf oder sechs Meter hinter seinem Wild hielt.

Oliver Barnwell bog in den blitzenden, schwarzen und weißen Flur, der zu den Toiletten führte. Isiah Parker ging hinterher. Er versuchte, nicht an das zu denken, was er als nächstes tun mußte. Er wollte sich jetzt nicht damit abgeben. Er stellte sich vor, daß er wieder ein Soldat war, und dachte an die Zeit in Kambodscha und Vietnam.

Er sah, wie Barnwell in einer der Türöffnungen hinten im Korridor verschwand. Es war die Tür zur Damentoilette, wo gewöhnlich ebenso viele Männer wie Frauen waren.

Auf der Damentoilette des Cin-Cin war mehr los als auf der Tanzfläche oder an der großen Bar. Der Duft teurer Parfüms und der Geruch von Alkohol verbanden sich zu einem betäubenden und exotischen Gemisch.

Oliver Barnwell saß auf dem Rand eines glänzenden weißen Waschbeckens und lachte mit zwei wild aussehenden Frauen. Parker warf einen Blick auf die dick geschminkten Gesichter. Grellrote schmallippige Münder. Oliver Barnwell klopfte eine jamaikanische Zigarre gegen eine Tischplatte und zündete sie an. Handschuhe waren im Augenblick der letzte Schrei.

Fummel von Azzedine Alaia auch.

Alles, was schwarz und weiß war.

Pomes Segli.

Armani konnte nur noch bei einigen konservativen Männern landen.

Billiger Talmi hatte noch seine Anhänger.

Am hinteren Ende der großen, schwarzweiß gefliesten Toilette wurde alles mögliche gesnifft und gekifft und gefixt. Parker sah keinen Sex, aber er wußte, daß Sex in den Kabinen nicht ungewöhnlich war. Viertel vor vier war früh in der Nacht, viele warteten noch auf etwas Besseres.

Oliver Barnwell spazierte in den kleineren Raum mit den Kabinen und einigen weiteren Waschbecken, der rechts abging. Parker eilte ihm nach und verringerte den Abstand. Alle seine Sinne waren geschärft. Er nahm praktisch alles auf, was in der Toilette vor sich ging. Einen Sekundenbruchteil sah es so aus, als

würden die beiden Männer gleich auf der Damentoilette Samba tanzen. Der größere Schwarze, Parker, schien nur einen raschen Schritt machen zu müssen, um die nächstliegende Kabine als erster zu erreichen.
»Du Stück Scheiße. Pusher«, flüsterte er. »*Verdammter Dealer!*«
Zuerst dachte Oliver Barnwell, Parker hätte ihn in die Magengrube geboxt. Der Schmerz und die Überraschung in seinem Blick waren unvermittelt und extrem.
Als er nach unten schaute, sah er das Stilett in seinem Bauch. Eine Fontäne von Blut spritzte heraus. Er blickte verwirrt und entsetzt. Er konnte nicht glauben, daß er hier auf dem Damenklo erstochen wurde!
Isiah Parker verließ die überfüllte Toilette im Laufschritt. Er drückte das Sakko an den Körper und ließ das Messer einfach fallen. Er fühlte nicht viel, als er sich einen Weg nach draußen bahnte. Oliver Barnwell verkaufte Tausenden von Männern, Frauen und Kindern auf den Straßen Harlems Heroin und andere Drogen. Das war alles, woran er momentan denken wollte. Alles, was er wissen mußte.
Das und so schnell wie möglich aus dem Cin-Cin rauskommen. Zum Fahrstuhl, zur Tür und hinaus.
»Da drinnen ist jemandem echt übel geworden. He, sag ihnen, daß jemandem übel geworden ist. Eine schlimme Überdosis, Mann.« Er quatschte jeden an, der zuhören wollte.
Die Fixer im Publikum stießen Pfiffe aus und klatschten in die Hände. Die Neuigkeit sprach sich herum wie eine Routinesache. Auf der Damentoilette hatte jemand eine Überdosis genommen. Da hinten lag ein toter Mann.
Parker wartete, daß der Lastenaufzug nach unten fuhr. Er versuchte, so auszusehen, als gehörte er zu der Gruppe von sieben oder acht Leuten, die den Club ebenfalls verlassen wollten. Nur daß sie es nicht so eilig hatten wie er. Die Rockmusik, die drinnen plärrte, schmerzte in den Ohren.
Er fühlte nichts, als er schließlich auf die Straße hinaustrat. Höchstens Kälte im Magen.

Auf der anderen Seite der Spring Street, in den blauschwarzen Schatten gegenüber vom Cin-Cin, übergab er sich. Er kotzte durch den Maschendrahtzaun. Er versuchte, den Gedanken zurückzudrängen – *Mörder.*

Eine knappe halbe Stunde später fuhr John Stefanovitch in demselben ächzenden Lagerhausaufzug nach oben, um die Leiche Oliver Barnwells in Augenschein zu nehmen.

Unsichtbare Männer.

Stefanovitch,
East Hampton,
Long Island

Stefanovitch arbeitete den ganzen Tag allein in Police Plaza Nr. 1. Er genoß die Einsamkeit und die relative Stille. Die Einsatzgruppe gegen organisiertes Verbrechen bestand nun aus über sechzig Kriminalbeamten, die in allen fünf Verwaltungsbezirken von New York zusammenarbeiteten. Es gab täglich Besprechungen, darunter einen Fortschrittsbericht mit dem Commissioner und mehreren Revierleitern.

Montag würden Gäste von Interpol, Scotland Yard und der Sicherheitspolizei in New York eintreffen. In der zurückliegenden Woche hatte es in Palermo, Amsterdam und London ähnliche Morde gegeben, aber die dortigen Polizeibehörden behaupteten, sie hätten nichts mit organisiertem Verbrechen zu tun. Das Syndikat sei nicht das Problem.

Am Sonntag morgen um Viertel nach sechs erreichte John Stefanovitchs schwarzer Transporter den Queens-Midtown-Tunnel unter dem East River. Am Ende der langen grauen Röhre hinter den Mautboxen, von denen nur zwei besetzt waren, begann er seine Fahrt auf der Long-Island-Schnellstraße nach Osten. Der Himmel im Osten war noch rosarot angehaucht, nahm aber auch dort rasch ein strahlendes Blau an. Anderthalb Stunden lang war Stefanovitchs Welt uneingeschränkt in Ordnung. Er spürte ein leichtes Kribbeln, ein alles in allem sehr angenehmes Gefühl, das durch seinen Rumpf und sogar durch seine Beine lief.

Um Viertel nach sieben war er in den Außenbezirken von East Hampton auf Long Island. Er frühstückte in Gilly's Wharfside, ein Omelett mit hausgemachten Würstchen und Cheddarkäse, und zelebrierte dort auch sein Sonntagsritual, die Lektüre der *New York Times:* Nachrichten, Sport, Theater und Film, was die Woche gebracht hat, Bücher und die berühmte Sonntagsbeilage.

Als er im New York Hospital von den Schußwunden genas, hatte er die *Times* fünfundvierzig Sonntage lang vom Anfang bis zum Ende gelesen. Er hatte auch Bücher gelesen, Hunderte, Romane und Sachbücher, mehr als in den ersten dreißig Jahren seines Lebens zusammen. Eines seiner Lieblingsbücher, *A Fan's Notes* von Frederick Exley, handelte von einem verkorksten Oberschullehrer, dessen Leben praktisch auf die Lektüre der Wochenendausgabe der *Times* und auf die Spiele der New York Giants reduziert war. Der Kerl fuhr jeden Samstag sechzig oder achtzig Kilometer in irgendein Kaff und ließ sich vollaufen. Am Sonntag trank er weiter, las die *Times* und sah im Fernsehen ein Footballspiel der abgetakelten Giants. Immer in irgendeiner schäbigen Provinzkneipe, wo kein Mensch wußte, wer er war. Dann fuhr er wieder nach Haus, zurück nach Haus, um am Montagmorgen zu unterrichten.

Nach dem Frühstück fuhr Stefanovitch durch das eigentliche East Hampton. Bald kam er an anheimelnden alten Häusern vorbei, die nichts besonders Feines hatten, und erblickte die breiten Spielflächen und die gewaltigen Greens des Maidstone Golfclub rechts der Straße. Das große Clubhaus am Meer sah aus wie eine Burg. Einen Kilometer hinter dem Golfplatz kamen die Einfahrten zu eindrucksvollen Landhäusern. Lange, gewundene Zufahrten führten zu kleinen Dünen, und dahinter schmiegten sich friedliche Feriencottages.

Der kurze Abschnitt auf der Uferstraße war eine Wohltat. Er stellte das Autoradio an und drehte den Ton auf, bis er beinahe körperlich war. Er sang den Tina-Turner-Song »Private Dancer« mit. Er kurbelte beide Vorderfenster hinunter, und die Brise vom Meer wehte ihm sein braunes Haar um die Ohren und in die Stirn. Das Haus, das er suchte, hatte eine bescheidene Zufahrt mit anmutigen Kurven kurz vor dem Ende. Die Schleife verbreiterte sich zu einem Autoabstellplatz. Das Haus selbst war mit grauen Schindeln verkleidet, die dringend einen neuen Schutzanstrich benötigten, und hatte weiß lackierte Fensterrahmen. Es war einstöckig. In den blauen Läden brach sich bereits funkelndes Sonnenlicht.

Stefanovitch war beeindruckt. Er hatte nicht damit gerechnet, daß Sarah McGinniss' *kleines Sommerhäuschen* so aussehen würde.

Sie saß auf der rückwärtigen Veranda und wartete auf ihn, oder sie saß vielleicht ohne irgendeinen besonderen Grund dort.

Sie hatten vereinbart, ihre Aufzeichnungen heute durchzugehen, ihre Unterlagen über Alexandre Ste-Germain, Oliver Barnwell und John Traficante. Sie wollten versuchen, einen Zusammenhang zwischen den ermordeten Gangstern und irgend jemandem auf den Videobändern oder vielleicht in Sarahs Unterlagen zu finden. Sie hatten den Tapetenwechsel für eine gute Idee gehalten. Stefanovitch fand es nur gerecht, daß Sarah auch mal den Platzvorteil hatte.

Sie hatte ein knallgelbes Kleid an und hielt einen dampfenden Becher auf dem Schoß. Sie sah wieder anders aus. Hübscher und gelöster.

»Guten Morgen, Lieutenant.« Sarah stand auf und kam ihm zum Wagen entgegen. Ihre bloßen mageren Füße traten vorsichtig auf den Zufahrtsbelag aus Kies und zerkleinerten Muscheln. Das gelbe Kleid bauschte sich in der Brise. Er nahm jede Einzelheit wahr.

»Morgen, Ma'am.« Stefanovitch lächelte wie ein Johnny Law aus dem Nachbarort. »Wo ist der Dienstboteneingang?«

»Lassen Sie den Mist, Lieutenant. Nach dem Buchtreffer hatte ich ein paar Alternativen – ich konnte zum Beispiel in Einkaufs-

zentren an Plätzen wie Bloomington, Indiana, investieren. Oder vielleicht in ein Haus wie dieses hier. Ich dachte, das Haus würde mehr Spaß machen als ein Supermarkt mit Schnellrestaurant.«
Stefanovitch nickte. Er fuhr fort, das Haus und das große Grundstück am Strand zu mustern.
»Ich zeige Ihnen, wo wir arbeiten werden. Kommen Sie.«
Er folgte ihr einen Plattenweg zur Meerseite entlang. Es war ein strahlender Tag. Die Luft war klar und salzig, der Himmel wolkenlos. Graue und schmutzigweiße Möwen flatterten aufgeregt über ihnen, als rechneten sie fest mit ein paar Brotkrumen. Weiter unten am Strand klatschte eine Falleine leise an einen Segelbootmast.
Sarah hatte einen langen Arbeitstisch aus Holz auf die vordere Veranda geschoben, wo eine marineblaue Markise Schatten spendete. Der Tisch war mit Papieren bedeckt. Stefanovitch konnte sich vorstellen, wie sie hier draußen saß und ihre Bücher schrieb. »Oder würden Sie lieber woanders arbeiten?« Sie hob die Stimme, damit die Brise ihre Worte nicht davontrug. »Vielleicht auf dem Sonnendeck da drüben?«
»Ich finde es hier sehr schön. An einem solchen Tag ist es weit besser als im Präsidium. Scherz beiseite, Sie haben es hier wie im Paradies.«
»Scherz beiseite, vielen Dank.«

Er hatte in einem der Zeitschrifteninterviews gelesen, daß Sarah McGinniss ungewöhnlich hart arbeitete. Sie lebte vor allem für ihren kleinen Sohn und für ihre Arbeit und hielt eisern an diesen Prioritäten fest.
Gegen zwei Uhr mittags glaubte Stefanovitch alles, was er über sie gelesen hatte. Seine Augen brannten, und er hatte stechende Kopfschmerzen. Seine Schultern taten vom langen Stillsitzen weh. Sie zeigte dagegen keine Anzeichen von Müdigkeit. Sie hatte einmal von Mittagessen gesprochen, und er hatte Gleichgültigkeit geheuchelt. Daraufhin hatte sie weitere anderthalb Stunden Notizen gemacht, lange Gerichtsprotokolle mit ihm

gelesen und mehr Hintergrundmaterial durchgesehen als Stefanovitch bei all seinen Mordermittlungen zusammen.
Das Gesetz der Straße... die vernichtende Wirklichkeit des internationalen organisierten Verbrechens Mitte der achtziger Jahre... Sarah McGinniss hatte alles umfassend recherchiert.

Alexandre Ste-Germain tauchte überall in ihren Unterlagen auf: Er war in seinen Anfangsjahren der brutalste und rachsüchtigste Gangsterboß gewesen, hatte aber noch letztes Jahr bewiesen, zu welchen Grausamkeiten er imstande war. Sein gutes Aussehen und sein Charme waren nur Fassade – dahinter war Ste-Germain ein Psychopath gewesen. Vielleicht war er deshalb ermordet worden? Waren seine Methoden zu extrem? Hatte er jemanden in Verlegenheit gebracht oder ängstlich gemacht? Aber wen? Wer zog im Midnight Club die Fäden? Wer war mächtiger geworden als Ste-Germain?
Der Grabtänzer hatte gern schmutzige Arbeit getan und viele der scheußlichen Morde selbst ausgeführt. Er hatte überall auf der Welt seine furchtbaren »Lektionen« erteilt.
Ein Drogendealer und seine beiden Freundinnen in Marokko enthauptet. Die Gesichter zerstört. Die Genitalien mit Rasierklingen aufgeschlitzt.
Fünf junge Polizisten bei ihrer wöchentlichen Kartenrunde in Los Angeles in die Luft gejagt.
Die beiden Töchter eines römischen Richters vor der Privatschule entführt und dann vergewaltigt und ermordet. Eine Zwölfjährige und eine Vierzehnjährige.
Ein Krankenhaus in der Bundesrepublik zerbombt, um einen Strafverteidiger zu erwischen.
Ein Nachtclub in London zerbombt, vierzehn Tote, elf davon junge Frauen.
So viele Lektionen, alle waren grausam und blutig und gut vorbereitet.
Deshalb war das Gesetz der Straße so wirksam gewesen.

Aber nun gab es jemanden, der die alten Gesetze nicht mehr wollte oder brauchte.
Wer konnte das sein?
Was hatte sich so grundlegend geändert?
Klär den Mord am Grabtänzer auf, und alle anderen Rätsel werden sich von selbst lösen. Stefanovitch war so gut wie überzeugt davon.
Inzwischen blätterte Sarah McGinniss weiter und weiter in ihren Unterlagen.

Nachdem die French Connection zeitweilig außer Gefecht gesetzt war, schleuste die sizilianische Mafia das meiste Heroin in die USA ein. Sie hatte unglaubliche Gewalttaten gegen italienische Justizbeamte und Parlamentsabgeordnete verübt, die ihr in die Quere kamen. Das Gesetz der Straße.
Allein im letzten Jahrzehnt waren in Sizilien über hundert Kriminalbeamte, aber auch Richter umgebracht worden. Italien hatte nach wie vor die größte economia sommersa, *die größte Schattenwirtschaft der Welt.*
In den letzten Jahren hatte der Mitternachtsclub Verhandlungen zwischen der Gruppe von Marseille und den Sizilianern vermittelt. Der Club hatte Sorge getragen, daß beide Gruppen legale Firmen unterwanderten. Ein führender italienischer Gewerkschafter hatte im Fernsehen gesagt, es werde langsam unmöglich, die ehrlichen Männer von den Schurken zu unterscheiden.
Stefanovitch ging das Backgroundmaterial weiter durch: *Mit Einverständnis des internationalen Syndikats, vermutlich des Clubs, hatten die Kolumbianer die Kokainversorgung der USA unter ihre Kontrolle gebracht. In Kolumbien und Peru waren 1985 ein Justizminister und zwölf Richter ermordet worden, weil sie versucht hatten, den Drogenhandel zu unterbinden. Außerdem hatte man ein Dutzend von Amerikanern, zur Drogenbekämpfung ausgebildete Sonderbeamte, umgebracht.*
Im November 1985 hatte eine Killerbande sogar den Justizpalast in Bogotá angegriffen. Sie stürmten den dritten Stock, wo mehrere

Richter US-Ersuchen um Auslieferung verschiedener Dealer prüften. Sie ermordeten ein Dutzend Richter, zweiundzwanzig Zivilangestellte und zwanzig Polizeiposten. Wieder das Gesetz der Straße.

Kürzlich war die japanische Yakuza dem internationalen Kartell beigetreten und arbeitete nun auch im Ausland. Alexandre Ste-Germain hatte seine Hand dabei im Spiel. Die Yakuza arbeitete zum erstenmal in ihrer Geschichte mit Fremden zusammen. Gleichzeitig hatte der Mitternachtsclub die Börse in Tokio infiltriert.

Sarahs Aufzeichnungen zeigten, daß sich das Verbrechen diesmal wirklich organisierte.
Die »United Bamboo Gang« aus Taiwan operierte erfolgreich in Houston, Miami, Los Angeles, San Francisco, New York, den Philippinen, Saudi-Arabien, Syrien, Hongkong und Japan. Angeblich hatte United Bamboo eine Vereinbarung mit Alexandre Ste-Germain getroffen, ehe dieser ermordet wurde.

Die Bank of America, die First National Bank of Boston, die Chase Manhattan Bank und die Chemical Bank haben Geldstrafen in Höhe von zig Millionen Dollar gezahlt, weil sie es unterlassen hatten, große und verdächtige Bareinzahlungen und Devisentransaktionen zu melden. Inzwischen steht fest, daß legale Unternehmen überall auf der Welt Geschäfte mit Verbrecherorganisationen machen.

Gegen drei blickte Stefanovitch wieder auf seine Armbanduhr. Dann ließ er sich endlich zurücksinken. Sarah sah es und lachte. »Es tut mir wirklich leid. Eine schlechte Gastgeberin, nicht wahr? Ich bin darauf konditioniert, am Schreibtisch zu arbeiten. Große Haufen von solchem Material durchzugehen. Ich wette, Sie sterben vor Hunger. Ich hab' im Kühlschrank ein paar Kleinigkeiten. Extra für solche Gelegenheiten. Wo würden Sie gern essen?«

Stefanovitch starrte zu dem blauen Wasserstreifen, der oberhalb des weißen Dünenkamms sichtbar war. »Wie wäre es mit dem Sonnendeck? Scheint ein guter Platz zu sein. Ich helfe beim Tischdecken.«

»Ja, gern. Sehr schön. Wenn Sie möchten, finden Sie hier unten im Haus Extrabadezeug und Handtücher und all das. Ich werd' mir auch was anderes anziehen.«

Sie lächelte Stefanovitch an.

»Tun Sie bitte, als ob Sie hier zu Haus wären. Okay, Lieutenant? Ende der Förmlichkeiten.«

Sie verschwand, um sich umzuziehen und das Essen vorzubereiten. Stefanovitch folgte ihrer Aufforderung und rollte in das geräumige Erdgeschoß des Sommerhauses. Er fand eine Umkleideecke mit einer Auswahl von Strandhemden und Badehosen, von denen einige offensichtlich für Sarahs kleinen Sohn bestimmt waren. Er empfand es als angenehm, daß Sarah ihn nicht überall herumgeführt oder zu sehr bemuttert hatte. Das Leben als »Behinderter« hatte nicht zuletzt den Nachteil, daß die Leute immerfort versuchten, einem zu »helfen« – außer dann, wenn man wirklich Hilfe brauchte.

Eine Viertelstunde später hatte er eine alte graue Trainingshose und ein abgetragenes grünes T-Shirt mit der Aufschrift »Boston Celtics« an. Er bildete sich ein, wie ein typischer New Yorker Bulle auszusehen, der an der »Irischen Riviera« Urlaub machte.

Das heißt, eigentlich nicht ganz.

Er fuhr den Plattenweg zur Düne hinunter. Einige Minuten lang betrachtete er die leichten Wellen, die sich sanft rauschend am Ufer brachen. Dann rollte er zurück ins Haus und kam mit Tellern und Bestecken zurück. Er machte sich nützlich, was schon immer seine Art gewesen war, doch seit der Schießerei war es psychologisch notwendig. Schließlich hörte er Sarah aus dem Haus kommen. Er drehte sich um und sah, daß sie ein großes Lunchtablett trug.

Sarah hatte einen schlanken, sehr reizvollen Körper. Sie trug einen schlichten, schwarzen einteiligen Badeanzug. Sie hatte ihr Haar nach hinten gekämmt und mit einer kirschroten Spange hinter dem Ohr festgesteckt.

»Das ist ein sehr hübscher Badeanzug« war alles, was er sich zu bemerken erlaubte. Er war so verwirrt, daß er fürs erste keinen richtigen Gedanken fassen konnte. Sie kannten einander inzwischen gut genug, um beim Essen nicht allzuviel reden zu müssen.

Schließlich erzählte Sarah von ihrem kleinen Sohn. Stefanovitch hörte ihr zu und gewann allmählich den Eindruck, daß sie die Geschichte mit ihrem ersten Mann noch nicht ganz ausgestanden hatte. Aber er hütete sich davor, diesbezüglich Fragen zu stellen.

Er mußte ja kein Buch schreiben. Er hatte keinen Vorwand, jede Menge persönliche Fragen zu stellen.

Während er die letzten Bissen von einem üppigen Krabbensandwich aß, bemerkte er, daß Sarah, offensichtlich mit ihren ureigenen Gedanken beschäftigt, aufs Meer hinausblickte.

»Woran denken Sie?« fragte er. »Sie sind doch nicht schon wieder bei der Arbeit, oder?«

Sie wandte ihm wieder das Gesicht zu. Es hatte manchmal etwas Weiches, das ihre Intelligenz verdeckte und sie sehr zugänglich machte.

»Nicht wirklich. Nein. Darf ich Sie etwas Wichtiges fragen? Da haben wir es schon wieder. Wieder eine von meinen berühmten indiskreten Fragen.«

»Nein, es ist schon in Ordnung.«

Sarah legte ihre Gabel auf den Salatteller. »Wollen Sie mir nicht von Ihren Beinen erzählen? Natürlich nur, wenn es Ihnen nichts ausmacht. Sie haben doch noch Gefühl in ihnen, nicht wahr?«

»Manchmal mehr, als mir lieb ist«, antwortete Stefanovitch und lächelte schwach. »Es gibt da eine Operation, die ich machen lassen könnte. Man hat mir aber gesagt, daß sie mit achtzigprozentiger Sicherheit dazu führt, daß ich vom Hals abwärts gelähmt bin. Ich finde, diese Chance ist zu groß. Mein Arzt, das heißt, in Wirklichkeit sind es drei verschiedene Spezialisten ... finden sie *viel* zu groß. Es ist keine reale Möglichkeit ... Aber es stimmt, ich habe etwas Gefühl, ja.«

Sie schwiegen beide einen Moment und schauten zur Düne unter dem strahlendblauen Himmel. Sarah blickte wieder auf Stefanovitch. Er schien so anders zu sein als der Mann, den sie an jenem ersten Morgen im Präsidium kennengelernt hatte. Er hatte eine Ausstrahlung, der man sich nicht entziehen konnte, etwas Besonderes. Daß er im Rollstuhl saß, machte sie womöglich noch intensiver.

Sie spürte intuitiv, daß sie eine Schranke überschritten hatte, die er zwischen sich und der Außenwelt errichtet hatte. Sie war auf einmal neugierig darauf, wie er vor dem Mordanschlag gewesen war.

»Es ist so heiß wie letztes Jahr die New York Mets«, sagte sie schließlich. Es war eine von den albernen Bemerkungen, die sie Sam gegenüber machen konnte. Vielleicht war sie in letzter Zeit nicht mehr genug mit Erwachsenen zusammengewesen.

Ihr Blick schweifte zum Wasser, das kühl und einladend aussah.

»Das Meer ist etwas, das ich wohl kaum schaffen werde«, sagte Stefanovitch. »Ich könnte den Rollstuhl nicht durch den Sand bringen. Sie gehen hin und baden. Ich werde mir die Zeit solange allein vertreiben.«

»Mr. Selbstgenügsam«, bemerkte sie etwas ironisch. Sie stand auf und machte ein paar Schritte auf den knarrenden Bohlen der Terrasse. Schließlich joggte sie zu dem glänzenden blauen Wasser hinunter.

Sie sieht auch von hinten sehr hübsch aus, dachte Stefanovitch, als er ihr nachschaute. Girls aus Kalifornien. Der kleine Touch mit der roten Spange ist das beste. Das heißt mit das beste.

Es wäre eine Lüge gewesen, sich nun einzureden, er sei nicht fasziniert. Er war fasziniert. Aber er würde es abwürgen. Phantasien in der Richtung waren zu schmerzlich und lächerlich. Er fluchte leise, aber er hielt den Blick auf sie gerichtet.

Die Sonne zauberte unzählige vollkommene Edelsteine auf die

Wasseroberfläche. Die Brandungslinie war wie ein feiner weißer Spitzenkragen. Sarah ging hinein und machte einen perfekten Hechtsprung. Sein Herz zog sich trotz des Entschlusses zusammen, den er soeben gefaßt hatte. Sie war so tüchtig und einfach zu gut für diese Welt. Er konnte sich nicht vorstellen, daß man sie verlassen konnte – was ihr Mann offenbar getan hatte.
Gegen halb fünf arbeiteten sie weiter. Sie kamen überein, noch das ganze restliche Material durchzugehen, ehe sie Feierabend machten.
Während er zusah, wie sie eine Notiz nach der anderen machte, begann Stefanovitch zu verstehen, warum Sarah McGinniss eine erfolgreiche Journalistin und Autorin geworden war. Sie war ungeheuer konzentriert und zielstrebig, sie ließ nichts anderes an sich herankommen, und sie war besessen von ihrer Arbeit, zumindest von ihrem neuen Buch. Sarah schien auch immun gegen die Gefahr zu sein, die mit dem Buch verbunden war.
Ungefähr eine Stunde lang wehte eine frische Brise vom Meer. Stefanovitch meinte, sich seit Jahren nicht mehr so windzerzaust, so sandig, so rundum *gut* gefühlt zu haben. Er verlor jedes Zeitgefühl und war sehr überrascht, als er aufblickte und feststellte, daß es Abend geworden war. Seine Uhr zeigte neun.
»Sie haben hier wirklich ein Paradies«, sagte er endlich. Er bewegte sich vom Schreibtisch näher an das Verandageländer und schaute zu dem funkelnden Wasser hinaus. Sarah kam ihm nach und setzte sich neben ihm auf das weiß getünchte Geländer. Ihr Profil, das bei jeder Beleuchtung schwer zu ignorieren war, zeichnete sich verführerisch vor dem abendlichen Himmel ab.
»Ich kann es immer noch nicht recht fassen, daß dies wirklich mir gehört. Daß es mein Haus ist. Mein kleiner Anteil Sonne und Meer.«
Hör auf, sie anzustarren, dachte Stefanovitch. *Du benimmst dich, als seist du noch nie im Leben in der Nähe einer schönen Frau gewesen.* Er spürte sonderbare Emotionen. Eine innere Erregung, das Gefühl, gleich ein Abenteuer zu erleben, gespannte Vorfreude auf etwas Neues und Wunderbares.

»Hören Sie, Stef, ich habe ein paar Hummer im Kühlschrank. Es ist ein bißchen spät geworden. Sollen wir Schluß machen? Darf ich Sie zum Dinner einladen?«
»Wenn ich Ihnen helfen darf, werde ich die Einladung ernsthaft erwägen.«
»Dann setzen wir unser Teamwork in der Küche fort«, sagte Sarah lächelnd und zeigte mit dem Daumen nach oben.
Stefanovitch war nicht sicher, was als nächstes passierte. Ob er es war oder Sarah oder vielleicht beide? Oder ob es *tatsächlich passierte.*
Er hatte sich etwas vorgebeugt, während sie sich vom Geländer rutschen ließ. Sie waren einander näher, als sie beide beabsichtigt hatten. Ihre Lippen begegneten sich. Sie küßten sich zögernd und tastend wie Kinder, die es zum erstenmal ausprobieren.
»Entschuldigung. Das war ein ... Entschuldigung, Stef«, stammelte sie.
Sie war offensichtlich genauso verwirrt wie er, und er war *sehr* verwirrt.
»Schon gut. Kein Problem. Es muß wohl am Vollmond liegen«, brachte Stefanovitch hervor.
Er folgte Sarah in die Küche. Einen Augenblick lang herrschte eine unbehagliche Stille zwischen ihnen, eine grenzenlose Stille. Dann fanden sie beide ihr Gleichgewicht wieder, überbrückten die Peinlichkeit. Sie hatten beide einen Fehler gemacht. Das war alles. So was kommt vor.
Das Klingeln des Telefons unterbrach die Vorbereitungen für das Hummeressen. Es war für Stefanovitch. Es war Bear Kupchek mit Neuigkeiten über die Ermittlungen.
Es war ein ungewöhnlich aufgeregter Bear, registrierte Stefanovitch, als er die ersten Sätze des Detective gehört hatte. Er behielt Sarah im Auge, während er den Anruf entgegennahm. Er glaubte, ihren Kuß immer noch auf seinen Lippen zu spüren.
»Stef? *Bist du noch da?* Ist da noch jemand?« fragte Kupchek.
»Ja, ja, natürlich.« Er riß sich zusammen.
»Stef, ich glaube, wir sind einen großen Schritt weiter!«

Er konzentrierte sich auf Bears aufgeregte tiefe Stimme.
»Wir haben jemanden gefunden, der in der Nacht, als Ste-Germain erschossen wurde, im Allure war. Er sagt, er könne einen der Killer identifizieren, vielleicht sogar die Leute, die dahinterstecken. Sagt, uns stehe eine Riesenüberraschung bevor. Großer Schocker. Ich treffe ihn heute abend und komm' dann bei dir vorbei. Sagen wir, gegen elf, auf keinen Fall später. Ich hab' so ein Gefühl, daß es wichtig ist.«
Stefanovitch überlegte schnell, wie lange die Rückfahrt nach Manhattan dauern würde. Er sagte Bear Kupchek, daß er gegen halb elf zu Haus sein würde.
Nun, damit wäre das geregelt, dachte er, als er in die Küche zurückging. Kupchek hatte ihn mit seiner Aufregung angesteckt, und sein Herz klopfte schneller als sonst.
»Wer war es?« Sarah hatte in jeder Hand einen Hummer.
»Die Pflicht ruft. Es war mein Partner. Er ist endlich auf etwas Konkretes im Fall Ste-Germain gestoßen. Es ist wichtig. Ich muß zurück in die Stadt.«

Als er die Dune Road erreicht hatte, durchfuhr ihn ein brennender Schmerz. Er hatte Sarah McGinniss viel zu dicht an sich herankommen lassen, wurde ihm verspätet klar. Er bildete sich immer ein, jede Menge gesunden Menschenverstand zu haben, aber er hatte erstaunlich wenig Gebrauch davon gemacht. Er konnte auf der anderthalbstündigen Fahrt nach New York nicht aufhören, an sie zu denken. Sie war überraschend tüchtig und realistisch. Sogar die Art, wie sie über ihren kleinen Sam redete, hatte ihn hingerissen. Und dann der Kuß auf der Veranda. Als John Stefanovitch die kalte, hell blitzende Skyline von Manhattan erblickte, zwang er sich, wieder an die Suche nach dem Midnight Club zu denken und an all das, was ihnen bevorstehen mochte. Was Bear Kupchek wohl herausfinden würde oder in eben diesem Moment herausfand? Einen großen Schocker hatte er ihm versprochen. Na ja, er würde es bald wissen. Bear Kupchek hielt immer, was er versprach.

Bear Kupchek, Central Park

Bear Kupchek betrat den Central Park durch das schwarze Steintor, das zum Durchgang an der 63. Straße führte. Er hatte erlebt, wie andere Mordfälle sich urplötzlich wie von selbst aufklärten. Er hoffte, dies würde einer davon sein und er würde sich heute abend aufklären.

Der breitschultrige, stämmige Beamte marschierte zur Wollman-Eisbahn, wo er sich mit dem unbekannten Zeugen des Mordes im Allure verabredet hatte. Er warf einen Blick auf die Uhr, ehe er einen Tunnel betrat, der unter der Ring Road hindurchführte. Sechs Meter über ihm glitten Taxen und Privatwagen in nördlicher Richtung durch Manhattan.

Es war elf Minuten nach zehn, er hatte also noch vier Minuten, wenn er pünktlich sein wollte. Er pfiff leise einen alten Rhythm and Blues vor sich hin, dessen Melodie er nur halb kannte. Er hatte fest damit gerechnet, bei den Ermittlungen auf irgendeinen Schlüssel zu stoßen, der ihnen helfen würde, den Fall zu lösen. Aber hier im Central Park? Am späten Abend?

Kupchek, 42 Jahre alt, war in Manhattan geboren. Michael Christopher Kupchek, West End Avenue Ecke 106. Straße. Er erinnerte sich noch sehr gut an die Zeit, als kein Mensch es gewagt hätte, den Central Park abends zu betreten – nicht mal ein zwei Zentner schwerer Bulle mit einem Colt-Magnum im Schulterhalfter.

Neuerdings gab es jede Menge Leute, die spätabends durch den Park joggten und radelten. Ironischerweise hatte ausgerechnet John Lindsay, der ansonsten als Bürgermeister eine ziemliche Niete gewesen war, den Central Park sicher gemacht. Lindsay hatte gelb scheinende Natriumlampen an den Straßen installieren lassen, wahrscheinlich nur deshalb, weil sie von den Dachterrassenwohnungen in der Fifth Avenue und der Park Avenue aus so hübsch aussahen.

Kupchek hatte den Tunnel zur Hälfte durchschritten, als er vor sich eine Stimme hörte.

»Kupchek?«

»Wer sind Sie?« Bear Kupchek blieb sofort stehen. Seine rechte Hand langte instinktiv nach dem Schulterhalfter mit der Magnum. Seine Augen suchten angestrengt das Halbdunkel ab, um eine Gestalt zu erkennen.

»Ich warte auf Kupchek«, sagte die Stimme. Sie war dumpf und klang hohl. Die Worte brachen sich an den feuchten Steinmauern. Kupchek zog langsam den Revolver heraus.

»Schätze, Sie brauchen nicht länger zu warten«, rief er in das Dunkel. »Ich bin es.«

Dann sah Kupchek eine Bewegung. Er hörte ein Rascheln von Blättern, vielleicht auch Papier, links vor sich. Das Geräusch mochte etwa drei Meter weiter vorn entstehen.

»Laufen Sie nicht hin und her«, rief er. »Wer *sind* Sie? Was wollen Sie? Kommen Sie her, damit wir reden können.«

Da blitzte im Tunnel ein Mündungsfeuer auf. Aber es kam nicht aus seinem Revolver. Das Schießeisen machte ein hallendes Plopp, als hätte es ein Hohlgeschoß abgefeuert. Dann kam ein zweiter Mündungsblitz.

Kupchek griff sich an die Brust. Er schwankte. *O Jesus,* dachte er, *heilige Muttergottes.*

Er hatte noch nie einen solchen Schmerz verspürt. Er war bisher zweimal angeschossen worden, oben in Bedford-Stuyvesant und in Long Beach. Es war ganz anders gewesen als das hier.

Seine Brust fühlte sich eingedrückt an, brutal zerquetscht. Er

fühlte eine nasse Kälte. Ihm war, als bliese Luft ungehindert durch seine Lunge.
Es tat entsetzlich weh. Der Schmerz schnitt durch seine Brust und seine Arme. Ihm wurde schummrig. Er dachte, er könnte jeden Moment hinfallen, mitten in der pechschwarzen Unterführung. Während er den zweiten Knall hörte, drang wieder eine Kugel, ein grausames Hohlgeschoß, in seinen Körper. Der Aufprall war scheußlich, übelkeiterregend. Er war das Opfer eines kleinen Metallprojektils, das *so mühelos* Fleisch und Knochen durchschlagen konnte.
Bear Kupchek tat das Unerwartete. Er folgte seinem Instinkt, nichts weiter. Überleben war sein einziger Gedanke. Die andere Kanone feuerte wieder, Schuß Nummer drei. Der Schütze verfehlte sein Ziel.
Dann plötzlich rannte Kupchek gebückt auf den Mann zu. Aber er lief an ihm vorbei und verließ die dunkle Röhre. Und in dem Augenblick, in dem er an ihm vorbeigelaufen war, hatte er ihn erkannt. Der Mann war ein Bulle! Jemand, den er kannte. Ein Kriminalbeamter. Er war von einem Kollegen in einen Hinterhalt gelockt und angeschossen worden.
Seine Gedanken rasten, spielten verrückt, als er einen steilen Hang hinauftaumelte, der aus lauter dornigen Zweigen und spitzen Steinen zu bestehen schien. Seine Lunge schwappte vor Flüssigkeit, füllte sich viel zu schnell mit Blut. Lauf. Lauf einfach, sagte er sich. Er schaffte es bis zu einer Bank, an der Bushaltestelle in Central Park South. Er schaffte es mit knapper Not.
Er mußte sich hinsetzen. Es spielte keine Rolle, wie gefährlich es war, wie exponiert er hier war. *Er war von einem Kollegen angeschossen worden.*
Helle Lichter wirbelten um ihn herum. Er wollte um Hilfe rufen, irgend jemanden bitten, ihm zu helfen.
Aber nein. Sie konnten ihm nicht helfen, nicht diese Leute, die am Park spazierengingen: Gäste des Plaza Hotel, Touristen, ein paar Frauen aus der Nachbarschaft, die ihren Hund ausführten.

Dann wurde Bear Kupchek zornig, aber mehr auf sich selbst als auf jemand anderen. Er rappelte sich auf. Er taumelte weiter, zur Straße und zu den blitzenden Autoscheinwerfern.
Er winkte einem Taxi, dessen Fahrer schon Feierabend hatte. Er stoppte es, indem er einfach auf die Straße schwankte. Auf dem dichtbefahrenen Central Park South quietschten Bremsen. Fahrer schrien durch offene Seitenfenster. Kupchek fuchtelte mit seiner Polizeimarke, weil der Mann ihn sonst ungestraft überfahren hätte.
»Fahren Sie, wohin ich sage. Los, Polizei. Machen Sie schon.«
Die Worte kamen schleppend. Blut tropfte auf sein Sakko, seine Schuhe, die Sitzbank des Wagens.

Stefanovitch war etwas früher als erwartet wieder zu Haus in der 81. Straße Ost. Er konnte also noch ungefähr zwanzig Minuten trainieren. Vielleicht ein paar Nautilus-Übungen machen, er hatte sie seit Beginn der Ermittlungen sträflich vernachlässigt. Er langte nach seinen Schlüsseln, als schon die Fahrstuhltür aufglitt. Er rollte in den Korridor.
Er hielt den Rollstuhl an. Großer Gott, nein ... *Nein,* schrie es in ihm. *Der Bear.*
Er lag wie ein Sack vor seiner Wohnungstür. Blut war durch sein kariertes Hemd gesickert – man konnte es aus zehn Metern Entfernung sehen.
Kupchek breitete die Arme aus und versuchte zu lächeln, als er Stefanovitch kommen sah. Seine Augen waren glasig und wollten sich immer wieder nach oben drehen. Kupchek sah so *hilflos* aus. Stefanovitch ruderte heftig mit den Armen, um den Rollstuhl auf Touren zu bringen. Sein Magen drehte sich um. Als er noch zwei oder drei Meter entfernt war, sah er, wie schlimm es war. Er wußte es sofort.
»Schlimmer, als ich dachte«, flüsterte Bear Kupchek.
Stefanovitch ließ sich vom Rollstuhl rutschen. Er saß auf dem Boden und drückte sich an Kupchek. O bitte, flüsterte eine Stimme in ihm.

»Versuch nicht zu sprechen. Ich lasse einen Krankenwagen kommen. Bleib einfach liegen, und beweg dich nicht«, sagte Stefanovitch.
Bear Kupchek schloß einige Sekunden die Augen. Er schlug sie wieder auf und fing an zu reden, versuchte es wenigstens. Ein stockendes, rauhes Flüstern kam.
»Du bist mein Freund, Stefanovitch«, brachte er hervor. Das war alles. Dann war es, als ob ihn auch der Rest seiner Kräfte verließ. Total. Bear Kupchek lag vollkommen still da. Sein Atem ging stoßweise, hörte dann ganz auf. Von einem Augenblick zum anderen.
O bitte nicht, laß es bitte nicht zu, schrie Stefanovitch innerlich. O Gott, bitte.
»Ich mag dich, Bear«, flüsterte er dem Körper in seinen Armen zu. »Jesus, Bear. Tu mir das nicht an.«
Dann war Stefanovitch ganz allein.

Zweiter Teil

Der sechste Stand

Isiah Parker,
Harlem

Isiah Parker ging durch die Straßen von Harlem, ohne Beklommenheit oder gar Angst zu empfinden. Dies war sein Viertel. Er versuchte, optimistisch zu sein, obgleich er in der Dunkelheit Rufe und Flüstern hörte: halbwüchsige Drogenlieferanten auf Suzuki-Samurais, das gegenwärtige Lieblingsfahrzeug junger Dealer, ein Baby, das in einem Mietshaus mit glänzenden Metallplatten als Fenster wimmerte, Crack-Transaktionen an jeder zweiten Straßenecke.
Während er dort so ging, dachte er an seinen Bruder, an die anderthalb Jahre, in denen Marcus Champion gewesen war, den grauenvollen Mord, die selbstgerechten Leitartikel über die Tragödie, die in den Zeitungen gestanden hatten.
Man hatte in Harlem einen Gottesdienst abgehalten. Am 30. Dezember, vor sechs Monaten. Nun, wo er daran dachte, schien es ihm viel länger herzusein.

Er hatte in der riesigen Morningside Chapel darauf gewartet, daß das Gemurmel der anderen um seinen Bruder trauernden Leute nachließ. Er hatte dabei das Gefühl gehabt, er stünde neben sich selbst und sähe die unwirkliche Szene aus einer anderen Dimension.
Dann sang er endlich, zuerst leise, dann laut und klar, ohne jede musikalische Begleitung. So hatte er beim Meisterschaftskampf seines Bruders in Madison Square Garden gesungen. Bill Cosby

und Ali waren unter den Zuschauern gewesen, und Don King, Dustin Hoffman, Jesse Jackson. Die Zeitungen hatten vor dem Kampf geschrieben, daß Marcus und Isiah Parker Brüder waren, aber Isiah Parkers schöner Bariton war eine Neuentdeckung. Auf irgendeine seltsame Weise war sie bewegender als der Meisterschaftskampf selbst.

Damals im Dezember, in der Morningside Chapel, hatte Parkers Stimme viele zu Tränen gerührt. Er hatte nie sehnsüchtiger und ausdrucksvoller gesungen. Erwachsene Männer und Frauen weinten, ohne sich dessen zu schämen. Zynische Beobachter des Kampfes weinten, und draußen auf dem Morningside Drive weinten Tausende, viele davon in wallenden Muslim-Gewändern.

Dieser Tod hatte etwas, das schrecklich ungerecht war. Marcus Parker war vierundzwanzig Jahre alt gewesen, als er starb. Marcus hatte so viele Hoffnungen verkörpert, so viele in den Slumstraßen von Harlem begrabene Träume... Dafür wird jemand zahlen müssen, hatte Isiah Parker sich bei jenem Gottesdienst in der Morningside Chapel geschworen. Und jemand *fing an* zu zahlen. Fing gerade an.

Zwei Tage nach der Ermordung Oliver Barnwells blieb Parker vor einer leeren Telefonzelle an der Ecke 125. Straße stehen. Er mußte ganz sicher sein, was er als nächstes tun würde.

»Hier ist Isiah Parker«, sagte er, als jemand den Hörer abnahm. Am anderen Ende der Leitung wurde gezögert. Es war noch nicht ganz sechs Uhr. Er hatte den MANN aufgeweckt.

Endlich hörte er eine Stimme. »Ich hätte mich mit Ihnen in Verbindung gesetzt, Isiah. Wir reden besser nicht am Telefon. Wo können wir uns treffen?«

»Fahren Sie wie üblich mit der New York Central zur Arbeit«, sagte Parker. »Nehmen Sie denselben Zug wie immer, aber steigen Sie an der Haltestelle 125. Straße aus. Ich warte dort. Keine Sorge, hier oben kennt Sie kein Mensch. Niemand wird uns zusammen sehen. Jedenfalls niemand, auf den es ankommt.«

Parker hängte ein. Er ging die 125. weiter in westlicher Richtung, vorbei an Ladenfronten mit großen Scherengittern, vorbei am Apollo-Theater. Ihm gefiel die Vorstellung, den MANN diesmal hier oben in Harlem zu treffen. Sie hatten sich zweimal in überfüllten Hotelbars im mittleren Manhattan getroffen und einmal an dem Ort, wo der MANN wohnte, in Mamaroneck.
Um Viertel nach sieben lief Parker den uralten hölzernen Bahnsteig der Haltestelle 125. Straße auf und ab. Er sah mehrere Pendlerzüge aus dem südlichen Connecticut und Westchester ankommen und zur Grand Central Station weiterfahren. Die Gleise lagen über der schönen alten Bahnhofshalle aus dem ersten Viertel des Jahrhunderts. Vom Bahnsteig aus konnte man über das mittlere Harlem bis zum Hudson und zum Ufer von New Jersey blicken. Der Himmel war an diesem Morgen wolkenlos, und die Sonne gab den heruntergekommenen Häusern und den schmutzigen Straßen einen warmen Schimmer.
Isiah Parker liebte den prachtvollen Bahnhof. Als er klein gewesen war, waren seine Eltern hier mit ihm und seinem Bruder in den Zug gestiegen, um einen Tagesausflug nach Bear Mountain, West Point oder Newburgh zu machen, manchmal sogar nach New Paltz oder in die Catskill Mountains zu der Wildtierfarm.
Dann fuhr wieder polternd ein Vorortzug aus Westchester in die Station ein. Einige trübe vor sich hin starrende kleine Kaufleute stiegen aus den blauen und silbernen Wagen. Die meisten Fahrgäste warfen nicht den kürzesten Blick auf das verwahrloste Harlem. Sie wollten nichts zu tun haben mit den schwarzen Müttern und Kindern, die auf der Straße schliefen, mit elf- und zwölfjährigen Rauschgiftsüchtigen, mit gescheiterten Stadterneuerungsprojekten. Schon gar nicht um halb acht Uhr morgens.
Endlich stieg auch der MANN aus, den Isiah Parker sprechen mußte. Er blickte ein klein wenig ratlos den dunklen Bahnsteig hinauf und hinunter. Er trug einen seriösen dunkelblauen Anzug, der hier in der 125. Straße aussah wie der eleganteste

Abendanzug. Isiah Parker erlaubte dem MANN, ihn zu sehen. Er trat hinter einem Leitungsmast hervor, an dem eine große, für die Zugfahrgäste bestimmte Theaterreklame befestigt war. *Das Geheimnis von Edwin Drood ist ein Musical,* stand darauf. Parker winkte.

Dann ging er die altersschwache Treppe hinunter. Er blieb dreißig Meter vor dem anderen. Die rußgeschwärzten Stufen führten in die Bahnhofshalle, den großen viktorianischen Wartesaal, der sich im Lauf der Jahrzehnte kaum geändert hatte. An den schmierigen Wänden führte immer noch das alte Gußeisengeländer entlang, fünf oder sechs Meter weiter oben waren immer noch die alten floralen Stukkaturen. An den Wänden und auf den verblichenen roten Telefonzellen sammelte sich der gleiche Staub. Alle Telefone waren außer Betrieb.

An einer blauen Tür links vom Zeitungskiosk stand »Männer«. Parker näherte sich ihr und schob die dicke alufarbene Querstange vor. Die Toilette war trotz der Rush-hour leer. Parker checkte trotzdem die übelriechenden Kabinen. Er fand keine Fixer, die schon früh am Morgen einen Schuß brauchten, keine Penner, die die Nacht auf einem WC-Becken zugebracht hatten.

Der MANN betrat die Toilette einige Sekunden nach Parker. Er ging an eines der rissigen Pissoirbecken und urinierte. Er wußte seine Zeit gut zu nutzen. Darin waren Weiße meist sehr gut, wie Parker im Lauf der Jahre festgestellt hatte.

»Wie geht's, Isiah?« Es klang uninteressiert. Parker wurde wütend und hätte es um ein Haar gezeigt. Der MANN tat ihm einen Gefallen, indem er hierherkam. Er hatte eine neue Art gefunden, herablassend zu sein. *Geh und rede mit Parker. Beruhige diesen blöden Nigger.*

»Diesmal war es verdammt schwer.« Parker bemühte sich, seinen Zorn zu zügeln, sich nicht anmerken zu lassen, was er wirklich fühlte.

»Ich weiß.« Der MANN war der stellvertretende Hauptkommissar der New Yorker Polizei. Er hieß Charles Mackey. Er hat-

te Parker kennengelernt, als dieser eine Auszeichnung für die meisten Festnahmen in Drogenfällen bekommen hatte. Das war vor drei Jahren.
»Aber wir haben es bald geschafft – wenn das ein Trost ist«, fuhr er fort. »Der nächste ist allerdings wichtig, sogar sehr wichtig, Isiah. Dann wird unser kleiner Privatkrieg vorbei sein. Danach werden sie uns die Arbeit abnehmen. Sie tun es bereits überall auf der Welt.«
»Als Sie an mich herangetreten sind, haben Sie gesagt, es würde nicht viel anders sein als die gewöhnliche Arbeit eines Geheimagenten«, unterbrach Parker. »Aber es ist ganz anders. Es bringt einen durcheinander. Man ist nicht mehr sicher, auf welcher Seite man steht!«
Der stellvertretende Hauptkommissar hörte zu und nickte. Parker fiel ein, daß Mackey immer den Ruf gehabt hatte, ein guter Zuhörer zu sein, ein Rabbi im Polizeipräsidium.
»Sie stehen auf der richtigen Seite des Gesetzes. Sie stehen immer noch auf der Seite des Rechts. Machen Sie sich darüber keine Sorgen, Isiah. Was für eine Wahl hatten wir denn? Was für eine Wahl haben sie uns gelassen? Sie haben ihr verdammtes Gesetz der Straße praktiziert. Die Kolumbianer hatten ihre eigene Variation dieser Spielregeln. Die Italiener, die Cosa Nostra, auch. Was konnten wir tun, um uns zu wehren? *Was sollten wir tun* ?«
»Wir hätten sie vielleicht unter Anklage stellen können«, beantwortete er seine Frage nach einer Weile selbst, »aber wir hätten nicht einmal genügend Geschworene für eine Vorentscheidung zusammenbekommen. Allein letztes Jahr sind neun New Yorker Polizisten ermordet worden. Das Gesetz der Straße funktioniert perfekt. Wir mußten etwas *tun.* Wir hatten keine andere Möglichkeit. Das wissen Sie so gut wie ich.«
Parker starrte in Charles Mackeys große, feuchte, blaue Augen. Er war ein weißer Mann, aalglatt, aber aus irgendeinem Grund hatte er ihm immer getraut. Doch jetzt störte ihn irgend etwas.

Er konnte nicht definieren, was es war. Irgend etwas an dem MANN stimmte nicht. Etwas an diesem Geheimauftrag war nicht in Ordnung. Die Seite der Guten? Er war sich nicht mehr sicher.

»Wissen Sie, wer Ihren Bruder Marcus umgebracht hat? Wissen Sie, wer die Leiche Ihres Bruders verstümmelt hat?« fuhr Charles Mackey in einem zornigen und selbstgerechten Tonfall fort. »Wissen Sie, wer es war?«

»Ja, ich *weiß* es.«

»Sind Sie sicher? Wissen Sie es zweifelsfrei? Haben Sie *irgendeinen* Zweifel?«

»Ich bin sicher.«

»Und ist vielleicht irgendein Fall vor die Geschworenen gekommen? Ich werde für Sie antworten – nein! Die New Yorker Polizei hat in den letzten zehn Jahren einen selbstmörderischen Bandenkrieg geführt. Fast hundert Beamte sind in Ausübung ihrer Pflicht getötet worden. Aber wir haben uns bis jetzt nicht wehren dürfen.

Es war unsere *Pflicht,* endlich damit *anzufangen.*«

Charles Mackey legte Isiah Parker die Hand auf die Schulter. Der alte Mann wirkte plötzlich müde und zerschlagen. »Ich gebe Ihnen mein Wort, daß es bald aufhören wird. Das bedeutet, daß Sie das Wort des Hauptkommissars haben. Ich versichere Ihnen eindringlich, dies ist das letzte Mal. Alexandre Ste-Germain. Traficante. Oliver Barnwell. Noch einer, dann haben wir es hinter uns.

Dann lösen wir Ihr Team auf.«

Parker schüttelte den Kopf. Schließlich lächelte er. Er hatte keine andere Wahl, als Mackey zu trauen. »Teilen Sie mir die Einzelheiten mit, wer es ist und wann es geschehen soll.«

Charles Mackey schien wie in ein Gebet versunken zu sein. Endlich streckte er die Hand aus und schüttelte die von Parker. »Welche andere Wahl hatten wir?« flüsterte er.

Charles Mackey, stellvertretender Hauptkommissar der Polizei der Stadt New York, verließ die unterirdische Toilette. Er eilte die Treppe hoch und stieg in den nächsten Vorortzug nach Manhattan.

Parker folgte ihm nicht gleich aus der Toilette. Er wartete noch einige Minuten im Untergeschoß. *Noch einmal,* dachte er, während er in der schmuddeligen Bedürfnisanstalt stand. *Dann haben wir es hinter uns.*

Stefanovitch,
Ridgewood,
New Jersey

Bear Kupchek starb in der Notfallstation des Lenox Hill Hospital, einer der besten Traumaeinrichtungen von New York. Stefanovitch hatte in dem Krankenwagen, der mit Höchstgeschwindigkeit zum Krankenhaus raste, neben seinem bewußtlosen Freund gesessen. Er war dabeigewesen, als der Bear schließlich für tot erklärt wurde.

Wenn ein Polizist oder Feuerwehrmann in kritischem Zustand in ein New Yorker Krankenhaus eingeliefert wird, versorgen ihn gewöhnlich die besten Ärzte und Schwestern. Sie tun alles, um den verletzten Beamten zu retten. Diesmal gab es nichts, was sie tun konnten. Der Schmerz und Kummer der Leute von der Notfallstation waren offensichtlich, für Stefanovitch rührend und aufreizend zugleich.

Am 28. Juni verließ er New York auf dem von Schlaglöchern übersäten West Side Highway in nördlicher Richtung. Die Welt ringsum kam ihm unwirklich vor, unbekannt, als könnte er jeden Augenblick von ihrem Rand rutschen und in eine gähnende Tiefe stürzen.

Warum Kupchek? Was hatte der Bear herausgefunden? Was war der fehlende Schlüssel? Die Fragen hallten laut in seinem Kopf. Es fehlte nur noch ein Schlagzeug, denn alles in ihm tönte und lärmte und verursachte eine überwältigende Wirkung, fast so wie das Ende von Hitchcocks *Der Mann, der zuviel wußte.* Nur daß Stefanovitch nicht zuviel wußte.

Er wollte nach Ridgewood, New Jersey, zu Kupcheks Beerdigung. Er konnte sich nicht vorstellen, daß er zeit seines Lebens jemals wieder etwas so Schweres tun müßte.
Als er die Schnellstraße 17 erreichte, erinnerte er sich an glücklichere Zeiten, in denen Bear und seine ebenfalls berufstätige Frau Jo Ann einen guten Teil ihres künftigen Einkommens für ein Haus verpfändet hatten. Es war in Kupcheks drittem oder viertem Jahr bei der Polizei. Kürzlich hatte er ihm erzählt, das Haus, das damals knapp sechzigtausend gekostet hatte, sei nun fast vierhunderttausend wert. Der Geschäftsführer der New York Yankees wohnte ein paar Straßen weiter. Stefanovitch hatte sie noch im Mai draußen besucht. Sie hatten gewaltige Steaks gegrillt, die Fernsehübertragung von einem spannenden Boxkampf gesehen und so viel Bier getrunken, daß er an dem Abend nicht mehr heimfahren konnte. Er liebte Kupcheks Familie. Und sie liebten ihn. *Das war so hart, so verflucht ungerecht.*
Während er an den Einkaufszentren im nördlichen New Jersey vorbeifuhr, dachte Stefanovitch plötzlich an das Leben in einer anderen Kleinstadt unten in Pennsylvania, wo er groß geworden war. Viele bittersüße Erinnerungen kamen ihm an diesem Morgen, am Morgen von Bears Beerdigung, in den Sinn. Die Farm seiner Eltern. Die Armenküche, die sie aufgemacht hatten. Eine Flut von Bildern.
Sein Großvater hatte für eine Fabrik bei Minersville Brot verkauft. Viele Jahre lang war George Stefanovitch mit seinem klapprigen Transporter durch die Berge von Catawissa in sein Verkaufsgebiet gefahren, zu einer Ansammlung winziger Dörfer. Als Stef eines Morgens mitgefahren war, um ihm beim Abladen zu helfen, hatte er ihm unaufgefordert einen wichtigen Ratschlag für die richtige Berufswahl gegeben. Sein Großvater hatte eine schreckliche Stimme, aber er sang trotzdem gern, wenn er morgens durch die Catawissas fuhr. Er sagte Stef, ihm wäre es egal, ob er Präsident der Vereinigten Staaten oder Kanalarbeiter würde. Es komme nur auf eines an ... »Du mußt singen, wenn du morgens durch die Berge zur Arbeit fährst, du mußt

dich jeden Tag über die Fahrt freuen. So wie ich in dieser alten Brotkiste. Ich bin glücklich, Stef.«

Stefanovitch hatte den Rat nie vergessen, und wenn er morgens zur Arbeit fuhr – er wußte nicht, wem er es zu verdanken hatte, einer Fügung oder seinem eigenen Zutun –, sang er gewöhnlich vor sich hin oder summte wenigstens die Songs im Autoradio mit. Aus irgendwelchen verrückten Gründen liebte er seinen Job.

Und wenn ich diesen Tag durchstehe, dachte er, werde ich gegen alles gewappnet sein.

Als er die Schnellstraße verließ, konnte er die beiden schmucken weißen Kirchtürme von Ridgewood, New Jersey, sehen. Majestätische Buchen und Eichen und Linden ragten zu beiden Seiten der Landstraße auf. Vor der Kirche selbst erblickte er überall dunkelblaue Ausgehuniformen, Hunderte von Polizeiuniformen auf dem gepflegten Rasen links und rechts der Zufahrt. Alles war so, wie es sein sollte, so *perfekt,* daß es Stefanovitch abstieß, daß ihm einen Moment lang übel wurde.

Beerdigungen von Polizeibeamten waren gewöhnlich eine Mischung aus geselligem Beisammensein, Kleinstadtmarkt und griechischer Tragödie. Auf seiner Stirn und in seinem Nacken sammelten sich kleine Schweißperlen. Gleich würden sie ihn alle mehr oder weniger verstohlen dabei beobachten, wie er den Rollstuhl aus dem Transporter schob, aufklappte und sich hineinfallen ließ. Er rüstete sich innerlich für seinen Auftritt.

Er hörte das Motorradkontingent kommen, das zur Beerdigung abkommandiert war. Fremd klang es – wie aus einer anderen Welt. Er dachte unwillkürlich, daß der Bear ihn, wenn es irgend möglich wäre, in die Kirche getragen hätte.

Schließlich rollte er über den geteerten Parkplatz zur Kapelle. Die hoch über den spitzen Türmen stehende Sonne sah aus wie eine platzende Glühbirne. Sein Körper fühlte sich taub an.

Stefanovitch wurde unterwegs von mehreren Kriminalbeamten erkannt. Die meisten begrüßten ihn per Handschlag und murmelten irgend etwas Freundliches. Dann gingen sie mit ihren

Kollegen weiter. Einige tauschten rasch Anekdoten über Bear Kupchek aus. Die vielen Ausgehuniformen hätten auch zur Graduierungszeremonie einer Militärakademie passen können. Eine Lautsprecherstimme forderte die Besucher auf, in die Kirche zu gehen.

In der Vorhalle stellte er fest, daß er den Altar nicht sehen konnte. Er hatte ein noch schlechteres Gefühl als draußen.

Plötzlich tippte ihm jemand auf die Schulter. Er drehte sich um und erblickte zu seiner Überraschung Sarah McGinniss. Sie war zu der Beerdigung nach New Jersey gekommen. Das richtete ihn aus irgendeinem Grund ein wenig auf.

Sarah beugte sich zu ihm und begrüßte ihn. Ein Hauch von ihrem Parfüm stieg in seine Nase. Ihre physische Nähe erinnerte ihn an den Tag, den sie in ihrem Strandhaus auf Long Island gearbeitet hatten.

»Es tut mir leid, Stef«, sagte sie leise. »Es tut mir so leid, daß Sie Ihren Freund verlieren mußten.«

Der emotionale Aufruhr, das durch den Verlust bewirkte Chaos, schien sich einen Moment lang ein wenig zu legen. Stefanovitch fühlte in diesem Augenblick, daß er sich in Bear Kupcheks Tod fügte, wenigstens soweit das überhaupt möglich war. »Vielen Dank, daß Sie gekommen sind. Es bedeutet einiges, daß Sie sich die Mühe gemacht haben.«

Sarah reckte den Hals, um Dinge in der Kirche zu betrachten, die er natürlich nicht sehen konnte. Er kam sich hilflos wie ein Kind vor. Er erinnerte sich daran, wie er als kleiner Junge daheim in Pennsylvania in einer geheimnisvollen weihrauchgeschwängerten Kirche gewesen war und nichts hatte sehen können.

»Hören Sie, Sie haben sich hier einen ziemlich schlechten Platz ausgesucht«, sagte Sarah, die sich wieder zu ihm gebeugt hatte. »Könnte ich Ihnen zu einem besseren verhelfen?«

»Ja, ich nehme an, Sie könnten. Ich würde gern den Altar sehen.« Sarah fing an, den Rollstuhl durch die dichte und widerstrebende Masse der Polizeibeamten zu schieben. Die Tatsache, daß es John Stefanovitch war, Kupcheks Partner, trug dazu bei,

daß sie sich einen Weg durch all das Dunkelblau bahnen konnten. Dann sah Stefanovitch endlich den Hauptaltar.
»Das funktioniert auch auf Flughäfen ganz gut«, bemerkte er lächelnd. »Es gehört zu den wenigen Vorteilen des Rollstuhls, die ich ohne Skrupel ausnutze.« Sarah hatte einen Platz in einer der vorderen Reihen entdeckt, in der Nähe der massiven Eichentüren zur Sakristei.
Stefanovitchs Hemd war am Rücken bereits klitschnaß. Der kalte Luftzug der Klimaanlage strich seinen Nacken und seine Schultern hinunter. Aber all das war nicht weiter wichtig.
Er würde Bear Kupchek nicht wiedersehen. Das war wichtig. Wie viele wahre Freunde findet man im Leben? Höchstens vier oder fünf? Ja, wenn man Glück hat. Nun war einer von seinen fort.
Nach einigen Minuten stimmte eine Trompete die ersten vertrauten und gefürchteten Klänge des Großen Zapfenstreichs an. Bear Kupcheks Beerdigungsgottesdienst begann.

Nach dem Gottesdienst verließen Stefanovitch und Sarah McGinniss zusammen die Kirche. Sie fuhren mit seinem Transporter zu Kupcheks Haus hinüber. Sarah war mit einem Vertreter des Commissioners nach Ridgewood gekommen. Sie brauchte ohnehin jemanden, der sie mitnahm.
Der älteste Sohn Kupcheks, Mike junior, war erst fünfzehn, sah aber bereits aus wie ein Footballspieler einer Collegemannschaft. Er war in fast jeder Beziehung ein junger Bear, muskulös und teddyhaft zugleich. Stefanovitch wußte nicht, ob er lachen oder weinen sollte, als er Mike junior in die Arme nahm und aus dem verzweifelten Bedürfnis heraus, dem Sohn des Partners seine Zuneigung zu übermitteln, ein paar nichtssagende Bemerkungen machte.
Später sprachen Stefanovitch und Jo Ann Kupchek über eine Stunde lang in der Küche. Sie tranken Glenlivet – sie benutzten beide dasselbe Wasserglas. Sie hielten einander, um Trost zu finden, und sangen zuletzt ein altes polnisches Liebeslied, das man

bei Jo Anns Hochzeit mit Bear Kupchek gesungen hatte. Er fehlte ihnen beiden schrecklich.
Stefanovitch hatte Sarah versprochen, daß er sie nach New York zurückbringen würde. Als sie auf der Schnellstraße in Richtung Washington Bridge fuhren, war es bereits nach fünf Uhr.
Vor der Brücke blieben sie im dichten Vorortverkehr stecken. Der Rückstau von den Mautkabinen war fast zwei Kilometer lang. Zum erstenmal an diesem Tag redeten sie von den Mordermittlungen, darüber, was Kupchek wohl in der Nacht, in der er getötet worden war, herausgefunden hatte, wen er gesehen haben mochte. Keinem von ihnen war danach, über diese Dinge zu sprechen. Wieder in der Stadt, bog Stefanovitch in die Fifth Avenue ein. Sarah bat ihn, die 66. Straße nach links hochzufahren. Sie wohnte zwischen Park Avenue und Madison Avenue.
»Das Haus da«, sagte sie einige Augenblicke später. »Mit dem grünen Baldachin.«
Stefanovitch hielt vor einem Vorkriegs-Apartmenthaus mit einer moosgrünen Markise über dem Eingang. Er sah einen hoheitsvoll blickenden Portier und, ganz hinten in der Lobby, eine ehrfurchtgebietende Rezeption. Alles sehr gediegen.
»Kommen Sie doch kurz mit hoch. Spielen Sie nicht den hartgesottenen Bullen. Nicht heute abend, nicht jetzt. Nehmen Sie einen Drink mit mir, Stef? Bitte.«
Sarah ließ Stefanovitch keine Zeit zum Antworten. Sie rief dem Portier, der sich bereits dem Transporter näherte, durch das offene Fenster zu: »Würden Sie sich bitte um Lieutenant Stefanovitchs Wagen kümmern, Mr. Sullivan, und einen Parkplatz suchen?«
Der Mann hörte auf, seine Stahlbrille zu putzen, und verbeugte sich knapp. »Selbstverständlich, Ma'am. Mit Vergnügen.«

Ein rustikaler Kamin aus grauem Stein beherrschte das Wohnzimmer. Sarah zündete die Scheite darin an, und es wirkte zuerst sonderbar – das warme, knisternde Feuer bei laufender Klimaanlage –, aber das Zimmer füllte sich rasch mit dem würzigen

Duft von Eiche und Kiefer, und es entstand eine ausgesprochen behagliche Atmosphäre.
Die beiden unterhielten sich dann stundenlang. Sie tauschten ihre Ansichten viel unbefangener aus als damals im Strandhaus, waren viel lockerer, als sie von sich erzählten.
Stefanovitch erzählte ihr zuletzt von seiner Kindheit im Land der Kohlegruben, von den drei Jahren, in denen er um die Welt gezogen war, von der Zeit bei der Navy und dann von seiner vierjährigen Ehe mit Anna. Sarah gab einige Geschichten über Stockton, Kalifornien, zum besten. Sie hatte eine nüchtern-humorvolle Art, ihre Jugend zu beschreiben, die Stefanovitch gefiel. Sie hatte während ihres Studiums arbeiten müssen und alle erdenklichen Gelegenheitsjobs gehabt. Sie hatte Zwiebeln geerntet und Kirschen gepflückt, in einem mexikanischen Café Tacos aufgewärmt, in einem McDonald's Hamburger gebraten, in einem Baskin-Robbins Eis verkauft und war einen Tag lang, das heißt in Wahrheit nur viereinhalb Stunden, in Oakland von Tür zu Tür gegangen, um ein vielbändiges Lexikon an den Mann zu bringen. Stefanovitch wurde sich plötzlich bewußt, daß er es nicht gewohnt war, eine Frau zum Freund zu haben. Er dachte, daß die meisten Männer noch nicht bereit waren, Frauen als Freund zu akzeptieren, egal, wie viele von ihnen das Gegenteil behaupteten. Das Selbstverständnis des Mannes änderte sich zwar, doch es änderte sich diesbezüglich sehr langsam.
Sarah brachte ihm noch einen irischen Whiskey, den zweiten oder dritten, vielleicht war es auch der vierte. Stefanovitch sah verstohlen auf die Uhr und konnte nicht glauben, daß es schon so spät war. Zwanzig nach zehn. Sie hatten fast vier Stunden geredet und getrunken.
Sarah sah, wie er auf die Uhr schaute. Plötzlich war es zu still im Wohnzimmer.
»Ich mußte heute abend wirklich mit jemandem sprechen«, sagte Stefanovitch endlich. »Sie hatten recht damit.«
Er schwenkte sein Glas leicht hin und her und hörte, wie die

Eiswürfel klirrten. Er war nervös, und er wußte, daß Sarah es wahrscheinlich merkte. Aber er konnte nicht über das sprechen, was er fühlte. Noch nicht, nicht jetzt. Besonders nicht heute abend.

»Danke, Sarah. Ich muß jetzt nach Haus und ein bißchen schlafen«, sagte er endlich. »Ich muß nach Haus.«

Isiah Parker,
Harlem

Isiah Parker war so gekleidet, daß er auf der Straße nicht auffallen würde. Er hatte einen alten Pulli, verblichene schwarze Cordhosen und Joggingstiefel an. Er war eine zeitgenössische Version von Ralph Ellisons *Der unsichtbare Mann.*

Er hatte in seiner Wohnung in der 116. Straße, in einem uralten Mietshaus ohne Fahrstuhl, nicht schlafen können. Zu viele Gedanken waren ihm durch den Kopf gewirbelt. Er war nervös und gespalten. Stand er wirklich auf der Seite der Guten? Je mehr er darüber nachdachte, um so größer wurden seine Zweifel.

Nun hatte er ganz deutlich ein Gesicht vor Augen – mit allen Einzelheiten. Er *sah* seinen Bruder in dem heruntergekommenen Hotel in der Bowery, *The Edmonds.* Er erinnerte sich an den Tag, als ob es gestern gewesen wäre.

Es war vor einem halben Jahr passiert. Es war sein regulärer freier Tag gewesen. Als er die Nachricht bekam, fuhr er ins untere Manhattan, zum fünften Revier, einer altmodischen Polizeistation in der Elizabeth Street. Vom Fünften fuhr er mit einem Streifenwagen zur Bowery.

Vor dem schäbigen Edmonds Hotel lungerten fünf oder sechs Bullen in Lederjacken herum. In einem Müllcontainer wühlte ein Penner. Links und rechts in der Grand Street schliefen weitere Penner und Obdachlose ihren Rausch aus. Sie drängten sich

auf bröckelnden Eingangsstufen oder auf Gußeisengittern über U-Bahn-Röhren, aus denen ein bißchen Wärme stieg.
Ein Schwarzer, dem das halbe Haar ausgefallen war, stand torkelnd an der Ecke. Er versuchte, den Fahrern, die an der Ampel hielten, seine Dienste als Scheibenputzer aufzudrängen, und brachte es fertig, daß die Scheiben hinterher jedesmal schmutziger aussahen.
Parker senkte schließlich den Kopf und ging zu der Absteige. Was hatte Marcus in einem solchen Haus gemacht? Wie war er hier, am äußersten Ende der Zivilisation, gelandet? Wie konnte seinem Bruder dies widerfahren sein?
Er mußte über die schlaffen Körper zweier Männer hinwegsteigen, die auf den Stufen vor dem Eingang schliefen. Drinnen blieb er vor der dunklen Treppe stehen.
Isiah Parker setzte sich auf die unterste Stufe. Seine Beine waren wie Gummi, und er würgte aufsteigende Tränen fort. Seine Hände krallten sich instinktiv um seine Kinnbacken. Er konnte auf einmal nicht mehr atmen – *weil er es wußte.*
Zuletzt beugte Parker sich nach unten und hielt den Kopf weit vor. Die eine Tasse Kaffee, die er am Morgen getrunken hatte, ergoß sich auf die gesprungenen Fliesen und brüchigen Steine des Hauseingangs... *Er wußte es.*
Sein Bruder Marcus war oben.
Oben, am Ende dieser baufälligen Treppe, in dieser elenden Absteige in der Bowery, war sein Bruder, der Mittelgewichtschampion, auf rätselhafte Weise gestorben. Wie war das möglich? Wie hatte es geschehen können?
Parker richtete sich auf und ging langsam die Treppe hoch. Sie war sehr lang, aber der Geruch war schon jetzt unbeschreiblich.
Oben trat ein Polizist, der eine Gasmaske trug, auf ihn zu. »Sie nehmen besser auch eine, ehe Sie reingehen«, sagte er.
Isiah Parker ignorierte die Warnung und ging durch die offene Tür. Er betrachtete das widerlich verdreckte Wohnzimmer. Körniger schwarzer Staub, wie Millionen und Abermillionen von Insekteneiern vor dem Ausschlüpfen der Larven, bedeckte alles.

Er ging in das ebenso verrußte Badezimmer. Dort waren ein Fingerabdrucktechniker und ein Fotograf aus dem Präsidium an der Arbeit. Beide trugen Gasmasken und bis zu den Ellbogen reichende Plastikhandschuhe.
Der geschundene nackte Körper seines Bruders lag mit dem Gesicht nach oben in der Wanne. Die Arme standen in einem unnatürlichen Winkel vom Rumpf ab. Sicher gebrochen. Die Haut war an manchen Stellen sehr schwarz, an anderen bläulichrot. Vom Hals aufwärts war Marcus sehr bleich.
»Sie haben ihn mit einer Tonne Rauschgift vollgepumpt«, sagte einer der Laborleute. »Müssen ihn seit Tagen gespritzt haben. Als ob sie ein Exempel statuieren wollten.«
Der Polizeiarzt war ein gefühlloser, blasser Mensch, gezeichnet von der Routine seines Berufes. Parker kannte ihn vom Sehen. Er sprach gedämpft und ohne Betonung. »Er ist daran zugrunde gegangen. Sein Herz machte einfach *plopp.* Konnte die Belastung nicht verkraften.«
Ein gebrochenes Herz, dachte Parker. Sein Bruder Marcus, der immer so stolz und stark gewesen war, war in der Bowery an einem gebrochenen Herzen gestorben.

Während er nun in der 96. Straße stand, dachte er an die Szene im Edmonds Hotel. Manchmal ging er irgendwo spazieren, *irgendwo,* und ganz unvermittelt schossen die Bilder auf ihn zu wie angreifende Vögel. Würde er das Edmonds je vergessen können? Den Anblick und die Gerüche in jenem scheußlichen Badezimmer?
Isiah Parker starrte den verlassenen Broadway südwärts. Endlich erblickte er die Männer, auf die er an der Straßenecke gewartet hatte.
Jimmy Burke und Aurelio Rodriguez stiegen gerade aus einer schwarzen Limousine, die vor dem McDonald's und Dunkin Donuts parkte. Die drei Beamten mußten über die nächsten Schritte reden, den letzten Kill, den wichtigsten von allen.
Waren sie auf der Seite der Guten? fragte Parker sich abermals.

Stefanovitch,
Police Plaza

Stefanovitch litt keineswegs unter Verfolgungswahn – hinter ihm waren *wirklich* wer weiß wie viele Leute her. Alle Welt redete über die Videofilme aus dem Allure. Die führenden Nachrichtenmagazine schrieben, daß sie angeblich hohe Regierungsvertreter und prominente Geschäftsleute zeigten. Artikel über Sexclubs in Miami, Detroit, Los Angeles und San Francisco füllten die Zeitungen jener Städte.

Schließlich rief Stefanovitch einen jungen Cutter von der Medienschule der Universität New York an. Er bat ihn, die Bänder auf eine Kurzform zusammenzuschneiden, die nicht mehr als ein paar Stunden dauern dürfe.

Stefanovitch hatte Gregory Weinschenker kennengelernt, als dieser für einen Dokumentarfilm über den Berufsalltag von Polizisten im West Village recherchierte. Weinschenker hatte ihm sofort gefallen. Anders als viele seiner Universitätskollegen hatte Weinschenker die Überzeugung gewonnen, daß der Durchschnittsbulle weder ein Sadist noch ein neuer römischer Krieger war. Weinschenker konnte sich auf persönliche Erfahrungen berufen. Sein Bruder und sein Vater waren Polizisten. Sie waren zufällig anständige, hart arbeitende Männer, die einen schwierigen Beruf ausübten, den zu ergreifen nicht viele andere qualifizierte New Yorker bereit waren.

Stefanovitch und Weinschenker verbarrikadierten sich in einem

Raum im Untergeschoß des Präsidiums. Tagsüber sah Weinschenker sich die Bänder allein an. Er schnitt so, daß jeder Kunde des Allure wenigstens einmal vorkam, und wählte außerdem die Dialoge, die für die laufenden Ermittlungen wichtig sein konnten.
Stefanovitch kam es vor allem darauf an, mehr über den Midnight Club zu erfahren. Die Existenz des Clubs war nunmehr aktenkundig, aber niemand hatte die einzelnen Mitglieder identifiziert – also auch nicht die führenden Geschäftsleute und Regierungsbeamten, die angeblich dazugehörten.
Wie bei den meisten polizeilichen Ermittlungen war die Zahl der Fragen, die sich erhoben, größer als die der Antworten, die man fand. Wer konnte Gangsterbosse in den verschiedensten Ländern beseitigen? Warum? Hatten die Morde wirklich alle etwas mit dem Midnight Club zu tun? Welchen Reim sollte er sich auf die ganze mysteriöse Sache machen? Und, was im Moment am wichtigsten war, warum war Ste-Germain ermordet worden? Wer würde der nächste sein? Wer diktierte die Todeslisten?
Jeden Abend um sechs traf Stefanovitch in dem improvisierten Schneideraum ein. Er betrachtete die zusammengeschnittenen Bänder bei Kaffee und Sandwiches. Oft arbeitete er dann bis in die frühen Morgenstunden mit Weinschenker.
Er und Weinschenker hatten die Kunden des Allure in vier Gruppen eingeteilt: »Prominente aus der Unterhaltungsindustrie« – »Organisiertes Verbrechen« – »Politik und Wirtschaft« – »Nicht identifiziert«.
Eines Abends kam Weinschenker spät vom Essen zurück und setzte sich neben Stefanovitch: »Wenn alles vorbei ist, kann ich dann meinem alten Herrn und meinem Bruder erzählen, daß die Polizei der Stadt New York mich verpflichtet hat? Daß sie mich praktisch drei Wochen lang im Keller des Präsidiums eingesperrt hat? Sie werden ausflippen. Ganz zu schweigen von meinen Freunden von der Filmschule, die mich als Schergen des Vierten Reichs bezeichnen werden.«

»Aber Sie sollten niemandem sagen, *was* auf den Bändern ist. Denken Sie daran, was Bear Kupchek passiert ist. Wir können hier unten darüber lachen, dann vergeht die Zeit schneller, aber das ist alles andere als komisch. Besonders nicht für die Leute in den Filmen hier.«

Weinschenker sank auf seinem Regiestuhl zusammen und ließ den Film weiterlaufen. Stefanovitch hatte ein schlechtes Gewissen, aber er wußte, daß er ein viel schlechteres Gewissen hätte, wenn Weinschenker je etwas widerfahren sollte, weil er diese Dinge gesehen hatte. Plötzlich richtete er sich auf.

»Stopp, Greg... Können Sie das Band kurz zurücklaufen lassen?« fragte er. »Einfach zurücklaufen lassen, bis ich ›Halt‹ sage.«

»Soll ich was für das Protokoll markieren?«

»Noch nicht. Lassen Sie den Film nur zurücklaufen. Stopp. Und jetzt wieder vorlaufen lassen.«

Stefanovitch blickte angestrengt auf den Monitor, um sich keine Einzelheit entgehen zu lassen, als das Band wieder abgespielt wurde. Das Callgirl war hinreißend – wie alle die Models, angehenden Filmschauspielerinnen und Broadway-Starlets, die nebenbei im Allure gearbeitet hatten.

»Was, zum Teufel, soll das, Stef? Himmelherrgott, geben Sie mir wenigstens einen Anhaltspunkt.«

»Sehen Sie genau hin. Gleich muß es kommen, sofort. Ja, da ist es. Wir sind kurz davor.«

Der Kunde war noch bekleidet. Er trug einen teuren Maßanzug und saß auf dem Bettrand. Stefanovitch wußte, wer er war.

»Selbst ich weiß, wer er ist. Nicky Wilson«, sagte Weinschenker und grinste ein wenig.

»Genau. Und Sie werden vergessen, daß Sie Wilson je in einem von diesen Filmen gesehen haben.«

»Ja, Sir. Wer ist das überhaupt, Nicky Wilson?«

»Sehr gut. Drehen Sie den Ton etwas lauter.«

»Zu Befehl, Sir.«

Stefanovitch spürte, wie sein Herz zu hämmern begann. Er

schwitzte auf einmal im Nacken. Was er gesucht hatte, würde gleich auf dem Videoband zu sehen und zu hören sein.
»Hören Sie jetzt genau zu, Greg. Jetzt.«
»Und dann vergesse ich, daß ich es je gehört habe.«
»Ja, so ist es.«
»Du siehst sehr gut aus, aber das weißt du ja. Du bildest dir ziemlich viel darauf ein«, sagte der Mann in dem Film. Es war Nicky Wilson.
Wilson hatte in Harlem das Rauschgiftmonopol gehabt und den Straßenstrich so gut wie kontrolliert, bis der Richter ihn vor neun Monaten aus dem Verkehr gezogen hatte. Dann hatte Oliver Barnwell Harlem geerbt.
»Viele Leute sagen über Sie das gleiche, Nicky«, antwortete das Mädchen.
Wilson lachte auf. *»Ja? Ich nehme an, ein bißchen Schmeichelei ist gut für das innere Gleichgewicht.«*
»Jetzt kommt der Teil, wo ich Sie ausziehen werde«, flüsterte sie. *»Sie sollen was für Ihr Geld bekommen ... Langsam, ganz langsam.«*
»Schätze, die Nummer ist oscarverdächtig«, bemerkte Greg Weinschenker.
»Was meinst du mit langsam? Was hast du vor?« fragte Wilson.
»Es könnte eine Stunde dauern ... allein das Ausziehen.«
»Hast du noch andere Spielchen im Sinn? Ein paar kleine Zerstreuungen, während wir uns ausziehen? Ich bin immer bereit, etwas Neues zu lernen.«
Die Prostituierte zog die flache Schublade des Nachttisches aus Plexiglas auf, der an das Bett montiert war. Sie nahm ein kleines schwarzes Lederetui heraus, das teuer und vielversprechend aussah.

Gregory Weinschenker blickte zu Stefanovitch rüber. Der summte den Titelsong von *Das Schleppnetz.* Sie hatten das schwarze Lederetui auch auf anderen Videobändern gesehen. Es enthielt das Zubehör für Schnupforgien.
Wilsons Stimme war jetzt bedeutend leiser. Die Tonspur gab sie

mit einem Rauschen wieder. Stefanovitch mußte genauer hinhören. Er rückte näher zum Monitor.
Dies war die Stelle des Bands, die er gesucht hatte.
»Er denkt an alles, nicht wahr ... Der Mitternachtsclub ... Er denkt wirklich an alles.«
»Getroffen«, rief Gregory Weinschenker und lächelte stolz. Er drehte sich zur Seite und haute Stefanovitch auf die Schulter.
»Spielen Sie es noch mal. Nur dieses kleine Stück, Greg. Spielen Sie es noch ein paarmal.«
»Noch ein paar andere Zerstreuungen? Noch andere Spielchen ?... Er denkt an alles, nicht wahr? ... Der Mitternachtsclub ... Er denkt wirklich an alles.«
Noch jemand sprach im Allure über den Midnight Club!
»Spielen Sie es einfach immer wieder, Greg. Nur dieses eine verdammte Stück.«

Sarah McGinniss, Gefängnis von Danbury

In der Nacht zum 1. Juli fuhr Sarah McGinniss überraschend nach Connecticut. Sie fuhr sehr spät, und sie fuhr allein.

Alles schien nach wie vor in Fluß zu sein. Das Geheimnis, das sich herausschälte, hatte etwas mit unerlaubtem Sex zu tun und betraf wohlhabende und einflußreiche Männer: Männer und die uralten Spiele, die sie liebten.

Sarah sah eine Seite der Männer, die vor den meisten Frauen verborgen wurde. Sie kannte ihre alten und neuen Geheimgesellschaften – die Polizei, die Geschäftswelt, die Regierung, das Militär, das organisierte Verbrechen. Jahrelang hatten Männer Weiße Häuser, Elysée-Paläste und Kanzlerämter kontrolliert, Verteidigungsministerien, Firmenzentralen und Bordelle. Unter dem Strich war es immer das gleiche. Sie taten es wegen der Macht, der Erregung, wegen einer unheimlichen und primitiven Lust an der Gewalt. Und nun war auch Sarah McGinniss betroffen.

Sarah verließ New York gegen Viertel vor zwölf. Sie fuhr mit ihrem Landrover auf dem verlassenen West Side Highway, der hinter den blitzenden Lichtern der George Washington Bridge noch trostloser wurde, nach Norden. Mit ein wenig Glück würde sie kurz nach eins im Bundesgefängnis in Danbury sein.

Stefanovitch hatte Sarah das Videoband mit Nicky Wilson gezeigt, und Sarah hatte ihn auf den ersten Blick erkannt. Sie hatte Wilson schon einige Male für ihr Buch – *Der Club* – befragt. Wilson hatte mit Alexandre Ste-Germain Geschäfte gemacht; Wilson war einmal der mächtigste schwarze Gangsterboß in New York gewesen.

Eines der Interviews hatte in Danbury stattgefunden, so daß Glen Thomas sie sofort erkannte, als sie anrief. Wegen ihrer früheren Buchinterviews meinte der Gefängnisdirektor, sie sei die richtige Person, die Wilson zu dieser ungewöhnlichen Zeit sprechen könne, und auch die Person, die wahrscheinlich am wenigsten unerwünschte Aufmerksamkeit erregen würde. Zufällig hatte Wilson auch *zugestimmt,* mit Sarah zu sprechen.

Endlich zeichneten sich die festungsähnlichen Umrisse der Strafanstalt vor dem Hintergrund des tiefblauen, sternklaren Himmels ab. Grelle Scheinwerferkegel durchstachen das Dunkel und beleuchteten die Bäume und Feldwege rings um den Komplex. Die nächtliche Stille war spürbar.

Sarah hatte das Bundesgefängnis schon zweimal aufgesucht, aber nie spätabends und nie unter solchen Begleitumständen. Massige Torpfosten aus Stein mit dezenten Bronzeschildern flankierten die Zufahrt. Eine dichte Reihe von Nadelgewächsen diente als Mauer zwischen der Straße und den weiten Grasflächen dahinter. Links und rechts begannen Sturmzäune, als der Landrover die ansonsten fast idyllisch anmutende Zufahrt entlangfuhr. Dann kamen dekorative Gitter. Die Zufahrt erweiterte sich zu einem Parkplatz. An einer Betonmauer waren die Abstellplätze der Angestellten markiert.

Es war so gut wie unmöglich, sich auf die Isolation und die gespenstische Atmosphäre in dem nächtlichen Gefängnis vorzubereiten. Nicky Wilson hatte darauf bestanden, daß sie nach der Verdunkelung kam. Auf diese Weise würde keiner der anderen Insassen die Besucherin sehen.

Thomas, der Gefängnisdirektor, führte sie zum Besuchstrakt, der sich in dem Zentralbau aus gelblichem Backstein befand. Sarah holte einen Notizblock und die Liste mit den Fragen, die sie Wilson stellen wollte, aus der Handtasche. Sie hörte, wie

Stahlriegel aufgeschoben und wieder zugeknallt wurden. Sie überflog die Fragen, die sie notiert hatte. Dann stand Nicky Wilson im Besucherraum vor ihr. Es gab keine Plexitrennwand. Keine Gitter, die die beiden voneinander trennten. Es gab keinen Schutz für Sarah. Wilson galt ironischerweise nicht als gefährlicher Häftling. Es gab hier kaum einen Insassen, der als gefährlich betrachtet wurde, nicht einmal die Mafiabosse, die Dutzende von Morden angeordnet hatten.

»Allzeit bereit, nicht wahr, Baby?« Der Schwarze lächelte ein wenig und zeigte auf den Notizblock.

Die letzten Monate in der Strafanstalt hatten ihn auffallend verändert. Wilson war jetzt mager, und sein schwarzes Kraushaar hatte silberne Stellen bekommen. Er trug ein weites Hemd im afrikanischen Stil über einer leichten grauen Hose und hatte italienische Mokassins an. Nicky Wilson sah nicht mehr aus wie der Drogenherrscher von New York und einem großen Teil der Ostküste. Sarah hatte Wilson während seines Mordprozesses kennengelernt. Sie hatte zu den wenigen Reportern gehört, mit denen er reden wollte. Nach dem Prozeß hatte sie zwei lange Artikel über ihn geschrieben.

»Hallo, Nicky. Ich denke, ich habe alles mitbekommen, als wir uns letztes Mal unterhielten, aber Sie haben recht, ich bereite mich immer ein bißchen vor. Ich überlege mir, was ich frage.«

Wilson lachte. »Dann notieren Sie *das*. Die weißen Medien wollten einen schwarzen Mann für die Sünden der rauschgiftsüchtigen Vereinigten Staaten verantwortlich machen. Sie wollten zeigen, daß das organisierte Verbrechen tot ist. Und nun sagen Sie mir: Ist das organisierte Verbrechen tot, wo sie Nicky Wilson in den Bau gesteckt haben?«

Wilson lächelte, als er sich auf den Metallstuhl gegenüber von Sarah setzte, und beugte sich vor. Er saß dicht genug, um sie anfassen zu können. Eines der Dinge, die er an ihr mochte, war, daß sie nie Angst vor ihm gezeigt hatte.

Bei dem Prozeß am Foley Square in New York war Sarah jeden Tag ins Gericht gegangen, um Wilson zu studieren und zu begreifen. Er war enorm wortgewandt und artikuliert für jemanden, der seit der siebten Klasse keine Schule mehr von innen gesehen hatte. Er hatte sogar erwogen, sich selbst zu verteidigen. Er war immer höflich und zuvorkommend zu ihr gewesen. Sein *Stil* hatte dazu beigetragen, daß er der Liebling der New Yorker Presse geworden war – ein Killer und Großdealer, der regelmäßig auf den schicksten Partys von Manhattan und in den teuersten Restaurants der Stadt erschien.

Sarah dachte wieder an die »Pornovideos«, die absonderliche Mischung von abgebrühten Kriminellen und der Creme der Gesellschaft. Warum diese Zusammenstellung? Was hatte sie zu bedeuten?

»Was führt Sie also in mein Landhaus in Connecticut? Warum treffen wir uns heimlich mitten in der Nacht?«

»Was glauben Sie, warum ich hier bin?« fragte Sarah.

Nicky Wilson lächelte wieder. Er hatte die kleinen verbalen Duelle mit Sarah immer geliebt. Er legte seine Hände spitzwinklig zusammen.

»Nun überlegen wir mal ... Der Direktor geht raus, das bedeutet, daß Sie nicht gekommen sind, um über das Wetter zu reden. Das ist der erste Punkt. Dann haben wir diese schrecklichen Gewalttaten überall. New York, Detroit, drüben in Europa. Ich weiß von diesen Bandenkriegen, aber nicht allzuviel. Nicht mehr. Ich habe gerade ein Buch zu Ende gelesen, Sarah ... *Die unerträgliche Leichtigkeit des Seins?* Bin ich jetzt rehabilitiert?«

Sarah blieb ihrer Rolle als gute Zuhörerin treu. Die Enthüllungsreporterin. Sie hatte noch einmal alle Polizeiakten Nicky Wilsons gelesen, ehe sie hierherkam.

»Nein, ich weiß nicht mehr über den Bandenkrieg als Sie. Über die Morde, die in einem fort passieren«, fuhr Wilson schließlich fort. »Eine von den italienischen Familien, den guten, alten italienischen Familien in New Jersey, hat eine Belohnung von einer Million Dollar für denjenigen ausgesetzt, der den Grabtänzer um die Ecke bringt. Alexandre Ste-Germain war unsterblich, Sarah. Er galt als unberührbar. Die Bosse sind nervös.«

»Ich habe nichts davon gehört«, sagte Sarah. »Sehen Sie, Sie bekommen immer noch erstklassige Informationen. Aber Sie hatten vorhin recht – ich bin nicht gekommen, um über das Wetter zu reden. Ich habe ein paar Fragen.«

Nicky Wilson zündete sich eine englische Zigarette an, eine Silk Cut. »Ich habe die Unterhaltungen mit Ihnen immer sehr genossen. Sogar die, die wir neulich hier hatten. Ich habe soviel Zeit, wie Sie wollen. Was für Fragen?«

Wilson benutzte ein Cartier-Feuerzeug, das hier in dem spartanischen Besucherzimmer fehl am Platze zu sein schien.

»Die erste Frage lautet, ob Sie Ihren alten Mumm noch haben.«

Wilsons Augen funkelten. Sein Blick bohrte sich in Sarahs Augen und suchte dort etwas. »Wenn Sie an was Bestimmtes denken, raus damit.«

»Ich kann Ihnen helfen, hier rauszukommen. Wir können einen Deal machen. Wenn Sie bei den Ermittlungen über den Mord an Alexandre Ste-Germain und Oliver Barnwell kooperieren.«

Wilson zuckte sichtlich zusammen. Seine Hände verkrampften sich plötzlich. Sarah begriff, daß sie nun den *wahren* Nicky Wilson sah.

»Wir möchten, daß Sie sich ein paar Videobänder ansehen«, sagte sie. »Im Allure sind viele Filme gemacht worden. Die meisten Kunden haben bestimmt nicht gewußt, daß sie gefilmt wurden.« Wilson sagte nichts, die Ecken seiner Kinnbacken bebten leicht. Er hatte viele Jahre trainiert, sich nicht zuviel anmerken zu lassen.

»Wir brauchen Namen und vor allem Verbindungen. Wir wissen inzwischen, daß Bundesrichter und wichtige Politiker Partys im Allure besucht haben. Leute aus dem Showbusineß und Mitglieder der Mafia waren Stammkunden. Und einflußreiche Geschäftsleute. Sie sind auch dagewesen, Nicky.«

»Nein, ich bin nie im Allure gewesen«, sagte Nicky Wilson. Seine Stimme hatte einen harten Unterton bekommen.

»Sie sind auf einem der Videofilme, Nicky. Ich habe ihn ein paarmal gesehen.«

Nicky Wilson starrte sie an. Es war ein merkwürdiges und beängstigendes Erlebnis, einen halben Meter von einem Mörder entfernt zu sitzen. In Augen zu blicken, die winzige Spiegel waren, die beobachteten, nichts preisgaben.
Schließlich redete Wilson wieder. »Sie gehen jetzt besser. Wenn es das ist, was Sie wollten, haben Sie die lange Fahrt umsonst gemacht.«
Sarah beschloß, nicht lockerzulassen, obgleich der Ausdruck in seinem Gesicht alles andere als ermutigend war.
»Ich kann Ihnen helfen, Nicky. Was ist der Mitternachtsclub? ›*Er denkt an alles, nicht wahr? Der Mitternachtsclub.*‹ Das haben Sie im Allure gesagt. Wer ist der Mitternachtsclub, Nicky? Was ist los? Wer bringt wen um?«
Nicky Wilson stand unvermittelt auf. Er wandte sich dem Gang zu, wo der Direktor wartete, und rief: »Ich möchte wieder in meine Zelle. Sofort. Kommen Sie, Mann, gehen wir.«
Sarah wollte Nicky Wilson aufhalten. Er wußte etwas über Midnight. Er konnte zumindest in die Richtung zeigen, wo sie weitersuchen mußten.
»Sie können mich in Manhattan anrufen. Ich werde jederzeit wieder hierherkommen. Man ist bereit, Ihnen zu helfen«, sagte sie.
Nicky Wilson blickte zum Gefängnisdirektor. Schließlich wandte er den Kopf. Das herzliche Lächeln war aus seinen Augen verschwunden.
»Überlegen Sie mal, Baby. Denken Sie darüber nach, warum sie *Sie* geschickt haben. Weil sie wußten, daß ich Ihnen etwas sagen würde? Vielleicht. Was für eine Story sollen Sie für wen schreiben? ... Los, Mann, bringen Sie mich zurück in meine Zelle«, sagte Wilson zu dem Direktor. »Ich möchte Sie hier nicht wiedersehen, unter keinen Umständen.«

Der Mitternachtsclub, Kioto, London, West–Berlin

So etwas hatte es noch nie gegeben.

Der Club.

Eine Geheimgesellschaft, die die ganze Welt umspannte.

In Kioto, Japan, ließ ein mächtiges Mitglied der Yakuza geduldig die uralte Teezeremonie über sich ergehen. Eine der Geishas rührte mit anmutigen Bewegungen das graugrüne Getränk um. Sie ließ den kunstvoll geschnitzten Bambusstab in eben dem Tempo kreisen, das die winzigen Blasen hervorrief, an denen man den Meister vom Gehilfen unterscheiden kann.

Dann verbeugte sie sich zweimal und reichte dem großen, weißhaarigen Mann eine kleine Porzellanschale. Während er den knusprigen Reiskuchen nahm, den sie enthielt, las er noch einmal die Nachricht, die man ihm im Garten seines Hauses überbracht hatte. Am Zeigefinger seiner rechten Hand steckte ein kostbarer Ring mit einem Onyx und einem Brillanten, der dem Ring, den Alexandre Ste-Germain im Allure getragen hatte, aufs Haar glich. Der mächtige Yakuza-Boß stand endlich auf und ging ins Haus, um sich von der Geisha massieren und anderweitig bedienen zu lassen. Der Mitternachtsclub würde sich wieder treffen.

In London saß ein angesehenes Unterhausmitglied im mahagonigetäfelten Schlafzimmer einer Luxuswohnung an der Themse. Er sann über die schwierigen Zeiten nach. Er dachte an Alexandre Ste-Germain, an die wenigen Monate, die der Grabtänzer

in Newman Passage Nr. 5 gewohnt hatte, um das organisierte Verbrechen in Britannien unter seine Kontrolle zu bringen. Ste-Germain hatte ihn an die brutalsten amerikanischen Gangster der dreißiger Jahre erinnert. Er hatte versucht, größer zu sein als sie alle, und es wäre ihm um ein Haar gelungen.
Der Unterhausabgeordnete hatte seine eigene Theorie, wer für die kaltblütigen Morde in New York verantwortlich war und warum der Club zu einer seltenen Sondersitzung zusammengerufen wurde. Sein Informant, der ehemalige Europavertreter Ste-Germains, würde bald mit der Concorde in New York landen. Wenn drüben in den Staaten alles gutging, würden sie morgen um diese Zeit genau Bescheid wissen.
Ein hoher Beamter der Westberliner Polizei las ein letztes Mal die dringende Nachricht aus Amerika. Er zog das Taschentuch aus der Brusttasche seines Nadelstreifenanzugs und wischte seine silbern geränderten Brillengläser ab. »Schmutzig«, brummte er vor sich hin. »Verdammt schmutzig.« Es war nicht gleich klar, ob er die Brille meinte oder die wichtige Mitteilung des Clubs.
Insgesamt bekamen zwanzig Mitglieder die Nachricht und trafen Anstalten, umgehend nach New York zu fliegen und von dort an einen anderen, noch nicht genannten Ort zu reisen.
Bis jetzt verstand noch keiner der wohlhabenden und einflußreichen Männer irgend etwas, aber sie würden alle hinfliegen. Jeder von ihnen besaß einen Ring mit einer Lanzette aus einem Onyx und einem großen Brillanten. Dieser Ring wies seinen Träger als Clubmitglied aus.

Sarah McGinniss, 66. Straße Ost

Sarah kam ihre Maisonettewohnung in Manhattan unerträglich groß und leer vor, seit Sam mit seinem Vater verreist war. Sie merkte, daß sie alles vermißte – ihr unorganisiertes gemeinsames Frühstück, dann den Morgenspaziergang durchs Viertel, das Besprechen des abendlichen Speisezettels, die Diskussion, ob sie sich einen *Krieg der Sterne* oder einen anderen Film ansehen wollten und welches blöde Brettspiel sie danach spielen sollten. Mensch ärgere Dich nicht? Mausefalle? Monopoly? Immer das, bei dessen Erwähnung Sams Augen am meisten aufleuchteten.

Sie freute sich immer wieder darüber, wie gern sie eine Mutter war, jedenfalls Sams Mutter. Sie hatte traditionelle mütterliche Gefühle zu leugnen versucht, aber nun lernte sie, die Erfahrung auszukosten. Ihr Herz sehnte sich nach Sam, sobald sie eine freie Minute zum Nachdenken hatte, und deshalb versuchte sie, möglichst wenig freie Minuten zu haben. Da sich die Ermittlungen in Sachen Mitternachtsclub offenbar einem Höhepunkt näherten, fiel ihr das nicht weiter schwer.

Am Abend des 3. Juli wurde ihre Rolle bei den Ermittlungen weiter untermauert. Kurz nach zehn klingelte das Telefon in ihrem Arbeitszimmer. Sie erwartete einen Anruf von Sam und Roger.

»Hallo. Ja. Am Apparat. Hier Sarah McGinniss ... Meinetwegen. Ja, kann ich machen ... Das wäre sehr gut ... Würden Sie ihm bitte folgendes ausrichten«, fuhr sie fort. »Es ist ganz einfach: Alles, was er will, läßt sich machen.«

Sarah legte auf. Fast unmittelbar danach nahm sie den Hörer wieder ab. Sie rief Stefanovitch an. Vielleicht arbeitete er noch unten im Präsidium.

Endlich meldete er sich auf seiner Büroleitung: »Stefanovitch.«

»McGinniss ... Ich dachte, ich würde Sie vielleicht noch erwischen. Hören Sie, ich habe zur Abwechslung mal eine gute Nachricht.«

»Ich denke, ich bin für eine gute Nachricht fällig. Ich hatte gerade Kimberly Manion hier. Sie hat einen riesen Werbeauftrag für Mode bekommen, *weil* sie im Allure gearbeitet hat. Großartig, nicht?«

»Nicky Wilson möchte mich wiedersehen, Stef. Schon heute nacht. Er hat wegen eines neuen Gesprächs anrufen lassen.«

»Was ihn wohl dazu gebracht hat, seine Meinung so schnell zu ändern? Ich dachte, er hätte Ihnen verboten, die Grenze von Connecticut jemals wieder zu überschreiten.«

»Hat er auch. Aber jetzt ist er anscheinend bereit, einen Deal zu machen oder wenigstens noch mal mit mir zu sprechen. Ich weiß noch nicht genau, worum es geht.«

Stefanovitch wartete eine Weile, ehe er wieder redete: »Möchten Sie Gesellschaft? Wenn ja, stelle ich mich zur Verfügung.«

»Ich schreibe über reale Verbrechen, Sheriff. Ich tue es schon seit sechs Jahren«, antwortete Sarah. »Machen Sie sich keine Sorgen.«

»Hören Sie, Sarah, Bear Kupchek hatte diese Sache auch seit vielen Jahren gemacht. Zumindest glaubte er es. Aber das hier ist anders. Kein Mensch kennt die Regeln.«

Dazu fiel Sarah nichts ein. Sie dachte über seine Worte nach.

»Lassen Sie mich mitfahren. Tun Sie mir den Gefallen. Wir können unterwegs im Auto Pfadfinderlieder singen.«

»Stef ... Ich ... Meinetwegen. Ich bin in ungefähr zwanzig Minuten unten.«

Eine halbe Stunde später fuhren die beiden den West Side Highway hoch und bogen dann auf den Saw Mill Highway. Sarah registrierte während der Fahrt, daß sie schrecklich nervös war. Sie ertappte sich dabei, wie sie in den Rückspiegel starrte. Sie hielt Ausschau nach Scheinwerfern – Wagen, die ihnen womöglich folgten. *Sie hielt Ausschau nach Verfolgern.* So verrückt und absurd war es geworden. Sie dachte ein paarmal, sie würden Nicky Wilson tot in seiner Zelle finden, ermordet.
Sie war nie ein großer Fan von blutigen Thrillern gewesen, und sie war immer noch nicht scharf darauf. Aber diese Sache glich dem größten Thriller von allen. Die Gewalt, die den Mitternachtsclub förmlich einhüllte, war bis jetzt unvorhersehbar gewesen: die grausamen Morde an Alexandre Ste-Germain, Traficante und Oliver Barnwell, das tragische Ende von Bear Kupchek. Warum hatte Nicky Wilson es sich plötzlich anders überlegt und sie wieder nach Danbury zitiert?

Direktor Thomas begrüßte sie in dem Gebäude, in dem Sarah vorgestern nacht mit Wilson gesprochen hatte. Thomas sah aus wie ein weltfremder Oberschullehrer. Er war zu groß und zu dünn und trug einen braunen Tweedanzug, der mindestens eine Nummer zu groß war. Auch sein graublondes Haar hätte sehr gut zu einem Lehrer gepaßt, allerdings hatte er nur noch wenige Haare.
»Wir gehen rüber auf die Krankenstation«, teilte er Sarah und Stefanovitch mit, während er ihnen die Hand gab.
Sarah hielt die Luft an. »Was ist mit ihm passiert?« fragte sie.
Direktor Thomas schüttelte den Kopf. »Nichts, nichts. Wir haben ihn nur auf seine ausdrückliche Bitte auf die Krankenstation verlegt. Er behauptete, er habe Schmerzen in der Brust. Ich glaube, er wollte in einer *sichereren* Umgebung sein, wenn er mit Ihnen spricht.«
Die Krankenstation bestand aus ein paar kleinen Räumen – fast wie die Krankenabteile einer Notaufnahme, die von einem Flur abgingen, der in ein Schwesternzimmer mündete. Das Ganze

war mit kugelsicherem Spezialplexiglas umgeben. Alles blitzte vor Sauberkeit und wirkte perfekt organisiert. Und es wirkte überraschend luxuriös. Danbury war, verglichen mit den meisten Gefängnissen, wie ein Country-Club. Die Insassen der Bundesstrafanstalt nannten es »Plaza Hotel«.

Thomas bat Stefanovitch, im Schwesternzimmer zu warten. Dann ging er mit Sarah in einen Raum am Ende des Flurs.

Eine Halogen-Leselampe war die einzige Beleuchtung. Nicky Wilson saß in ihrem weißen Lichtkegel.

»Die Schmerzen in der Brust sind nicht markiert«, sagte er, als er Sarah in der Türöffnung erblickte.

»Ohne Schmerz kein Herz.« Ihr Lächeln war etwas gezwungen. »Ich warte draußen«, sagte Direktor Thomas. Er blickte Sarah an und entfernte sich dann einige Schritte, blieb aber im Flur.

»Wem haben Sie alles gesagt, daß Sie herkommen?« fragte Wilson sie wie aus der Pistole geschossen. Er drehte den Lampenschirm zur Seite, so daß sein Gesicht im Schatten war.

»Der Hauptkommissar weiß davon. Und das Büro des Gouverneurs.« Sarah setzte sich auf den einzigen Stuhl in dem winzigen Raum.

»Reden Sie mit niemandem sonst darüber.«

Sarah nickte. Sie würde jetzt ganz sicher nicht mit Nicky Wilson streiten.

»Wenn ich ausgeredet habe, werden Sie den Grund verstehen. Vielleicht werden Sie mehr verstehen, als Ihnen lieb ist. Ich will Ihnen sogar sagen, warum ich beschlossen habe, mit Ihnen zu reden, statt mit jemand anderem.« Zum zweitenmal hatte Wilson darauf angespielt, daß *sie* zum Gefängnis gekommen war.

Die nächste Dreiviertelstunde hörte sie zu, wie Wilson redete. Und Nicky Wilson hatte absolut recht gehabt, denn irgendein Teil von ihr wünschte, nichts von alldem zu hören, was der mächtige Mann ihr mitteilte.

»Ich stehe am Rand einer Gruppe, die das einflußreichste Verbrechenssyndikat der Welt ist. Ich bilde mir nichts ein – ich bin

nichts weiter als eine Randfigur, die nur wenig Einblick hat. Ich arbeite für sie. Das Syndikat wird manchmal Mitternachtsclub genannt«, begann Nicky Wilson.
»Es wird Mitternachtsclub genannt, weil sie sich immer unter größter Geheimhaltung treffen. Die Mitglieder sind im allgemeinen nicht bekannt, nicht einmal die Bosse direkt unter ihnen kennen sie. Sie leben prinzipiell zurückgezogen. Es heißt Midnight Club, weil einige der altmodischen Herren gern mal einen Seitensprung mit einer schönen jungen Frau machen und gern mal um Geld spielen und ähnliche Sachen bei den Treffen verlangen. Die Treffen sind immer besonders geheim und finden nachts statt. Nach Mitternacht.
Alles klappt erstaunlich gut. Das Syndikat kontrolliert nun schon zehn Jahre lang alle wichtigen Coups des internationalen organisierten Verbrechens. Ich meine die großangelegten Coups, nicht irgendwelche x-beliebigen Einbrüche, nicht die Straßenoperationen der kleinen Mafiosi.
Das Syndikat hat Streitigkeiten geschlichtet und zwischen Gruppen aus verschiedenen Ländern vermittelt. Es hat beschlossen, wer was machen darf und wie die Dritte Welt unter den einzelnen Gruppen aufgeteilt wird. All das hätte Ende der siebziger Jahre jede Menge Bandenkriege auslösen können. Tat es aber nicht, da es das Syndikat gibt.
Der Profit, nicht die Einnahmen, sondern der reine *Profit* liegt in der Größenordnung von *fünfundsechzig Milliarden Dollar.* Er ist in den letzten zehn Jahren stetig gestiegen. Wenn man bedenkt, wie es in der Welt wirklich läuft, wieviel Geld auf dem Spiel steht, bekommt man eine Vorstellung davon, wie paranoid die Leute im Moment sind. Irgendeine Sache ist in Gang, eine Sache, die keiner von ihnen versteht.
Sie haben gestern oder vorgestern eine Krisensitzung einberufen. Es kommen Leute aus der ganzen Welt. Sie wollen über die Morde sprechen. Sie führen ihre eigenen Ermittlungen durch. *Sie benutzen Polizeibehörden in mehreren Ländern* und lassen sie für sie ermitteln. Verstehen Sie, was ich sage?«

Sarah verstand oder glaubte wenigstens zu verstehen. Wilson erzählte ihr, daß das Syndikat bestimmten Polizeidienststellen, vielleicht sogar Regierungen, Befehle erteilen konnte. Aber wie war das möglich?

»Ich kann Ihnen sagen, wo die Krisensitzung stattfinden wird. Ich kenne den Platz. Ich kann Sie zu ihnen führen. Ich bin bereit, das für Sie zu tun, aber Sie müssen mir etwas als Gegenleistung geben. Sie müssen mich hier rausholen. *Weil sie es nicht wollen. Sie haben es abgelehnt.* «

Sarah starrte Nicky Wilson an. Einige Sekunden lang sagte keiner von ihnen etwas. Endlich erklärte sie ihm, sie könne das tun, was sie ihm bei ihrem ersten Besuch versprochen habe. Sie könne ihn aus Danbury rausholen, das heißt, sie habe zumindest die Zusage, daß er rauskäme. Er müsse ihr einfach alles erzählen, was er über den Mitternachtsclub wisse.

Stefanovitch,
Atlantic City,
New Jersey

Während der Fahrt auf dem Garden State Highway nach Süden konnte Stefanovitch zweieinhalb Stunden mit seinen Gedanken allein sein. Er brauchte die Zeit, um die Informationen zu sieben, die er bei den zweiwöchigen Ermittlungen gesammelt hatte. Sein Verstand rebellierte fortwährend gegen die Sisyphusarbeit. Er war kein Organisationsmensch.

Etwas sehr Wichtiges geschah. Der Mitternachtsclub traf ein, und er wußte, wo. Über ein Dutzend Vertreter des internationalen Verbrechens waren bereits in den Vereinigten Staaten angekommen.

Es war ein wunderschöner Nachmittag. Eine frühherbstliche Brise strich über die flachen grünen Hügel New Jerseys, auf denen sein Blick wieder und wieder verweilte. Der Friede ringsum ließ ihn unwillkürlich am Leben zweifeln, das er in New York führte, sogar an dem Beruf, der ihn rund um die Uhr beanspruchte.

Atlantic City hatte Stefanovitch aus irgendeinem Grund immer nervös und unruhig gemacht. Der Bade- und Vergnügungsort hatte etwas so Fadenscheiniges und Verzweifeltes. Er sah bereits all den schrecklichen Talmi, die überdekorierten Hotelfoyers mit zuviel Rot und Gold, die imitierten Kristallüster, die überall hingen, sogar in den Toiletten, all den Weihnachtsbaumflitter in den fensterlosen, perfekt gekühlten Spielsälen.

Die Hauptstraße des sogenannten Gartenstaates war nun rechts und links von aufdringlichen Reklameschildern gesäumt. Man versuchte, ihm einzureden, daß er im Harrah's am Jachthafen mehr Chancen hatte. Nein, im Golden Nugget. Nein, im Sands. Gebührenfreie Parkplätze dienten als Lockmittel, um Hunderte oder Tausende von Dollar zu verspielen.
Bally's habe ein mondänes französisches Restaurant, verkündete ein anderes Schild. Im Golden Nugget traten Steve Wynne und Frank Sinatra auf. Aber Caesar's hatte die »großzügigsten« einarmigen Banditen!
Stefanovitch wußte, daß es in Atlantic City und Las Vegas zwei Arten von Spielern gab. Er hatte es von einem Kollegen erfahren, der selbst dem Glücksspiel verfallen war. Es gab den Eskapisten, der ins Casino ging, um vor dem Trubel auf der Uferpromenade, der Hitze, vielleicht vor einer nörgelnden Frau zu fliehen, und es gab die Statusspieler, die den Glitzer und Glamour brauchten und in dieser Atmosphäre Anerkennung zu finden glaubten.
Die Spielcasinos bemühten sich allesamt um die zweite Sorte, meist Männer und Frauen, die es aus eigener Kraft zu etwas gebracht hatten. Sie hatten meist ein gutgehendes kleines Geschäft oder einen anderen Betrieb, wo sie Bargeld einnahmen, und brauchten deshalb nicht extra zur Bank gehen, wenn sie in Atlantic City spielen wollten. Und sie waren bereit, unglaubliche Summen zu verlieren, nur um als *Spieler* anerkannt zu werden. Stefanovitch begriff die Logik nicht, aber die erfolgreichen Casinobesitzer hatten die Statusspieler durch Umfragen und statistische Erhebungen zweifelsfrei als lukrativste Zielgruppe ausgemacht. Atlantic City existierte in erster Linie, um den Statusspielern das Geld aus der Tasche zu locken.
Aber der Glamour konzentrierte sich praktisch auf die Uferstraße. Abgesehen davon war die Stadt weitgehend eine trostlose Ansammlung von brachliegenden Grundstücken, mit Brettern vernagelten Gebäuden, Hamburgerbuden, schäbigen Pensionen und heruntergekommenen Wohnhäusern. Wenige Meter von der Bushaltestelle in der Arctic Avenue entfernt, warteten

kichernde und kreischende Prostituierte. Sie winkten Stefanovitchs vorbeifahrendem Transporter fröhlich zu. Stefanovitch winkte zurück.

Er dachte, daß die Straßenschilder – lauter Namen aus der Geographie – den Touristen einer vergangenen Zeit ein Gefühl der Geborgenheit und Sicherheit gegeben haben mußten ... Ich bin aus dem Süden, und da ist die Kentucky Avenue oder die Tennessee Avenue, hier oben im Norden in Atlantic City, der Stadt der Miss-America-Wahlen mit Bert Parks. Aber jetzt verkörperten die Tennessee Avenue, die Delaware Avenue und die Illinois Avenue den trostlosen Niedergang der amerikanischen Stadt. Es war genauso schlimm wie der Times Square, nur daß der sich nicht als Badeort ausgeben konnte.

Die Pacific Avenue und die Atlantic Avenue waren ein bißchen anders, entschieden gehobener. Wohlhabende Touristen in pastellfarbener Freizeitkleidung oder Jogginganzügen beherrschten die Szene.

Dann kam das Tropicana Hotel in Sicht.

Dann Bally's Park Palace.

Und Caesar's, das Paradies aller heimatlosen Glücksspieler, die es hierherverschlagen hatte.

Harrah's Boardwalk.

Das Golden Nugget.

Und Trump's Plaza, für Stefanovitch ein steingewordener Beweis dafür, daß Donald Trump, der milliardenschwere New Yorker Immobilienzar, an Verlierer glaubte.

Weiter unten an der Uferpromenade war das Resorts International, wo abgetakelte Preisringer und Preisboxer in sogenannten Kämpfen auftraten, die von kleinen Fernsehgesellschaften übertragen wurden.

Caesar's Boardwalk Regency.

Spade's Boardwalk.

Es gab auch noch einige ältere Hotels und Pensionen, die fast alle ein paar Häuserblocks von der Uferpromenade entfernt waren. Es gab noch zwei oder drei Originale, kleine Hotels mit

langen Veranden und ehrwürdigen grün lackierten Schaukelstühlen und Stammgästen, die ihnen anscheinend seit Dutzenden von Jahren die Treue gehalten hatten.
Jetzt traf sich der Mitternachtsclub also in Atlantic City. *Das Syndikat trifft sich im eleganten Trump's Plaza,* dachte Stefanovitch, als er im träge dahinfließenden Nachmittagsverkehr allmählich zur Uferstraße fuhr.
Stefanovitch hielt vor dem Tropicana. Er gab dem Parkgehilfen zehn Dollar und bat ihn, den Transporter so zu parken, daß er jederzeit verfügbar wäre. Er hatte nicht die Absicht, seine Marke zu zeigen, um bevorzugt abgefertigt zu werden. Niemand sollte wissen, daß Beamte der New Yorker Polizei und des Federal Bureau of Investigation in Atlantic City waren.
»Lassen Sie den Parkschein bitte im Casino lochen, Sir, dann ist das Parken frei. Ich habe bis zwei Dienst, Sir.«
»Danke. Ich hoffe, heute ist mein Glückstag«, sagte Stefanovitch. Er lächelte dem vielbeschäftigten Jungen zu, der bereits den Rollstuhl hinten erspäht hatte.
»Kann ich Ihnen helfen, Sir?«
»Nein, ich schaffe es allein, vielen Dank.«
»Ist das in Vietnam passiert, Sir?«
»Nein. In einem Laden in der 14. Straße.«
Das FBI und die Polizei hatten nebeneinanderliegende Suiten im achtzehnten Stock des Tropicana genommen. Sie waren als Geschäftsleute eingetragen, die an einer Vertreterkonferenz von Thomson Electronics teilnahmen, dem Unternehmen, das die RCA gekauft hatte.
David Wilkes vom FBI kam Stefanovitch entgegen, als er in den Raum rollte. Es waren schon rund vierzig Kriminalbeamte und Agenten da. Fernschreiber und IBM-Personalcomputer klapperten so hektisch wie die einarmigen Banditen unten.
»Jesus Christus«, brummte Stefanovitch, als er sich einen Weg zwischen den Kollegen hindurchbahnte. »Das ist ja schlimmer als in den Casinos.«
Er und Wilkes begrüßten sich per Handschlag. Wilkes war ein

Freund der New Yorker Polizei und ein echter Profi. Er war zugeknöpft, gründlich und hatte keinen krankhaften Revierinstinkt. Wilkes hatte auch – für einen FBI-Mann recht ungewöhnlich – einen respektlosen Humor.

»Glauben Sie, daß Sie hier genug Hilfe haben?«

Stefanovitch sah sich in dem Gedränge um. Er lächelte, so ironisch er konnte.

»Ich habe nicht genug von meinen eigenen Leuten und zu viele andere.« Wilkes kam aus Virginia und hatte einen leichten schleppenden Akzent. »Ich habe jede Menge Polizisten aus der Gegend, was ungefähr so gut ist wie eine Reservetruppe«, fuhr er fort. »Und ein paar Männer von der Staatspolizei New Jersey, die sicher vollkommen ausreichen würden, wenn das hier ein Konzert von Bruce Springsteen wäre.«

John Stefanovitch blickte bereits aus den beschichteten Fenstern, die zum Trump's Plaza gingen.

»Was ist mit unseren Freunden drüben im Trump's? Wen haben Sie bis jetzt hineingehen sehen? Nette Herrschaften?«

»Aber ja. Bis jetzt ungefähr ein Dutzend Bosse. Ungefähr dreimal so viele Soldaten. Wir registrieren sie und checken sie über die Computerzentrale in Washington, wir haben eine direkte Leitung. Es geht nichts über die Technik, Stef. Oben im Penthouse laufen mindestens fünfzig Frauen rum. Ein paar davon sind absolut hollywoodverdächtig.«

»Ja, es waren von Anfang an Frauen im Spiel. Meiner Ansicht nach ist es kein Zufall, daß die ganze Sache im Allure anfing.«

»Letztlich dreht sich eben doch immer alles um Sex. Wissen Sie, ich hab' oft davon geträumt, einen solchen Laden hochgehen zu lassen. Sie auch?«

Stefanovitch blickte immer noch die Uferpromenade von Atlantic City hinunter – auf Trump's Plaza, auf *irgend etwas* in der Ferne.

»Seit etwa zwei Jahren nicht mehr«, antwortete er schließlich. »Ein Platz namens Long Beach. Das war mein großer Traum. Aber manchmal kommt es anders, als man denkt.«

»Wir glauben nicht, daß die offiziellen Besprechungen schon angefangen haben. Die Bosse sind anscheinend noch nicht vollzählig versammelt. Ab und zu kommt noch jemand. Es ist ganz schön ernüchternd zu beobachten, wie die Spitze aller Verbrecher hier Einzug hält wie Könige. Und zu wissen, daß sie dort alle versammelt sind.«

»Ja. Und es kommt noch besser. Sie sind da drüben, und wir sind hier. Erinnert mich an die katholischen Tanzfeste, auf denen ich während der Schulzeit gewesen bin.«

Isiah Parker,
Atlantic City

Isiah Parker war unter einem falschen Namen im Trump's Plaza abgestiegen. Seine Kollegen Jimmy Burke und Aurelio Rodriguez wohnten in anderen Hotels an der Promenade: Burke im Bally's, Rodriguez weiter oben im Resorts International. Sie warteten auf den abschließenden Auftrag, auf einen oder mehrere *Namen*.

In seinem Zimmer mit Blick aufs Meer packte Parker einen schwarzen Lederseesack aus, der sein Arbeitszeug und seine Utensilien enthielt. Er prüfte und reinigte seinen .22er, den Standardrevolver der New Yorker Polizei. Am späten Nachmittag schnallte er ein extraleichtes Schulterhalfter über sein Hemd. Ein rotbraunes Cordsakko würde die Kanone verdecken, während er sich unten im Hotel umsah.

Er tarnte sich für einen weiteren Mord. Wer, zum Teufel, sollte es diesmal sein? Warum diese Geheimniskrämerei bis zum letzten Moment?

Charles Mackey hatte versprochen, sich heute abend um elf Uhr mit ihm in Verbindung zu setzen. Zehn oder zwölf große Tiere der Mafia waren bereits im Hotel eingetroffen. *Sie* waren wegen der kürzlichen Morde in New York, Palermo, London und Hongkong gekommen. Warum war *er* hier?

Es war leicht, sich unter die flanierenden und herumstehenden Leute in dem geschmacklos dekorierten großen Spielsaal des Trump's zu mischen. Parker blieb vor ein paar Spielautomaten stehen und verlor schnell eine Handvoll Vierteldollar und Dollar. Er spazierte zu den Würfel- und Blackjacktischen hinüber. Er sah ein bißchen zu und schlenderte dann wieder ziellos umher wie irgendeiner von den Touristen, die lieber zuschauten, wie andere Leute ihr Geld verloren, statt das eigene zu riskieren.

Er war ziemlich sicher, daß kein Mensch auf ihn achtete. Inzwischen hatte er einige Sicherheitsleute vom Trump's ausgemacht. Es war eine Herausforderung, sie zu identifizieren und sich dann ihre Gesichter zu merken.

Parker sah, wie ein spanischer Kellner einen kleinen Privatfahrstuhl im Zwischenstock betrat. Als der Fahrstuhl leer zurückkam, ging er hinein und fuhr ins Basement hinunter.

Er wußte, daß das Geheimnis, dort zu sein, wo man nicht hingehörte, darin bestand, so auszusehen, als gehöre man hin. Als er an der Hotelküche vorbeiging, kam ein mit Speisen beladener Wagen aus den Pendeltüren. Parker ging neben einem älteren schwarzen Kellner her, einem großen, dicken Mann, der bei jedem Schritt zur Seite schwankte.

»Ist hier irgendwo der Fitneßraum für Männer?« fragte er den Kellner, der geistesabwesend vor sich hin starrte.

»Ja, Sir. Der für Männer und der für Frauen auch. Immer geradeaus und ganz hinten rechts.«

»Da oben im Penthouse ist wohl 'ne große Party?« fuhr Parker beiläufig fort.

Der Kellner blickte zur anderen Seite. Er schwieg, während er einige Schritte weiterschlurfte, und dann fing er an zu reden.

»Ich kann Ihnen sagen, die Herren sehen nicht auf den Cent. Sie wohnen alle auf Kosten des Hauses. Verstehen Sie? Nicht nur umsonst parken. Müssen ganz große Spieler sein.«

»Hier scheint heute jede Menge los zu sein.«

»Im Sommer ist es jeden Tag so. Ich muß mich beeilen, Mann. Sie sehen übrigens nicht so aus, als ob Sie viele Fitneßübungen nötig hätten.«

Parker lachte und blieb bei den Dienstfahrstühlen neben dem

Kellner stehen. Nun überspannte er den Bogen ein bißchen. Er zündete sich eine Zigarette an.
»Also richtige große Spieler da oben. Filzen sie Sie auch? Wenn Sie die Suite betreten? Mann, ich bin selbst mal bei so einem großen Spiel gewesen, in Vegas. Als ich in der Armee war. Ich war in Fort Sills in Oklahoma stationiert.«
»Ah, Fort Sills. Nee, sie filzen mich nicht. Sie haben keine Angst vor einem alten dicken Kerl wie mir. Geben gute Trinkgelder.
Sogar die Burschen, die für sie arbeiten, geben gute Trinkgelder. Bei *so* einem Spiel sind Sie bestimmt noch nicht gewesen.«
Endlich kam der Fahrstuhl, und der Kellner schob seinen Wagen hinein. Parker winkte ihm lässig zu. Der Kellner verzichtete darauf zurückzuwinken.
Isiah Parker wandte sich ab und schritt durch den langen Gang, der unter dem Hotel verlief. Er dachte an die Dinge, die er bis jetzt erfahren hatte, während er im Trump's herumspaziert war und sich unterhalten hatte.
Erstens hatte die Penthousesuite ihren eigenen Privatfahrstuhl. Die Fahrstühle wurden bewacht. Die Besatzung wechselte alle zwei Stunden, damit die Leute nie übermüdet waren. Der nächste Schichtwechsel war um zwölf. Das Penthouse hatte seine eigene Bar, die zweimal täglich aufgefüllt wurde. Man konnte das Dachgeschoß auch mit der Feuerleiter erreichen, die ebenfalls bewacht wurde, aber vielleicht war sie trotzdem besser als die Fahrstühle.
Das Trump's war voll ausgebucht. Donald Trump hatte das Plaza von Harrah's gekauft. Er hatte es renovieren und umbauen lassen, um die fünftausend bekannten großen Spieler anzulokken, die das Golden Nugget und das Caesar's sich teilten. Das Unterhaltungsprogramm wurde von Norm Crosby und Mitzi Gaynor auf Diana Ross und Frank Sinatra hochgeschraubt. Fünfundsechzig Luxussuiten wurden für die großen Spieler eingerichtet, die *erwarteten,* daß sie in einem solchen Hotel umsonst wohnen konnten und wie Filmstars behandelt wurden.

Die Mitglieder des Syndikats waren selbstverständlich große Spieler.
In den letzten acht Stunden waren fünf- oder sechsmal Kellner, ganze Teams von Kellnern, zur Penthousesuite gefahren, um die Herren zu bedienen. Parker mußte jetzt nur noch wissen, *wer der Mann war*, den er unschädlich machen sollte. Welcher sollte es sein?
Er fragte sich, wer die endgültige Entscheidung traf. Vielleicht in eben diesem Augenblick?
Kurz nach zehn verließ Isiah das Hotel schließlich. Er schlenderte die von Tausenden von Menschen bevölkerte Promenade in nördlicher Richtung entlang, dorthin, wo früher die berühmte stählerne Landungsbrücke gewesen war.
Er hielt sich im Hauptstrom der Passanten. Auf alle Fälle. Der Mond, der hoch über dem Meer stand, war butterfarben. Er schien hell. Der Anblick des stahlgrauen, leicht gekräuselten Wassers war wunderschön, aber er konnte ihn heute abend nicht so recht genießen.
Ein Hochglanzplakat am Bally's verkündete stolz, daß Diana Ross dort jeden Samstagabend auftrat. Parker hatte sie früher mal angebetet. Er war verrückt nach ihren Songs gewesen. Aber seit einiger Zeit fand er solche Dinge nicht mehr wichtig.
Wichtig war der Geheimauftrag. Parker wußte, daß man ihn wegen des Mords an seinem Bruder dafür ausgesucht hatte. Charles Mackey und der Hauptkommissar benutzten ihn nur, aber sie gaben es wenigstens offen zu.
Und nun versammelten sich einige mächtige Obergangster in Atlantic City. Einen von ihnen sollte er irgendwann in den nächsten vierundzwanzig Stunden töten.
Aber welchen?
Und wie sollte er es anstellen?
Als Parker das Resorts International, das letzte schöne, alte Hotel an der Uferpromenade, erreicht hatte, fühlte er sich zerschlagen. Er gähnte, und seine Kinnbacken knackten. Das Geräusch hallte in seinem Kopf wider.

Er wollte gerade wieder zum Trump's Plaza zurückgehen, als er etwas sah, das ihm einen verdammten Schreck einjagte.
Er sauste in einen überdachten Gang mit Videospielen. Er brach in kalten Schweiß aus und nahm das Schlimmste an.
Ein Mann, den er vom Sehen kannte, ein anderer Polizist aus New York, kam die Promenade aus der Richtung des Trump's herunter. Der Mann saß in einem Rollstuhl, aber er hatte ein gutes Tempo vorgelegt.
Lieutenant John Stefanovitch von der Mordkommission war auf der Uferpromenade von Atlantic City. Der Mann, der die Fälle Ste-Germain und Oliver Barnwell bearbeitete, verbrachte das Wochenende hier. Isiah Parker glaubte nicht, daß er gekommen war, um zu baden.

Stefanovitch, Tropicana Hotel

Stefanovitch hatte das überdimensionierte Polizeiteam im Tropicana für eine halbe Stunde verlassen müssen, weil er sonst durchgedreht wäre. Er fuhr auf der altehrwürdigen Bretterpromenade, um einen klaren Kopf zu bekommen, aber er wollte auch einen kleinen Eindruck davon bekommen, wie das *neue* Atlantic City aussah.
Zwanzig Minuten nach seiner Spazierfahrt war er wieder im Tropicana. Er fühlte sich einigermaßen frisch und dafür gerüstet, auf irgend etwas zu warten, das womöglich nicht passierte. Er zog ein sauberes Hemd an, verrieb etwas Kölnischwasser im Nacken und wartete. Immer dieses Warten.
Die Hotelsuite glich dem Wahlkampfhauptquartier eines wichtigen Kandidaten, entweder nach einer verheerenden Niederlage oder nach einer ebenso verheerenden Siegesfeier. Die Möbel waren samt und sonders von den Sichtschutzfenstern fortgeschoben. Funktionelle Gegenstände wie verchromte Stehlampen, Sofaelemente und gläserne Beistelltische standen an den beiden Wänden, die keine Fenster hatten.
Auf einer Reihe von Eßzimmerstühlen vor den Fenstern saßen FBI-Männer mit Hochleistungsferngläsern und Spezialfeldstechern und beobachteten das Penthouse auf Trump's Plaza. Überall lagen leere Kaffeebecher und fettige Sandwichschachteln herum. Meist hatte man sie einfach neben den Stühlen fallen lassen.

Die Penthousesuite wurde nicht nur beobachtet. Andere FBI-Männer filmten und fotografierten und experimentierten mit hochempfindlichen Richtmikrofonen, um die Syndikatssitzung in jeder Hinsicht festzuhalten. Die eigentliche Konferenz hatte immer noch nicht begonnen. Eine Gruppe der großen Bosse, darunter der europäische Thronerbe und der König der Könige in Fernost, der in Macao lebte, würden erst morgen früh ankommen.
Stefanovitch hatte wieder seinen Posten an einem der grau getönten Fenster eingenommen. Er stülpte sich einen sperrigen schwarzen Kopfhörer auf und belauschte weitere Gangstergespräche, die drüben im Penthouse geführt wurden.
Überwachungen und Beschattungen sind mit das schlimmste in diesem Beruf, dachte er, während er die von elektrischen Signalen unterbrochenen Satzfetzen hörte. Man steht herum, oder man sitzt herum, und man wartet. Man kommt sich zunehmend vor wie ein lebloser Klumpen. Aber diesmal würde es etwas anderes sein – jedenfalls vielleicht.
Theoretisch, zumindest theoretisch, war die Überwachung hier in Atlantic City ein Traumjob für einen Polizisten. Es war, als hätte man ihnen das interkontinentale organisierte Verbrechen auf dem Tablett serviert, nur zu dem Zweck, daß sie alles mithörten, was die Superbosse einander anvertrauten. In gewisser Hinsicht war es einfach zu schön, um wahr zu sein, und das beunruhigte Stefanovitch. Es machte auch David Wilkes vom FBI Sorgen. Wahrscheinlich störte es jeden erfahrenen Agenten oder Polizisten im Überwachungsteam.
Auf der anderen Seite der Texas Avenue traf sich der Mitternachtsclub. Sie waren achtzig, vielleicht hundert Meter entfernt. Es war, als hätte man sie nur deshalb herzitiert, damit die Polizei sie belauschen konnte. Aber warum? Es ergab keinen Sinn.
Stefanovitch horchte mit geschlossenen Augen. Der *Klang* all dieser fremden, gutturalen Stimmen, der vom Kopfhörer oder von den Mikrofonen oder beidem zusammen verfremdet wurde, war unheimlich.

Schließlich nahm er den Kopfhörer ab, ließ ihn aber griffbereit um den Hals hängen.
Irgend etwas störte ihn sehr. Er konnte nicht identifizieren, was es war. Etwas an dem ganzen Arrangement in Atlantic City kam ihm nicht richtig vor.
Vielleicht lag es daran, daß das Arrangement so perfekt war. Und die Sache mit Nick Wilson in Danbury? Es war einfach zu schön, zu sauber, so wie einer der Scheinkämpfe auf der Polizeischule. Und dann wurde John Stefanovitch bewußt, daß er schon einmal so ein Gefühl wie jetzt gehabt hatte. Nur ein einziges Mal. Dasselbe instinktive Unbehagen, das seinen Puls schneller schlagen ließ. Es war fast dasselbe Gefühl gewesen wie jetzt. In jener eisigen Märznacht in Long Beach, Minuten vor dem Angriff aus dem Hinterhalt.

Sarah
McGinniss,
Tropicana
Hotel

Sarah saß allein im Fond einer zivilen Limousine des Polizeipräsidiums. Der Wagen war ein hellblauer Buick, und er brachte sie von Manhattan nach Atlantic City. Sie mußte das Ende sehen, sie mußte dabeisein, wenn Appalachen II, so die Codebezeichnung der Operation, durchgeführt wurde.

Gegen halb elf erreichte der Wagen den Strandbezirk von Atlantic City. Er bog in die bunt erleuchtete Pacific Avenue ein. Hinter der Brighton Street bog er plötzlich ab und manövrierte dann zwischen bedrohlich wirkenden Betonpfeilern. Er hielt an einem schmuddeligen Service- und Lieferanteneingang an der Rückseite des Tropicana Hotel. Überall lag Unrat herum.

Einer der vorn sitzenden Polizeibeamten sprang aus dem Wagen und öffnete ihr die Tür. Bei der New Yorker Polizei tat man das noch für Damen.

»Tut mir leid wegen der Umstände. Ich meine den Lieferanteneingang und all das«, sagte er und schüttelte den Kopf. »Sie haben Angst, daß jemand Sie erkennen könnte.«

»Ich verstehe, Frank«, sagte sie. »Dies ist nicht das erstemal, daß ich ein Hotel durch den Hintereingang betrete. Wahrscheinlich wird es auch nicht das letztemal sein.«

Sarah wurde rasch zu einem Dienstfahrstuhl gebracht und fuhr nach oben. Es machte ihr nichts aus, daß sie auf den Anblick der

Topfpalmen und des künstlichen Wasserfalls in der Tropicana-Lobby verzichten mußte. Vielleicht ein andermal.
Als sie die Suite betrat, löste David Wilkes sich von einer Gruppe von Männern in grauen Anzügen, um sie zu begrüßen. Sie gab dem FBI-Beamten die Hand und entdeckte John Stefanovitch. Er hatte einen schwarzen Kopfhörer auf und beobachtete Trump's wie ein erfahrener Trainer ein Spiel der Mannschaft, gegen die seine Männer als nächstes antreten müssen. Er schien ganz in seinem Element zu sein. Sarah war bisher zweimal mit Wilkes zusammengetroffen, als sie für den *Club* recherchierte. Sie hatte zwei Kapitel über seine Sondereinsatzgruppe zur Bekämpfung des organisierten Verbrechens geschrieben und mochte ihn. Er machte absolut keinen Wind.
Während sie mit Wilkes redete, registrierte sie den Schauplatz. Hinter den Panoramafenstern des Penthouse' vom Trump's konnte sie Gestalten erkennen, die hin und her gingen. Es war fast, als träfen die beiden Gruppen aus irgendeinem noch unbekannten Grund Vorbereitungen, einander gegenüberzutreten.
»Die Fenster in dieser Suite sind spezialbeschichtet. Das ist einer der Gründe, weshalb wir sie ausgesucht haben. Sie können uns nicht sehen. Wir arbeiten mit hochempfindlichen Richtmikrofonen, und deshalb besteht kein Risiko, daß sie drüben Wanzen finden. So weit, so gut.«
»Es ist unheimlich, jemanden zu belauschen, der keine Ahnung davon hat.«
»Bis jetzt geht alles besser, als ich dachte. Wir haben die besten Abhörgeräte, die es gibt. Es läuft fast *zu* gut.«
Sarah zeigte endlich durch das Zimmer. »Ich sehe da jemanden, den ich kenne. Einen Freund von mir. Ich werde dem Lieutenant guten Abend sagen.«
»In Ordnung. Ich an Ihrer Stelle würde nicht zugeben, daß dieser unmögliche Typ ein Freund von mir ist.«
Einen Augenblick später stand Sarah hinter Stefanovitch. Sie nahm ihm den Kopfhörer ab.
»Sind Sie vielleicht derjenige, der mir die Einladung verschafft

hat, hierherzukommen? Wenn ja, möchte ich mich nur kurz bedanken.«
Stefanovitch drehte den Rollstuhl langsam herum. Er lächelte zum erstenmal an diesem Abend.
»Der Chronist ist gekommen. Ich nehme an, jetzt können wir anfangen. Holen Sie sich einen von den Stühlen mit Schreibunterlage. Sie können sich hier hinsetzen und den Midnight Club in Aktion sehen. Eine richtige Polizeiüberwachung.«
Sarah schob einen der Stühle ans Fenster und setzte sich.
»Dann wird es bald ernst, ja? Sie glauben, das *ist* Appalachen II?«
»Zumindest sind sie alle oder fast alle versammelt. Es muß der Club sein. Tino Delura aus Miami. Ten Hsu-shire aus Hongkong. Daniel Steinberg aus London und Paris. Alle Größen. Was als nächstes noch kommt, *weiß ich nicht.*«
Sarah stellte bald fest, daß Überwachung ähnlich war wie chinesische Wassertropfenfolter. Zum erstenmal begriff sie, was eine polizeiliche Überwachung bedeutete. Nachdem sie dreieinhalb Stunden auf ihrem Stuhl gehockt und dann und wann die banalsten und abstoßendsten Bemerkungen bei Trump's gehört hatte, konnte sie nicht mehr.
Sie spazierte durch die Tropicana-Suite. Sie ging zu Wilkes und unterhielt sich noch einmal mit ihm. Sie kehrte zu Stef zurück, und sie sprachen über alles mögliche, von der Realität Gottes bis hin zu dem Abend, da Stef auf dem Stahlpier gestanden und die tauchenden Pferde gesehen hatte – einer der unvergeßlichen Momente seiner Kindheit. »Familienattraktionen, damals, als es noch Familien gab«, sagte Stefanovitch.
Sarah gewöhnte sich an das Überwachen – das Horchen, die ständige Konzentration –, aber um kurz nach drei beschloß sie, sich auf einer der Pritschen im Nebenzimmer auszuruhen.
Stefanovitch hatte noch eine Zweistundenschicht übernommen. Er schien sich an den Dingen zu laben, die er von drüben hörte. Er litt ohnehin an Schlaflosigkeit, wenigstens seit jener Nacht in Long Beach. Während er an den beschichteten Pano-

ramafenstern des Tropicana saß, richtete er das Mikrofon abwechselnd in verschiedene Richtungen. Diese Bosse schienen sich über nichts zu unterhalten, das man sich merken mußte. Seine Gedanken schweiften wieder ab. Irgend etwas an dem Treffen störte ihn nach wie vor. Gegen vier Uhr morgens kam Sarah zurück. Sie tippte Stefanovitch auf die Schulter, und er drehte sich um. Sie war in eine braune Wolldecke gehüllt und sah ausgeruht aus. Bilder von ihrem Strandhaus zogen an seinem inneren Auge vorbei.

»Schlafen Sie eigentlich nie?« fragte sie. Ihre Augen waren von dem kurzen Nickerchen noch schlaftrunken.

Stefanovitch schüttelte den Kopf. »Heute nacht nicht.«

»Ich weiß nicht. Da drüben sieht jetzt alles so friedlich aus.«

»Dort sind die meisten der Herren versammelt, die rings um die Welt das organisierte Verbrechen leiten. Wie kann es da friedlich sein?«

Drüben im Penthouse von Trump's Plaza schien gerade eine inoffizielle Besprechung von vier oder fünf Bossen stattzufinden. Sie waren aus verschiedenen Zeitzonen gekommen und mußten offenbar wach bleiben, um keinen Jet-lag zu bekommen.

Stefanovitch blätterte einen Stoß Fotografien durch. Jede Aufnahme war auf der Rückseite mit einem Namen und einer kurzen Vita versehen.

Drüben bei Trump's ging einer der Soldaten an den Fenstern vorbei. Plötzlich blieb er wie angewurzelt stehen. Er hatte einen übergroßen Walroßschnurrbart, der ein wenig an den des Talk-Show-Moderators Gene Shalit erinnerte, aber sein Gesicht war nicht besonders freundlich.

Das Walroß schien direkt in die Tropicana-Suite zu starren. Es hielt den Blick genau auf Stefanovitch und Sarah gerichtet.

»Er kann uns nicht sehen«, flüsterte Stefanovitch. Aber der Soldat schien *tatsächlich* auf sie zu starren.

»*Irgend etwas* sieht er aber. Ich möchte wissen, was in ihren Köpfen vorgeht. Sie sind schließlich diejenigen, die erschossen werden.«

»Ich kann nicht viel Mitgefühl empfinden.«
Stefanovitch gähnte und schüttelte den Kopf. *Jetzt* wurde er müde. Zu Beginn seiner Wache.
»Warum hauen Sie sich nicht etwas hin?« sagte Sarah. »Ich passe solange für Sie auf. Gehen Sie. Ich bin hellwach.«
»Sieht so aus, als wollten sie auch die ganze Nacht aufbleiben. Sie haben wieder was zu essen bestellt«, sagte Stefanovitch und gähnte abermals. »Mein Großvater hat solche Männer immer als miese kleine Strolche bezeichnet. Jetzt regieren sie die Welt, diese miesen kleinen Strolche.«
Drüben im Penthouse traten zwei Kellner aus dem Fahrstuhl. Sie brachten die üblichen silbernen Tabletts mit den üblichen Silberschüsseln, die dazu beitragen, daß die Speisen des Zimmerservice immer schön pappig sind.
Den Kellnern folgte der Soldat, der eben auf das Panoramafenster gestarrt hatte. Das Walroß war wieder da.
»Es ist komisch, wie man sich allmählich mit den Leuten identifiziert, die man bei einer Überwachung beobachtet«, bemerkte Stefanovitch lächelnd.
»Ja, ich könnte mich jetzt auch mit einem Frühstück identifizieren. Ich hab' nicht zu Abend gegessen. Spiegeleier mit Schinken! Sehr gut. Was essen die da drüben? Räucherlachs? Sieht *sehr* gut aus.«
Die Kellner arrangierten die Dinge, die sie gebracht hatten, mit geschickten Handbewegungen auf einem Tisch. Leute vom Zimmerservice tun das gern. Nehmen schwungvoll Deckel von Warmhalteschüsseln. Kleine rote Rose in einer Vase, deren Silber ebenso falsch ist wie das andere.
Stefanovitch fiel ein, daß er auch noch nichts gegessen hatte. Er dachte plötzlich an eine Szene aus dem Film *French Connection**. Gene Hackman beobachtet ein französisches Luxusrestaurant in Manhattan, während Frosch Nummer eins und sein Kumpel drinnen schlemmen.

---

* Deutscher Verleihtitel: Brennpunkt Brooklyn

Einer der Kellner trat zu den Fenstern. Er schien zum Tropicana zu blicken. Hatte das morgendliche Zwielicht vielleicht irgend etwas, das die Spezialbeschichtung durchsichtig machte und ihm erlaubte, in die Suite zu sehen?

»Glauben Sie, sie haben was gemerkt?« fragte Sarah.

»Ich denke, nicht...«

Stefanovitch richtete sich plötzlich kerzengerade auf. »Nein. He! Laß den Scheiß. He. *He!*«

Der Kellner im Trump's Plaza zog die Vorhänge zu.

»Verdammt«, knurrte Stefanovitch.

Er drehte den Ton der Kopfhörer ganz auf.

»Laß die Vorhänge in Ruhe, du Idiot.« Sarah war so dicht ans Fenster getreten, daß ihre Nase das Glas berührte. »Was sagen sie gerade? Wie gut ihr Schinkenomelett aussieht?«

Stefanovitch horchte angestrengt. Sie redeten *tatsächlich* über das Essen.

Auf einmal schrie im Penthouse jemand auf. Aus den Hörern kam ein schrecklicher Ton.

»Was zum...«, rief Stefanovitch.

Im Penthouse schrie jemand gellend: *»O Gott, nein! Nein!«*

Es folgte das unverkennbare Krachen von Schüssen. Laute Schreie ließen sein Trommelfell vibrieren.

Stefanovitch schob den Kopfhörer zurück. »Jemand greift das Penthouse an. Sie schlagen im Trump's zu!« rief er.

Sarah rannte los, um David Wilkes zu suchen.

Stefanovitch hatte sich in den letzten beiden Jahren nicht mehr so schnell bewegt. Sein Herz hämmerte. Seine Gedanken rasten.

Er gehörte zu den ersten im Fahrstuhl. FBI-Männer mit erschrockenen Gesichtern schnallten ihre Revolver um. David Wilkes war dabei, er blickte schlaftrunken, und sein Hemd war noch offen.

Der Lift kam unten an, und die FBI-Männer rannten durch die Lobby des Tropicana. Stefanovitch war sich selbst überlassen. Sein Rollstuhl schien fast abzuheben, als er das Rennen begann.

Vor dem Hotel erfrischte eine kühle Brise vom Meer sein Gesicht. Er war klatschnaß. Nacken, Haar, Hemdrücken, alles war verschwitzt. Als er die andere Seite der Texas Avenue erreichte, fiel ihm das Sprechfunkgerät ein.

»Zehn-vier. Hier Stefanovitch. Was, zum Teufel, ist los?«

Keine Antwort.

Stefanovitch erreichte den verglasten Seiteneingang vom Trump's Plaza. Zwei Wachmänner versperrten ihm den Weg.

»Sie können hier nicht rein!« rief der eine.

»*Polizei!*« Stefanovitch zückte seine Marke.

Sie waren nur noch verwirrter, aber sie ließen ihn hinein.

Leute in Bademänteln und Pyjamas rannten aufgeschreckt durch die Lobby. »Oben war eine Schießerei!« rief jemand. »Nein, es brennt«, schrie eine weibliche Stimme. »Ich sage Ihnen, in der Küche ist Feuer ausgebrochen«, rief ein dritter. Stefanovitch entdeckte den Expreßfahrstuhl zum Penthouse. Er rollte hinein und rief wieder in das Walkie-Talkie. »Zehn-vier. David? *David?*«

Wilkes antwortete nicht. Was hatte er im Penthouse vorgefunden? Warum antwortete er nicht? Was war da oben geschehen?

Die dick gepolsterten Fahrstuhltüren glitten auf. Stefanovitch nahm den scharfen Geruch von Pulver wahr. Er rollte in die Suite. Im Wohnzimmer lagen überall Gestalten, einige davon mit sonderbar verrenkten Gliedern. Es war ein scheußlicher Anblick.

Der Mitternachtsclub.

Isiah Parker,
Tropicana
Hotel

Das Telefon auf Isiah Parkers Nachttisch fing an zu klingeln. Er machte die Augen einen Spalt weit auf und langte nach dem Hörer.

»Isiah! Jemand hat eben das Penthouse vom Trump's überfallen«, hörte er und erkannte Jimmy Burkes Stimme.

»Sag das noch mal.«

»Sie sind mit Maschinenpistolen rein. Das Hotel wimmelt von FBI-Agenten und Bullen«, fuhr Burke fort.

»*Wer* ist mit Maschinenpistolen rein? Was redest du da?«

»Wir müssen hier weg. Wir sollten die Stadt getrennt verlassen, so wie wir gekommen sind. Ich kümmer' mich um Aurelio.«

»Okay. Ich höre«, sagte Parker. Er fand, daß das, was Burke sagte, logisch war, aber er war nicht hundertprozentig sicher.

Schließlich sprang er aus dem Bett. Er rannte ins Bad, hielt den Kopf unter den Hahn, ließ sich vom kalten Wasser beleben.

Seine schlimmsten Ängste und Befürchtungen wurden wieder wach. Warum hatte Charles Mackey ihn nicht angerufen? Was war mit Burke und Aurelio Rodriguez? Wie konnte jemand anders im Trump's zugeschlagen haben? Wer?

Zehn Minuten später war er einer der vielen hundert Neugierigen, die sich vor dem Trump's Plaza gesammelt hatten. Viele Leute trugen noch Nachtzeug. Einige von ihnen hatten Schuhe oder Pantoffeln an, andere waren barfuß. Auf allen Gesichtern zeichnete sich Entsetzen ab.

In der Mississippi Avenue und der Arkansas Avenue parkten Polizeiautos und Krankenwagen in vier- und fünffacher Reihe. In den schmalen Nebenstraßen standen Streifenwagen.
Parker starrte auf den gesperrten Eingang des Hotels. Dann blickte er zum Dachgeschoß nach oben, wo die Kugeln ganze Fenster zerschmettert hatten.
Er überlegte krampfhaft, was wohl geschehen sein mochte. Ihm fiel ein, daß man ihm sein Ziel in Atlantic City nicht gesagt hatte. Mackey, der stellvertretende Hauptkommissar, hatte entgegen seinem wiederholten Versprechen nicht um elf angerufen.
Einige von den Leuten auf der Promenade waren immer noch starr vor Schock, aber andere zeigten bereits schwarzen Humor. War dies überhaupt realistisch, oder war es vielleicht ein geschmackloser Nachtthriller?
»Wer ist eigentlich erschossen worden?« fragte ein dicker Mann in einem knallig gestreiften Bademantel. »Dieser verdammte Wayne Newton?«
»Wayne Newton? Der hat es verdient, bei der unmöglichen Show, die er gestern abend bei Caesar's geliefert hat.«
Schließlich entfernte Parker sich langsam von der aufgeregten Menge. Dabei erblickte er John Stefanovitch. Stefanovitch hatte eben das Trump's Plaza verlassen und stieß seinen Rollstuhl mit grimmigen Bewegungen weiter. Er sah deprimiert und erschöpft aus.
Was geschah hier?
Parker ging die steile Steintreppe von der Promenade hinunter. Er mußte nachdenken. In einer logischen Reihenfolge.
Parker hörte einen leisen Aufschrei... ganz leise, offensichtlich von jemandem, der total überrascht war. Er brauchte einige Sekunden, um sich bewußt zu werden, daß er ihn selbst ausgestoßen hatte.
Er langte nach dem .22er Revolver, der unter seinem Sakko versteckt war. Dann ging er weiter die unheimlich dunkle Straße hinunter, die voller schwarzer Gestalten war. Er konnte Masten von Straßenschildern, Hydranten, Mülltonnen, die massigen

Formen geparkter Autos, die schartigen Konturen von Bäumen ausmachen.
Er stellte fest, daß sein eigener Schockzustand wie eine Mauer war, die er nicht überwinden konnte. Jedenfalls nicht jetzt.
Er hatte verdeckt gearbeitet. Er hatte auf Sonderbefehle aus New York gewartet, direkt aus dem Polizeipräsidium. Irgend jemand hatte im Trump's zugeschlagen. Wer? Der Schock fraß sich durch sein Nervensystem und löste einen Adrenalinschub aus. Parker ließ immer wieder ein imaginäres Tonband mit Jimmy Burkes Anruf abspulen.
Jemand hat eben das Penthouse vom Trump's überfallen!
Ein dumpfer Schmerz zog seinen Magen zusammen. Er fühlte sich ausgelaugt, als hätte er seinen Körper nicht mehr unter Kontrolle. Er ging die Indiana Avenue einen Häuserblock weiter hinunter und trat dann in einen der dunklen Gänge zwischen den Mietshäusern. Es roch nach Urin und faulendem Müll. Er nahm seinen Taschenrecorder heraus. Er mußte etwas von dem protokollieren.
Als er endlich sprach, war seine Stimme brüchig, mehr als ein bißchen unsicher. Er fühlte sich paranoid. Aber war es Paranoia? Warum hatte Mackey nicht angerufen?
»Dies ist die Fortsetzung des Protokolls. Es ist kurz nach vier Uhr morgens. Hier spricht Isiah Parker... Jemand hat eben Trump's Plaza überfallen. Vor einer knappen halben Stunde. Kurz danach betraten New Yorker Polizisten und FBI-Agenten das Hotel. Wie, zum Teufel, ist es möglich, daß sie so schnell da waren? Warum waren sie hier in Atlantic City?
Burke, Rodriguez und ich verlassen jetzt Atlantic City.«
Parker stand bewegungslos am Anfang des dunklen Gangs. Er blickte die Indiana Avenue hinauf und hinunter. Die Szene war sonderbar friedlich, vor allem in Anbetracht des Durcheinanders vier Häuserblocks weiter.
Dann bewegte sich etwas.
Ein kleines Stück weiter war etwas, das Parker veranlaßte, an der Ecke des Gangs stehenzubleiben.

Auf dem Bürgersteig, fast genau gegenüber von seinem parkenden Auto, bewegte sich etwas. Er war noch nicht sicher, was es war; seine Augen strengten sich an, in der Dunkelheit mehr zu sehen. Seine Kehle war so ausgedörrt, daß sie weh tat.
Vielleicht nur jemand, der hier wohnt, dachte Parker. Vielleicht ein Straßenfixer oder ein Penner? Der Geruch im Gang wurde intensiver.
Er trat zurück und eilte den vierzig oder fünfzig Meter langen Gang hinunter zur Illinois Avenue, der nächsten Parallelstraße der Indiana Avenue. Er wollte wieder auf die Indiana zurück, aber im Rücken des Mannes, der sich bei seinem Audi herumtrieb.
Parker spähte den nächsten Gang hinauf. Seine Brust war schmerzhaft zugeschnürt. Er sah wieder eine Bewegung. Schatten trennten sich voneinander. Dann beschrieb ein rotglühendes Zigarettenende einen vertrauten Bogen.
Sie sauste nach oben und dann zur Seite ...
Am Ende des Gangs zeichnete sich ein Umriß ab. Ein Mann wartete bei Parkers Wagen. Der Mann war nur zwanzig bis dreißig Meter entfernt. Eine schäbige Kneipe, ungefähr einen Block weiter, warf einen schwachen Lichtschein auf die Straße. Der Neonschriftzug »All-Star« reichte, um eine Silhouette zu erkennen.
Parker ging sehr langsam den Gang hinauf. Der wartende Mann war nur noch zehn Meter entfernt. Er zog seinen .22er raus. Wer, zum Teufel, stand da an der Ecke?
»Stehenbleiben. Keine Bewegung!« rief er endlich.
Der Mann nahm blitzschnell Schießhaltung ein.
»Ich bin's, Parker«, gab Parker sich zu erkennen.
Der Mann achtete nicht darauf. Er zog ab, und die Kugel pfiff an Parker vorbei.
Parker schoß instinktiv zurück. Er schoß noch einmal. Beide übereilten Schüsse verfehlten das Ziel.
»Nicht schießen, Isiah. Um Gottes willen, nicht schießen!«
Parker erkannte die Stimme, und plötzlich konnte er kaum noch atmen. Eisige Furcht umkrallte sein Herz.

Der Mann war Jimmy Burke. Sein eigener Partner hatte absichtlich auf ihn geschossen.

Plötzlich fing Burke an zu rennen. Parker hätte schießen können. Er tat es nicht. Es gab zu viele Fragen. Vielleicht hätte er auch nicht auf Burke schießen können, eben weil es zu viele Fragen gab.

Isiah Parker rannte das letzte Stück des Gangs hinauf hinter Jimmy Burke her. Flecken tanzten vor seinen Augen und ließen sein Gesichtsfeld verschwimmen. Er blieb stehen. Da lag jemand neben einem Abfallhaufen, eine dunkle, verkrümmte Gestalt. Das Licht reichte, um Einzelheiten zu erkennen. Lockiges schwarzes Haar, eine lange Adlernase, zwei schwarze Löcher in der Stirn. Aurelio Rodriguez war ermordet worden!

Wieder schrillten Polizeisirenen durch die Nacht. Parker stieß innerlich einen Schrei aus. Dann fing er an zu laufen. Er strauchelte, während er floh, vor der Polizei oder vor *wem auch immer*, der hinter ihm hersein mochte.

Er verschwand im Dunkel von Atlantic City.

Er rannte die New York Avenue hinunter... dann die Baltic Avenue...

Die Furcht und das Gefühl der Hilflosigkeit von vorhin wurden bereits abgelöst von kaltem Zorn.

Minersville, Pennsylvania

Ein Massaker hatte stattgefunden, und er war dagewesen. Er hatte die furchtbaren Todesschreie gehört.

Du mußt jetzt relaxen, es reicht fürs erste, sagte sich Stefanovitch.

Gewinn ein bißchen Abstand, dann kannst du versuchen, eine Logik hineinzubringen...

Sie waren die letzten paar Kilometer hinter einem staubigen Kohlelaster hergefahren, aber jetzt konnten sie von der gewundenen Straße aus das Haus seiner Eltern sehen. Der dunkelgraue, dräuende Himmel spannte sich über das weite Farmland von Pennsylvania, das gar nicht so weit von Atlantic City entfernt war.

»Da vorn rechts ist es. Die alte Siedlerfarm.« Stefanovitch brach das Schweigen, das seit einigen Minuten geherrscht hatte.

Ausruhen, dachte er wieder.

Weg von Atlantic City, weg von all dem Sterben und all dem Schmutz. Morgen ist früh genug, um wieder anzufangen, um zu versuchen, das Ganze zu verstehen.

»Dann sind Sie wirklich ein Farmerjunge«, sagte Sarah flüsternd, als sei sie eben aufgewacht.

»Ja, Ma'am. Da oben ist Stefanovitch L & B, das steht für Landwirtschaft und Bergbau. Meine bescheidenen Anfänge.«

In dem Farmhaus aus dem 19. Jahrhundert war niemand wach,

niemand außer Stink. Stink war ein braunweißer Colliebastard, eine Hündin, die nun, nachdem sie einem anderen die Leitung der Farm übergeben hatte, im Ruhestand lebte. Sie hatte ein freundliches und intelligentes Gesicht mit sanft blickenden kastanienbraunen Augen. Stefanovitch rief sie und gab zärtliche Schnalzlaute von sich.

Stink wedelte mit dem Schwanz und jaulte freudig und umkreiste Stefanovitch und Sarah, als wären sie Farmtiere, die dichter zusammengetrieben werden müßten.

»Pfui, Stink. Du bist wieder im Bach gewesen, stimmt's? In dem alten schmutzigen Bach.«

Die Hündin freute sich, Stefanovitch zu sehen, aber sie war auch verwirrt und unsicher. Es lag an dem Rollstuhl – sie konnte ihn nicht mit dem vertrauten Gesicht und der ebenso vertrauten Stimme vereinbaren. Sie hatte sich nie daran gewöhnt.

»Gehen wir rein. Schlafen wir ein bißchen, wenn wir können«, sagte Stefanovitch schließlich zu Sarah. »Ich mach' Sie morgen früh mit allen bekannt.«

Bis dahin mußt du relaxen, sagte er sich wieder.

Und den Mitternachtsclub vergessen.

Sarah erfuhr beim Frühstück alles über die Stefanovitch-Sippe. Sie hörte Geschichten über die berühmte Armenküche der Stefanovitchs, die Isabelle und Charles fünfundzwanzig Jahre lang auf der Farm geführt hatten und immer noch für jeden Bedürftigen der Umgebung führten, der ein warmes Essen brauchte.

Stefs Vater erzählte lustige Geschichten über John und seinen Bruder Nelson, die in ihrer Jugend beide lokale Sportgrößen gewesen waren, aber wegen ihrer Pflichten in der Suppenküche auch ein Herz für die Armen und Benachteiligten gehabt hatten. Besonders aufschlußreich war für Sarah jedoch, wie sehr Stefs Mutter und Vater einander liebten. Sie hatte so etwas noch nie erlebt, vor allem nicht bei Menschen in diesem Alter. Sie waren offensichtlich die besten Freunde, verständnisvolle und sehr zärtliche Freunde.

»Zanken sie sich nie?« fragte Sarah, als sie nach dem Frühstück mit Stefanovitch durch die Gegend ringsum fuhr.
»Als wir klein waren, ist sie mal für zwei Wochen zu ihrer Schwester gezogen. Sie nannte es einen längst überfälligen Urlaub. Aber sonst nur sehr selten. Nein. Meine Eltern sind unglaublich.«
»Warum sind Sie dann so aus der Art geschlagen?« fragte Sarah mit einem spitzbübischen Lächeln. Sie hatte ihre Haare hochgesteckt. Ihre Kleidung entsprach dem früheren Holzfällerstil. Sie sah aus wie eine resolute Dorfschönheit.
»Das bin ich schon oft gefragt worden. Ich habe wohl alle ihre schlechten Gewohnheiten geerbt und keine von den guten. Ich war so mißraten, daß ich in New York Bulle wurde. Manche finden, das sei auch eine Art von Sozialarbeit. Was das schlimmste ist, ich bedaure es im Grunde kein bißchen.«

Sarah und Stef gingen am späten Sonntagmorgen wieder an die Arbeit. Die Ermittlungen mußten weitergehen, mußten Fortschritte machen. Sie hatten wenigstens gut geschlafen und konnten wieder normal denken.
Es hatte ein grausiges Gemetzel gegeben. Über ein Dutzend Verbrecherbosse waren kaltblütig abgeschlachtet worden.
Von wem?
Aus welchem Grund?

Gegen Abend verfiel Stefanovitch in eine sonderbare depressive Stimmung, einen inneren Zustand, den er nicht verstehen, geschweige denn vertreiben konnte. Er saß auf der gedeckten Veranda an der Rückseite des Hauses, von der aus man den Silo und den Holzschuppen der Farm sah. Er versuchte noch etwas zu arbeiten. Er und Sarah kamen immer wieder auf das Problem zurück – wem nützten die Morde in Atlantic City?
Das war nun der springende Punkt der Ermittlungen, die große unbeantwortete Frage. Wer würde von den Morden profitieren? Stefanovitch hatte Rückenschmerzen und ein scheußliches

Kribbeln in den Beinen. Er hatte seit Tagen keine Fitneßübungen mehr gemacht. Er fand, er müsse jetzt einen langen Spaziergang machen, über die vertrauten Wiesen und Felder *laufen,* so wie er es zwanzig Jahre lang getan hatte. Er müsse sich verausgaben, bis seine Lungen zu platzen drohten und seine Beine unter ihm nachgaben.

»Stef, ist alles in Ordnung!« Sarah spürte seinen Stimmungsumschwung, das Gefühl der Isolation, das ihn seit einer Stunde beherrschte.

»Ich glaube, ich muß hier weg. Ich muß fort«, sagte Stefanovitch. Es war wie ein Schuß aus heiterem Himmel.

Er *konnte* nicht laufen, aber er *mußte* hier weg. Alles stürzte über ihm zusammen. Die Ermittlungen. Das alte Zuhause. Sarah.

Er schaffte es nicht, mit alldem fertig zu werden. Er hatte das Gefühl, daß er einen Riß bekam, einen großen Riß, der unten an seinem Rückgrat anfing.

»Wie bitte?« Sarah glaubte zuerst, sie hätte ihn nicht recht verstanden. »Stef?«

Stefanovitch war rot angelaufen. Er setzte seinen Rollstuhl in Bewegung. »Ich muß weg, Sarah.« Sein Kopf schien zu platzen. Er dachte, ihm würde jeden Moment übel.

Aber es war vor allem das eine, das unmögliche Problem, das er nicht einmal in Angriff nehmen konnte ... Er mochte Sarah zu sehr, und im Grunde seines Herzens hatte er das Gefühl, daß es mit ihnen nicht klappen konnte.

Das konnte er nicht ertragen. Vielleicht mußte man erst an den Rollstuhl gefesselt sein, um ihn zu verstehen. Vielleicht verstand ihn nur jemand, der auch im Rollstuhl saß. Aber so war es nun mal. Er mußte hier weg, jetzt gleich. Das Gefühl war über ihn gekommen wie Klaustrophobie in einem Wandschrank. Es war unerträglich. Er konnte es Sarah oder seinen Eltern nicht erklären.

Sarah hätte ihn aufhalten können, physisch aufhalten, aber sie versuchte es nicht einmal. Sie sah zu, wie Stef seine Sachen zum Transporter brachte. Sie sah zu, wie er sich von seinen Eltern

verabschiedete, sich dafür entschuldigte, daß er so plötzlich fuhr. Es war alles so gespenstisch, voll greifbarer Spannung. So konnte das wirkliche Leben sein, es war wie die tägliche Seifenoper, mit der die meisten Familien zu leben lernten.
Sie blieb bis zum nächsten Morgen auf der Farm. Sie wollte mit Isabelle und Charles über ihr Leben auf dem Land in Pennsylvania reden. Sie sagte sich, daß sie es als Hintergrundmaterial für ihr Buch brauchte. Sie hatte ohnehin keine Wahl.
»Ich kenne John zu gut«, sagte Isabelle Stefanovitch später in der hellerleuchteten Küche, nachdem die beiden sich bei einem oder zwei Gläsern Portwein schon über eine Stunde unterhalten hatten. »Er würde nie Ihre Gefühle auf diese Weise verletzen, es sei denn, er könnte nicht anders. Er würde Ihnen nie absichtlich weh tun, Sarah. Er ist jetzt innerlich sehr verkrampft.«
»Ich weiß«, sagte Sarah. Sie glaubte zu verstehen, was geschehen war. Sie konnte sich seine innere Verfassung *vorstellen.*
Aber ihre Gefühle *waren* verletzt. Sie konnte auch nicht anders. Auch das war eine Tatsache.

Stefanovitch raste mit Vollgas den Pennsylvania Turnpike nach Norden. Er bildete sich ein, daß er das Gaspedal durch*trat.* Er war im Begriff, sich zu verlieben, und er konnte es nicht verkraften. Er zwang sich, den Rest der Fahrt nach Manhattan an den Midnight Club zu denken. Die grausigen Schreie, die er in Atlantic City gehört hatte, wurden während der nicht endenden Rückfahrt zu einer Geräuschkulisse für ihn.
Wer hatte das Massaker angeordnet? Was war mit dem Midnight Club geschehen?
Das waren die Fragen, die er beantworten mußte. Das war das entnervende Rätsel, dessen Lösung er anscheinend immer noch nicht nähergekommen war.

Dritter Teil

Der Mitternachtsclub

New York, Kennedy Airport, sechs Uhr

Am 11. Juli, einem Montag, änderte sich um sechs Uhr morgens alles, was sich überhaupt ändern konnte. Alles, was seit den ersten Morden im Allure ans Licht gekommen war, bekam plötzlich eine neue Bedeutung, besonders für den Mann auf der Straße, der spätestens am nächsten Morgen von den neuen Entwicklungen und Wendungen hören und lesen konnte.

Der Passagiertunnel des Terminals der Air France auf dem Kennedy Airport war mit einem dicken, blaurot gemusterten Teppich ausgelegt. Er war, gemessen an Flughafenstandards, luxuriös, denn man hatte ihn eigens für die betuchte Klientel gebaut. Nun füllte er sich langsam mit elegant gekleideten Passagieren, die die Concorde verlassen hatten. Der knapp dreistündige Flug von Paris war perfekt verlaufen, ein Wirklichkeit gewordener High-Tech-Traum. Zu den letzten Fahrgästen, die von Bord der ausgebuchten Maschine gingen, gehörte jemand, der gar nicht mitgeflogen sein konnte...

Alexandre Ste-Germain verließ die Concorde.

Der Grabtänzer war unzweifelhaft am Leben.

Er war wie ein erfolgreicher Geschäftsmann gekleidet. Der beige Anzug und das lachsfarbene Hemd waren maßgeschneidert, seine halbhohen Stiefel und die Aktentasche in seiner Hand waren aus weichstem italienischem Leder. Ste-Germains Gesicht war sonnengebräunt, sein gewelltes blondes Haar sorgsam

zurückgekämmt. Seine Augen verrieten nicht das kleinste physische oder emotionale Unbehagen. Sie waren wie glänzende dunkle Steine und gaben nichts von dem preis, was hinter ihnen vor sich ging.
Ein schwarzer Hubschrauber mit goldenen Rennstreifen erwartete ihn auf dem internationalen Flughafen von New York. Er mußte den Kopf einziehen, als er in das enge Cockpit stieg. Sein Blick wanderte rasch über die blitzenden Instrumente aus Stahl und Glas. Dann richtete er sich auf Jimmy Burke von der New Yorker Polizei, der links im Helikopter saß.
»Hallo, Jimmy. Ich bin gesund und wohlbehalten zurück. Haben Sie mich vermißt?«

Während der brandneue Hubschrauber abhob und die Anflugschneisen umflog, redeten die beiden Männer zum erstenmal seit Tagen wieder miteinander.
»Ich glaube, Atlantic City hätte nicht besser laufen können.« Burke war wie immer ein bißchen überschwenglich. Er hatte sich in seiner Zeit als vielversprechender Nachwuchsmafioso in Ost-Brooklyn ein entwaffnendes Lächeln und ein gewinnendes Auftreten zugelegt. Wie viele der anderen kleinen Gauner aus der Gegend hatte er Ende der sechziger Jahre seine patriotische Pflicht erfüllt, indem er sich freiwillig zur Armee meldete. Er hatte Alexandre Ste-Germain in Südvietnam kennengelernt und sofort begonnen, Drogen für den Grabtänzer zu schmuggeln und zu verkaufen.
Ste-Germain erwiderte das lauernde Lächeln. »Die alten Bosse, die Leute, die sich nie an die neuen Methoden gewöhnen konnten, sind nicht mehr da. Der Weg für die notwendigen Änderungen ist frei. Jetzt werden wir die Neuordnung durchsetzen. Nicht nur hier in New York, sondern auch in Rom, Paris, London und Tokio.«
Burke nickte. »Alle maßgeblichen Leute geben der Todesschwadron der Polizei die Schuld. Früher gab es wirklich mal eine Todesschwadron. Ich habe Ihnen ja davon erzählt. Sobald

wir es den Zeitungen gesteckt hatten, lief alles andere wie von selbst.«

»Ja, die Medien können sehr hilfreich sein. Was ist mit den anderen beiden, die mitgemacht haben? Ihren Kollegen? Rodriguez und Parker.«

Burke antwortete, ohne sich die Unruhe anmerken zu lassen, die ihn plötzlich gepackt hatte. Er hatte mit der Frage gerechnet, aber nicht mit der sonderbaren Konzentration in Ste-Germains Augen. »Einer von ihnen ist tot. Aurelio Rodriguez. Ich habe ihn in Atlantic City unschädlich gemacht. Parker ist ein kleines Problem. Er ist entkommen.«

»Was soll das heißen, entkommen?«

Alexandre Ste-Germains Augen waren zu schwarzen Knöpfen geworden. Seine Nasenflügel blähten sich, so daß sein sonst so attraktives Gesicht eine Sekunde lang etwas Häßliches bekam. Burke glaubte, plötzlich das Profil eines alten Mannes zu sehen.

»Parker ist entkommen. Er tut jetzt so, als wäre nichts passiert. Er hat nicht mal versucht, Kontakt zu mir aufzunehmen.«

»Dann hätte Atlantic City also *doch* besser laufen können?« sagte Ste-Germain mit einem drohenden Unterton. »Na ja, ich denke nicht, daß es wichtig ist. Jedenfalls gehört es nicht zu den Dingen, um die wir uns als erstes kümmern müssen. Lassen wir das im Moment. Lassen wir Mr. Parker.«

Am Nachmittag durchpflügte Alexandre Ste-Germains Jacht das leicht bewegte Wasser fünfzig Kilometer vor Manhattan. Eine angenehme Brise strich über das Deck, wo Ste-Germain mit Cesar und Rafael Montoya, zwei mächtigen Drogenbossen aus Kolumbien, sprach.

Irgendwo auf der Jacht spielte Musik. Revolutionärer Mumpitz. Bono trauerte um Irland und andere verlorene Sachen.

Der Stil und das Auftreten des Grabtänzers imponierten den beiden Montoyas, aber keiner von ihnen ließ es sich anmerken. Sie waren die Söhne eines der Männer, die in Atlantic City getötet worden waren, aber das war nun kein Problem mehr. Sie hat-

ten sich bereit erklärt, ihren eigenen Vater in den Tod zu schikken. Bei der heutigen Besprechung sollte die Südamerikabeute aufgeteilt werden. Der neue Club trat in Aktion.
Alexandre Ste-Germain holte eine Porsche-Design-Sonnenbrille aus der Hemdtasche und setzte sie auf. »Nun, wie sieht es in Bogotá aus?« fragte er die Montoyas.
»*Como siempre*«, antwortete Rafael. »Ich habe Ihnen ja schon vor ein paar Monaten gesagt, daß mein Vater keine Rolle mehr spielte. Für die Leute, auf die es ankommt, war er schon tot.«
Rafael Montoya hatte an der Universität Miami studiert, doch den wichtigeren Teil seiner Ausbildung hatte er in den Dschungeln und Bergen seiner Heimat genossen. Er war sechsundzwanzig, ein Jahr älter als sein Bruder.
Alexandre Ste-Germain lächelte über den Verlauf, den die Besprechung zu nehmen schien. »Wissen Sie, die Welt wird neuerdings von Männern wie uns beherrscht«, sagte er. »Vielleicht wurde sie das schon immer.«
»Und was für Männer sind wir?« fragte Rafael, der in Miami als Hauptfach Philosophie belegt hatte.
»Psychopathen«, antwortete Alexandre Ste-Germain achselzuckend und lächelte noch breiter als eben. »Niemand versteht uns. Sie können sich einfach nicht in jemanden hineinversetzen, der ohne Gewissen handelt. Sie versuchen, uns zu verstehen, aber sie können es nicht.«
»Ich habe eine Familie«, warf Cesar Montoya ein. Er hatte ein schmollendes Babygesicht, das Spiegel seiner Seele war. »Ich habe leider jede Menge Gewissen. Mehr, als ich gebrauchen kann.«
Ste-Germain nahm gelassen eine Krabbe von der Platte vor ihnen. »Das glauben Sie. Aber es ist schon gut. Ich selbst habe keine Angehörigen, keine Bindungen. Ich brauche nur an mich selbst zu denken. Wissen Sie, ich habe sogar Spaß an schmutziger Arbeit. An schmutzigen Kontrakten. Ich weiß, wer ich bin. Ich bin ein Monster. Ich war schon mit zwanzig ein Massenmörder. Psychopath. Sie wissen, was das Wort bedeutet? *Psicópata?*«

Die Brüder, die beide einen Bart hatten, sahen sich an und lachten. Heute nachmittag trugen sie einen weißen Leinenanzug und Ledersandalen. Allein die Sandalen hatten mehr gekostet, als ein gewöhnlicher Arbeiter in ihrer Heimat in einem Jahr verdiente. »Es ist die Zeit großer Veränderungen«, fuhr Alexandre Ste-Germain fort. Er sprach zwar mit den Brüdern, aber er schien durch sie hindurchzublicken. Sie hätten ebensogut woanders gewesen sein können.
»Wir haben die letzten fünf Jahre alles mit größter Sorgfalt geplant. Bis Atlantic City gab es nur sehr wenig Blutvergießen. Die anderen Mitglieder, die Banker und Politiker, töten nicht gern. Sie ziehen die Gerichte vor. In New York, in Rom und London, im Fernen Osten und auch bei Ihnen in Bogotá bekamen ehrgeizige Staatsanwälte und andere Justizbeamte auf *geheimnisvolle* Weise Informationen zugespielt. Mit dieser Methode wurden die traditionellen Reihen des Syndikats ausgedünnt. Sehen Sie, worauf ich hinauswill? Dann kam Atlantic City. Die Arbeit von Jahren auf ein paar Augenblicke komprimiert und in wenigen Minuten erledigt. Das alte Gangsterimperium wurde ausgeschaltet. Und jetzt kommt eine völlig neue Generation. Auf bessere Geschäfte für uns alle!« Rafael Montoya hob sein Glas Weißwein. »Auf Ihren Sieg.«
»Auf unseren Sieg«, sagte der Gastgeber, der immer noch durch die beiden kolumbianischen Großdealer hindurchzusehen schien. Die Montoyas schienen bei seiner letzten Bemerkung aufzuatmen und lächelten wieder. *Unser Sieg.* Sie sollten also das Territorium ihres Vaters bekommen. Der Midnight Club hatte seine Entscheidung getroffen.
Ste-Germain bat die beiden Brüder zuzugreifen, und sie sprachen vielleicht eine Stunde lang sehr ernsthaft über geschäftliche Dinge. Er interessierte sich für ihre künftigen Pläne, für die Zukunft der südamerikanischen Drogenszene. Er schien auf einmal alles wissen zu wollen.
Während er zuhörte, dachte er, daß Rafael und Cesar Montoya die schlimmsten Sozialschädlinge seien, die schlimmste Sorte

von allen. Die Brüder waren blutrünstige Tiere, aber sie betrachteten sich als Familienväter. Sie hatten ihm geholfen, den Tod ihres eigenen Vaters zu planen, und ironischerweise hatte ihr Vater ihm geholfen, diesen Nachmittag zu planen.
Schmutzige Arbeit. Ja, sie machte ihm Spaß. Die heiligsten Tabus zu brechen war für ihn ein Sport. Sein wahrer Orgasmus. *Psicópata.*
Die in seinem Hosengurt steckende Pistole war sehr klein, keine zehn Zentimeter lang. Es hatte gerade erst begonnen, als es auch schon vorbei war. Zwei Kopfschüsse an Deck der Luxusjacht. Beide Montoyas waren tot. Das war die perfekte Anwendung des Gesetzes der Straße.
Sie waren zu unkontrollierbar, um Südamerika oder auch nur Kolumbien zu leiten. Ihr Vater hatte es gewußt. Alexandre Ste-Germain hatte es ebenfalls gewußt.
Sie waren Gangster vom alten Schlag, keine Geschäftsleute. Für sie war kein Platz im neuen Mitternachtsclub.

Stefanovitch,
Police Plaza

John Stefanovitch hatte immer versucht, das Leben ganz zu leben und das Gute zusammen mit dem Schlechten zu akzeptieren. Wegen dieser Philosophie kam es ihm oft so vor, als wäre alles ein einziges *Rennen,* als wollte er zuviel in eine zu kurze Zeitspanne packen. Er hatte letzte Nacht nur zwei Stunden geschlafen. Um vier Uhr morgens war er schwitzend hochgeschreckt. Dann hatte er fast zwei Stunden an einem dunklen Fenster über der Second Avenue gesessen und nachgedacht, geplant, verworfen. Am Ende war er so verwirrt und durcheinander gewesen wie seit Jahren nicht mehr.

Er konnte noch nicht verstehen, was in Atlantic City passiert war. Wie war es möglich, daß sie so dicht beim Trump's Plaza gewesen waren und die Morde doch nicht hatten verhindern können?

Der Mitternachtsclub! Wer kontrollierte ihn denn, wenn nicht die Gangsterbosse selbst? Wer hatte die Exekutionen – denn nichts anderes schien es zu sein – in der Penthousesuite angeordnet?

Und dann die Geschichte mit Sarah McGinniss. In gewisser Hinsicht war Sarah das gravierendste und beunruhigendste Problem von allen. Warum war er in Pennsylvania vor ihr davongelaufen? Weil er Angst hatte, sie spiele vielleicht nur mit ihm? Nein, das stimmte nicht... Weil er sich tief in seinem Inneren unzulänglich fühlte, ihrer unwürdig? Das kam der Sache ent-

schieden näher. Es kam ihr so nahe, daß es ihn Mühe kostete, weiter in dieser Richtung nachzudenken.
Es konnte einfach nicht klappen. Sie *beide* würden es nicht schaffen. Stefanovitch war dessen so sicher, wie er wußte, daß dies zu den schmerzhaftesten Erkenntnissen seines Lebens gehörte.

Im fünften Stock von Police Plaza Nr. 1 herrschte um neun Uhr morgens ein Betrieb wie in einem Ameisenhaufen. Der fünfte Stock war genau wie der sechste und siebte in Dezernate unterteilt. Die Außenbüros hatten Zwischenwände aus emailliertem Stahl, aber sie hatten immerhin Fenster. Jeder Raum war gerade groß genug für ein schmales Sofa, einen Schreibtisch und ein oder zwei Stühle. Stefanovitch rollte an seiner Zelle vorbei, ohne auch nur einen Blick hineinzuwerfen.
Er kam einige Minuten zu spät zur Besprechung beim Hauptkommissar. Captain Donald Moran erstattete Bericht über Atlantic City. Zwei Dutzend hohe Polizeibeamte hörten zu. Die Gesichter der meisten waren steinern und wirkten genauso gequält, wie Stefanovitch sich fühlte.
»Vincent Poppo ist heute morgen gestorben. Das macht insgesamt siebzehn Tote. Santo Striga und Sammy Chum werden wahrscheinlich nicht überleben. Trotz der Behauptungen in der Presse hat niemand im Trump's die Täter identifizieren können. Diese Story mit der Todesschwadron, mit der ein paar Zeitungen groß aufgemacht haben, ist totaler Schwachsinn. Wir wissen nicht, warum Aurelio Rodriguez in Atlantic City war. Möglicherweise gehörte er zu dem Team, das das Penthouse überfiel . . . aber nicht als Polizist.«
Stefanovitch wollte nicht sprechen, aber er wurde aufgefordert, über den Stand der Ermittlungen zu berichten.
»Ich habe leider nicht viel zu erzählen«, sagte er. »Wir versuchen, mit dem FBI und der Polizei von Atlantic City zu kooperieren. Sie überprüfen nun alle Hotels an der Promenade. In Newark, Philadelphia, Miami und hier in New York sind Spezialteams im Einsatz.«

Er hob die Hände mit den Ballen nach oben. Er fühlte sich ausgebrannt, frustriert, und er wußte, daß man es sehen konnte. Was er den Anwesenden nicht sagte, war, daß die Bundespolizei und die lokale Polizei ihm in Atlantic City die Hände gebunden hatten. Sie spielten das große Zuständigkeitsspiel, der Grund, warum er Atlantic City schon Sonnabend nacht verlassen hatte. Seine diesbezüglichen Fragen lauteten: Warum hatte diese Komödie stattgefunden? Warum wurde die New Yorker Polizei in diesem Stadium von der Fahndung, der Jagd nach den Tätern, abgezogen? Es war noch etwas, das keinen Sinn machte.
Herbert Windfield, sein Captain, sprach als nächster. »Wir sind ziemlich sicher, daß die Leute, die das Ding im Trump's drehten, von unserer Anwesenheit im Tropicana wußten – wer sie auch gewesen sein mögen«, begann er. »Einer der Täter zog die Vorhänge zu, ehe die Schießerei anfing. Hübscher Zufall, nicht? Wir haben also keine Videoaufnahmen von der Schießerei. Die Tonbänder zeigen, daß keiner von den Tätern irgend etwas sagte, nachdem sie das Penthouse betreten hatten. Auch ein Zufall? Auf den Tonbändern sind Ausrufe von den Opfern zu hören und natürlich die Schüsse. Die Killer haben kein Wort von sich gegeben. Eiskalt. Das Ganze war wie ein Coup von irgendwelchen verdammten Weltraumrobotern.«
Dann kamen die üblichen Montagseinsatzbefehle. Stefanovitch war einer der ersten, die das Besprechungszimmer verließen. Er war überrascht, daß der Hauptkommissar nicht teilgenommen hatte. Warum nicht? Für die Anschlußarbeit unten in Atlantic City waren nicht genug Teams eingesetzt worden. Etwas hatte sich geändert.
Wieder in seinem Büro in der Mordetage, knipste Stefanovitch die Deckenbeleuchtung an. Mit dem Licht kam ein vertrautes leises Summen. Er haßte das verdammte Geräusch, haßte es genauso wie alles Mechanische in seinem Leben.
Plötzlich hielt er inne. Er starrte auf einen Mann, der auf dem Stuhl neben seinem Schreibtisch saß. Der Mann trug ein Schulterhalfter aus braunem Leder über einem T-Shirt mit dem Auf-

druck »P.A.L.«. Das war das Kürzel einer Polizeiorganisation, die Kindern und Halbwüchsigen in und um New York half.

»Hallo, Lieutenant Stefanovitch«, sagte der Mann auf dem Stuhl. Er hielt es nicht für nötig aufzustehen.

Isiah Parker machte einen Besuch.

Isiah Parker, Police Plaza

Mein Name ist Isiah Parker. Ich arbeite beim Rauschgiftdezernat in Harlem, 19. Revier. Wir sind uns im Laufe der Jahre ein paarmal begegnet. Ich weiß nicht, ob Sie sich an mich erinnern?«

Stefanovitch machte die Tür zu. Er wußte nicht genau, warum.

»Ja, sicher. Guten Morgen. Ich hab' ein paar Kämpfe Ihres Bruders gesehen. Großartiger Boxer.«

»Ja, er war ein guter Fighter. Danke.« Parker beugte sich vor und stützte die Ellbogen auf die Knie. Seine Arme und Beine schienen zu lang für seinen Rumpf zu sein. Aber seine Bewegungen hatten eine unleugbare Grazie. Stefanovitch glaubte, sich zu erinnern, daß Parker früher mal ein Meisterläufer gewesen war.

Parker machte ein ernstes Gesicht, während er sich eine Zigarette anzündete. Er wandte dabei nicht den Blick von Stefanovitch. Er schien etwas zu suchen, irgendein Zeichen, das ihm sagte, wer der Lieutenant von der Mordkommission war, woher er kam.

Zuletzt verschränkte er die Arme. Er fing an, mit einer leisen, gelassenen Stimme zu erzählen, fast so, als erzählte er einem guten Freund eine Geschichte.

»Drei Beamte der New Yorker Polizei haben Alexandre Ste-Germain umgebracht, Lieutenant. Ich war einer von ihnen. Ich habe auch diesen miesen Traficante umgelegt. Ich war derjenige, der ungefähr eine Woche später Oliver Barnwell erstach. Tut

mir leid, es zu sagen, aber ich glaube nicht, daß ich es bereue.« Parker machte einen langen Zug, atmete den Rauch tief ein.
»Ich muß jetzt reden. Ich muß über eine Menge Dinge reden, die in letzter Zeit passiert sind, auch darüber, was in Atlantic City geschah und was *dort* nicht geschah.«
In dem kleinen Büro in Police Plaza Nr. 1 schien plötzlich die Zeit stillzustehen. Draußen ertönten die üblichen Geräusche: Telefone klingelten, Schreibmaschinen und Kopiergeräte klapperten und ratterten um die Wette.
Stefanovitch registrierte ein paar Dinge an Isiah Parker. Parker war sehr groß, von der Statur her noch eindrucksvoller, als sein Bruder es gewesen war. Er hatte Arbeiterhände und muskulöse Arme und sah alles in allem aus wie ein Bauarbeiter oder ein Kumpel.
Stefanovitch kannte Isiah Parker vom Hörensagen. Die Boxkarriere seines Bruders hatte viel Aufmerksamkeit auf ihn gelenkt, aber Parker war schon vorher ein *As* der New Yorker Polizei gewesen. Er erinnerte sich, daß Parker vor einer Reihe von Jahren mehr Dealer festgenommen hatte als irgendein anderer Polizist in Manhattan. Er hatte eine Auszeichnung dafür bekommen. Er war als harter Bulle bekannt, aber er galt auch als unbestechlich. Er war überheblich und stur, aber vielleicht hatte er gute Gründe dafür. Seine Polizeikarriere hatte manche Parallelen mit seiner, Stefanovitchs, Laufbahn. Andererseits waren sie Welten voneinander entfernt, ungefähr so weit wie die 125. Straße in Harlem von Minersville in Pennsylvania.
»Ich glaube, ich muß ein Stück zurückgehen, damit Sie etwas von alldem verstehen«, sagte Parker. Seine Stimme war immer noch freundlich und gelassen, als tauschten sie in einem Imbiß Anekdoten über das Präsidium aus.
Stefanovitch nickte. »Ich wollte gerade so was vorschlagen. Ich werde versuchen, Sie nicht zu oft zu unterbrechen. Schießen Sie los.«
»Lassen Sie mich einfach alles erzählen. Danach können Sie fragen... Ich habe gegen strikte Anweisung von oben über den

Mord an meinem Bruder ermittelt. Das ist übrigens eines meiner Probleme. Ich bin nicht gut darin, Anordnungen zu befolgen, Lieutenant.«

»Das kann ich verstehen. Ich hatte auch ein paarmal das Problem.« Stefanovitch lächelte. »Vielleicht mehr als nur ein paarmal.«

Egal, was Isiah Parker getan hatte, Stefanovitch mochte ihn. Sie waren beide altgediente Bullen, und er empfand eine gewisse Wahlverwandtschaft. Parker hatte etwas absolut Aufrichtiges. Vielleicht räumte er ihm wegen der Sache mit seinem Bruder ein Handikap ein, aber er glaubte es nicht.

»Mein Bruder bekam seinen Titelkampf nur deshalb, weil er vor der New Yorker Mafia kuschte. Er sagte mir, es sei die einzige Möglichkeit. Vielleicht hatte er recht, ich weiß es nicht. Sie verlangten eine Menge kleine Dienste dafür.«

»Zum Beispiel?«

»Sie wollten Marcus kontrollieren. Ihn besitzen. Bestimmen, mit wem er kämpfte. Wo er kämpfte. Nach einer Weile sagte er nein. Marcus ließ sich nicht gern von anderen sagen, wo es langgeht.«

»Er schien nicht der Typ zu sein.«

»Es ging vielleicht ein Jahr so. Die meisten der besten Kämpfe in dem Sport finden nicht im Ring statt, Lieutenant. Eines Tages brachten sie ihn runter in die Bowery. Zum Edmonds Hotel, einer miesen Absteige. Dort ermordeten sie ihn nach dem Gesetz der Straße. Die Zeitungen und das Fernsehen sagten, er sei an einer Überdosis Heroin gestorben.

Marcus war immer der Held der kleinen Leute gewesen, der Benachteiligten. Er war ein außergewöhnlich eleganter Fighter, und er lebte ihre Träume, er zeigte ihnen, daß die Träume Wirklichkeit werden können. Ich weiß nicht, ob Sie das verstehen können. Die Leute oben in Harlem träumen eine Menge. Ihnen bleibt nichts anderes übrig, als zu träumen.«

»Ich verstehe es ein bißchen. Ich komme vom Land. Farmen und Kohlegruben. Dort fliehen auch alle vor der Wirklichkeit.

Oft mit Football und schnellen Autos. Fast alle möchten woanders sein, jemand anders sein. Ich wollte es auch.«
Parker nickte, fuhr dann fort: »Als ich herausfand, was in Wahrheit passiert war, wie Marcus wirklich gestorben war, ging etwas in mir kaputt. Ich ging zum Hauptkommissar. Ich machte Captain Nicola vom Rauschgiftdezernat die Hölle heiß. Ich wollte Marcus' guten Namen wiederherstellen. Ich nehme an, ich tat all das ebensosehr für mich selbst. Die Leute glaubten, mein Bruder sei nur einer von all den Sportlern gewesen, die sich mit Drogen aufputschen. Das tat weh. Es tut immer noch weh.«
Stefanovitch brauchte nicht mehr zu hören, um etwas von dem zu verstehen, was in Parker vorging. Die Frustration des jungen Kriminalbeamten hatte etwas Vertrautes. Als er versuchen wollte, den Überfall in Long Island aufzuklären, war er auch im Präsidium von Pontius zu Pilatus gelaufen.
»Ich dachte an nichts anderes mehr als an den Tod meines Bruders. Ich vernachlässigte meine andere Arbeit. Wenn ich einen Fall übernahm, arbeitete ich nur einen Teil der Zeit daran. Ich konnte nicht mehr schlafen. Ich unternahm nichts mehr mit anderen zusammen. Ich redete nicht mal mit meinem Partner darüber.«
»Hat jemand im Präsidium versucht, Ihnen zu helfen?«
»Ja, Nicola. Auf seine Weise. Er schickte mich zu einem Psychiater, den er kannte. Ich konnte nur noch daran denken, wie Marcus *ermordet* worden war. Wie sie seine Dosis jeden Tag erhöht haben.«
»Es ist ein Trick, den sie oft im Vietnamkrieg benutzt haben«, sagte Stefanovitch.
»Ich redete mit ein paar Junkies aus dem Viertel. Sie sagten mir, wie es ist, wie mein Bruder gelitten haben muß, ehe er starb. Der Grabtänzer folterte seine Opfer gern. Wie Sie wissen, war Alexandre Ste-Germain ein Sadist. Ein Psychopath.«
Isiah Parker lehnte sich auf dem zerbrechlichen Stuhl zurück. Er drückte seine soundsovielte Zigarette aus und zündete sich eine neue an, ehe er fortfuhr.

»Dann wurde ich im Februar zum Personalchef der Kripo bestellt. Ich war bereit, über alles zu sprechen. Ich dachte, er wollte mir ins Gewissen reden. Sie wissen schon, zuerst eine Tasse Tee und ein bißchen Mitgefühl und dann ein Verweis und eine nachdrückliche Aufforderung: entweder besser arbeiten oder den Abschied nehmen. Das wäre ja auch ganz verständlich gewesen. Schweitzer war mein Mentor, als ich bei der Polizei anfing. Lieutenant . . .«

»Sagen Sie Stef zu mir. Oder John, wenn Ihnen das besser gefällt.« Stefanovitch reichte Parker über seinen mit Papieren bedeckten Schreibtisch hinweg die Hand. »Und was sagte er?«

»Hm, nichts von all dem, was ich erwartet hatte. Jetzt komme ich zu dem interessanten Teil, zu dem Grund meines Besuchs hier.«

»Ich höre.«

»Schweitzer sagte, er habe gehört, daß ich seit dem Tod meines Bruders Schwierigkeiten hätte. Er sagte, ich solle aufhören, mir Sorgen zu machen. Alles würde sich von selbst regeln. Er ist ein kluger Bursche, wissen Sie. Er sah die ganze Geschichte sehr nüchtern, überrumpelte mich irgendwie, weil ich mit etwas anderem gerechnet hatte.«

»Sie rechneten damit, daß er Sie zur Schnecke machte, was Sie teilweise verdient hatten?«

»So ist es. Schweitzer ist manchmal schwer zu durchschauen. Er weiß genau, was auf der Straße läuft. Sorg vor allem dafür, daß dir selbst nichts passiert, und sorg dafür, daß deinem Partner nichts passiert. Wir haben uns lange unterhalten. Er ist ein verdammt guter Zuhörer.«

»Und Sie erzählen gute Geschichten.«

»Er fragte mich etwas, das ich ein bißchen sonderbar fand. Ob ich jemals von ›Todesschwadronen‹ bei der New Yorker Polizei gehört hätte.«

Stefanovitch konnte fühlen, wie ihm die Röte ins Gesicht stieg. »Und?«

»Ja, ich hatte davon gehört. Ich wußte, daß bestimmte Polizeibeamte ein paarmal von irgend jemandem autorisiert worden waren, jemanden umzulegen. Ich hatte von ›Todesschwadronen‹ gehört.«

Stefanovitch fuhr fort zu nicken, während er Isiah Parker zuhörte. Die Sache wurde langsam brisant. Er hatte das Gefühl, daß Parker die Wahrheit sagte. Er wußte von den Todesschwadronen der New Yorker Polizei. Sie existierten. Sie waren eine Tatsache, aber soweit er wußte, waren sie immer nur gegen Polizistenmörder eingesetzt worden.

»Ungefähr zwei Wochen danach verabredete Schweitzer sich mit mir in einer Hotelbar. Trumpets im Hyatts. Er bestand darauf, daß es in einer Bar war. Ich fand ihn an dem Abend ausgesprochen aufgekratzt. Als ob er unbedingt einen draufmachen wollte. Wir nahmen ein paar Drinks und quatschten mit ein paar Typen an der Theke. Dann nahm er mich beiseite und sagte mir, was er auf dem Herzen hatte.«

»Das ist der wichtige Teil, ja?«

»Stimmt. Er sagte, er wolle eine ›Schwadron‹ zusammenstellen. Er habe Anweisung vom Präsidium. Er sagte eine Menge ... Er sagte, wir seien mitten in einem Guerillakrieg mit der Mafia. Allein letztes Jahr sei fast ein Dutzend Kollegen umgebracht worden. Er bat mich, darüber nachzudenken. Nur darüber nachzudenken. Ganz unverbindlich.«

»Ja, ganz unverbindlich, außer daß Sie nun wußten, daß irgend jemand im Präsidium einen Schießkrieg gegen das organisierte Verbrechen plant. Ganz unverbindlich. Einfach losziehen und zusammen mit ein paar anderen Rächern ein paar Leute um die Ecke bringen.«

Parker schien die Ironie zu verstehen und lächelte.

»Das drittemal trafen wir uns oben in Mamaroneck, im Haus von Mackey, dem stellvertretenden Hauptkommissar. Ein sehr schönes altes Haus. Mackey war sehr ernst und geschäftsmäßig. Er sprach davon, daß der Plan eigentlich gegen das Polizeiethos sei. Aber er legte uns eine Menge harter Fakten vor. Wie viele Kollegen ermordet worden seien, weil sie sich nicht nach dem

Gesetz der Straße gerichtet hätten. Er sagte, es gebe nichts, was das Präsidium legal tun könnte. Die Mafia arbeite mit Guerillataktik und lasse sich dann von teuren Anwälten mit irgendwelchen juristischen Winkelzügen raushauen. Das Präsidium könne einfach nicht gewinnen. Die Mafia töte einen Bullen, vielleicht sogar einen Richter oder irgendeinen Belastungszeugen, irgend jemanden, den sie aus dem Weg haben wolle. Wenn wir irgendwelches Belastungsmaterial zusammenbrächten, engagierten sie die besten Anwälte und kämen frei.«

»Ging es noch höher als Schweitzer und Mackey?«

»In der Woche danach gab es noch eine Besprechung, auch in Westchester. Ich wurde mit dem Rest des Teams bekannt gemacht. Jimmy Burke vom Sittendezernat Manhattan-Süd, er war damals in Vietnam. Und Aurelio Rodriguez von der Rauschgiftfahndung in Queens. Sein Partner war vor einigen Monaten umgebracht worden. Ich kannte Aurelio. Er wollte Rache üben – genau wie ich. Sie sagten uns, daß Polizeichef Sugarman die Sondereinheit selbst genehmigt hätte. Es klang fast so, als sei der ganze Plan von Sugarman.«

Stefanovitch fühlte, wie sich ein Knoten in seinem Magen bildete. »Sie hatten eine *mündliche* Genehmigung vom Polizeichef, von Sugarman?«

»Ja. Genau. Mackey zitierte Sugarman immer wieder. Er versuchte, uns sicher zu machen. Danach hatten wir nur noch mit Mackey zu tun. Er nannte uns die einzelnen Ziele. Alexandre Ste-Germain. Traficante. Ollie Barnwell. Alles war hervorragend organisiert. Wir mußten sogar ein Überwachungsprotokoll führen, bevor wir sie erledigten, und auch die Tage danach alles auf Tonband sprechen, was passierte. Wir führten Protokoll über unsere Geheimaufträge.«

»Haben Sie die Tonbänder noch?« fragte Stefanovitch. Er hatte angefangen, einige Notizen zu machen. »Haben Sie die Tonbänder *behalten,* Isiah?«

Parker lächelte. »Na klar. Sie sind in einem Schließfach in einer Bank. Den Schlüssel hat eine Freundin von mir. Nur für den

Fall, daß ich einen Unfall haben sollte, daß mir was passiert. Ich habe meinen Partnern nie hundertprozentig getraut, vor allem Burke nicht.«
Stefanovitch rieb sich die Stirn, dann die Augen. Er glaubte, was er hörte – er konnte nur nicht glauben, daß er es hörte.
»Vor einer knappen Woche habe ich Mackey das letztemal getroffen«, fuhr Parker fort. »Er erzählte mir von Atlantic City.«
»Haben Sie das auch protokolliert? Mein Gott, vielleicht haben Sie sogar das Gespräch mitgeschnitten?« Stefanovitchs Herz schlug schneller. Dies war explosiv.
»O ja. Ich hatte meinen Recorder natürlich dabei, und er war bei der Besprechung eingeschaltet. Ich hatte wie gesagt langsam ein mulmiges Gefühl bei der Sache.«
»Jesus Christus. Sie sagen, Sie hätten das Gespräch mit Mackey aufgenommen, ohne daß er es wußte?«
»Ja. Die Kassette ist in dem Safe, von dem ich Ihnen erzählt habe. Da kann niemand ran.«
»Jetzt begreife ich langsam, daß Sie fähig waren, alle diese Drogenfestnahmen vorzunehmen. Erzählen Sie von Atlantic City. Alles, was Sie wissen, alles, was Sie dort gesehen haben.«
Parker schwieg, während er sich wieder eine Zigarette anzündete. Er schien eine Bilanz dessen zu ziehen, was er alles hinter sich hatte. Vielleicht auch dessen, was ihm noch bevorstand.
»Wir sollten uns Zimmer in verschiedenen Hotels nehmen. Ich war im Trump's. Burke war im Tropicana und Aurelio Rodriguez im Resorts.«
Parker berichtete von dem allgemeinen Chaos nach dem Anschlag. »Ich habe Sie draußen auf der Promenade gesehen. Und ich habe den stellvertretenden Commissioner gesehen. Netter Zufall, nicht? Dann hat Burke versucht, mich umzulegen. Er wartete bei meinem Wagen auf mich ... Aurelio Rodriguez war schon tot. Irgend jemand hat uns reingelegt, Lieutenant. Jemand hat uns eine Falle gestellt. Ich bin nicht mal sicher, wer. Mackey und Burke? Der Commissioner persönlich?«
»Was haben Sie danach getan, Isiah?«

»Ich habe meinen guten, alten Kumpel Burke seit ein paar Tagen unter die Lupe genommen. Ein paar Beziehungen spielen lassen. Ich habe festgestellt, daß er Ste-Germain in Südostasien kannte. Er hat dort anscheinend für ihn gearbeitet. Noch etwas, was Sie wissen sollten. Es ist der eigentliche Grund, warum ich zu Ihnen gekommen bin, Lieutenant.«

Parker schwieg einige Sekunden. John Stefanovitch wartete geduldig, bis er weiterredete.

»Ich glaube, Jimmy Burke könnte derjenige sein, der Ihren Partner Kupchek getötet hat. Und ich glaube, daß einige der Leute, die Sie damals in Long Beach in den Hinterhalt lockten, *New Yorker Bullen* waren.«

Sarah McGinniss, Waldorf Astoria Hotel

Die ganze Welt gerät aus den Fugen. Sarah konnte nicht aufhören, das zu denken. Und es war tatsächlich so.

Sie rannte, *rannte* zum Eingang des eleganten Waldorf Astoria Hotels in der Park Avenue. Dann hastete sie die breiten Marmorstufen hinauf und betrat das luxuriöse, mit Orientteppichen ausgelegte Foyer, das einen ganzen Häuserblock weit bis zur Lexington Avenue reichte.

Sie blickte sich um und registrierte Einzelheiten: ein goldenes Schild, das zum Hilton Room wies, den Eingang zum berühmten Empire Room, wo die Schickeria der fünfziger Jahre getanzt hatte, während Frank Sinatra sang oder Benny Goodman spielte, eine Cocktail-Lounge, die Peacock Alley hieß. Die Ausstattung des Hotels war kostbar, aber nicht protzig. Verschiedenfarbiger Marmor, Edelhölzer, Friese und Vertäfelungen bildeten eine harmonische Einheit.

Das Waldorf Astoria schien der perfekte Rahmen für das zu sein, was nun geschehen würde. Es war doch das Hotel der Könige und Präsidenten, nicht wahr? Vielleicht sollte es dann auch das Hotel der sensationellen Enthüllungen sein.

Sie mußte Stefanovitch finden.

Er hatte bei ihr zu Haus angerufen, aber sie hatte Sam gerade zur Schule gebracht. Die Nachricht, die er auf Band gesprochen hatte, besagte, daß es in Kürze eine Verlautbarung über Alexandre Ste-Germain geben solle. Er wisse im Moment auch nicht mehr. Kein Mensch wisse mehr. Die Neuigkeit war so verblüffend, daß Sarah, nachdem sie das Band abgehört hatte, sofort zum Waldorf Astoria geeilt war. *Aber wo war er?*

Sie fühlte sich benommen, als sie in der großen Lobby stand und wieder zu Atem zu kommen versuchte. Ihr Gesicht war gerötet, und ihr Nacken kribbelte. Endlich entdeckte sie ihn hinter dem Eingang zur Peacock Alley ganz hinten rechts im Foyer. Er hatte sich in Schale geworfen: Sportsakko, Oberhemd und Krawatte. Er sah gut aus und zog viele Blicke auf sich.

»Ich habe mich sofort auf den Weg gemacht, als ich Ihre Nachricht hörte«, sagte sie, als sie vor ihm stand. Noch während sie redete, wurde ihr bewußt, wie verletzt sie in Pennsylvania gewesen war. Sie hatte bis zu jenem Augenblick nicht viel begriffen.

Er spürte es. »Es fällt mir verdammt schwer, mich zu entschuldigen«, sagte er. »Aber ich tue es hiermit. Ich hätte versuchen sollen, es zu erklären, aber ich habe selbst nicht recht verstanden, was mit mir los war. Es tut mir leid, Sarah.«

Seine Hand streifte über ihren Ärmel. Es war nur ein ganz leichter physischer Kontakt, aber für sie schien es mehr zu sein. Die merkwürdige Art dieser Beziehung machte die Situation ungeheuer intensiv.

Sie blickte ihn an, sagte aber nichts. Sie wußte, daß dies weder der passende Ort noch die richtige Zeit war.

»Wenn dies vorbei ist, sollten wir reden. Bald.« Sie riß sich los von den hypnotischen braunen Augen und blickte an ihm vorbei. »Wissen Sie, wohin wir gehen? Wo soll es sein?«

»Im Duke-of-Windsor-Raum. Oben im dritten Stock. Es sind schon viele Journalisten da. Ich hab' ein bißchen aufgepaßt, während ich hier wartete.«

»Nun, fahren wir nach oben«, sagte Sarah. »Ich bin sehr gespannt auf die Überraschung.«

Über hundert Reporter von Fernsehgesellschaften, Zeitungen und Illustrierten aus der ganzen Welt hatten sich bereits in dem

großen Raum versammelt. Alles, was in der Medienwelt zählte, war da: die New Yorker Stationen, die BBC, CBS, der Mann von TASS, Korrespondenten aus Lateinamerika. Die Wände waren mit goldfarbenem Damast verkleidet. Einige der Sofas und Stühle waren echtes Chippendale.
Sarah erkannte einige der ausländischen Journalisten und sah viele Kollegen und Bekannte. Dies würde eine große Story sein. Vielleicht die größte Story seit langem? Und sie sollte hier, in dem Raum, den man nach dem Herzog von Windsor benannt hatte, publik werden.
Auf dem schmucklosen Rednerpult vor den Reihen der Polsterstühle waren mindestens zwanzig Mikrofone installiert. Neben dem Podium sah Sarah einen Mann, den sie vom Sehen her kannte, einen New Yorker Erfolgsanwalt namens Morton James. Sie vermutete, daß seine Kanzlei die ganze Sache hier organisiert hatte. Der Gedanke brachte sie in Zorn. Morton James gehörte zu einer Gruppe von Anwälten, die als »Geldschneider von der East Side« bekannt waren. Er war ohne Zweifel nichts weiter als ein Krimineller auf der richtigen Seite des Gesetzes: Nadelstreifen; außen hui, innen pfui.
Der Mitternachtsclub. Die Worte klangen wie ein Leitmotiv an ihr inneres Ohr. Der Gegensatz zwischen dem vornehmen Konferenzzimmer des Waldorf Astoria und dem, was hier gleich zur Sprache kommen würde, war schrill. Aber *was* würde hier gleich zur Sprache kommen? Was hatte Morton James den Medien mitzuteilen?
Rechts von den Stuhlreihen bahnte Stefanovitch sich auf seine unnachahmliche Art einen Weg zwischen den leise aufeinander einredenden Journalisten. Er fand zwei freie Stühle in der Mitte des Raumes.
Es war kurz vor halb elf. Bis jetzt war noch nichts geschehen. Immer noch drängten Reporter in den Raum.
Einige Anwälte aus James' Kanzlei standen an einer kostbaren alten Kaffeemaschine aus ziseliertem Silber, die wie ein Samowar aussah. Sarah kam sich vor wie bei einer Versammlung von

Aktionären, die das Management ihres Unternehmens zu Fall bringen wollten. Die Vorstellung war beunruhigend. Alles roch nach perfekter Planung, alles war ausgesucht teuer und respektabel – unter den spezifischen Umständen schlicht bedrohlich.
Morton James hatte sich hinter den Mikrofonen aufgebaut. Was für ein eingebildeter und selbstsicherer Fatzke. Welch schönes Beispiel für den Abschaum, der die Stadt neuerdings zu regieren schien.
»Guten Morgen«, begann er mit einer Stimme, die viel zu wohlklingend und liebenswürdig war. »Ehe wir mit der Pressekonferenz anfangen, möchte ich Sie um Beachtung einiger Regeln bitten...«
Pressekonferenz? Das ist es also, dachte Sarah. Sie mußte lächeln. In diesem Moment trat Alexandre Ste-Germain durch die gepolsterte Flügeltür aus Eiche am anderen Ende des Raums.
Stefanovitch fühlte, wie sich ihm der Magen umdrehte. Sein Herz begann so laut zu hämmern, daß er dachte, die ringsum Sitzenden müßten es hören. Der Killer, hinter dem er seit fast fünf Jahren her war, näherte sich gelassen dem Rednerpult.
Der Grabtänzer trug einen unauffälligen dunklen Busineßanzug wie der Anwalt aus der Park Avenue übrigens auch. Sein Haar war glatt nach hinten gekämmt, so daß seine Züge noch markanter wirkten. Der Grabtänzer war wieder da, und er sah aus, als ob das feine Besprechungszimmer im Waldorf Astoria genau der richtige Rahmen für ihn sei.
Alexandre Ste-Germain trat an die Mikrofone. Er wirkte ganz sicher und unbefangen. Sarah hatte plötzlich das Gefühl, nicht mehr atmen zu können. Stefanovitch berührte sie am Arm. Es war wie Elektrizität, wie ein Strom, der von noch stärkerem Strom gespeist wurde. Sie fragte sich, wie es für ihn sein mochte, im selben Raum zu sein wie Ste-Germain?
»Ich habe eine kurze Erklärung vorbereitet, die mein aufsehenerregendes Verschwinden vor nunmehr drei Wochen verständlich machen soll«, begann Ste-Germain kühl und geschäfts-

mäßig. »Ich bekam an dem fraglichen Abend die Nachricht, daß wegen verschiedener finanzieller Interessen, die ich in Europa und den Vereinigten Staaten habe, ein Anschlag auf mich verübt werden sollte. Ich wurde von New York fortgebracht, ehe das Attentat stattfinden konnte. Eine Vorsichtsmaßnahme, die sich als notwendig erwies. Das Sicherheitsteam meines Unternehmens rettete mir das Leben. Wir fuhren zum Kennedy Airport, und wir waren uns einig, daß ich in meinem Haus bei Nizza sicherer wäre als in New York. Wir alle wissen, wie viele Geschäftsleute in den letzten Jahren ermordet wurden und wie viele nur mit knapper Not davongekommen sind.

Als ich in Frankreich eingetroffen war, erfuhr ich von den tragischen Geschehnissen hier in New York. Wir kamen zu dem Schluß, daß ich erst dann an die Öffentlichkeit treten sollte, wenn man mehr über den Anschlag in Erfahrung gebracht hätte.

Kurz darauf stellte ich fest, daß zwei der europäischen Unternehmen, an denen ich eine Mehrheitsbeteiligung halte, nämlich die Ferro SA und Industria Maldo-Scotti, von Mitgliedern eines Verbrechersyndikats unterwandert war, das Verbindungen zu Linksterroristen hatte. Gestern nahm die Sicherheitspolizei mehrere Männer fest, die mit dem Anschlag auf mich in Zusammenhang gebracht werden. Ich freue mich, daß meine persönliche Sicherheit nunmehr gewährleistet scheint, und bin nach New York zurückgekehrt, um meine Geschäfte wiederaufzunehmen.«

In diesem Augenblick entdeckte Ste-Germain Stefanovitch unter den Zuhörern. Der Blick, den er ihm zuwarf, war kalt und gleichgültig. Ste-Germain ließ Stefanovitch in diesem einen Sekundenbruchteil wissen, wie unbedeutend er für ihn war. *Ich bin nach New York zurückgekehrt, um meine Geschäfte wiederaufzunehmen. Sie, Stefanovitch, bedeuten nichts.*

»Gleichzeitig mit dieser Zusammenkunft findet in Europa ebenfalls eine Pressekonferenz statt«, fuhr Ste-Germain fort. »Wir geben bekannt, welche Sicherheitsmaßnahmen meine Firma ergriffen hat. Sie und Ihre Kollegen erfahren alles, was Sie für eine ausführliche Berichterstattung benötigen. Wegen der ungewöhnlichen Umstände des Falls waren wir der Meinung, daß unsere Schritte nicht nur gerechtfertigt, sondern auch notwendig waren ... Ich stehe nun für Ihre Fragen zur Verfügung.«

Nach der vorbereiteten Erklärung beantwortete Alexandre Ste-Germain ohne Stocken die Fragen, die ihm aus dem Publikum gestellt wurden. Seine Anwälte brauchten kein einziges Mal einzugreifen. Er schien im Verlauf des Frage-und-Antwort-Spiels noch an Sicherheit zu gewinnen. Man hätte ihn leicht für ein Vorstandsmitglied eines Großunternehmens halten können. Er war ausgezeichnet auf die Pressekonferenz vorbereitet worden. Sarah spürte, daß er sogar im Begriff war, die hartgesottenen Journalisten für sich einzunehmen. Sie wußten seinen selbstsicheren Stil zu schätzen und begannen über seine Scherze zu lachen.

Alexandre Ste-Germain wirkte so schrecklich *seriös*. Er benahm sich nicht wie der Grabtänzer, er sah nicht mal aus wie der Grabtänzer, jener Unterweltler, den sie einmal in der Fifth Avenue fotografiert hatte. Er war noch nie so gefährlich gewesen wie heute.

Stefanovitch drehte sich zu ihr. Er war offensichtlich beunruhigt. Er wirkte verkrampft, fast abwesend. »Gehen wir«, flüsterte er. »Ich habe für heute genug gehört. Mehr verkrafte ich nicht.«

Der Grabtänzer war am Leben. Alles fing wieder von vorn an.

Alexandre
Ste-Germain,
Jachthafen,
79. Straße

Nun würde eine ganz neue Weltordnung existieren: Aus dem unmöglichen Durcheinander des alten organisierten Verbrechens erhob sich ein sechster Stand. Er würde auf allen wichtigen Märkten tätig sein, in den Vereinigten Staaten, in der Bundesrepublik, in Italien, England, Frankreich, Holland, Spanien, in Japan, Hongkong und dem restlichen Fernen Osten. In allen großen Städten und Ländern der Erde würden *Seriosität* und *Anonymität* das Fundament für die Zukunft des organisierten Verbrechens sein.

Der Mitternachtsclub würde wie ein multinationaler Konzern arbeiten, fast wie eine Regierung. Er hatte keinen Platz mehr für gewöhnliche Gangster, für unberechenbare Dealer und Mafiabosse, denn die auf dem Spiel stehenden Summen gingen in die Hunderte von Milliarden Dollar. Notwendig waren eine starke lokale Repräsentation und eine noch stärkere zentrale Kontrolle.

Heute abend wurden einige große Feste gegeben, elegante Partys, wie sie jedes Unternehmen nach einem entscheidenden Sieg über die Konkurrenz feiern könnte. Morgen würde man mit der klugen Investition der Gewinne anfangen. Die Aktienmakler des Mitternachtsclub hatten an mehreren wichtigen internationalen Börsenplätzen lohnende Übernahmekandidaten ausgemacht, das heißt Unternehmen, deren Börsenwert in keinem Verhältnis zu ihren Aktiva oder Gewinnaussichten stand, und erfahrene Makler hatten in allen Metropolen günstige Großimmobilienobjekte aufgespürt.

Alexandre Ste-Germains Luxusjacht hieß *Storm Rider.* Sie lag an ihrem auf Jahre gemieteten Steg im Jachthafen an der 79. Straße. Die Gäste kamen ab halb zehn Uhr. Sie versammelten sich auf dem Achterdeck, wo Drinks gereicht wurden. William Polls Gourmetdienst hatte ein Feinschmeckerbüfett mit Schalentieren, Kaviar, feinstem Braten und exotischem Geflügel aufgebaut. Drei Bands spielten: eine europäische Discogruppe, eine brasilianische Sambakapelle und ein Trio von Punkrokkern, deren Aufmachung und Musik schon ein klein wenig passé zu sein schienen. Alexandre Ste-Germains Gäste waren arrivierte New Yorker Maler, ihre betuchten Mäzene, Börsenmakler von der Ostküste, Manager multinationaler Konzerne, Schauspieler und Schauspielerinnen vom Broadway, Musiker, die üblichen Speichellecker all dieser Gruppen. Es roch nach Reichtum. Die Atmosphäre von Macht und Prestige war unverkennbar.
Alexandre Ste-Germain bewegte sich mit größter Unbefangenheit zwischen den millionenschweren Gästen. Er hatte einen vorzüglich geschnittenen hellgrauen Anzug gewählt. Er wußte genau, welche Rolle er heute abend zu spielen hatte: Er mußte dazu beitragen, die neue Ordnung zu etablieren und seinen eigenen Platz darin zu festigen. Er hatte schon vor langer Zeit festgestellt, daß jede Gesellschaft von Anschein und Fassade beherrscht wurde. Auf dieser Jacht war es genauso wie in der Unterwelt von Marseille. Der Unterschied zwischen den beiden Welten lag darin, daß die eine nicht ohne Betrug existieren konnte und die andere nicht ohne Selbstbetrug.
Die prominenten Gäste mit ihrer angeborenen oder antrainierten Selbstsicherheit fanden ihn geistvoll, charmant und noch attraktiver, als gesagt wurde. Sie ließen sich rasch davon überzeugen, daß die Geschichten über Alexandre Ste-Germain entweder an den Haaren herbeigezogen oder aber von den Medien

aufgebauscht waren. Dieser distinguierte Herr aus Europa konnte einfach nicht derjenige sein, als der er hingestellt wurde.

Seriosität, rief er sich den ganzen Abend lang ins Gedächtnis. Es war eine Maske, die er ohne Mühe trug, eine seiner subtileren Tarnungen. Spät in der Nacht stand er neben Jimmy Burke an Deck. Burke hatte Ste-Germains Auftritt in New York mehrere Jahre lang sorgfältig vorbereitet. Nun betrachteten die beiden Männer die dunklen, teilweise mit glitzernden Juwelen behangenen Schatten auf dem zweiten Deck der *Storm Rider.*

»Die Creme der New Yorker Gesellschaft«, sagte Alexandre Ste-Germain. »Übrigens finde ich es immer wieder sonderbar, wie sich die meisten Männer hier unterhalten – inhaltlos, oberflächlich, banal. Vielleicht ist das typisch amerikanisch. Alles, wovon sie etwas verstehen, ist Geldverdienen, und sie scheinen nicht den geringsten Wert auf Bildung und Wissen zu legen.«

Ste-Germain zeigte zum Hauptdeck, wo gerade eine große, auffallend schöne, junge, blonde Frau tanzte. Er hatte das Verlangen, etwas zu tun, das nicht ganz so seriös war. Sich heute nacht etwas zu gönnen.

»Sehen Sie das Mädchen da? Die Blonde mit dem blauen Kleid? Sehr reizvoll. Kennen Sie sie zufällig?«

»Wenn Sie wollen, stelle ich fest, wer sie ist.«

»Ja, tun Sie das bitte. Bringen Sie sie her. Sie ist das beste Stück Fleisch hier. Sagen Sie ihr das, aber mit anderen Worten. Sagen Sie, ich würde sie gern kennenlernen.«

Am frühen Morgen verließen die letzten Gäste die *Storm Rider,* doch Susan Paladino, die bonde Frau in Blau, blieb an Bord. Sie hatte gar nicht die Absicht gehabt, den großen Salon allein zu verlassen.

Ihr war zu warm in dem mit erlesenen Kostbarkeiten eingerichteten Raum. Sie hatte Mühe, sich das Kleid über den Kopf zu ziehen. Unter dem kunstvoll plissierten und gebauschten Azzedine-Modell trug sie nichts. Sie hatte von Anfang an vorgehabt,

heute nacht einen wichtigen und interessanten Mann kennenzulernen. Sie hatte nur noch nicht gewußt, wen.
Susan Paladino war müde, aber ihr war auch nach Sex, und sie kam sich in dem Salon der Jacht Alexandre Ste-Germains herrlich wichtig vor. Sie hatte das berauschende Gefühl, daß sie es sehr weit gebracht hatte, seit sie aus Buffalo fortgegangen war. Sie war jetzt jemand – sie war wirklich jemand.
Alles ringsum schien sich zu bewegen. Die Wände und die Dekke verschwammen immer wieder vor ihren Augen. Schließlich *mußte* sie nach nebenan gehen, wo sie ein breites Doppelbett sah. Sie *mußte* sich darauf legen, um ein wenig auszuruhen. Es war ein guter Platz, um auf ihn zu warten. Alexandre Ste-Germain. Attraktiv. Blond. Reich, superreich ... Susan Paladino. Nackt, splitternackt.
Sie versuchte, sich aufzusetzen, aber sie schaffte es nicht. Sie öffnete den Mund, um etwas zu sagen, aber sie brachte kein Wort hervor. Wie konnte sie bloß so betrunken sein? Sie hatte es noch nie so weit kommen lassen. Sie hatte das Gefühl, den Raum von fern, von außerhalb ihres eigenen Körpers, zu betrachten.
Endlich erkannte sie Alexandre Ste-Germain, aber er sagte nichts zu ihr. Merkwürdig. *Hallo? Hi?* Sagte sie es laut?
Sie versuchte zu lächeln.
Aber er erwiderte das Lächeln nicht.
Wie anders er auf einmal war. Wie interessant und aufreizend. Wie attraktiv mit seinen langen, gewellten, blonden Haaren.
Warum lächelst du nicht, blonder Mann? wollte sie sagen. *Nimm nicht alles so ernst, sonst wirst du uns den Rest der Nacht verderben. Warum sagst du nichts?*
Er setzte sich in einen Sessel an der anderen Seite des Zimmers. Er legte die Beine über die Lehne. Er sagte kein Wort zu dem Mädchen. Er sah zu, wie die anderen Männer Susan Paladino gebrauchten. Der Grabtänzer sah nur zu. Später sah er zu, wie sie ihr Kokain spritzten, neunzig Prozent rein.
Es gab nichts, was ihm einen so unvergleichlichen Schauer bereitete: jemanden sterben zu sehen, vor allem eine verängstigte

schöne Frau. Es war eines der letzten Tabus in einer Welt, die angeblich keine mehr hatte. Es war eine Sensation, für die andere Clubmitglieder ein Vermögen bezahlt hätten ...
Die Droge versetzte ihren Körper in Konvulsionen. Die Zukkungen dauerten mehrere Minuten. Medizinisch betrachtet, erlitt sie nun einen Schlaganfall. Sie schien zu kommen, während sie starb. Wer war der Dichter, der sich an solch einem Bild ergötzt hatte? Lord Byron, nicht wahr? Alexandre Ste-Germain war erregt wie selten, während er sie sterben sah.
Die Männer im Salon der Jacht warfen die Leiche der jungen Frau bei Sandy Hook über Bord. Susan Paladino versank schnell in den dunklen Fluten. Ihre Taille und Füße waren mit Gewichten beschwert, und wenn man sie überhaupt finden würde, dann frühestens nächsten April oder Mai ...
Das war wieder ein Tanz für den Grabtänzer.

Sarah McGinniss
und
Stefanovitch,
East Hampton,
Long Island

Sarah brütete an der Einleitung eines sehr wichtigen Kapitels, vielleicht des entscheidenden Kapitels ihres Buches. Sie saß an einem alten Schulpult in einer Dachgaube ihres Strandhauses. Der Blick ging nicht aufs Meer, sondern zur Straße, und sie sah zu, wie ein Auto nach dem anderen kam. Sie beschloß, einfach draufloszuschreiben, um sich abzulenken: *Wir haben alle diejenigen gebeten zu kommen, denen wir trauen können, denen wir notfalls unser Leben anvertrauen könnten. Wir hatten eine Liste von zwanzig Leuten, doch nach dem letzten Aussieben – einer entnervenden Aufgabe – blieben nur sieben Männer und vier Frauen übrig. Sie kommen jetzt nach East Hampton.*

Heute morgen um Viertel vor sieben kam der erste, David Wilkes, der den weiten Weg von Washington auf sich nahm. Stefanovitch und ich haben alles so gut vorbereitet, wie es in Anbetracht der Umstände möglich ist. Keiner von uns ist hundertprozentig von dem überzeugt, was wir tun, aber wir müssen irgend etwas tun.

Stefanovitch ist vor allem klar, daß er wieder versuchen muß, Alexandre Ste-Germain das Handwerk zu legen. Er hat keine andere Wahl. Keine.

Stefanovitch war damit beschäftigt, ein kleines Feuer im Kamin zu machen. Er bemühte sich, nicht daran zu denken, was hier geschah, nicht an die Tatsache zu denken, daß Ste-Germain am

Leben war. Er zündete Späne an und schichtete einige Eichen- und Kiefernscheite darauf, die Sarah im Frühling aus Vermont mitgebracht hatte. Nach zwanzig Minuten roch es im ganzen Haus süß und würzig wie Neuengland an einem frischen Herbstmorgen. Die Atmosphäre war trügerisch gemütlich wie in einem behaglichen alten Landgasthof.

Stefanovitch sah, daß es immer noch in Strömen regnete. Der Himmel war grau wie alte Pappe, und der Horizont wirkte viel näher als sonst. Sam rannte in einer knallgelben Öljacke die Düne entlang. Er war nicht totzukriegen, er war ein unwiderstehlicher kleiner Bursche. Sam schien keinen Gedanken an das zu verschwenden, was ringsum geschah, keinen Gedanken an die möglichen Gefahren.

Als Stefanovitch das letzte Scheit aufs Feuer legte, sah er, daß seine Hände leicht zitterten. Ihn quälte eine sehr beunruhigende Frage: Hatten sie diese Leute richtig ausgewählt? Konnten sie wirklich allen trauen?

Sarah und er hatten sie erst gestern abend angerufen und das Treffen vereinbart. Das Haus in East Hampton schien ein guter Platz zu sein, wenigstens so sicher wie irgendwo in Manhattan.

Dann kam Sarah herunter. Sie trat an das regennasse Erkerfenster, wo Isiah Parker stand, und zog ihn in ein Gespräch. Stefanovitch hatte ihr alles über Parker erzählt. Er hatte ihr sogar seine Personalakte gezeigt, die er – was natürlich gegen die Vorschriften war – im Präsidium kopiert hatte. Parker, seit zwölf Jahren bei der New Yorker Polizei, war ein hervorragender Kriminalbeamter, aber auch ein Rätsel.

»Ich denke, wir sollten anfangen«, sagte Stefanovitch nach einer Weile. »Es sind alle da.«

Sie setzten sich an den alten Eichentisch im Eßzimmer. Der Raum war voller Antiquitäten; einige hübsche Raritäten, die Sarah hier an der Ostküste und drüben in Kalifornien entdeckt hatte, lockerten die strenge Umgebung auf, allerdings nicht genug.

Drei Juristen von der Staatsanwaltschaft New York waren anwesend. Sie saßen nebeneinander am Tisch. Stefanovitch kannte sie alle seit Jahren persönlich. Stuart Fischer war nun schon einige Jahre die rechte Hand des Bezirksstaatsanwalts.
David Wilkes war gestern nacht von Washington nach New York geflogen. Er hatte die Einladung sofort angenommen, er schien sich all der mit den Ermittlungen in Atlantic City verbundenen Probleme, vor allem der mysteriösen Reduzierung der daran beteiligten Polizeikräfte, bewußt zu sein.
Sarah hatte Stanley Kahn von der *New York Times* gebeten, an der Sitzung teilzunehmen. Der Reporter hatte akzeptiert, ohne allzu viele seiner berüchtigten bohrenden Fragen zu stellen.
David Hale und Terry Marshall von der Sondereinsatzgruppe gegen organisiertes Verbrechen waren da, und John Keresty von der US-Zollbehörde war ebenfalls gekommen. Bisher wußten sie alle nicht, warum konkret Sarah und Stefanovitch sie hierhergebeten hatten. Sie wußten nur, daß es mit dem Wiederauftauchen Alexandre Ste-Germains zusammenhing.
Sarah blieb stehen, während die anderen wortlos Platz nahmen. Die Spannung im Raum war fühlbar. Die Luft schien elektrisch geladen, und das ganze Haus strahlte eine Kälte aus, die nicht allein mit dem Wetter draußen zu erklären war.
»Ich könnte ebensogut mit ein paar Dingen anfangen, die mir gerade durch den Kopf gegangen sind«, sagte sie. »Aus Gründen, die Sie gleich sehen werden, haben wir uns dagegen entschieden, diese Besprechung im Präsidium zu halten. Wir haben uns auch gegen das Büro der Staatsanwaltschaft entschieden. Sogar gegen die Redaktion der *Times* in der 43. Straße, Stanley.«
Sie verbeugte sich kurz in Richtung des Reporters, der ironisch lächelte.
»Wenn Sie aus all dem, was ich sage, ein bißchen Paranoia herauszuhören glauben, kann ich nichts daran ändern. Wir wissen nicht genau, wem wir bei den Dienststellen der Polizei trauen können«, fuhr Sarah fort. Sie machte eine kurze Pause, um die

Bemerkung zu unterstreichen. »Oder bei der Staatsanwaltschaft. Oder bei der *Times.* Oder beim Finanzministerium oder beim FBI. Habe ich jemanden ausgelassen? Habe ich jetzt Ihre uneingeschränkte Aufmerksamkeit?«

»Jawohl«, bemerkte Stanley Kahn, der die Ellbogen auf die Tischplatte gestützt und die Hände spitz zusammengelegt hatte.

Sarah betrachtete die gespannten Gesichter. Keiner der Anwesenden schien überglücklich zu sein, daß er zu den wenigen gehörte, die für vertrauenswürdig befunden worden waren. Das war verständlich. Der Gedanke, daß so viele andere nicht als vertrauenswürdig galten, war zu deprimierend. Ein Stuhlbein schrammte über die Dielen. Jemand räusperte sich. Ansonsten herrschte erwartungsvolle Stille.

»Soweit die Einleitung«, sagte Sarah. »Ich weiß nicht recht, wo ich jetzt weitermachen soll. Vielleicht einfach da, wo alles begonnen hat...«

Stefanovitch hatte ein unbehagliches Gefühl des *Déjà-vu.* Er war schon einmal so weit gewesen und hatte sich böse verbrannt. Er hatte gehofft, Ste-Germain einen entscheidenden Schlag zu versetzen, und war in eine Falle gelockt worden. Seine Frau war ermordet worden. Er ergriff das Wort. »Wir sind hierhergekommen, um zu überlegen, ob wir nicht besser nach *ihren* Regeln spielen sollten. Ich meine damit nicht unbedingt das Gesetz der Straße. So einfach ist es nicht. Ich meine das ungeschriebene Gesetz der multinationalen Manager auf der ganzen Welt. Und das Gesetz von Regierungen und Militärdiktaturen. Das Gesetz der Superreichen, die über dem *normalen* Gesetz zu stehen glauben. Wir wollen über ein Verbrechersyndikat reden, ein sehr neuartiges Verbrechersyndikat mit dem Namen Mitternachtsclub. Es verkörpert den neuesten Entwicklungsstand des organisierten Verbrechens.«

Als die anderen am Nachmittag fortgefahren waren, saßen Sarah und Stefanovitch auf dem Sonnendach an der Düne und schauten aufs Meer hinaus. Der Regen hatte endlich aufgehört.

Die fahle Sonne versuchte, die dünn gewordene Wolkendecke zu durchbrechen.
Sie sprachen vielleicht zwanzig Minuten über die wichtige Besprechung, die heute stattgefunden hatte. Hatten sie zu paranoid geklungen? Sie glaubten es nicht. Wegen der Reaktionen, die sie beobachtet hatten, und vor allem wegen der Fragen, die zuletzt gestellt worden waren. Der neue Mitternachtsclub wurde von den Leuten, die gekommen waren, sehr ernst genommen.
»Vielleicht sollten wir zur Abwechslung mal über was anderes reden«, schlug Stefanovitch schließlich vor. »Sarah, es tut mir wirklich leid, was in Pennsylvania geschehen ist«, kam er zur Sache – solange er noch den Mumm dazu hatte.
»Es ist vorbei«, antwortete Sarah und zuckte mit den Schultern. Aber sie konnte nicht umhin hinzuzufügen: »Obgleich ich nicht sicher bin, daß ich es genau verstanden habe.«
»Ich glaube, ich verstehe es«, sagte Stefanovitch. »Ich weiß nur nicht, ob ich die richtigen Worte dafür finde und die Worte dann rausbringen kann.«
Sarah sagte nichts. Sie hatte das Gefühl, daß Stefanovitch es auf seine Weise tun mußte – oder er würde es gar nicht tun. Sie sah ihn an. Er hatte tiefbraune Augen, die nur zu oft einen bekümmerten Ausdruck bekamen. Ihr wurde bewußt, daß irgendein Teil von ihr den Wunsch hatte, diesen Kummer zu vertreiben. Sie wußte nicht, ob es möglich wäre, ob es klug wäre, es zu versuchen, ob es nicht ihrem – und seinem – seelischen Gleichgewicht schaden würde. Aber sie *wußte,* daß sie sich nicht immerfort mit dem Mitternachtsclub und Alexandre Ste-Germain beschäftigen konnten.
»Ich habe seit der Sache in Long Beach ein paarmal versucht, mit jemandem zusammenzusein«, sagte Stefanovitch. Während er redete, beobachtete er ein paar Kinder, die ein Stück weiter in der Brandung spielten. »Einmal mit der Frau, die ich schon mal erwähnt habe, mit Pat Beccaccio, einer Krankenschwester, die ich im Gramercy Square Park kennengelernt habe. Ich wollte ihr nahe sein. Ich hatte so ein schmerzhaftes Sehnen in mir. Und ich

hatte Angst. Je mehr ich jemanden brauchte, um so mehr Angst hatte ich. Ich fuhr ein paarmal zum Gramercy Park. Ich hoffte, sie würde nach der Arbeit dort sein. Ich dachte tagsüber viel an sie. Wenn ich irgendwo in der Gegend eine großgewachsene Frau mit dunklen Haaren sah, fing mein Herz an zu klopfen, weil ich dachte, sie könnte es sein. Wenn sie dann nicht im Park war, war ich schrecklich enttäuscht und verletzt ...

Ich bildete mir ein, sie sei nicht da, weil sie mich nicht sehen wolle, weil sie sich nicht verpflichtet fühlen wolle, stehenzubleiben und mit einem Krüppel zu reden. Ich kam zu dem Schluß, daß sie nur deshalb nicht mehr in den Park ging, weil sie mich nicht sehen wollte.«

Sarah glaubte, ihn auf einmal besser zu verstehen als in der ganzen Zeit zuvor. Stef hatte einen altmodischen Ehrenkodex, mit dem er es sich oft selbst schwermachte. Aber er kam nicht davon los. Er würde ihn wahrscheinlich den Rest seines Lebens haben.

Außer seinen Augen gefallen mir noch andere Dinge an ihm, dachte sie, während sie ihm weiter zuhörte. Zum Beispiel die winzige Narbe, die wie die Klinge eines Sägemessers über eines seiner Augenlider lief. Das Lid hing ihretwegen ein klein wenig herunter, was seinem Gesicht mehr Charakter gab. Er hatte ihr erzählt, daß er bei einem Basketballspiel auf der Highschool gebissen worden war. Sie konnte verstehen, daß man manchmal den Wunsch hatte, ihn zu *beißen.*

»Ich weiß nicht, ob Sie etwas von alldem verstehen können, was ich sage. Ich konnte mich einfach nicht überwinden, Pat Beccaccio anzurufen und mich mit ihr zu verabreden. Manchmal saß ich abends da und hatte den Hörer schon in der Hand. *Aber ich konnte mich nicht überwinden, sie anzurufen.* Ich möchte auf keinen Fall, daß ich Ihnen leid tue. Ich möchte mir auch nicht selbst leid tun. Ich möchte nur, daß Sie wissen, was sich in all der Zeit in mir angestaut hat.«

»Ich glaube, ich verstehe es«, sagte Sarah nach einer langen Pause. Sie wollte plötzlich die Arme nach ihm ausstrecken, ihn halten und gehalten werden, aber sie tat es nicht. Sie hörte zu. Sie ließ ihn reden.

»Ich klinge sicher nicht wie ein harter Bulle, aber ich hatte Angst. Vor Ihnen. Ich fürchtete, Sie könnten mich in dem Augenblick zurückweisen, in dem ich anfing, etwas zu fühlen.«

»Vielleicht ist das gut so. Vielleicht gelangen Sie wieder zurück und kommen erneut mit etwas Wichtigem in Berührung?«

Endlich rückte Sarah näher zu ihm. Er konnte ihr Parfüm riechen, das einen unaufdringlichen Blütenduft hatte. Das Ganze hatte etwas Unwirkliches. Es paßte zu vielen anderen Dingen, die er in der letzten Zeit erlebt hatte.

Nun war Sarah durcheinander, nun wirbelte ihr der Kopf. Sie war nicht sicher, wer damit anfing...

Sie begannen sich zu küssen. Der Kuß war süß und zart, zärtlicher, als sie vermutet hätte. Das war es. Stefanovitch war immer für Überraschungen gut.

Sie war auch nicht sicher, ob dies richtig war oder falsch. Sie war sich der Gefühle nicht sicher, die sie in diesem Moment übermannten.

Sie konnte kaum einen klaren Gedanken fassen. Sie konnte überhaupt nicht mehr denken. Sie wußte nur eines mit Sicherheit: Sie wollte Stefanovitch küssen. Sie hatte das Bedürfnis, von ihm gehalten zu werden und ihn zu halten. Abgesehen davon wußte sie gar nichts mehr.

Plötzlich küßte sie ihn leidenschaftlich, und ihre Zähne berührten einander hart. Sie sog an seinem Mund und drückte seinen Körper, so fest sie konnte.

»Schätze, damit ist das Eis etwas mehr gebrochen«, bemerkte er, als er endlich wieder sprechen konnte.

»Jetzt weißt du wenigstens, was ich fühle. Schluß mit den Ratespielen. Ich mag dich so sehr, Stef.« Sarah lächelte unvermittelt.

»Ich mochte dich schon an jenem ersten Tag im Präsidium.«

Der Mitter-
nachtsclub,
Manhattan-
Süd

Wenige Minuten vor acht traf Alexandre Ste-Germain in Turm zwei des World Trade Center ein. Einige der mächtigsten Männer der Welt waren nach New York gereist, um ihn heute morgen zu treffen. Sie waren in einer luxuriösen Bürosuite im fünfundachtzigsten Stock versammelt.

Das Verbrechersyndikat war im Begriff, seine Tätigkeit aufzunehmen. Nur war es kein richtiges Verbrechersyndikat mehr, es war jetzt eine Verbindung von Persönlichkeiten aus Wirtschaft, Regierung und Politik.

Mit enormen Einflußmöglichkeiten.

Überaus seriös.

Und unsichtbar.

Sie waren nun siebenundzwanzig Mitglieder. Die anderen warteten alle im fünfundachtzigsten Stock des World Trade Center auf ihn.

Die alte Garde des organisierten Verbrechens war nicht mehr im Geschäft. Atlantic City war der Schlußstrich gewesen. Es ging um zuviel Geld und zuviel politischen Einfluß, um sich auf Gangsterbosse zu verlassen. Der jährliche Reingewinn betrug fünfundsechzig Milliarden Dollar. Das war der Reingewinn des organisierten Verbrechens rings um die Welt, genug, um die Staatsschulden ganzer Länder zu begleichen.

Fünfundsechzig Milliarden Dollar Reingewinn.

Das neue Führungssystem hatte sich im Lauf von zehn Jahren herauskristallisiert. Zunächst in Europa, dann in Fernost und zuletzt in den Vereinigten Staaten, wo die Mafia am stärksten gewesen war und seit den Tagen des Office of Strategic Services oder kurz OSS, der Vorläuferorganisation der CIA, Beziehungen zur Regierung gehabt hatte.
Der ursprüngliche Club hatte ausschließlich aus der alten Garde bestanden, den mächtigen und unberechenbaren Mafiabossen und Obergangstern. Alexandre Ste-Germain hatte die Struktur allmählich geändert. Der Club hatte »Berater« aus Wall Street und aus Europa aufgenommen. Ste-Germain war der einzige gewesen, der sowohl in der Neuen als auch in der Alten Welt operierte. Jetzt waren die Berater und Alexandre Ste-Germain der *neue* Club.
Während der Expreßfahrstuhl das Gebäude hinaufschoß, dachte Ste-Germain an die Ansprache, die er gleich halten würde. Meine zweite »offizielle« Rede in zwei Tagen, überlegte er. Der Preis der Seriosität.
Schauen Sie sich um, würde er der erlauchten Gruppe sagen, die sich in der Hochhaussuite über dem Hafen von New York versammelt hatte. *Denken Sie über die Unterschiede zwischen der alten und der neuen Struktur nach. Wir verdienen Milliarden von Dollar, indem wir Reden halten, geschäftliche Sitzungen veranstalten, an Vorwahlen und Wahldinners teilnehmen. Alles ist vollkommen anders als bei den Syndikaten der Vergangenheit, und das ist wesentlich für den internationalen Finanzmarkt, für den Cash-flow der Erde. Ich war zwanzig Tage lang tot. Genau wie die alten Methoden, nur daß sie für immer gestorben sind. Ab heute werden wir unsere Geschäfte straffer organisieren. Die Regierungen der Welt werden von ihrer eigenen Innenpolitik behindert und von absurden, beinahe steinzeitlichen Prinzipien für den Umgang miteinander. Wir leiden unter solchen Beschränkungen nicht. Wir sind die effizienteste, reichste und mächtigste Organisation der Welt.*
Unsere Politik wird darin bestehen, die internationalen Wirtschaftsmärkte unter Kontrolle zu halten. New York, London, Los Angeles,

Paris, São Paulo, Frankfurt, Rom, Amsterdam, Tokio und Hongkong. Die Städte, aus denen Sie kommen. Und irgendwann in nächster Zukunft werden wir anfangen, unsere Kontrolle auf die Dritte Welt auszudehnen.
Schauen Sie sich um, und denken Sie darüber nach. Es gibt niemanden, der uns daran hindern kann, uns das zu nehmen, was wir haben wollen.

Um acht Uhr stieß Alexandre Ste-Germain die Glastüren zu dem sonnendurchfluteten Konferenzraum auf. Die Blicke der Leute, die in dem gediegenen, im Stil der klassischen Moderne eingerichteten Raum warteten, richteten sich gespannt auf ihn.
Die Clubmitglieder saßen in ihren dunklen Anzügen an einem ovalen Konferenztisch mit einer geschliffenen Glasplatte. Alle verströmten eine Aura von Geld – *viel* Geld – und Macht.
Zu Alexandre Ste-Germains Überraschung erhoben sie sich kurz nach seinem Eintreten. Sie standen auf und applaudierten. Der neukonstituierte Mitternachtsclub schien sich bewußt zu sein, wo es langging.

Alexandre Ste-Germain, Bedford Hills

An jenem Abend rollte langsam ein dunkelblauer Cadillac in der 74. Straße Ost Nr. 10 vor, nur zwei Häuser vom Central Park. Eine langgestreckte Limousine vor dem klassizistischen Stadthaus zu sehen war nichts Ungewöhnliches. Selbst in Anbetracht der Tatsache, daß dieses Viertel aus lauter Stiftungen, Botschaften und Konsulaten zu bestehen schien, fuhren bei Nr. 10 besonders viele Luxuslimousinen vor.
Die schmiedeeiserne Haustür wurde geöffnet. Vier auffallend gut aussehende, blutjunge Mädchen kamen heraus. Sie redeten und lachten, als sie zu der wartenden Limousine eilten und einstiegen. Der Cadillac glitt langsam die Park Avenue hinauf und wurde erst schneller, als er den Franklin Delano Roosevelt Drive

erreicht hatte. Die Mädchen wurden aufgefordert, schwarzseidene Schlafbrillen aufzusetzen, während sie nach Westchester fuhren.

Alexandre Ste-Germain saß in der mit dunklem Holz getäfelten Bibliothek eines Landhauses in Westchester und betrachtete eine kubanische Zigarre, deren Farbe zufällig zu dem warmen Mahagoni an den Wänden paßte. Die Ausstattung und Einrichtung erinnerten ihn an die feinen Londoner Clubs, an Boodles, Brooks und den Savile, besonders aber an den Hurlingham draußen in Fulham.

Altes Geld.

Dezenter Luxus.

Seriosität.

Die Bibliothek war der Treffpunkt einer Gruppe von einflußreichen Leuten der Ostküste, die praktisch das gesamte US-Bankensystem sowie die immer wichtigere Kommunikationsindustrie kontrollierten, in Wall Street hatten sie mindestens ebensoviel Einfluß wie irgendeine andere Clique. Die vier Männer, die den Ton angaben, gehörten zum Mitternachtsclub. Der Gegenstand der heutigen Abendsitzung war sehr bedeutsam: Die Ölpreise würden zum Winter steigen, und es mußte verhindert werden, daß die westlichen Märkte in Panik gerieten oder gar zusammenbrachen. Alle im Raum Versammelten waren sich in einem Punkt einig. Die damit zusammenhängenden Entscheidungen waren viel zu wichtig, um sie den Politikern und Bürokraten in Washington und anderen Hauptstädten zu überlassen.

Als die Herren den Raum gegen zwölf Uhr verließen, spürte Alexandre Ste-Germain eine Hand auf seiner Schulter. Ein Wall-Street-Banker namens Wilson Seifer neigte sich vertraulich zu ihm.

»Wir haben eine kleine Party vorbereitet. Ganz privat. Warum kommen Sie nicht mit?«

Seifer führte ihn einen Flur entlang, dessen Wände mit pracht-

vollen Gobelins und mittelalterlichen Helmen dekoriert waren. Baccarat-Kristallüster spendeten festliches Licht.
Der Raum, den die beiden Männer betraten, wurde nur von den roten und goldenen Flammen in einem Kamin aus Feldsteinen beleuchtet. Man meinte sich in einen Burgsaal versetzt.
Die Mädchen standen brav nebeneinander vor dem prasselnden Feuer. Ihre nackte Haut und ihr langes Haar schimmerten im warmen Schein des Feuers. Das älteste sah aus wie sechzehn, das jüngste war vielleicht zwölf Jahre alt.
Sie waren nackt. Ihre Scham war rasiert. Sie trugen alle schwarzseidene Schlafbrillen.
Altes Geld, dachte Alexandre Ste-Germain und mußte ein Lächeln unterdrücken.
Seriosität an der Ostküste – in der Tat.
Gut, daß sich das Beste am Club nicht wirklich geändert hatte.

Stefanovitch,
43. Straße Ost

Stefanovitch war nervös, während er an der Ecke der 43. Straße wartete. Er lauschte der Kakophonie von Geräuschen, die schon jetzt, um halb sieben Uhr morgens, immer intensiver wurde, dem Stöhnen und Brüllen des Verkehrs in Manhattan. Er trank Saft aus einer Pappschachtel, als Beth Kelley endlich erschien.

»Lange nicht mehr gesehen, Stef«, sagte die Physiotherapeutin, als sie ihn erblickt hatte. »Wie lange ist es her, neun Tage?«

»Ja, aber wer will schon so genau zählen.« Stefanovitch zuckte die Achseln. Sein Gesicht und sein Nacken hatten sich rot gefärbt.

»Neun Tage kein Wort. Nicht mal eine Ansichtskarte.« Die Therapeutin rang sich endlich ein sprödes Lächeln ab. Sie war verletzt und enttäuscht. Sie hatte eine Menge Zeit und Energie in Stefs Rehabilitierung investiert, über ein Jahr ihrer Zeit und Erfahrung. »Die Karte ist noch unterwegs. Mann, diese Bundespost.«

Immer noch kein richtiges Lächeln von Beth Kelley.

»Wie fühlen Ihre Beine sich an? Stark, denke ich«, sagte sie. »Vor allem die Oberschenkel und Waden.«

In Wahrheit fühlten seine Beine sich schrecklich an. Er konnte nicht glauben, wieviel Kraft er bereits verloren hatte, wie sehr seine Beine unter der Trainingspause gelitten hatten.

»Ich arbeite an einem Fall. Es herrscht ein einziges Durcheinander, es ist schrecklich kompliziert.«

Beth Kelley sagte nichts dazu. »Wollen Sie nicht reinkommen? Oder soll dies ein Abschied sein?«
»Nein, ich komme mit. Wenn Sie versprechen, nett zu mir zu sein.«
Auch dazu sagte Kelley nichts. Sie drehte sich um und ging vor ihm in das Fitneßcenter.
Zehn Minuten später ächzte er unter Gewichten, die er – wie er glaubte – nicht mal in seiner besten Zeit geschafft hätte. Schweiß lief seinen Körper hinunter. Die oberen Partien seiner Schenkel brannten wie Feuer. Er wußte, daß er sich nicht nur aus physischen, sondern auch aus emotionalen Gründen verausgaben mußte. Er mußte die Spannung lösen.
Ich werde wieder laufen können, begann er sich schließlich zu wiederholen. Ich werde wieder laufen können.
Er erinnerte sich daran, wie er monotone Reime damals in Pennsylvania als kleiner Junge vor sich hin gesungen hatte. Er hatte damals und jetzt das Gefühl, als könnte er kraft seines Willens das tun, was er tun wollte oder mußte.
Ich werde wieder laufen können.
»Verfluchte Scheiße, ich werde wieder laufen können!«
Stefanovitch schrie die Worte durch den großen Fitneßsaal. Alle, die im Sports Center trainierten, hielten wie auf ein Zeichen inne. Schwere Gewichte baumelten träge in der Luft. Andere fielen mit einem lauten Krachen zu Boden. Die Aerobic-Leute, die Fetten, die Trainer, die sich wie Götter in Blau fühlten, sie alle starrten ihn an, den Mann im Rollstuhl.
Dann fingen sie an zu klatschen. Was Stefanovitch gesagt hatte, was er im allgemeinen Lärm des Fitneßcenters geschrien hatte, hatte die normalerweise ausschließlich mit sich selbst beschäftigten und narzißtischen Trimmfans getroffen.
»Sie haben verdammt recht, Stefanovitch!« rief Howie Cohen, der muskelbepackte Geschäftsführer des Centers, von seinem Hochsitz über der Rennbahn.
Alle lachten, sogar die Trainer verzogen das Gesicht zu einem

Lächeln. Dann begann wieder das allgemeine Stöhnen und Ächzen. Die Trimmfolter war wieder in Gang.
Ich will nicht nur wieder laufen, dachte Stefanovitch, als er keuchend hob und stemmte. Ich will auch diese Woche lebend überstehen.

Stefanovitch und Isiah Parker, Central Park West

Um halb neun saß Stefanovitch mit Isiah Parker in einer hellgrünen Polizeilimousine ohne Markierung. Sie tranken lauwarmen Kaffee und aßen Semmeln aus Wachspapier und braunen Tüten. Ab heute morgen sollte der Plan ausgeführt werden, den sie in Sarahs Sommerhaus entwickelt hatten. Sie versuchten, nicht allzusehr daran zu denken, was für Folgen er haben könnte.
»Viel besser als das kann es nicht mehr werden«, sagte Isiah Parker, einen bekannten Fernsehwerbespot für Bier persiflierend. Er war genauso zynisch wie Stefanovitch, fast so schlimm, wie Bear Kupchek gewesen war.
Stefanovitch beobachtete einen Zeitungsautomaten an der anderen Seite von Central Park West. Er war mit der Morgenausgabe der *New York Times* gefüllt. Mitten auf der Straße stand ein großer, himmelblauer *Times*-Laster.
Irgendein Verrückter hatte mit roter und schwarzer Farbe LÜGEN! MIST! PROPAGANDA! an die Seiten des Automaten gesprüht. Stefanovitch dachte gerade, daß er kein großer Fan dieser Straßenkünstler war. Er wartete nur darauf, daß sie sich Privatautos vornahmen. Er stellte sich vor, daß ein bedauernswerter New Yorker mit »Pepe 122« oder »Louis 119« quer über der Kühlerhaube durch Arizona fuhr.
Aber heute morgen empfand er eine gewisse Sympathie für denjenigen, der LÜGEN! und MIST! gesprüht hatte. Einige überregionale Zeitungen hatten nichts als Lügen und Mist über das Gemetzel im Trump's Plaza in Atlantic City gedruckt. LÜGEN und MIST waren ein Zeichen der Zeit.

Während die Morgensonne über dem Central Park höherstieg, unterhielten sich Stefanovitch und Parker. Es war ein richtiges Bullengespräch, locker, oft ohne logischen Zusammenhang, für Außenseiter kaum verständlich. Sie redeten über ihre Anfänge bei der Polizei. Dann über die Angst und den Haß auf den Straßen von New York. Beide tasteten einander noch ab, suchten behutsam nach Schwachstellen, aber auch nach Gemeinsamkeiten.
»Ich habe sechsundsiebzig an der Polizeischule Examen gemacht. Damals hatten alle eine andere Version von derselben Geschichte«, sagte Stefanovitch und trank wieder einen Schluck Kaffee. »Von welcher Geschichte?« fragte Parker. Er trug ein zerknittertes rot-weißes T-Shirt mit dem Aufdruck »Viva Mandela« und eine schwarze Lederweste. Er brachte es immer fertig, absolut relaxt und locker auszusehen.
»Sie wollten zwanzig Jahre abreißen und dann die Pensionsabfindung kassieren und eine gutgehende Kneipe oder ein Restaurant in Florida oder Long Island kaufen. Aber bis dahin wollten sie die Stadt etwas lebenswerter machen.«
Isiah Parker lachte. Als er die Schule vor drei Jahren besucht hatte, war es ganz ähnlich gewesen. Seine Augen verengten sich zu Schlitzen. »Alle haben gesagt, Sie würden eines Tages Hauptkommissar werden. Sie hätten tolle Beziehungen. Einen Gönner oben im Präsidium? Stimmt das?«
Stefanovitch schüttelte den Kopf. Jetzt war er es, der lachte.
»Sie wissen ja, daß Bullen womöglich noch mehr tratschen als andere Leute. Ich kann Ihnen meine Version in ein oder zwei Sätzen sagen. Ich mag die Arbeit auf der Straße. So wie hier. So wie jetzt. Ich sage es denen im Präsidium immer wieder. Aber sie können sich trotzdem nicht vorstellen, daß ein Bulle im Rollstuhl draußen arbeitet.«
»Ja, die Straße geht einem ins Blut«, stimmte Parker zu. »Außenstehende verstehen das nicht. Egal, mit wem man redet, die kapieren es nicht. Nur Bullen kapieren es. Nur ein Bulle kann einem anderen Bullen zuhören, ohne zu denken, daß er eine Macke hat.«

Sie warteten eine weitere Viertelstunde. Noch eine halbe Stunde ... Plötzlich zeigte Stefanovitch durch die schmierige Windschutzscheibe.
»Es ist soweit. Hoffentlich. Der Wagen kommt.«
Eine lange blaue Limousine stoppte im Parkverbot vor dem Eingangsbaldachin von Central Park West Nr. 85. Ein breitschultriger Chauffeur in einem engsitzenden Anzug stieg aus.
»Marco Gualdi«, sagte Stefanovitch. »Ein Mitarbeiter von Mister Ste-Germain aus Sizilien. Sie waren sicher in derselben Bocciamannschaft.«
Der stämmige Fahrer stand vor dem Eingang des Luxusapartmenthauses, rauchte eine Zigarette und wechselte ab und zu ein paar Worte mit dem Portier. Stefanovitch registrierte, daß beide das halb verächtliche, halb verschwörerische Mundwinkellachen hatten, an dem man die Lakaien der besseren New Yorker Gesellschaft erkennen konnte.
Seine Beobachtungsgabe schien allmählich zurückzukehren. Ja, er mochte Polizeiarbeit, und er mochte die Straße. Vielleicht wurzelte all das letztlich in der Armenküche, die seine Eltern aufgemacht hatten? Vielleicht war es ein rätselhafter Drang, das Richtige zu tun, es wenigstens zu versuchen? Er war sich nicht über den Grund klar, aber ihm gefiel das Leben als Straßenbulle, er *liebte* es sogar.
»Es könnte richtig lustig werden«, sagte er schließlich zu Parker und lächelte. »Haben Sie was dagegen, wenn ich es selbst mache? Und jetzt gleich anfange?«
Isiah Parker hob seine langen Beine, bis er mit den Knien an die Steuersäule stieß. Er blickte Stefanovitch über den Rand seiner dunklen Sonnenbrille hinweg an.
»Bitte schön. Wenn Sie rufen, komme ich im Laufschritt nach.«
Stefanovitch lächelte, als er zuerst die Beifahrertür und dann die rechte hintere Tür des Wagens öffnete. Dann schob er seinen extraleichten Rennrollstuhl auf den Bürgersteig. Er hatte den heißen Schlitten noch nie im Dienst benutzt, auch das war ein bißchen aufregend.

Die Polizeiarbeit und die Straßen von New York gehen einem wirklich ins Blut, dachte er, als er den Stuhl aufklappte und fixierte. Vielleicht lag es daran, daß man eine Schußwaffe trug? Daran, daß man über Leben und Tod entscheiden konnte? So viel Verantwortung... Aber was immer es war, er brauchte es in diesem Moment, und er fühlte eine gute Dosis davon.
Stefanovitch rollte langsam den Central Park West hinunter zu der parkenden Limousine.
Er wollte gerade die 77. Straße überqueren, die nur einen halben Block von der Limousine des Grabtänzers entfernt war, als Alexandre Ste-Germain aus dem eleganten Haus mit der Nr. 85 trat.
Vor und hinter ihm plärrten Hupen. Ein Kanaldeckel klapperte, dann waren nur noch die Geräusche der haltenden und anfahrenden Autos zu hören. Alexandre Ste-Germain, der einen anthrazitgrauen Maßanzug trug, ging rasch über den Bürgersteig und gab dem Fahrer ein Zeichen, wieder in den Wagen zu steigen. Zwei Leibwächter waren unmittelbar hinter ihm.
Ein blaßroter Tanklaster bog in die 77. Straße und nahm Stefanovitch die Sicht auf die Limousine und Alexandre Ste-Germain. »Verdammtes Arschloch. *He. Mach, daß du da wegkommst*«, rief er dem Laster zu. Sein Herz hämmerte. Seine Stirn fühlte sich heiß an und war bereits schweißbedeckt. Er war noch dreißig Meter von der Limousine und Alexandre Ste-Germain entfernt.
Plötzlich wurde ihm klar, daß er nicht rechtzeitig hinkommen würde. Es schien zwecklos.
»Verdammtes Arschloch«, fluchte er laut.
Eine mütterlich wirkende Frau, die auf dem Bürgersteig wartete, blickte zu ihm herüber. Sie sah den Rollstuhl und bezwang ihren ersten Impuls. Das taten sie alle, und es machte ihn wahnsinnig. Seine Hände umkrampften die harten schwarzen Führungsräder aus Gummi. Der Rollstuhl fuhr bei Rot los und behinderte den Verkehr, der rechts auf die 77. Straße bog.
»He!« rief er den Bürgersteig hoch, ohne auf die Autos zu ach-

ten. Er fuhr so schnell, wie ein Rollstuhl nur fahren kann. *»He! He!«* Die Räder des Rennrollstuhls verloren bei jeder Spalte im Trottoirbelag den Kontakt mit dem Boden. Es war gefährlich, weil der Stuhl wegen seines geringen Gewichts leicht vornüberkippen konnte.

»He, Sie da … He, he! … *Grabtänzer!*«

Die beiden Leibwächter waren stehengeblieben. Sie schienen nicht zu glauben, was sie vor sich sahen. Aber sie blickten zweifellos in seine Richtung. Stefanovitch hatte ihre ungeteilte Aufmerksamkeit. Sie langten beide unter ihr Sakko, tasteten nach Schußwaffen. Was, zum Teufel, kam ihnen da entgegen?

Alexandre Ste-Germain, der gerade hinten einsteigen wollte, wandte sich langsam um. Stefanovitch sah wieder das blonde Haar, das markante Gesicht. Der Grabtänzer war nur einige Meter von ihm entfernt.

Ste-Germain richtete sich zu seiner vollen Größe auf. Er starrte dem Mann entgegen, der im Rollstuhl auf ihn zukam, überraschend schnell auf ihn zukam.

Stefanovitch meinte, den bohrenden Blick zu spüren. Er stand unter einer irrsinnigen Spannung und hatte sich kaum noch unter Kontrolle. Er hatte so lange auf diesen Augenblick gewartet. Nun, wo er da war, schien alles bizarr und unwirklich zu sein.

»Ja, *Sie.* Ich rede mit *Ihnen*«, rief er.

Er konnte nicht mehr anders, als dem Adrenalin und seiner inneren Erregung nachzugeben. Seine normalen Instinkte und sein gesunder Menschenverstand waren plötzlich ausgeschaltet. Es war gefährlich. Jesus, Ste-Germain sah in der Tat einnehmend aus. Blond und attraktiv. Er sah aus wie ein unbescholtener Geschäftsmann.

Stefanovitchs Gedanken waren stumme Schreie. Sie hallten in seinem Kopf wider … *Rache* … Irgendeine Form von *Gerechtigkeit* war das, was ihm vorschwebte. Zum Beispiel dem miesen Schurken als erstes mal die Fresse einzuschlagen.

Als der Rollstuhl ganz nahe war, tat Alexandre Ste-Germain

endlich den Mund auf. Er sprach leise und gelassen, als wendete er sich an ein reizbares Kind.
»Haben Sie irgendeinen Grund, mich so anzuschreien?« fragte er. »Ja, habe ich. Ich bin John Stefanovitch von der New Yorker Polizei. Ich schreie Sie an.«
»Ach? Kann ich Ihnen helfen?«
»Wir haben uns vor ein paar Jahren getroffen. Es war so was ähnliches wie ein Treffen. In den Seitenstraßen von Long Beach. Sie haben mir diesen Rollstuhl hier vermacht – als Souvenir.«
Stefanovitch umfaßte krampfhaft die Führungsräder. Er fiel aus dem Rahmen, und er wußte es. Aber er konnte sich nicht zügeln. Er konnte absolut nicht verhindern, daß diese Sache ihren Lauf nahm.
»Ich habe nie Gelegenheit gehabt, Ihnen persönlich zu danken, Ihnen so gegenüberzustehen wie jetzt. Von Mann zu Mann. Es gibt nämlich ein paar Gründe dafür, daß ich Sie eines Tages sehen wollte.«
Der Grabtänzer unterbrach: »Nun, Sie haben das langersehnte Vergnügen gehabt. Ich fürchte, ich muß jetzt weiter, denn ich habe heute morgen einige geschäftliche Termine. Und was das Geschenk von Long Beach betrifft, nichts zu danken. Es scheint ganz so, als hätten Sie ein weiteres verdient. In Kürze.«
Alexandre Ste-Germain drehte sich wieder zu der glänzenden blauen Limousine.
Eine Hand griff nach ihm. Die Hand zerdrückte das Schulterpolster seiner teuren Anzugjacke. Dann riß Stefanovitch den Grabtänzer roh zurück.
Die beiden Leibwächter traten vor, aber Ste-Germain winkte ab. Seine Kehle und seine Wangen waren dunkelrot. Sein blondes Haar war bei dem Handgemenge in Unordnung geraten, und einige Strähnen standen ab.
»Nehmen Sie die Pfoten weg«, sagte er zu Stefanovitch. »Sie kennen die Regeln. Sie haben beschlossen, sie zu brechen. Sie wollten bei dem großen Spiel mitmachen, in der Oberliga.«

»Es waren *Ihre* verdammten Regeln«, zischte Stefanovitch. »Jetzt werden Sie meine hören.«

Stefanovitch packte den Arm des Grabtänzers, so fest er konnte. Dies bedeutete den Kampf in den Straßen von New York, von nun an konnte es kein Zurück mehr geben.

»Egal, was passiert, wir werden Sie kriegen, Sie Schwein. Ich werde Ihren Mitternachtsclub dichtmachen. Ich werde Sie *kriegen.*«

Stefanovitch ließ Alexandre Ste-Germain los. Er riß seinen Rollstuhl mit einer Bewegung herum, die er bei Kindern auf ihren Skateboards beobachtet hatte. Dann hatte er Alexandre Ste-Germain und den Leibwächtern den Rücken zugewandt, und sein Rollstuhl quietschte in einem absurden Ton. Es war, als ob der Rollstuhl sich über ihn lustig machte, sich über alles lustig machte, was er zu tun versuchte, vor allem jedoch über seinen Versuch, wieder ein Bulle zu sein.

Isiah Parker saß immer noch mit angezogenen Beinen im Auto. Er sah aus, als hätte er sich keinen Zentimeter bewegt, seit Stefanovitch losgerollt war. Als Stefanovitch näher kam, sah er, daß Parker langsam in die Hände klatschte. Und Parker grinste breit. Es war das erste richtige Lächeln, das Stefanovitch bei dem schwarzen Kollegen gesehen hatte, ein breites, gottverdammtes Grinsen. »Das war Spitze. Jetzt haben Sie ein paar Punkte bei dem Burschen gut. Ich mag die Art, wie Sie ein Ultimatum überbringen. Jetzt muß er Sie töten.«

Stefanovitchs Herz klopfte so heftig, daß er es über Parkers Stimme hinweg hören konnte. Er glaubte, daß es ihm immer noch nicht viel ausmachte, was ihm passieren würde. Aber er hatte das Gefühl zu fliegen, und das war gut. Er hatte das Gefühl, aus einem Hochsicherheitsgefängnis freigelassen zu sein, wo er langsam vor sich hingefault und mit fünfunddreißig Jahren an Altersschwäche gestorben war.

Es fing alles wieder von vorn an.

Vielleicht würde es die Rache an Ste-Germain und dem Midnight Club sein.

Vielleicht die Vergeltung, endlich so etwas wie Gerechtigkeit. Oder es würde vielleicht etwas sein, das Stefanovitch sich nicht ausmalen wollte – eine Welt, wo Gerechtigkeit keinen Platz mehr hatte.

Sarah McGinniss, Hogan Square

Sarah mußte den *Club* gut schreiben. Sie war besessen von dem Buch und konzentrierte all ihre Energie darauf. Das Problem hieß gute und ausreichende Dokumentation; der schwierige Teil bestand darin, widerwärtige Fakten so zu Papier zu bringen, daß die Leute sie glaubten. Stuart Fischer hatte ihr vorgeschlagen, zum Hogan Square zu kommen, wo er mit einigen von seinen Leuten eine Einsatzbesprechung hatte. Die Besprechung fand aber nicht im eigentlichen Büro der Bezirksanwaltschaft statt, sondern in einer besseren Dachkammer im obersten Stock.

Sarah hatte Fischer die Erlaubnis abgerungen, ein Tonbandgerät mitbringen zu dürfen. Sie wollte außerdem schriftliche Notizen machen. *Dokumentation* war so enorm wichtig.

»Warum machen Sie es sich nicht in unserem gemütlichen kleinen Nest bequem?« sagte Stuart Fischer zu den Personen, die das improvisierte Büro im Abstand von wenigen Minuten betreten hatten. Der ehemalige Speicherraum im neunten Stock war 1986, als die Staatsanwaltschaft verdeckt gegen das New Yorker Polizeipräsidium ermittelte, spärlich möbliert und zu einem geheimen Büro umfunktioniert worden. Alles war sehr unscheinbar, fast schäbig, aber es war ein vergleichsweise sicherer Platz.

»Ich habe ein paar unerwartet gute Neuigkeiten für Sie. Wir sind wieder hinter Alexandre Ste-Germain her.«

Die jungen Juristen machten überraschte Gesichter; Sarah beobachtete einen Assessor, der auf einem Fenstersims Platz genommen hatte. Er spitzte die von einem buschigen Schnurrbart überwölbten Lippen zu einem unhörbaren Pfiff. Sie sah in die Runde und stellte fest, daß einige der Anwesenden ihrem Blick auszuweichen schienen.

Die Atmosphäre erinnerte entschieden an die Zusammenkunft in ihrem Haus in East Hampton. Eine kalte Spannung lag in der Luft. »Als wir letztes Jahr unser Belastungsmaterial gegen Ste-Germain zusammenstellten, wurde uns vielleicht mit Recht vorgeworfen, wir seien zu zurückhaltend und vorsichtig. Ich weiß nicht, ob das stimmt. Ich verspreche Ihnen jedoch, daß Zurückhaltung diesmal nicht das Problem sein wird.«

Fischer blickte auf Sarah, die einzige, die genau verstand, was er meinte.

»Ich möchte jeden Zweifel über diesen Punkt ausräumen«, fuhr Stuart Fischer fort. »Ich möchte, daß Sie alle ganz genau verstehen, was ich sage. Wenn dies bis jetzt wie ein persönlicher Rachefeldzug gegen Alexandre Ste-Germain klingt, habe ich mich recht gut verständlich gemacht. Weil wir eben das versuchen werden und hier einen diesbezüglichen Plan entwickeln wollen. Irgendwelche Fragen?«

Es gab keine. Noch nicht. Die Neuigkeit, daß sie wieder gegen Alexandre Ste-Germain vorgehen sollten, hatte anscheinend allen die Sprache verschlagen.

»Gut. Wir werden uns noch heute morgen mit anderen zuständigen Behörden in Verbindung setzen. Mit dem FBI, der französischen und italienischen Polizei, dem Zoll und einigen Leuten vom Finanzministerium. Ich habe bereits mit der Bundesfinanzbehörde gesprochen. Sie machen alle mit. Sie glauben, daß wir Ste-Germain diesmal festnageln können.«

Endlich sprach einer der Anwesenden, eine sehr gut aussehende blonde Assessorin, die nicht älter als sieben- oder achtundzwanzig sein konnte. »Können wir mit dem Finanzamt bis zum Äußersten gehen? Oder sollte ich besser sagen – wird es mit uns bis zum Äußersten gehen? Arrestvollmacht, Beschlagnahmeerlaubnis der Konten Ste-Germains und der Firmen, die ihm angeblich gehören? Betrifft das den ganzen finanziellen Aspekt?«

Stuart Fischer nickte der jungen Juristin zu. Dann lächelte er sie an. »Ja, den ganzen finanziellen Aspekt, Louise.«

Sarah machte eine Notiz über den *Tenor*, die *Atmosphäre* der Besprechung. Von der üblichen Selbstironie war nur sehr wenig zu spüren. Die Assessoren und stellvertretenden Staatsanwälte wußten genau, was es bedeutete, gegen einen Mafiaboß wie Ste-Germain zu ermitteln, wie mühsam und langwierig es sein würde, welcher Telefon- und Computer- und Papierkrieg auf sie wartete.

»Bis zum Äußersten«, bekräftigte Fischer. »Diesmal werden wir übrigens in zwei Richtungen vorgehen. Erstens aufgrund des Gesetzes gegen fortgesetzte kriminelle Geschäftstätigkeit und zweitens aufgrund der Verschwörungsparagraphen, RICO.«

Der Assessor auf dem Fenstersims stieß diesmal einen hörbaren Pfiff aus. Zwei oder drei andere gestatteten sich ein Lächeln und sahen sich vielsagend an. Sie hatten begriffen. Dies *war* ein persönlicher Rachefeldzug.

»Ich habe Sie sechs hierhergebeten, um Sie vertraulich einzuweisen. Wir werden als Sonderteam operieren. Wir werden mit anderen Behörden und Dienststellen zusammenarbeiten, aber im Gegensatz zu uns wird keine davon in das Gesamtbild eingeweiht sein. Wir haben bereits eine Menge Belastungsmaterial gegen Ste-Germain zusammen, das bis zu zehn Jahre zurückreicht.

Wenn *das* kein Fall fortgesetzter krimineller Geschäftstätigkeit ist!«

Stuart Fischer lachte, und Sarah konnte sehen, daß er die anderen mit seinem Optimismus ansteckte. Zuerst hatte er sie bewußt erschreckt. Nun baute er sie langsam und auf sehr geschickte Weise wieder auf. Wenn sie das Geheimbüro im achten Stock verließen, würden sie siegessicher sein. Stuart Fischer war ein ausgezeichneter Jurist und hatte bewundernswerte Führungsqualitäten. Er verstand es, Mitarbeiter zu motivieren, und Sarah war froh, daß sie und Stefanovitch beschlossen hatten, sich an ihn zu wenden und nicht an den Bezirksstaatsanwalt selbst. Sie hatte ernsthafte Zweifel am Bezirksstaatsanwalt selbst.

Es war alles in ihren Unterlagen, es würde alles im *Club* stehen.

»Ste-Germain wird sicher James, Henley und Freunde benutzen«, fuhr Fischer fort. »Sie werden wie üblich personell weit in der Überzahl sein, ungefähr fünfzig zu eins. Deshalb möchte ich die Angriffe, die wir durchführen, spalten. Zunächst denke ich an eine ganz legale Zermürbungstaktik, eine Taktik, die eine gute kleine Anwaltskanzlei anwenden würde. Wir werden schon morgen nachmittag den ersten Schlag führen. Welchen, ist mir gleich. Irgend etwas, das sich gewaschen hat. Und ehe James' Leute sich davon erholt haben, fangen wir dann mit RICO an. Wir dürfen sie keinen Moment zur Ruhe kommen lassen. Soweit alles klar?«

»Ich finde es großartig«, sagte der Schnurrbärtige auf dem Fenstersims. »Aber ... Hören Sie, hat die Mafia schon mal eine ganze Staatsanwaltschaft hopsgehen lassen?«

Alle lachten. Endlich hatte man sie aufgefordert, das zu tun, was sie in erster Linie bewogen hatte, diesen Beruf zu ergreifen: die ganze Macht des Gesetzes anzuwenden und Kriminelle ohne Rücksicht auf etwaige politische Konsequenzen zu verfolgen.

Sarah betrachtete sie aufmerksam. Sie studierte jedes einzelne Gesicht. Sie wollte sich alles, jeden Blick, jede Mimik, einprägen. Stuart Fischer hatte wieder angefangen zu reden. Er lächelte nicht. »Auf die Gefahr hin, daß es Sie überrascht«, beantwortete er die Frage des jungen Mannes auf dem Fensterbrett. »Sie haben tatsächlich schon mal ein Staatsanwaltsbüro überfallen, in Bogotá. Siebzehn Tote. Es gibt also einen Präzedenzfall.«

Das Lachen hörte schlagartig auf. Sarah merkte sich auch dieses Bild. Den Ausdruck in den Gesichtern der angehenden Staatsanwälte.

Sie versuchte, auf jede erdenkliche Weise zu helfen, ob bei wichtigen Dingen oder mit Kleinigkeiten, bei denen sie Grund zu der Befürchtung hatte, daß die anderen sich nicht daran erinnern würden.
Es war der 17. Juli. Den Rest des Morgens und den größten Teil des Nachmittags telefonierte sie mit der Zollbehörde. Dann sprach sie mit einem leitenden Beamten von Scotland Yard. Zuletzt sprach sie eine Stunde mit einem der besten Rechercheure der Fernsehgesellschaft CBS. Sie hatte das Gefühl, daß sich eine Schlinge zusammenzog. Aber sie war nicht sicher, um welchem Hals die Schlinge lag. Sie sah immer wieder die Gesichter der jungen Juristen vor sich.
Der Schlüssel zu allem war Geduld. Zermürbungstaktik war gut, aber sie brauchte ihre Zeit. Es gab offenbar keine andere Möglichkeit, Alexandre Ste-Germain und dem Club beizukommen.

Stefanovitch und Isiah Parker, Police Plaza

Stefanovitch und Isiah Parker waren völlig fertig, als sie das Präsidium spätabends verließen. Es war gegen Ende der Woche. Während Stefanovitch seinen Rollstuhl über die Fußgängerstraße stieß, blickte er zu den schartigen Wolken hoch, die der Wind über den Himmel trieb. Genauso fühlte er sich – von verborgenen Kräften zerrissen.
»Alles in allem läuft es besser, als wir erwarten konnten«, sagte er schließlich zu Parker. »Aber was hat Ste-Germain vor? Warum legt er die Hände in den Schoß und nimmt es so gelassen auf?«
»Er denkt darüber nach, wie er auf unsere Nadelstiche reagieren soll. Es ist nicht das erstemal, daß die Justiz ihn mit diesen kleinen Tricks zermürben will. Er wartet auf etwas. Auf irgendeinen Fehler, den wir seiner Ansicht nach machen werden.«
»Ja, vielleicht. Er hat es schon mal getan.«
»Außerdem glaube ich, daß er sich auf keinen Fall die Hände

schmutzig machen will. Er spielt den verleumdeten und vollkommen mißverstandenen Geschäftsmann.«
»Das könnte sein. Das würde einige Dinge erklären.«
Stefanovitch und Parker wußten beide, daß die New Yorker Polizei mehr illegale Zermürbungstaktiken anwandte als in irgendeinem Fall, der bisher publik geworden war. Es gab größere und kleinere Stiche. Stefanovitch hatte gesehen, wie altgediente Kriminalbeamte Zucker in den Benzintank des Cadillac eines Mafiabosses geschüttet hatten. Er hatte beobachtet, wie man auf dem Times Square ölgetränkte Lappen in den Auspuff eines Cadillac-Seville stopfte, der einem stadtbekannten Zuhälter gehörte. Die Bullen wußten, daß die meisten Mafiosi einen Strafzettel wegen verbotenen Parkens zerreißen würden, aber die Computer hatten ein gutes Gedächtnis. Jeder Beamte konnte mit einem kurzen Anruf beim richtigen Mann dafür sorgen, daß der Wagen eines oberschlauen Drogendealers abgeschleppt wurde. Das Resultat waren unglaubliche bürokratische Komplikationen, Frustration und dann und wann ein verhängnisvoller, im Zorn begangener Fehler.
Bei größeren Schlägen kooperierten die Umweltschutzbehörden der Stadt oft mit dem Präsidium. Sie konnten eine Fabrik, die dem Mob gehörte, wegen Verstoßes gegen die Emissionsbestimmungen schließen; sie konnten ein Restaurant in Little Italy, das ein beliebter Mafiatreffpunkt war, wegen Fliegen oder wegen Mäusedreck in der Küche, wegen unzureichender Entlüftung und sogar wegen mangelhafter Beschilderung in den Toiletten dichtmachen. Und dann gab es das RICO-Gesetz, die Bestimmung gegen Verschwörung zum Zwecke krimineller Tätigkeit, den besten Freund aller Bullen, die unmittelbar auf das organisierte Verbrechen abzielte. RICO erlaubte Kriminalbeamten, die Bankkonten eines Verdächtigen einzufrieren, seine Autos, Rennboote, sogar ein Wohn- oder Geschäftshaus zu beschlagnahmen, und eben das wurde nun bei Ste-Germain durchexerziert.
Am Parkplatztor blieben Stefanovitch und Parker stehen und

gaben sich die Hand. Sie erneuerten das emotionale Bündnis, das sie einige Tage vorher in Stefanovitchs Büro geschlossen hatten. Sie waren beide an lange Überwachungsphasen gewöhnt. Diese versprach eine besonders lange zu werden.

Stefanovitch unterdrückte die Bemerkung, die ihm auf der Zunge lag: *Fahren Sie auf dem schnellsten Weg nach Haus, und schließen Sie gut hinter sich ab.*

»Gute Nacht, Isiah«, sagte er. »Morgen ist unser Tag.«

Parkers Gesicht wurde vom Mond beleuchtet. Seine physische Nähe hatte etwas Beruhigendes. »Ich arbeite gern mit Ihnen, Stefanovitch. Ich werde nie vergessen, wie Sie diesen Schuft am Kragen genommen haben.«

Bis jetzt arbeitete auch Stefanovitch gern mit Parker. Isiah verstand, daß es darum ging, Alexandre Ste-Germain das Handwerk zu legen, den Grabtänzer in die Enge zu treiben, egal, was ihnen dabei passierte.

Dann trennten sich die beiden Polizeibeamten. Jeder machte sich auf den Weg in eine andere dunkle, geheimnisvolle Welt.

Sarah McGinniss
und
Stefanovitch,
66. Straße Ost

Sarah und Sam waren manchmal wie ein altes Ehepaar, wie eine moderne Version von *Ein seltsames Paar*. An jenem Abend diskutierten sie eine Viertelstunde lang über die verschiedenen Optionen für das Dinner. Zuletzt entschieden sie sich für Pizza, Apfelmost und Kekse. Dann wollten sie den Spielberg-Film *Goonies* sehen.
Sie sahen nicht viel von dem Film, weil sie anfingen, über die Reise mit Roger zu reden. Sam fragte Sarah, ob sie und sein Vater irgendwann wieder zusammenziehen würden. Sie antwortete ihm, so behutsam sie konnte, daß sie es wahrscheinlich nicht tun würden. Es fiel ihr immer wieder schwer, mit Sam über die Trennung zu sprechen. Er schien es zu akzeptieren.
Sarah mußte sich immer wieder auf die Zunge beißen, während sie Sams Geschichten über die beiden Wochen mit seinem Vater lauschte. Roger hatte ihm jeden Wunsch erfüllt und keine Grenzen gesetzt. Er war unmöglich gewesen.
»Er ist wirklich großartig«, sagte sie, als sie Sam gegen zehn Uhr zu Bett brachte. Jetzt biß sie sich *wirklich* auf die Zunge. »Er liebt dich sehr, mein Junge.« Das stimmte wahrscheinlich. Wer würde Sam nicht lieben?
Er war so verletzlich. Er blickte so traurig.
»Was ist das Problem, Sam?«
»Dad hat mich lieb«, antwortete der Junge nach einer Weile. »Ich habe ihn auch lieb. Aber ... Mam ...«

»Ich bin bei dir.« Sarah beugte sich vor, küßte ihn auf die Wange und legte ihr Gesicht zärtlich an seins.
»Ich liebe dich. Du hast mir die ganze Zeit so gefehlt. Versprich mir, daß du mich nie verlassen wirst, ja?«
Er streckte seine kleinen dünnen Arme nach ihr aus, und Sarah mußte Tränen zurückdrängen. Sie wünschte plötzlich, sie und Roger hätten die Probleme zwischen ihnen auf irgendeine Art lösen können. Sam verdiente es, einen Vater zu haben. Als Sam endlich die Augen zugefallen waren, ging Sarah durch die Wohnung, um rasch ein wenig Ordnung zu schaffen. Ohne Annie Leigh, ihre Putzfrau, hätte sie ungefähr so ausgesehen wie eine wüste Junggesellenbude.
Sarah ließ sich häufiger, als sie zugeben wollte, aufs Bett fallen und schlief in ihren Sachen ein, ohne sich auch nur zuzudecken. Sie spielte auch oft Brettspiele mit Sam, und dann und wann legte sie bei eingeschaltetem Fernseher Patiencen. Manchmal übte sie spät in der Nacht in ihrem Schlafzimmer mit ihrer alten Fender-Gitarre, spielte um zwei Uhr morgens Lieder von Ry Cooder und Muddy Waters. Sie hatte sie auf dem Washington Square in Stockton gelernt.
Sarah mochte Stefanovitch sehr, und das war etwas, was sie noch vor wenigen Wochen für unmöglich gehalten hätte. Sie hatte Fragen, jede Menge Fragen, aber sie war fasziniert. So sehr, daß sie trotz ihrer Müdigkeit sofort ja sagte, als er vom Präsidium anrief und fragte, ob er kurz vorbeikommen könnte. Sie konnte kaum abwarten, daß er kam.
Sie konnte sich, was Stefanovitch betraf, nicht entscheiden, aber sie wußte, daß es lange, sehr lange keinen Menschen mehr gegeben hatte, mit dem sie so gern zusammengewesen war. Er überraschte sie immer wieder, zeigte immer wieder neue Facetten von sich. Stefanovitch wußte Dinge, die neu und hochinteressant für sie waren. Er sprach manchmal über seine Arbeit bei der Polizei, aber auch über ihren Beruf, über internationale Politik und über Themen, die man nicht mit ihm assoziierte, seine Kochtheorien, Kinderpsychologie, moderne Kunst. Er las mehr

als sie, er mochte klassische Musik, Jazz und Rock. Er kannte sich mit Modedesignern aus und wußte sogar die Namen einiger New Yorker und Pariser Topmodels. Er sagte ihr, daß viele Bullen erstaunlich belesen seien und vielfältige Interessen hätten. Sie waren nur von Beruf Bullen, so wie andere Leute Ärzte oder Lehrer waren.
Vor allem aber fand John Stefanovitch sie sehr attraktiv, nicht nur ihr Aussehen, sondern auch ihre innere Ausstrahlung – und sie hatte gerade jetzt das Bedürfnis, daß ihr das gesagt wurde. Sarah mußte wieder an sich glauben.
Als sie sich mitten auf der Park Avenue geküßt hatten, war ihr ganz schwindlig geworden. Sie hatte dieses Gefühl seit Jahren nicht mehr gespürt, und sie stellte fest, daß es ihr sehr gefehlt hatte, mehr, als ihr bewußt gewesen war.

Der Fahrstuhl hielt, und die polierte Eichentür öffnete sich geräuschvoll. Sarah lächelte, als sie Stefanovitch sah. Es war wie eine intime Verabredung. Wie viele Leute in ihrem Alter trafen heutzutage noch solche Verabredungen? Viele, wurde ihr plötzlich klar. Er hatte sich offensichtlich nach der Arbeit landfein gemacht. Sein dichtes braunes Haar war ordentlich gekämmt, das verwaschene blaue Sporthemd sah frisch gebügelt aus. Er würde wohl immer einen Hauch Pennsylvania haben, aber zugleich hatte er etwas Verfeinertes, das über Minersville hinausging, eine Weltklugheit und Abgebrühtheit à la Manhattan. Und er sah entschieden gut aus, sogar im Rollstuhl.
»Hallo, Stef,« begrüßte sie ihn. Sie war auf einmal sehr schüchtern. Das passierte ihr jedesmal, wenn sie zu lange über eine ihrer zwischenmenschlichen Situationen nachgedacht hatte. »Wie ist es dir gegangen?«
»Na ja, es war ein langer Tag, aber ein ganz guter Anfang.« Er flüchtete sofort in ein Gespräch über die Arbeit.
Sie ebenfalls. »Wie war Isiah Parker? Wie ist die Zusammenarbeit mit ihm?« fragte sie. Sie fragte es teilweise deshalb, weil ihr nichts Besseres einfiel, aber es interessierte sie wirklich.

»Viel besser als unsere damals am ersten Tag.« Stefanovitch lächelte. »Ich mag ihn. Er will Ste-Germain zur Strecke bringen. Sein Bruder hat ihm sehr viel bedeutet. Aber da ist noch was anderes. Etwas, das er mir noch nicht erzählen will.«
Sarah war sich bewußt geworden, daß sie im Hausflur redeten, wo sie leicht belauscht werden konnten.
»Sollten wir nicht reingehen?«
»Ja, es ist zwar ein wunderschöner Flur, aber ich nehme an, wir sollten. Apropos, was macht Sam, der große Champion? Ist er noch auf?«
»Nein, ich hab' ihn vor einer Stunde ins Bett gebracht. Möchtest du was trinken? Ich habe Wein da.«
Sie gefiel ihm mit ihren alten verwaschenen Jeans, bloßen Füßen und einem bunten alten, viel zu weiten Westernhemd.
»Wenn ich jetzt Alkohol trinke, falle ich um.«
»Gut. Soll ich dir vorher was zu essen machen?«
Sarah machte Omeletts mit Käse und Kräutern und öffnete eine Flasche Château Margaux. Sie saßen in der Küche, wo es sehr ruhig war, still und friedlich nach dem langen hektischen Tag. Während die Omeletts brieten, verschlang Stefanovitch die übriggebliebenen Kekse.
»Ich habe den toten Punkt überwunden. Kennst du das Gefühl?« sagte er, nachdem er sein Omelett vertilgt und eine halbe Flasche Wein getrunken hatte.
»O ja, mir geht es im Moment genauso. Möchtest du noch ein Omelett? Noch etwas Wein? Mehr Kekse?«
»Ja, bitte.«
»Wirklich?« Sie machte große Augen. Das Licht der Deckenlampe spielte in ihrem Haar.
Er nickte und griente. Er fühlte sich fast wieder wie ein Mensch. Das Mitternachtssouper mit Käseomelett und dem herrlichen Rotwein kam ihm vor wie ein grenzenloser Luxus. Er hatte lange, lange Zeit nicht mehr so gut gespeist. Ein Teil seines Lebens wurde so gut, so viel besser als vorher, daß er es mit der Angst bekam. Nach der zweiten Portion strahlte er über das ganze Gesicht.

»Schön, begabt, erfolgreich und kocht wie Bocuse. Was ist der Haken? Was ist mit ihr nicht in Ordnung?«
Sarah runzelte etwas die Stirn und seufzte. »Sie ist geschieden. Und hat einen kleinen Jungen, der viel Liebe und Zuwendung braucht.«
»Sonst nichts? Niemand würde etwas gegen Sam einwenden. Jedenfalls niemand, der einen einigermaßen anständigen Charakter hat.«
»Sie ist manchmal allzusehr von ihrer Arbeit besessen, und deshalb finden manche Leute sie unerträglich egozentrisch.«
»Es muß noch mehr geben. Oder?«
»Wahrscheinlich. Ich glaube, ja. Oh, ich weiß nicht. Stefanovitch, willst du heute nacht mit ihr schlafen?« sagte Sarah, und ihr stockte der Atem. Jetzt war es heraus. Nicht rückgangig zu machen.
Ein besorgter Ausdruck huschte über sein Gesicht und vertrieb das strahlende Grinsen.
»Glaubst du, das wäre jetzt das richtige?«
»Ich habe keine Ahnung. Aber es ist das, was ich jetzt gern täte.«
Die beiden verließen die Küche und wandten sich zum Schlafzimmer. Alles ringsum schien auf einmal zu verschwimmen. Mondschein flutete in die Erkerfenster. Sie fingen an sich auszuziehen und kamen sich dabei beide ein bißchen merkwürdig vor. Keiner sagte etwas.
Während sie ungeschickt mit Knöpfen hantierte und Schnallen löste, dachte sie immer wieder: Ich *möchte* mit ihm schlafen. Sie wurde von einem warmen und angenehmen Gefühl durchströmt, einem wohltuenden Glühen. Sie begehrte ihn. Sie hatte ihn seit langer Zeit begehrt.
Sie trat zu ihm. Sie küßten sich, und es war so süß wie der Kuß in der Park Avenue. Ja, hier ist zweifellos etwas, dachte Sarah.
»Ist es für dich in Ordnung?« sagte sie an seiner Wange. Sie wußte nicht, wie sie gewisse intime Fragen stellen sollte. Sie wollte ihn in keiner Weise drängen oder unter Druck setzen. Sie wollte, daß dies für sie beide richtig war.

»Ja, es ist sehr gut. Nach jener Verletzung habe ich gedacht, ich würde dort vielleicht kein Gefühl mehr haben. Aber ich habe welches. Ich meine ... du weißt schon, was ich meine. Ich kann meine Gefühle umsetzen.«

Nach den ersten Minuten im Bett verstand Sarah besser. Zum einen berührte er sie so zärtlich wie noch niemand vor ihm. Er streichelte ihren Rücken und ihre Schultern mit den Fingerspitzen, ihr Gesicht und ihren Hals, wanderte dann nach unten.

Sie fragte sich, ob er wohl immer so zärtlich gewesen war. Sie hatte ihn sich ganz anders vorgestellt. Er war sich ihres Körpers uneingeschränkt, auf eine sehr sensible und liebevolle Art bewußt.

Als ihre Befangenheit sich legte, schwanden ihre Hemmungen, eine Schicht nach der anderen legte sie ab wie hinderliche Wintersachen.

Sarah hockte sich auf Stefanovitch. Sie registrierte bewundernd, daß er den Körper eines Fünfundzwanzigjährigen hatte: muskulös und hart, vor allem sein Bauch, aber auch die Arme und Schultern. Er war sehr kräftig, aber unendlich behutsam, wenn er sie berührte.

Sarah küßte seine Brust und liebte seinen frischen und sauberen Geruch. Seine Finger massierten ihren Rücken und Nacken. Er lockerte sie Zentimeter um Zentimeter, und ihr Körper fing an zu schmelzen.

»Wo hast du gelernt, im Bett so zärtlich zu sein? So sanft?«

»Rücksitze von alten Klapperkisten in Minersville. Das Drive-in-Kino in Middleview. Der Parkplatz der Highschool.«

»Nein, hör auf damit.« Sie küßte ihn wieder.

»Ich war verliebt. Hast du das vergessen?«

Sie legte ihm den Finger auf die Lippen. »Du fühlst dich gut an. Ich mag die Art, wie du mich berührst«, flüsterte sie im Dunkeln.

»Es wird alles gutgehen. Wir brauchen vor nichts Angst zu haben«, sagte er.

»Ich bin vor Angst halb gestorben, als wir ins Schlafzimmer gingen.«
»Ich auch.« Stefanovitch lächelte. Er errötete und war froh, daß sie es nicht sehen konnte.
»Es ist vorbei, jetzt habe ich keine Angst mehr.«
»Ich auch nicht. Das heißt vielleicht noch ein bißchen.«
»Liebe mich, Stef. Ich mag die Art, wie du mich berührst. Ich mag sie sehr.«

Stefanovitch,
Hafen
von New York

Am nächsten Morgen gingen die Zermürbungsmanöver weiter.

Dies war die Methode, an Ste-Germain heranzukommen.

Eine zwölf Meter lange Barkasse mit fast einem Dutzend Beamten der Zollbehörde und der Rauschgiftfahndung sowie Stefanovitch an Bord fuhr hinaus zu einem Frachter namens *Osprey*, der unter türkischer Flagge fuhr und knapp innerhalb des Hafengeländes vor dem Ambrose-Leuchtfeuer ankerte.

Kapitän Mohammed Rowzi verfluchte stumm das Schicksal, während er ein fünfseitiges Dokument mit dem Amtsstempel der Zollbehörde, Ministerium der Finanzen, studierte. Zwischen seinen rissigen, mit weißlichem Schorf bedeckten Lippen hing eine zur Hälfte aus Asche bestehende filterlose Zigarette. Über dem Schiff kreisten kreischende Möwen.

Kapitän Rowzis Englischkenntnisse waren recht mangelhaft, aber er kannte genug Worte, um zu begreifen, daß er und sein Schiff ernsthafte Schwierigkeiten mit der New Yorker Polizei hatten. Er begriff instinktiv, daß der kalt blickende Lieutenant in dem verschrammten Rollstuhl vor ihm an Deck der schwerste Brocken war.

»Was bedeuten dies Papier?« Kapitän Rowzi verschränkte die Arme, und der Wind ließ das Dokument an seiner breiten Brust rascheln. Der Kapitän gab sich Mühe, so auszusehen, als verstünde er nichts von alldem.

»Das ist nur die gerichtliche Anordnung, die Sie und Ihr Schiff betrifft«, antwortete Stefanovitch in harmlosem Tonfall. »Sie bedeutet, daß die Polizei oder eine andere Justizbehörde eine als zuverlässig beurteilte Information an die Zollbehörde weitergeleitet hat. Man hat den Verdacht, daß Ihr Schiff Schmuggelware, insbesondere Rauschgift, befördert. Der Zoll und die Rauschgiftfahndung sind ermächtigt, das Schiff zu durchsuchen. Sie haben auch die Befugnis, alle Drogen und Schmuggelwaren, die sie finden, zu beschlagnahmen. Sie sind sogar befugt, die Ladung Ihres Schiffes auf der Stelle zu vernichten. Dies hier ist Inspector McManus. Er ist für die Durchsuchung zuständig. Das ist sein Auftrag. Vielleicht kann er Ihnen auch noch mehr sagen.«
Stefanovitch blickte zu einem Zollbeamten, Barry McManus, mit dem er schon einige Male zusammengearbeitet hatte. Das verblüffendste an dieser Komödie war, daß sie vollkommen legal war und sogar von den höchsten Stellen der Justiz empfohlen worden wäre.
Kapitän Rowzi starrte Stefanovitch wütend an. »Papier nichts bedeuten«, sagte er und wollte sich abwenden.
»Freut mich, daß Sie so denken«, antwortete Stefanovitch achselzuckend. »Ich hoffe nur, daß die Leute, denen die Ladung gehört, auch so denken. Inspector McManus, Sie können das Schiff jetzt durchsuchen.«
Sechs Inspektoren des New Yorker Zolls gingen sofort und ziemlich gut gelaunt an die Arbeit. Sie begannen die Durchsuchung, indem sie mehrere große Holzkisten mit türkischen Zigaretten, Keramiken und maschinengewebten »echten« Teppichen aufbrachen.
Als nächstes prüften sie die Schiffspapiere und verglichen die Ladelisten Punkt für Punkt mit der tatsächlichen Schiffsladung. Sie fanden nur die üblichen Ungereimtheiten, aber sie machten viel Aufhebens davon. Die Durchsuchung hatte etwas von einem lärmenden Bordfest.
Fünf Stunden später waren John Stefanovitch, Inspector Barry

McManus und ein sehr unglücklich dreinblickender Kapitän Rowzi in der kleinen, schmuddeligen Kapitänskabine.
Vor der offenen Tür stand ein uniformierter Polizist mit einer vorgehaltenen Schrotflinte. Der Kapitän des Frachters war bereits festgenommen. Auf einer der vor dem Bug dümpelnden Polizeibarkassen war reines Heroin im Marktwert von mehreren Millionen Dollar unter Verschluß genommen worden.
»Nichts von Drogen wissen. Jem and Drogen auf mein Schiff geschmuggelt«, protestierte Kapitän Rowzi nervös und nicht sehr überzeugend. »Ich siebzehn Jahre Kapitän!«
Barry McManus schüttelte den Kopf. Er zeigte ein bißchen mitfühlendes Bedauern und eine Menge bürokratischer Gleichgültigkeit. Sein kühler Blick konnte starke Männer zur Verzweiflung bringen. Er hatte es mehr als einmal in seiner Laufbahn getan.
»Wir möchten mit den *Eigentümern* der Schiffsladung sprechen«, wiederholte Stefanovitch sein Angebot an den Kapitän des Frachters. »Ich denke, ich habe mich deutlich genug ausgedrückt.«
Der türkische Kapitän schüttelte müde den Kopf. Schweiß hatte sein Khakihemd bis hinunter zum Gürtel dunkel gefärbt. In der winzigen Kajüte roch es wie in einem Pferdestall.
»Ich Namen gesagt. Star of Panama Company«, sagte er und versprühte bei jeder Silbe Speichel. »Star of Panama Company!«
»Ja. Der Star Company gehört das Schiff. Aber nicht die Ladung. Nicht das Heroin, Kapitän Rowzi. Wir haben das nun schon ein paarmal durchgekaut. So steht es auch auf der Ladeliste.«
»Kapitän«, warf Inspector McManus ein. »Wir haben Ihr Schiff kraft einer gerichtlichen Genehmigung durchsucht, und wir haben unverschnittenes Heroin gefunden. Außerdem haben wir auch ganz legale Keramiken, Zigaretten, Maschinenteppiche und verschiedene andere Artikel gefunden. Jetzt ist die gesamte Ladung gefährdet. Alles. Verstehen Sie, was ich meine?«
Die bulligen Schultern des Kapitäns sackten noch weiter nach unten. Sein Hals war so gut wie verschwunden.

»Nichts von Drogen wissen«, wiederholte er.
Stefanovitch sah zuerst den Zollbeamten an, dann wieder den Kapitän. »Sagen Sie es ihm, Inspector. Ich finde, er sollte es wissen. Die Eigentümer auch. Die Eigentümer der *Ladung.*«
»Entsprechend den Bestimmungen des Gesetzes gegen Verschwörung zum Zwecke krimineller Tätigkeit habe ich meinen Männern befohlen, die Ladung des Schiffs zu vernichten«, sagte McManus zum Kapitän. »Alles an Bord. Die gesamte Ladung. Alles, was Sie nach New York gebracht haben.«
Kapitän Rowzi konnte nicht glauben, was er hörte. Hatten diese Polizisten den Verstand verloren? Ganze Schiffsladungen wurden nie vernichtet. Ihm quollen fast die Augen aus dem Kopf. Was für gefährliche, unglaubliche englische Worte: *Heroin... vernichten... Ladung.*
»Nein! Was ich Besitzern sagen?«
Stefanovitch beugte sich vor. Der Gestank von Knoblauch und Schweiß, den Rowzi verströmte, war aus dieser Nähe kaum zu ertragen.
»Sie können Mr. Ste-Germain und seinen Freunden sagen, daß es nach den Bundesgesetzen keinerlei Schadensersatz für Ihre Verluste geben wird. Sagen Sie ihnen, daß es vollkommen legal ist. Es ist das verdammte *Gesetz*... unser Gesetz. Und dies ist nur der Anfang.«
Stefanovitch setzte seinen Rollstuhl in Bewegung, stoppte jedoch und wandte sich um.
»Und richten Sie ihm einen schönen Gruß von Lieutenant Stefanovitch aus. Wir sind alte Freunde. Mr. Ste-Germain und ich sind sehr alte Freunde.«

Alexandre Ste-Germain, Lotos Club

Am Abend rollte Stefanovitch um halb neun Uhr zwischen den besetzten Tischen des Lotos Club in der 66. Straße Ost hindurch. Der Lotos Club war ursprünglich als Literatentreffpunkt

eröffnet worden. Inzwischen wurde er meist für geschäftliche Besprechungen, Wirtschaftsreferate und üppige Managerpartys benutzt.
Heute abend hatten sich im großen Speiseraum Männer versammelt, um eines der hundert Jubiläen zu begehen, die jeden Abend in New York gefeiert werden.
Am dunklen Rednerpult stand Alexandre Ste-Germain und hielt eine Ansprache. Er feierte den Jubilar, aber auch multinationale Unternehmen im allgemeinen. Er hatte Übung darin.
Stefanovitch stoppte neben einem der Tische. Er hörte dem Grabtänzer zu. Und er *beobachtete,* nicht nur Ste-Germain, sondern auch die anderen sogenannten großen Geschäftsleute. Er fragte sich, wie viele von ihnen legale multinationale Transaktionen durchführten. Waren Mitglieder des Mitternachtsclub unter ihnen? Sie sahen alle so seriös und unnahbar aus, über jeden Verdacht erhaben, glatt und perfekt.
Endlich setzte er sich wieder in Bewegung. Er versuchte, alle Gedanken, die ihn ablenken konnten, aus seinem Hirn zu drängen, sich nicht erneut zu fragen, was er heute abend eigentlich tat.
Er dachte zurück an den Hinterhalt in Long Beach. Er erinnerte sich an Anna, wie sie in jener Januarnacht gestorben war.
Als er vor dem Podium war, hob er die Stimme, um den Redner und die Hintergrundgeräusche zu übertönen.
»Ste-Germain!« rief er. »Ich habe hier eine gerichtliche Vorladung für Sie. Sie werden hiermit aufgefordert, wegen Verdachts der fortgesetzten kriminellen Geschäftstätigkeit vor den Geschworenen zu erscheinen. Ich lade Sie in Anwesenheit aller dieser sehr angesehenen Zeugen vor.«
Die leisen Gespräche ringsum verstummten schlagartig. Die Kellner hörten auf, das Dinner zu servieren. Gabeln hielten vor offenen Mündern inne. Ste-Germains Gesicht erstarrte zu einer zornroten Maske.
Stefanovitch fixierte den Drogendealer und Mörder einen langen Moment. Keiner der im Lotos Club Versammelten sah so

aus, als gehöre er zum Midnight Club. Aber neuerdings war nichts mehr so, wie es schien.
Schließlich rollte er aus dem Speiseraum. Er kam seinem Ziel näher, er würde Ste-Germain kriegen, dessen war er sich sicher.

Stefanovitch fuhr anschließend nach Haus. Er fühlte sich besser als zu irgendeinem Zeitpunkt der Ermittlungen gegen Ste-Germain. Sein Instinkt sagte ihm, daß sie es diesmal richtig machten. Genau richtig, jedenfalls bis jetzt.
Er duschte heiß, trocknete sich ab und machte eine Flasche Bier auf. Er rief Sarah an und berichtete, was im Lotos Club geschehen war. Er hatte den Wunsch, über alles mit ihr zu reden, aber er war klug genug, es nicht zu versuchen. Er war zu ausgelaugt, absolut übermüdet, und heute abend wollte er niemandem seine Gesellschaft zumuten.
Endlich schlief er bei einem Fernsehfilm auf dem Sofa ein. Bei *Chinatown,* dem Film, in dem Jack Nicholson als J. J. Gittes einen glanzvollen Triumph gefeiert hatte.
Irgendwann später klingelte das Telefon – schrille Mißtöne am Sofaende. Stef schreckte hoch. Der Raum war ein kubistisches Rätsel. Das Panoramafenster war an der falschen Seite des Betts. Alle Lampen brannten, und ihr grelles Licht wurde von den Fenstern reflektiert. Endlich wurde ihm klar, daß er auf dem Sofa im Wohnzimmer eingeschlafen war, nicht im Schlafzimmer.
Er langte nach dem Hörer und hätte um ein Haar den Apparat vom Beistelltisch gerissen. Er wußte, daß es nur Sarah sein konnte.
»Hallo, hier Stef«, imitierte er eine Ansage auf einem Anrufbeantworter. »Sag mir bitte nach dem Signalton, daß gestern nacht kein Traum war. Wie spät ist es? ... *Hi.*«
Am anderen Ende der Leitung war eine sonderbare Stille. Es war auf einmal, als ob er in einem pechschwarzen Dunkel hing, in einen tiefen Schacht stürzte oder in die unergründlichen Tiefen des Todes glitt.

Endlich klang eine Stimme aus den kleinen Löchern der Hörmuschel. Stefanovitchs Puls beschleunigte sich, während er hörte, was sie sagte.
»Ich möchte, daß Sie eines wissen, Stefanovitch. Ich habe sie selbst erschossen. Ich habe den Job persönlich erledigt. Ich stand im Korridor ihres erbärmlichen Mietshauses in Brooklyn Heights. Als sie aufmachte, habe ich die Schrotflinte abgefeuert. Den Rest können Sie sich wohl vorstellen. Sie verstehen doch, ja? Gute Nacht.«

Stefanovitch und
Isiah Parker,
Central Park
West

Ich möchte, daß Sie eines wissen.
Ich habe sie selbst erschossen ...
Den Rest können Sie sich wohl vorstellen ...

Die schrecklichen Explosionen in seinem Kopf hatten seit dem Anruf nicht aufgehört. Um halb sieben Uhr morgens stand er in der 43. Straße West und wartete darauf, daß das Fitneßcenter öffnete. Er war seit vier Uhr auf.

Dieses eine Mal zeigte Beth Kelley bei den Übungen Mitleid. Sie setzte ihm zu, aber sie versuchte nicht, ihn kaputtzumachen. Der wunde Ausdruck in seinem Gesicht hatte sie wankend gemacht. Um acht Uhr waren Stefanovitch und Isiah Parker wieder in Central Park West und warteten wieder darauf, daß Alexandre Ste-Germain zu seiner Limousine ging. Sie wollten die Jagd – die reale Jagd – fortsetzen. Vielleicht war es die endgültige Jagd.

Der Grabtänzer hatte mit seinem Anruf ins Schwarze getroffen. Stefanovitch hatte danach kein Auge mehr zutun können. Er hatte auf dem Sofa gelegen und an die qualvollen Monate gedacht, an all das Leid nach der Schießerei in Long Beach und Annas Ermordung.

Ich möchte, daß Sie eines wissen. Ich habe sie selbst erschossen.

Er hatte über zwei Jahre gewartet, jetzt brauchte er Gerechtigkeit, irgendeine Rache für alles, was geschehen war.

Als er in Minersville zur Schule gegangen war, hatte ein Pfarrer versucht, den Kindern den Begriff der Unendlichkeit zu erklären. Der Geistliche hatte sie aufgefordert, sich an den Anfang der Unendlichkeit zurückzuversetzen. Die geistige Übung hatte Stefanovitch jedesmal Qualen bereitet. Offensichtlich konnte es keinen Anfang geben. Egal, wie weit er zurückging, Milliarden und Milliarden von Jahren, er konnte nie den Ausgangspunkt der Unendlichkeit erreichen.

Stefanovitch empfand nun die gleiche Mischung von Frustration und ohnmächtigem Zorn. Alexandre Ste-Germains Unversehrtheit und Arroganz waren ein Hohn auf seine, Stefanovitchs, ganze Existenz. Der Grabtänzer hatte sich über das Gesetz, außerhalb jeder moralischen und ethischen Ordnung, gestellt.

Als sie aufmachte, habe ich die Schrotflinte abgefeuert.

Den Rest können Sie sich wohl vorstellen.

»Er scheint heute morgen schwer in Gang zu kommen. Sitzt sicher noch an seinen Schoko-Crispies«, sagte Isiah Parker schließlich.

Er spürte, daß etwas an Stefanovitch nagte. Er schlief neuerdings auch sehr schlecht, höchstens zwei oder drei Stunden pro Nacht. Er konzentrierte sich uneingeschränkt auf die Ermittlungen gegen Alexandre Ste-Germain. Er betrachtete sie als Voraussetzung für sein eigenes Überleben.

»Warum er mich wohl angerufen hat?« fragte Stefanovitch. »Warum ausgerechnet jetzt? Was, zum Teufel, ist los?«

»Vielleicht zeigt der Druck langsam Wirkung. Sie haben ihn gestern verdammt bloßgestellt. Davor haben Sie ihn vor seiner Wohnung wie einen miesen Penner behandelt. Er ist sehr arrogant. Ich konnte es sehen, als ich zum erstenmal in seine Augen blickte.«

»Nein, es ist was anderes. Etwas, das unmittelbar mit dem Anruf zusammenhängt.«

»Ich glaube, nicht. Es sei denn, daß er die Situation immer noch kontrolliert.«

»Vielleicht ergreift er wieder die Initiative«, sagte Stefanovitch.

Sein Blick war auf den Wagen des Grabtänzers gerichtet, der dreißig Meter von ihnen entfernt am Bürgersteig parkte. Der dunkelblaue langgestreckte Cadillac wartete vor dem Eingang des Apartmenthauses. Der Motor lief, bläulicher Qualm quoll träge aus dem Auspuff. Taxen und andere Privatautos, die jemanden abholen wollten, mußten hinter oder vor der protzigen Limousine halten.

Stefanovitchs Uhr zeigte neun. Sein Vater hatte sie ihm zum Abschied geschenkt, als er Minersville verließ. Es war eine alte Bulova, die immer noch pünktlich ging. Sie entsprach auch der Verfassung, in der er heute war. Wie unmittelbar vor einem Rennen.

Irgend etwas geschah gerade. Sein Bulleninstinkt sagte ihm, daß in diesem Moment, in dem er und Parker im Überwachungsauto saßen und das Gebäude beobachteten, in dem Alexandre Ste-Germain wohnte, eine andere vielschichtige Operation ablief, in einem Universum, das von dem ihren getrennt war. In Ste-Germains ruchlosem Universum, der Welt des Mitternachtsclub.

»Es wird mir irgendwie zu vertraut«, sagte er endlich. »Ich meine diese Überwachungsnummer. Vielleicht ist es das, was mich stört. Ich habe jetzt zehn nach neun. Er war noch nie so spät dran. Die Limousine kann theoretisch bis heute abend warten. Was haben sie vor?«

Isiah Parker stieß die Tür auf und stieg aus. Er redete lauter als eben, um die Verkehrsgeräusche zu übertönen. »Diesmal gehe ich. Wetten wir, daß ich diesen blöden Chauffeur dazu bringe, das Fenster runterzukurbeln?«

»Die Wette würde ich wohl verlieren.«

Isiah Parker ging den Central Park West zu der wartenden Limousine hoch. Mit seinen langen Schritten legte er die Entfernung rasch zurück. Seine dunklen Brillengläser schienen die Blicke der anderen Passanten auf dem Bürgersteig abzuwehren.

Als er den Cadillac erreicht hatte, klopfte er heftig an die Fahrertür. Das Fenster war verspiegelt. Parker konnte sich selbst und

die vorbeifahrenden Autos sehen. Schließlich glitt die Scheibe hinunter.
Isiah Parker lächelte, als er sich zu dem Fahrer beugte. Es war eine typische Konfrontation zwischen einem New Yorker Bullen und einem Mafioso aus New Jersey, ganz alltäglich. Der Fahrer trug einen glänzenden schwarzen Anzug und hatte eine Ray-Ban-Sonnenbrille auf. Er lächelte schmierig.
»Wo ist der Grabtänzer, mein Bester? Dein Boß wird heute zu spät zur Arbeit kommen«, sagte Parker.
Der Fahrer zuckte die Achseln und stieß einen grunzenden Laut aus. Die Geste bedeutete »Leck mich«.
»Mr. Ste-Germain ist schon zur Arbeit. Aber er hat eine Nachricht für euch beide hinterlassen. Er läßt euch ausrichten, daß ihr eures Amtes walten und mir ein Ticket wegen verbotenen Parkens geben sollt. Ich soll es vor euren Augen zerreißen. Er sagt, ihr habt eure Gesetze, und er hat seine. Er sagt, ich soll dir und deinem Kumpel, dem Krüppel da, ausrichten, daß das Spiel gerade erst anfängt. Dies ist erst der Anfang, Bulle.«
Sekunden später kam ein Alarmruf über das Funkgerät im Wagen von Stefanovitch und Parker. Etwas war geschehen. Der Grabtänzer war tatsächlich schon an der Arbeit.

Alexandre Ste-Germain, New York

Alexandre Ste-Germain fuhr an diesem Morgen nachdenklich und schweigsam durch die Stadt. Er dachte an Schritte, die er kürzlich eingeleitet hatte: Sie ließen sich nicht mit dem Bemühen um Seriosität vereinbaren und verstießen eindeutig gegen die neuen Regeln, die der Club befolgen wollte, um unsichtbar zu bleiben. Stefanovitch war zu lange hinter ihm hergewesen. Er hatte es einmal geschafft, dem Tod von der Schippe zu springen, und war in einem Rollstuhl gelandet. Aber dieser sture Bulle gab trotzdem nicht auf.

Er hatte ihn öffentlich beleidigt und gedemütigt. Er war dafür verantwortlich, daß die Polizei einen Frachter, der Heroin geladen hatte, an die Kette legte, er hatte die RICO-Schikanen und die anderen ärgerlichen Vorkommnisse initiiert, mit denen sie ihm neuerdings das Leben schwermachten.

Ste-Germain hatte schon vorher mit eifrigen Kriminalbeamten zu tun gehabt. Manchmal wurden sie von einem rätselhaften Bedürfnis nach Rache getrieben, in anderen Fällen von strengen moralischen Prinzipien. Bei Stefanovitch schien es jedoch mehr zu sein. Ste-Germain hatte Jimmy Burke gebeten, den Lieutenant von der Mordkommission unter die Lupe zu nehmen. Burke hatte Akten des Polizeipräsidiums fotokopiert. Die Unterlagen hielten Stefanovitchs fernere und jüngere Vergangenheit in trockener Amtssprache fest. Er hatte als Offizier bei der Kriegsmarine gedient und im Nahen Osten zwei Tapferkeitsauszeichnungen bekommen. Er war 1975 zur New Yorker Polizei gegangen und hatte sich bald einen Ruf als Schnellaufklärer gemacht. Er war unermüdlich, er schien nicht korrupt zu sein, die Leute ganz oben mochten und respektierten ihn. Obgleich an den Rollstuhl gefesselt, galt er im Präsidium immer noch als Spitzenmann. Stefanovitch war nach wie vor auf dem aufsteigenden Ast.

Zwei Dinge gingen zweifelsfrei aus den Akten hervor: Stefanovitch war verdammt gescheit für einen Bullen, und Stefanovitch war in seiner Pflichterfüllung unermüdlich. Er war in gewisser Hinsicht ein sehr altmodischer Polizist, fast ein Anachronismus. Er hatte offenbar einen Gerechtigkeitsfimmel, er hatte einen Moralkodex und ein Arbeitsethos aus einer vergangenen Epoche.

Ste-Germain hatte wirklich keine andere Wahl.

Das Gesetz der Straße mußte wieder angewendet werden.

Sarah und
Sam McGinniss,
66. Straße Ost

Es gab immer noch eine kleine friedliche Insel in Sarahs Leben, einen Rest Normalität, der ihr Halt gab.
Sam stand unter dem eleganten Eingangsbaldachin ihres Apartmenthauses und sprach mit seinem besten Freund, Austin, einem ebenfalls sieben Jahre alten Jungen aus der Nachbarschaft. Sarah stand ein paar Schritte weiter. Sie hatten noch ein wenig Zeit, bis Sam zur Schule mußte, die gleich um die Ecke in der Park Avenue war.
Dies war eine angenehme und willkommene Art, ein paar freie Minuten zu verbringen. Sam hielt Austin aufgeregt einen Vortrag über Baseball und Trafos, und Sarah wechselte einige Worte mit Nachbarn, die aus dem Gebäude traten. Obgleich sie im selben Haus wohnten, sahen sie sich nur ein paarmal im Jahr – typische New Yorker Beziehungen. Jedesmal, wenn Sarah auf ihren Sohn blickte, hatte sie das Gefühl, daß das Leben, das sie in letzter Zeit geführt hatte, vollkommen unwirklich war.
»Ich glaube, wir müssen jetzt los«, rief sie schließlich zu Sam hinüber.
Er schlug seinem Freund rasch vor, sich nach der Schule in dem Gang hinter dem Haus zu treffen und Baseball zu trainieren, und verabschiedete sich dann von ihm. Der Hausmeister ließ sie gewöhnlich dort spielen, es sei denn, er arbeitete an den Wasser-

rohren, die er mindestens alle zwei Wochen zu streichen oder abzuschmirgeln schien.
Sarah und Sam gingen die 66. Straße zur Park Avenue hinunter. Sie beobachtete ihren Sohn aus den Augenwinkeln heraus. Er war manchmal wie ein neugieriger kleiner Vogel, der das heimatliche Nest erkundete.
Er kannte wirklich jeden Quadratzentimeter der unmittelbaren Nachbarschaft. Er registrierte jedes neue Gesicht, er wußte mit als erster Bescheid, wenn jemand sich einen Hund gekauft hatte. Er kannte die Zeitungsverkäufer und den Mann aus Costa Rica mit den Hot Dogs, und er achtete auf die frischen Blüten der Ligusterbäume am Bürgersteig.
Heute morgen war er etwas stiller als sonst, und Sarah glaubte, den Grund zu wissen. Sie verbrachte zuviel Zeit mit den Ermittlungen und ihrem Buch. Sam würde nicht damit herausrücken, aber er fühlte sich vernachlässigt.
»Ist was nicht in Ordnung? Sag deiner alten Mam die Wahrheit«, sagte sie endlich auf halber Höhe des Häuserblocks.
»Es ist nichts. Alles okay.«
Sarah legte ihm den Arm um die Schultern.
»He, weißt du, was? Ich glaube dir nicht. Du lügst, kleiner weißer Mann.«
Sam fing an zu lachen. Sie konnte ihn fast immer zum Lachen bringen. Sie glaubte, wenn sie ein bißchen mit ihm scherzte, würde es ihr gelingen, ihn aus der Reserve zu locken.
»He, hab' ich dir eigentlich schon gesagt, wie sehr ich mich freue, daß du wieder da bist? Ich kann mich nicht erinnern. Habe ich es dir gesagt, Sam?«
Er lachte wieder. »Erst hundertmal, Mam.«
»Wie viele von den hundert Mal hast du mir geglaubt? Eines?«
Sam lächelte weiter. Das gehörte zu den Dingen, die sie gemeinsam hatten. Sie konnten über fast alles lachen.
»Wollen wir Sonnabend nach East Hampton fahren? Ich verspreche dir, daß ich nicht arbeiten werde. Ich mache Waffeln mit Erdbeeren. Dann baden wir. Natürlich Ballspielen. Und Dra-

chensteigen. Ein paar von deinen Lieblingsvideos. Und das ist erst der Morgen.«
Sam griff nach ihrer Hand.
»Und Stef? Kommt er mit nach East Hampton?«
Sarah hatte nicht mit der Frage gerechnet, war aber nicht sehr überrascht. »Möchtest du denn, daß er mitkommt?« fragte sie.
»Ja, er ist so lustig. Er ist mein Freund.«
»Sehr gut. Ich möchte auch, daß er mitkommt.«
Immer noch Hand in Hand, bogen Sarah und Sam in die Park Avenue, wo der übliche morgendliche Stop-and-go-Verkehr herrschte. Auf dem Bürgersteig drängten sich die Leute. Es war ein bißchen beängstigend. Männer in hellen Sommeranzügen, entschlossen blickende Frauen in teuren Kostümen und Schneiderkleidern, jede zweite mit Joggingschuhen.
An der Ecke stand ein Mann in einem leichten hellbraunen Anzug, der absolut verloren wirkte und ratlos hin und her blickte. New York konnte für Besucher von auswärts eine einzige Horrorstory sein. Er wandte sich an Sarah, als sie mit Sam vorbeiging.
»Entschuldigen Sie bitte, wo ist die Third Avenue ... Ich habe die Orientierung verloren. Ich weiß nicht mehr, welche Richtung es ist.«
Sarah wollte zur Park Avenue zeigen, aber da wurde sie von seiner flachen Hand getroffen. Der unerwartete Schlag auf ihre Brust nahm ihr den Atem. Sie stürzte auf den Rücken. Sie hatte keine Luft mehr in den Lungen. Sie konnte keine Luft holen, nicht um Hilfe rufen. Ein furchtbarer Schmerz schoß ihr Rückgrat hoch. Der Mann auf dem Bürgersteig hob Sam hoch. *Es war, als nähme er ihn liebevoll auf die Arme.*
Der Junge wußte nicht, was er tun sollte, um sich von dem Fremden zu befreien. Er versuchte, sich zu wehren, hatte aber nicht die Kraft, sich dem Griff des Mannes zu entwinden.
»Gehen wir, mein Sohn.«
Der Mann sagte es laut genug, um von den gerade vorbeikommenden Passanten gehört zu werden.

»Komm mit deinem Dad ins Auto. Auf geht's. Zu den Rennen.«
Der Mann lachte. Er kitzelte Sam zärtlich unter den Armen ... *damit Sam nicht rufen konnte.* Der Mann hatte einen deutschen Akzent. Wer war er? Was geschah?
Sarah konnte immer noch nicht Luft holen. Sie konnte nicht um Hilfe rufen. O Gott, bitte nicht ...
Es *sah aus,* als ob Sam nur deshalb zappelte, weil der Mann ihn kitzelte. Der Mann, der so tat, als wäre er sein Vater.
Sarah brachte ein Keuchen hervor. Sie konnte immer noch nicht schreien, war ihrer Stimme noch nicht mächtig.
Sie war sich noch nie so hilflos vorgekommen, außer im Traum. Wenn sie einen der schrecklichen Alpträume hatte, in denen sie Sam zu verlieren schien.
Sam wurde in eine schwarze Limousine getragen, die am Bürgersteig parkte. Das war alles, was sie vom Boden aus sehen konnte. Es war vielleicht ein BMW? Oder ein Audi? Sie konnte es nicht erkennen ... Ein Deutscher? Der Akzent?
Der Wagen fuhr an und fädelte sich in den dichten Verkehr in östlicher Richtung ein.
Immer noch schrecklich benommen, versuchte Sarah, sich hochzustemmen. Leute blieben neben ihr stehen, um zu helfen. Keiner begriff, was eben passiert war. Ihr Gesichtsfeld war total verschwommen. Die Gesichter über ihr verschmolzen zu einer einzigen Fratze.
Endlich schrie sie laut auf. Die Leute, die auf dem Weg zur Arbeit waren, hörten flehende Worte. »Hilfe! Helfen Sie mir bitte! Sie haben meinen Sohn entführt!«

Stefanovitch, 66. Straße Ost

Sarah wartete in ihrer Wohnung auf die Polizei, vor allem jedoch auf Stefanovitch. Sie konnte nicht aufhören zu schluchzen. Sie ging zum hundertstenmal zu den Erkerfenstern im Wohnzim-

mer und starrte auf die Straße hinunter. Sie war wie betäubt, und Betäubung war das einzige, was ihr in diesen Momenten helfen konnte.
Sie versuchte, sich einzureden, daß es in der Park Avenue eine dumme Verwechslung gegeben hatte, aber sie wußte es besser.
Es klingelte. Die Polizei war da.
Aber vor dem Hauseingang stand immer noch kein Streifenwagen. Der Kriminalbeamte und der Streifenpolizist waren zu Fuß vom Revier herübergekommen. Der Kriminalbeamte hatte ein schwarzes Ledernotizbuch und einen Kugelschreiber in der Hand. Er sah aus, als träfe er Anstalten, ein Strafmandat auszustellen. Es war nicht die einfühlsamste Art, eine Frau zu begrüßen, deren Sohn soeben entführt worden war.
»Ihr kleiner Junge ist nicht in der Schule?« fragte der Beamte. »Mein Name ist Cirelli, Kriminalpolizei«, fügte er hinzu.
»Er ist auf der Straße entführt worden. Ich war dabei. Ich bringe ihn immer zur Schule.« Die Worte sprudelten auf einmal aus ihr heraus. »Ein Mann in einem beigen Anzug hat Sam in einen schwarzen Wagen getragen. Ich glaube, es war ein BMW. Er hat mich niedergeschlagen.« Sie weinte wieder. Sie konnte es nicht verhindern.
Der Beamte verkrampfte sich. Er war übergewichtig und hatte ein rosiges Gesicht. Er schien ihr übelzunehmen, daß sie in Tränen aufgelöst war.
»Ist es möglich, daß Sie ihn heute morgen allein zur Schule gehen ließen? So etwas kommt häufig vor.«
Sarah war noch geschockter. Sie war es gewohnt, mit intelligenten Polizisten zu arbeiten, und hatte die andere Sorte ganz vergessen. Sie bezwang den Impuls, dem Kerl eine Ohrfeige zu geben, ihn anzuschreien, sich total gehenzulassen.
»Natürlich nicht. Verstehen Sie denn nicht, wie entsetzlich schwer dies für mich ist? Warum machen Sie es noch schwerer? Ich war bei Sam. Ich war bei meinem Sohn, als es passierte.«
»Schon gut, Mrs. McGinniss. Versuchen Sie bitte, sich zu beru-

higen. Könnten wir eine Beschreibung von Ihrem Jungen haben? Es ist doch ein Junge, nicht wahr?«
»Ja, er ist sieben Jahre alt. Er wiegt dreiundzwanzig Kilo. Ich weiß nicht genau, wie groß er jetzt ist. Er hat braunes Haar, nicht sehr lang. Sein Vater hat ihm gerade die Haare schneiden lassen.«
»Ist der Vater des Jungen hier?« fragte Cirelli.
»Nein. Wir sind geschieden.«
»Könnte der Vater für die Entführung verantwortlich sein? Ich meine, haben Sie kürzlich Probleme mit dem Sorgerecht gehabt?« Es klingelte wieder. Diesmal war es Stef. Er kam herein, und Sarah umarmte ihn verzweifelt. Er brauchte nicht zu hören, was geschehen war. Er wußte es schon. Er verstand... Das Gesetz der Straße.
Er schluckte heftig und sagte: »Alles, was wir im Moment tun können, wird getan, Sarah. Das ist die Wahrheit.«
»Stef, was ist, wenn wir alles abblasen?« Sie sagte es leise und zögernd. Er spürte, daß sie die Antwort schon wußte.
»Wir könnten es versuchen, aber ich glaube nicht, daß es für Ste-Germain und seine Leute einen Unterschied machen würde. Wir haben gegen das Gesetz der Straße verstoßen. Wir müssen uns was anderes einfallen lassen, um Sam wiederzubekommen. Und das werden wir, Sarah. Wir werden ihn finden. Wir werden alles tun, was getan werden muß.«

Alexandre Ste-Germain, Großmarkt Hunts Point

Hinter der Kreuzung Randall Avenue und Halleck Street in der Bronx endet die Straße an einem riesigen zweigeschossigen Schuppen, dem New Yorker Großmarkt von Hunts Point.
Die Gebäude haben einen gabelförmigen Grundriß mit sechs Zinken, und jedes beherbergt ungefähr sechzig Großhandelsgeschäfte. Drinnen sind Lkw-Parkinseln, Laderampen, Ausstellungsflächen und kleine Büros für die Besitzer. Gemüse- und

Fleischlaster erreichen den Komplex über eine gebührenpflichtige Verteilerstraße, sie kommen gewöhnlich spätabends zwischen elf und eins. Am meisten Betrieb herrscht zwischen drei und fünf Uhr morgens, wenn die Kunden mit ihren Pritschenwagen oder Transportern kommen und vor ihren bevorzugten Ständen halten, um frische Ware zu kaufen. Das New Yorker Amt für Häfen und Verkehr hat eine Ausweisverordnung durchgesetzt, um für ein gewisses Maß an Sicherheit zu sorgen, aber einen Benutzerausweis kann sich praktisch jeder verschaffen.

Am 24. Juli glitt Alexandre Ste-Germains metallicblauer Mercedes geräuschlos den breiten, von Ladenfronten und Verladerampen gebildeten Gang hinunter, hinter dem der eigentliche Großmarkt beginnt. Der Grabtänzer gestattete sich einen seiner seltenen emotionalen Momente.

Es war morgens um fünf Minuten vor vier. Die Geschäfte waren schon seit Stunden geöffnet.

Der teure Wagen schien zwischen den bröselnden eingeschossigen Fassaden und Zugmaschinenaufliegern gar nicht fehl am Platz zu sein. Einige wohlhabende Händler und verschiedene Restaurantbesitzer aus Manhattan, die Wert auf allerbeste Ware legten, fuhren hier ebenfalls in Luxuslimousinen vor.

Alexandre Ste-Germain sah den dunkelbraunen Wagen, ehe sein Mercedes den Treffpunkt erreichte. Er wußte, daß darin drei Männer vom Exekutionskommando des Atlantic City saßen, seine europäischen Söldner.

Als der Mercedes sich näherte, wurden alle Türen der Limousine geöffnet. Einige Sekunden später stieg der erste der drei Männer in Ste-Germains Wagen. Die Männer trugen ein offenes Hemd und Sportsakko, aber einer von ihnen hatte trotz der Wärme außerdem noch einen kurzen braunen Ledermantel an.

»Guten Morgen, Signore. Wie geht es Ihnen an diesem wunderschönen Morgen?« sagte der erste Mann salopp und respektvoll zugleich zu Ste-Germain. Der Mann war Sizilianer. Er hatte ein ausgeprägtes vorspringendes Kinn, das offenbar seine

Fähigkeit zu lächeln beeinträchtigte. Sein Teint war olivfarben. Er hieß Salvatore Crisci, aber er war in ganz Europa unter dem Namen *Cacciatore* – Jäger – bekannt.

Cacciatore war ein Killer, den Alexandre Ste-Germain einige Male in Europa eingesetzt hatte. Er war vor der Sache in Atlantic City noch nie in den Vereinigten Staaten gewesen. Cacciatore hatte etwas gegen Amerikaner, aber gegen amerikanisches Geld hatte er nichts.

Der zweite Mann, der in den Mercedes gestiegen war, hieß Franz Engelhardt. Er war Deutscher und hatte über zwanzig erfolgreiche Bombenanschläge geplant und ausgeführt, alle in Europa. Jahre zuvor war ein handgeschmiedetes Stilett mit einer zwanzig Zentimeter langen Klinge sein bevorzugtes Mordwerkzeug gewesen. Es hatte ihm in Rom den Spitznamen Arrotino – Messerschleifer – verschafft. Engelhardt war der Mann, der Sam McGinniss in der Park Avenue entführt hatte.

Der dritte Mann war Jimmy Burke, der Beamte der New Yorker Polizei, der Ste-Germain in Vietnam kennengelernt hatte.

Die beiden Europäer und Burke sahen nicht so aus, als ob sie sich vor irgend etwas auf der Welt fürchteten, aber es war offensichtlich, daß sie einen Heidenrespekt vor Alexandre Ste-Germain hatten. Sie vermieden es, dem Blick seiner kalten Augen zu begegnen, es sei denn, sie mußten es tun, weil er mit ihnen redete. Sie waren hier, um Meldung zu machen und neue Befehle entgegenzunehmen.

»Wir haben Stefanovitch und Parker die letzten paar Tage beschattet«, sagte Cacciatore mit seiner sonderbar hohen Stimme. Er sah aus wie eine Tunte, die zu dick aufträgt. Sein orangerotes Haar war hochtoupiert. Er war geschminkt und trug hautenge Hosen. Das bewußte Bemühen, aus dem Rahmen zu fallen, trug dazu bei, einen vollkommen falschen Eindruck zu erwecken. Viele Unterweltler schworen auf Rollenspiel.

Cacciatore gestikulierte beim Reden mit beiden Händen. »Ich habe eine Schachtel Zigaretten gekauft. Ich stand in einem kleinen Geschäft in der 84. Straße rechts neben Stefanovitch. Ich hätte ihn dort erledigen können. Sie sagten aber, wir sollten warten. Parker geht abends anscheinend oft zu einer Frau. Sie arbeitet als Fotomodell an der East Side.«

Alexandre Ste-Germain blickte an ihm vorbei auf den geschäftigen Großmarkt. Er hatte seinen Zorn jetzt besser unter Kontrolle. Er fühlte sich in dieser Umgebung von Händlern und Arbeitern ausgesprochen wohl. Der Geruch von Obst und Käse erinnerte ihn an seine Jugend, an die frühmorgendlichen Straßen von Marseille.

Er überlegte, was er mit Stefanovitch machen sollte. Einige Clubmitglieder wollten, daß er den Polizisten ignorierte. Daß er Geduld hatte ... Aber er konnte nicht länger warten und geduldig sein. Stefanovitch mußte unschädlich gemacht werden. Der Kerl war fest entschlossen und konnte alle möglichen Ressourcen mobilisieren. Eines Tages könnte er Glück haben.

»Erledigt es jetzt. Es ist mir egal, was die anderen dazu sagen. Wir sind hier nicht im Harvard Club. *Erledigt es jetzt!*«

Stefanovitch und Sarah McGinniss, 66. Straße Ost

Sarah und Stefanovitch blieben die ganze Nacht auf – die längste und schlimmste Nacht in Sarahs Leben. Sie war sich der Geräusche ihrer Wohnung noch nie so akut bewußt gewesen. Sie blickte auf ihre Armbanduhr und sah, daß es zwanzig nach vier war. Sie hätte fünf oder halb sechs geschätzt. Die Minuten rannen bleiern dahin.

Ein Kriminalbeamter des zuständigen Reviers war die Nacht über in der Wohnung stationiert. Er wartete am Telefon oben. Der letzte Anruf war um Mitternacht gekommen. Es war Roger, der sich endlich aus Kalifornien gemeldet hatte. Sie hatte ein dutzendmal versucht, ihn zu erreichen. Er war aufgeregt und sehr besorgt gewesen, aber er hatte ihr auch Vorwürfe gemacht, weil sie nach New York gegangen war, wo »dauernd so was passiert«.

Um halb acht kam Annie Leigh, die Putzfrau. Annie war eine gefällige und fürsorgliche Farbige aus St. Maartens. Sie arbeitete seit fast zwei Jahren, seit sie und Sam die Wohnung in New York bezogen hatten, für Sarah. Annie Leigh liebte Sam, als wäre er ihr eigener Sohn. Nun mußte *sie* beruhigt und getröstet werden, und Sarah brach unter der zusätzlichen emotionalen Bürde fast zusammen.

Später am Morgen versuchte Stefanovitch, etwas zu essen. Er saß am Küchentisch, trank Kaffee und zwang sich, einige aufgebackene Semmeln hinunterzuwürgen. Das Telefon hatte immer noch nicht geklingelt. Die Küche, die ganze Wohnung wirkte unnatürlich still, fast so, als wäre er noch nie dagewesen.

»Es ist so unwirklich, Stef. So furchtbar. Ich kann immer noch nicht glauben, daß es geschehen ist. Warum habe ich bloß nicht besser aufgepaßt? Ich hätte wissen müssen, daß so was passieren könnte.« Sarah konnte nichts essen.

»Hör auf. Du konntest es nicht wissen.« Stefanovitch griff über den Tisch und nahm ihre Hand. Er wollte ihr helfen, aber er sah keinen Weg. Alles Erdenkliche wurde bereits getan. Dafür hatte er gesorgt.

»Wir werden bald etwas über die Ermittlungen in der Nachbarschaft hören. Vielleicht haben sie etwas gefunden. Einen ersten Anhaltspunkt, dem wir nachgehen können.«

Stefanovitch hatte darum gebeten, die Befragungsprotokolle zu Sarahs Wohnung zu bringen, sobald sie getippt wären. Um zehn Uhr kam Cirelli mit den Fotokopien. Die Mappe enthielt eine Skizze vom Schauplatz des Verbrechens, wie Sarah ihn geschildert hatte, und einige wenige Einzelheiten, die andere Zeugen beigesteuert hatten. Cirelli zerfloß vor Diensteifer.

Es gab auch ein vorläufiges Phantombild des Entführers, ebenfalls nach Sarahs Angaben: ein weißer Mann Mitte bis Ende Dreißig. Gepflegt, mit einem leichten beigen oder hellbraunen Geschäftsanzug.

Er sah aus wie irgendeiner von tausend Geschäftsleuten, die jeden Morgen die Park Avenue hinuntergingen. Sarah hatte gedacht, er sei vielleicht Deutscher, so daß sie mit der Einwanderungsbehörde zusammenarbeiteten, um die Bürger der Bundesrepublik zu überprüfen, die in letzter Zeit eingereist waren.

Um die Zeit totzuschlagen, lasen Sarah und Stefanovitch alle Aussagen der Passanten, die sich zum Zeitpunkt des Verbrechens nahe dem Schauplatz in der Park Avenue oder in der 66. Straße befunden hatten. Einige hatten gesehen, wie der Mann »seinen kleinen Sohn« trug, ihn »tätschelte« und ihn »zu ihrem Auto brachte«.

Keinem der Augenzeugen war klargewesen, daß er in Wahrheit eine Entführung miterlebte. Am Ende jeder Aussage standen zwei Großbuchstaben – NE, *negative Ergebnisse.*

Das war alles, was sie in den letzten zwanzig Tagen herausbekommen hatten. *Negative Ergebnisse* bei den Ermittlungen über die ersten Morde im Allure, *negative Ergebnisse* beim Stilettmord im Cin-Cin, *negative Ergebnisse* beim Massaker im Trump's Plaza in Atlantic City. Nun dies. Alexandre Ste-Germain schien immer die Oberhand zu behalten. Er schaffte es irgendwie immer, die Kontrolle zu behalten.

Sarahs namenloses Entsetzen wurde immer größer.

Am Mittag wäre Sam normalerweise von der Schule nach Hause gekommen... gegen Viertel nach zwölf hätten er und Sarah einen kleinen Lunch gegessen, den sie in einer Schreibpause vorbereitet hätte, aber heute kam kein Sam. Die Stille, die Leere in der Wohnung waren greifbar und unerträglich.

Sarah ging abermals in Sams Zimmer. Stefanovitch begleitete sie. Sie sah ein, daß es das Falscheste war, was sie jetzt tun konnte. Sie fing wieder an zu schluchzen und schlug die Hände vor die Augen. Sie war nie so ohnmächtig gewesen, hatte sich nie so entsetzlich leer gefühlt.

Sie bekam eine Gänsehaut an den Armen und Beinen. Sams Sachen – sein Baseballhandschuh, ein mit Klebeband geflickter Hockeyschläger, seine ordentlich zusammengelegten Kleidungsstücke – gaben dem Raum etwas Fröhliches. Am Fenster lehnte eines seiner Lieblingsbücher, *Harold und der rote Stift*. Seine Sachen schienen sie anzuklagen. Sie hatte sich nie als hysterisch betrachtet, aber sie hatte auch noch nie ihren Sohn verloren.

»Wir werden Sam zurückholen«, flüsterte Stefanovitch. Aber er war sich dessen nicht mehr sicher.

Er begann endlich, Alexandre Ste-Germain ganz zu begreifen. Er war sich nun bewußt, daß er Ste-Germain bei aller Intelligenz und Skrupellosigkeit, die er ihm zugebilligt hatte, gefährlich unterschätzt hatte. Ste-Germain war auch gründlich. Er würde alles tun, um zu gewinnen – er würde jedes Verbrechen begehen, jeden Mord und jede unvorstellbare Tat anordnen. Das war sogar das durchgehende Muster: unvorstellbare Taten. Eine Unmenschlichkeit nach der anderen. Der Grabtänzer war ein psychopathischer Mörder. Für ihn gab es kein Gut und Böse, er hatte kein Gewissen und keine Moral. Und es gab kein legales Mittel, um ihm das Handwerk zu legen.

Alexandre Ste-Germain hatte sie wieder und wieder geschlagen. Der Grabtänzer hatte alles gewonnen, was zu gewinnen sich lohnte.

Männer wie er kontrollierten jetzt die Welt.

Diese miesen kleinen Strolche.

Isiah Parker,
74. Straße Ost

Isiah Parker hatte seit einigen Tagen das Gefühl, verfolgt zu werden. Er hatte nie einen der Beschatter gesehen, aber er hatte ihre physische Nähe mehrmals gespürt.
Er lief an diesem späten Abend durch sein altes Viertel in Harlem. Er ging die 119. Straße hinunter und spazierte in westlicher Richtung durch den Morningside Park, wo offensichtlich jede Menge Crack-Deals und andere Drogentransaktionen getätigt wurden. Die halbwüchsigen Dealer arbeiteten neuerdings mit elektrischen Piepern, um einander zu informieren und Zeichen zu geben. An einem bestimmten Block gab es zwölf Häuser, in denen Crack fabriziert wurde.
Dann ging er den Broadway hinunter zur 96. Straße, durch die Gegend, die seit einiger Zeit luxussaniert wurde. Die weißen Yuppies nannten sie Sohar, Abkürzung von South Harlem. Dann und wann winkte jemand Parker im Vorbeigehen zu. Er war als Bulle bekannt, aber das spielte keine Rolle, weil er und sein Bruder Marcus so lange ein Teil des Viertels gewesen waren. Isiah Parker lächelte einigen vertrauten Gesichtern zu. Anderen schenkte er nur einen ausdruckslosen Blick, oder er sah links an ihnen vorbei. Das alte New Yorker Straßenspiel. Er und Marcus hatten früh gelernt, wie man sich im Großstadtdschungel verhalten muß. Besonders im Dschungel von Harlem.
Er hatte immer öfter ein taubes, kaltes Gefühl im Magen. Es

rührte von der Erkenntnis her, daß er sich nicht mehr lange auf diese Weise verstecken konnte. Eine Lähmung bemächtigte sich seines Körpers. Wie gern würde er den Zorn wieder spüren, der ihn die letzten Monate angetrieben hatte, aber der brennende Zorn wollte nicht kommen. Er mußte ihn zurückholen, wenigstens ein letztes Mal.

All die ausgeklügelten Pläne – die Überwachung rund um die Uhr, die ganze Zermürbungstaktik – waren für Alexandre Ste-Germain nichts weiter als ein paar weitere Spielchen der Polizei. Ste-Germain hatte früh in der Kampfzone gestanden. Er hatte Bandenkriege in Rom, Paris, Amsterdam und Macao überlebt. Er war immer gedeckt und geschützt, allen anderen, einschließlich der Polizei, einen oder mehrere Schritte voraus.

Isiah Parker ging in ein billiges Stehcafé an der Ecke 106. Straße gegenüber vom Olympia Theater an der anderen Seite des Broadways. Er setzte sich an die Theke und trank einen Becher heißen, bitteren Kaffee und aß einen altbackenen Doughnut, der nach schlechtem Fett schmeckte. Er saß so, daß er die Straße im Auge hatte, aber er sah nichts, was ihn beunruhigte.

Die Stehcafés werden neuerdings alle von Orientalen übernommen, dachte er. Die Chinesen und Koreaner in New York galten als »emsige kleine Arbeiter«, aber ihr Kaffee war lausig. Für Schwarze blieb nicht mehr viel übrig.

Die beiden koreanischen Jünglinge hinter der Theke sagten keine Silbe zu ihm. Wahrscheinlich sahen auch sie auf Schwarze runter. Parker ließ ihnen trotzdem ein Trinkgeld da und ging wieder auf die Straße.

Jetzt mußte bald etwas passieren. Es braute sich entschieden zusammen. Mit der Entführung von Sarah McGinniss' Sohn hatte es angefangen. Und da war der nächtliche Anruf bei Stefanovitch. Wenn er über all das nachdachte, hatte er das Gefühl, daß jemand von hinten auf ihn zugerannt kam und ihn in den Rücken schoß. Es schien jetzt fast zwangsläufig zu sein.

Er wollte nicht riskieren, verfolgt zu werden. Er benutzte den Trick mit der U-Bahn und lief von der 103. Straße hinunter zur

77. Straße West und zum Broadway. Er stieg als letzter in einen überfüllten Wagen. Dann stieg er bei irgendeiner Haltestelle unvermittelt aus, und dann, kurz bevor die elektrisch betriebenen Türen sich schlossen, stieg er rasch wieder ein.
Zuletzt war er einigermaßen sicher, daß ihm niemand folgte. An der Ecke 72. Straße und Broadway nahm er ein Taxi und fuhr quer durch die Stadt zur East Side. Er ließ den Fahrer im Central Park halten. Er stieg aus und ging den Rest des Wegs zu Fuß.
Niemand kam ihm nach. Es sei denn, sie waren genial, zu gut, dann war er sowieso fällig.
Um halb zwölf betrat er den ungepflegten, halbdunklen Eingang eines alten Stadthauses an der East Side, blieb vor einem angelaufenen Messingschild stehen und klingelte. Er klingelte noch einmal. Es gab keine funktionierende Sprechanlage, nur ein angerostetes Gehäuse, das früher mal eine enthalten hatte.
Gegen Mitternacht war Parker mit einem Fotomodell namens Tanya Richardson im Bett. Tanya war ein Mädchen, das er in den letzten Monaten ab und zu gesehen hatte. Er fühlte sich in ihrer Wohnung an der East Side sicher. Fast niemand wußte, daß er und Tanya ein Verhältnis hatten. Und Parker war sicher, daß er den paar Leuten, die es wußten, vertrauen konnte...

Um halb zwei Uhr morgens lag Parker wach und dachte an all das, was sie noch tun mußten, um Ste-Germain aus dem Verkehr zu ziehen. Trotz der letzten halben Stunde war er unruhig und nervös. Endlich beschloß er, einen Spaziergang zu machen. Noch einmal um den Block zu gehen und sich zu vergewissern. Dann würde er vielleicht schlafen können.
Er stand, so leise er konnte, auf. Das Bett war ein verrücktes und verschnörkeltes Ding aus Messingstangen und weiß und gold lackierten Seitenteilen. Federn quietschten, aber Tanya bewegte sich nicht. Er küßte ihren langen Hals, ihr langes braunes Haar. Dann ging er.
Die grellen Straßenlampen blitzten auf alle möglichen Oberflä-

chen und blendeten ihn zunächst. Er machte ein paarmal die Augen zu und auf, um sich an das Licht zu gewöhnen. Er fing an, die Second Avenue hinunterzugehen, die alte Lieblingsmeile der Singles, den großen Liebespfad, der noch um diese Zeit dicht bevölkert war.

Parker bog in die 74. Straße ein. Er machte nur noch ein paar Schritte. Leicht vornübergebeugt glotzte er in die Fenster der Wagen, die in der Nebenstraße Stoßstange an Stoßstange parkten. Seine Augen hatten sich immer noch nicht ganz an die Beleuchtung gewöhnt.

Endlich sah er, was er gesucht, aber nicht zu finden gehofft hatte. In seinem Kopf schrillte eine Alarmsirene los, hallte durch seinen ganzen Körper.

Dort bei Goodfellow's, einem beliebten Restaurant mit Bar in der Second Avenue, saßen zwei Typen. Parker beobachtete sie wenigstens sechzig Sekunden, um ganz sicher zu sein.

Er war ganz sicher. Er hatte den mit den roten Haaren heute, das heißt gestern, schon mal gesehen. Sie beschatteten ihn.

Sie hatten nicht gesehen, wie er zur Second Avenue ging. Sie waren zu sehr damit beschäftigt, das Haus im Auge zu behalten, wo sie ihn und seine Freundin schlafend glaubten. Ja, sie beobachteten zweifellos das alte Reihenhaus. Auch der Grabtänzer hatte ein Überwachungsteam.

Isiah Parker überquerte die 74. Straße. Er hielt sich zwischen den Pärchen, die irgendwo gegessen hatten und noch einen Drink nehmen wollten. Nur daß er schneller ging als sie.

Er betrat mit langen Schritten Goodfellow s und zückte seine goldfarbene Polizeimarke.

Er sagte: »Polizei. Sie bleiben hier stehen. Sie lassen niemanden mehr rein. Kapiert?«

»Ja, ja. Okay, Mann. Sicher.«

Er redete leise und nachdrücklich mit dem blonden irischen Rausschmeißer, der den Eingang bewachte und zugleich als Empfangschef fungierte.

Er konnte die Köpfe und Schultern der beiden Killer sehen. Sie

saßen hinten in der getönten Plexiglasnische an der Seite der Theke, wo sie Tanyas Wohnung am nächsten waren. Die Beschatter.
Beide trugen dunkle, europäisch geschnittene Sakkos. Parker war sicher, daß sie darunter Schußwaffen trugen.
Der stämmige Rausschmeißer hatte sich nicht von der Stelle gerührt. Er war offensichtlich klüger, als er aussah. Die Restaurantgäste beugten sich über fettige Hamburger, Rumpsteaks und schlaffe Salate des Hauses. Von der Klimaanlage tropfte Wasser auf den roten Steinboden.
Parker spähte hinter einem weiß verputzten Pfeiler hervor und bückte sich unvermittelt. Er zog einen .22er Revolver aus dem um sein rechtes Bein geschnallten Halfter.
In diesem Moment sah ihn der Killer, der Jäger genannt wurde.
Die rechte Hand des Sizilianers verschwand im Sakko. Er war erstaunlich schnell und behende für seine Größe. Sein hochtoupiertes orangerotes Haar sorgte dafür, daß die meisten Polizisten seine Kampfkraft unterschätzten.
Der andere Killer schien sich, verglichen mit ihm, in Zeitlupe zu bewegen. Aber er bewegte sich und traf seine Vorbereitungen unabhängig von seinem Partner.
Isiah Parker feuerte zuerst auf Cacciatore.
Cacciatore wurde getroffen und krachte durch das Restaurantfenster nach hinten. Seine teuren schwarzen Stiefel waren plötzlich auf dem Eßtisch. Sein Oberkörper hing durch das zerschmetterte Glas auf die 74. Straße hinaus. Man hätte meinen können, er sei mitten bei einem Hechtsprung in der Luft erstarrt.
Isiah Parkers Revolver blitzte wieder.
Der zweite Mörder ließ seine Waffe fallen, und sie landete scheppernd auf den Steinplatten. Dann plumpste er sonderbar verrenkt zu Boden.
Die erste Kugel der Mörder hatte Isiah Parker gestreift. Seine linke Wange brannte. Gäste schrien und versuchten, auf die Second Avenue zu laufen, fort von der Schießerei.

»Ich bin Polizeibeamter«, sagte Parker zu allen, die in Hörweite waren. »Es ist vorbei! Es ist alles in Ordnung. Jetzt ist alles wieder okay.«

Aber er wußte, daß es nicht okay war.

Alexandre Ste-Germain hatte seine Killer auf sie angesetzt. Aus irgendeinem Grund hatte er bisher abgewartet, aber jetzt schlug er zu.

Stefanovitch und Sarah McGinniss, 66. Straße Ost

»Guten Abend, Mrs. McGinniss. Sir.«

»Hallo, Mr. Sullivan«, sagte Sarah zu dem Portier im Foyer des Apartmenthauses. Mr. Sullivan hatte ihr einmal erzählt, daß er schon über vierzig Jahre in dem Gebäude arbeitete. Er betrachtete die Mieter als seine Angehörigen, aber einige standen ihm näher als die anderen.

»Entschuldigen Sie, daß ich frage, aber haben Sie schon etwas gehört? Gibt es vielleicht etwas Neues, das Sie uns sagen können?«

Die Sorge in der Stimme des alten Portiers beschwor für Sarah viele schmerzhafte Bilder herauf. Wie oft waren sie und Sam abends im Foyer stehengeblieben, um ein paar Worte mit Mr. Sullivan zu wechseln, ehe sie zur Wohnung hinauffuhren?

Da Sams Vater nicht im Haus wohnte und da Sam so freundlich und zutraulich war, hatten die Portiers der Nachbarschaft ihn als ihren eigenen Sohn adoptiert. Mit ihm hatten sie Sarah adoptiert. Es war eine typische New Yorker Ersatzfamilie – oder Großfamilie. »Nein, noch nichts«, sagte Sarah. »Sobald ich etwas höre, werde ich Ihnen sofort Bescheid sagen, Mr. Sullivan.«

Der Portier zeigte eine perfekte weiße Zahnreihe, die seinen dichten weißen Haarschopf hervorragend ergänzte. »Ich hoffe, daß Sie einen friedlichen Abend haben ... Ich meine in Anbetracht der Umstände. Ich werde heute abend für Sam beten.«

»Was für ein netter alter Mann«, flüsterte Stefanovitch unwillkürlich vor sich hin, als sie weiter durch die marmorverkleidete Lobby zu den Fahrstühlen gingen. Er wollte Sarah von ihren inneren Qualen ablenken, wenn es irgend möglich war. Sie brauchte Schlaf, sonst würde sie zusammenbrechen und gar nichts mehr tun können. Zum erstenmal, seit er sie kannte, sah sie furchtbar aus. All der Schmerz und die Erschöpfung zeigten sich in ihrem Gesicht.

»Mein Viertel in Yorktown ist voll von Portiers, die im mittleren Manhattan arbeiten«, sagte er. »Der Job bleibt in der Familie, eine Generation gibt ihn an die nächste weiter. Es gibt in New York Portiers, die in Testamenten bedacht worden sind.«

Sarah mußte schließlich lächeln. »Du magst diesen Klatsch und Tratsch, nicht wahr? Du bist ein richtiger Amateursoziologe.«

Oben im Hausflur blieben sie stehen und küßten sich lange und zärtlich. Sarah hielt sein Gesicht sanft zwischen beiden Händen. Vielleicht machte sie sich etwas vor, aber ein wenig von dem Kummer schien aus seinen Augen verschwunden zu sein. Diese warmen braunen Augen hatten etwas ... sie waren wirklich Fenster zu dem wahren John Stefanovitch.

Sie mußte plötzlich denken, wie traurig es wäre, wenn sie nicht mehr die Gelegenheit hätten, einander besser kennenzulernen. Wenn ihre Geschichte endete, ehe sie richtig angefangen hatte.

Das war möglich, oder? Sie hatten das Gesetz der Straße gebrochen. Sie hatten Alexandre Ste-Germain und den Midnight Club aufs Korn genommen.

Stefanovitch fühlte, wie er rot wurde, während sie sich im Korridor vor ihrer Wohnung umarmten. Er kam sich neuerdings so verwundbar vor, so sehr auf Sarah angewiesen.

Endlich lösten sie sich voneinander. Sarah fummelte in ihrer Handtasche und konnte nicht gleich den Wohnungsschlüssel finden.

»Du bist diejenige, die mit Worten arbeitet. Sag was Kluges, um dieses Schweigen zu beenden«, sagte Stefanovitch.

»Ich kann den verdammten Schlüssel nicht finden.«
Sie lachten beide, als sie die Wohnung betraten. Das Lachen wirkte erlösend, weil es in letzter Zeit so selten geworden war.
Die massive Holztür fiel hinter ihnen zu.
Sie versperrte zweimal.

Der Grabtänzer,
66. Straße Ost

Am Morgen um siebzehn nach drei erlosch das Weckradio mit Digitalanzeige auf Sarahs Nachttisch.
Das kaum hörbare elektrische Summen in der Wohnung hörte schlagartig auf. Das leise Brummen des Kühlschranks verstummte, und das beleuchtete Zifferblatt der alten Pepsi-Cola-Uhr in der Küche wurde dunkel.
Sarah wurde ein bißchen unruhig. Sie drehte sich zu Stefanovitch, aber sie wachte nicht auf.
Die Stromversorgung des Gebäudes war unterbrochen.
Die Nachtportiers unten in der Lobby verfluchten die vorsintflutliche Installation. Die geruhsame Nachtschicht, die sie mit Kartenspielen, Taschenbuchlektüre und bezahlten Nickerchen zu verbringen pflegten, war ruiniert.
Ein heller Lichtkegel strich über die Feuertreppe zu den einzelnen Stockwerken, dem Dach und dem Keller. Er verharrte schließlich im Korridor der vierten Etage. Dann richtete er sich auf die dunkle Holztür von Sarah McGinniss' Wohnung.
Leise murmelnde Stimmen wurden hörbar. Hinter dem Lichtkegel drängten sich drei dunkle Gestalten zusammen. Sie redeten aufeinander ein. Eine holte einen Ring mit mehreren vielgezackten Schlüsseln aus der Tasche. Ein Schlüssel nach dem anderen wurde in das Sicherheitsschloß gesteckt und ausprobiert.
Einer der Universalschlüssel drehte sich langsam im Schloß.

Sarah war ganz sicher, daß sie vor der Schlafzimmertür etwas gehört hatte. Ihre Augen waren weit geöffnet, nahmen aber nur Schwärze ringsum wahr. Einen Moment lang redete sie sich ein, sie träume noch.

Ihre Augen brauchten einige Sekunden, um sich an das Dunkel zu gewöhnen. Dann erkannte sie die Umrisse der beiden großen Panoramafenster des Schlafzimmers. Von der Straße her erklang fernes Hupen und das Geräusch von Bus-Luftdruckbremsen, aber *in* der Wohnung war alles still.

Sarah sah zu ihrer Radiouhr.

Wo war sie? Jedenfalls nicht auf dem Nachttisch, wo sie eigentlich sein mußte.

Sie glaubte, eine Diele knarren zu hören. Kam es aus dem Flur? Vielleicht eine Diele unter dem Teppichbelag im Wohnzimmer? Es war jemand in der Wohnung.

Sie atmete schnell und stoßweise. Sie konnte nicht genug Luft in die Lungen bekommen.

Sie konzentrierte sich darauf, zu horchen ... zu horchen ... auf das zu horchen, was auch immer ... wer auch immer ...

Sie war sicher, daß sie wieder ein Geräusch hörte, und hatte den verzweifelten Drang, laut zu rufen, zu rufen und zu fragen, wer da war. Dies war nicht nur eine unbegründete Nachtpanik. Keiner der üblichen Angstzustände, die man dann und wann in New Yorker Wohnungen hat. Es war wirklich jemand da.

O Gott. Sie war eine geborene Kämpferin, aber bei so was war sie machtlos.

Wer war es? Alexandre Ste-Germain? Der Grabtänzer? Sie fühlte sich plötzlich zurückversetzt in jene furchterregende, schier unfaßliche Nacht in Atlantic City ... Jene Morde, die aus dem Nichts verübt zu werden schienen. Wie hatten sie so leicht, so geräuschlos hereinkommen können?

»Stef?« flüsterte sie, so leise sie konnte. Sie wandte sich halb um und faßte nach seiner Schulter.

Er war nicht da.

»Stef?«

»Ich höre sie auch.« Seine Stimme war vielleicht anderthalb Meter links von ihr. Er hatte sich in den Rollstuhl gesetzt. Er hatte sich vom Bett entfernt. Sein Revolver lag auf seinen Knien.

»Geh ins Badezimmer, und schließ dich ein.« Der Befehlston des Polizisten war unverkennbar. »Wenn jemand auch nur die Türklinke berührt, fang an zu schreien, so laut du kannst. Und hör auf keinen Fall auf zu schreien, egal, was passiert.«

»Stef? Was glaubst du, wer es ist?«

»Ich weiß nicht. Geh jetzt bitte ins Bad. Hier wird gleich geschossen.«

John Stefanovitch hörte die quietschenden Federn des Bettrahmens und dann Sarahs leichte Schritte auf dem Bodenteppich.

Sie begriff, was geschah. Daß gleich Schüsse im Schlafzimmer knallen konnten. Diesmal erübrigte es sich, zu protestieren oder mit ihm zu diskutieren.

Stefanovitch versuchte, den Rollstuhl zu wenden und gleichzeitig den Atem anzuhalten. Er fragte sich, wie gut er in dieser Situation wäre...

Er hätte sich nie vorstellen können, wie sehr ihn die Tatsache, daß ein Fremder sich Zutritt zu Sarahs Wohnung verschafft hatte, mitnehmen würde. Eiskalter Zorn stieg in ihm auf und glich etwas von der Furcht aus.

Wie viele waren es? Würden sie schießend ins Schlafzimmer kommen? Vielleicht würden sie bis zum Bett schleichen und aus nächster Nähe feuern.

Wie wollte Alexandre Ste-Germain es haben? Das Gesetz der Straße mußte befolgt werden. Das war es, nicht wahr? Noch eine wichtige Lektion, die der Welt erteilt werden mußte. Noch eine weitere Abscheulichkeit in seinem endlosen Register.

Ich möchte, daß Sie eines wissen.

Ich stand im Korridor Ihres erbärmlichen Mietshauses...

Plötzlich sah Stefanovitch genau vor sich, was in jener Nacht geschehen war. Einen schrecklichen, schwindelerregenden Au-

genblick lang sah er alles. Den mordlüsternen Killer an der Tür der Wohnung in Brooklyn Heights. Was Anna zuletzt gefühlt haben mußte. Die lastende Stille gab ihm das Gefühl, in einem Schraubstock gefangen zu sein.
Hundert unvereinbare Gedanken schossen Sarah durch den Kopf, während sie im Badezimmer stand. Ihr Körper fühlte sich schwer und nutzlos an. Es ist nicht wahr, dachte sie zwischendurch immer wieder. Sie konnte einfach nicht fassen, daß sie in ihre Wohnung eingedrungen waren.
Ihr Verstand fixierte sich auf einen Gedanken: *Alexandre Ste-Germain ist in meiner Wohnung. Der Grabtänzer ist hier.*
Sie konnte ihren Atem nicht kontrollieren. Sie hörte das laute Pochen in ihrer Brust. Sie hatte auf einmal den Drang, sich zu übergeben.
Um ein Haar hätte sie angefangen, um Hilfe zu rufen. Sie hatte eine Sekunde lang den schier übermächtigen Impuls zu schreien, aber Stef hatte ihr gesagt, sie solle warten und ruhig bleiben, bis sie versuchten, ins Bad zu kommen.
Sarah stand regungslos da. Sie wartete. Sie spürte eine unsägliche Erschöpfung, die wie eine Welle über sie kam. Dann eine neue Welle.
Die nicht zu identifizierenden Geräusche in der Diele waren verstummt. Stefanovitch hörte nur noch fernes Hupen und das an- und abschwellende Motorengeräusch der Busse in der Madison Avenue. Er war sicher, daß einer der Killer vor der Schlafzimmertür stand und horchte. Gleich würden sie hereinkommen – gleich würde der Irrsinn losgehen.
Wie viele mochten es sein? Gab es etwas, das er tun konnte, um dies zu verhindern? Er wußte, daß es nichts gab. Das war das Schlimmste von allem.
War Alexandre Ste-Germain selbst mitgekommen? Das war die Frage, die er beantworten mußte.
Stefanovitch wünschte, es wäre nicht so pechschwarz im Schlafzimmer. Er dachte daran, die Vorhänge zur Seite zu ziehen, aber dazu war es zu spät. Er wagte nicht, ein Geräusch zu machen

und seinen Vorteil preiszugeben: Bis jetzt konnten sie nicht wissen, daß er auf war und sie erwartete.
Wieder knarrte eine Diele.
Sein Herz hämmerte gegen sein Brustfell, er hatte das Gefühl, daß seine Brust gleich platzen würde.
Ein deutliches *Klick*.
Die Tür wurde geöffnet.
Sie kamen herein.
Stefanovitch hob den Revolver, bis er auf Gesichtshöhe war. Er dachte kurz daran, daß er seit fast zwei Jahren nicht mehr auf jemanden geschossen hatte. Er hatte sich *nie* daran gewöhnen können, auf einen anderen Menschen zu schießen.
Seine Arme waren starr ausgestreckt. Diese Männer haben die Penthousesuite vom Trump's mit Maschinenpistolen überfallen, dachte er. Wenn sie diesmal auch MPs hatten, gab es keine Hoffnung, keinen Ausweg. Keine Hoffnung für ihn oder Sarah.
Alexandre Ste-Germain hat den Grundstein seiner Karriere mit schmutziger Arbeit auf den Straßen gelegt, dachte Stefanovitch. Er hat in Marseille, in Paris und noch vor relativ kurzer Zeit in Long Beach Leute umgebracht. Es scheint ihm Spaß zu machen, er scheint es sogar zu brauchen. Ob Ste-Germain selbst gekommen ist? Würde er das Risiko eingehen? Was treibt den Lumpen, irgend etwas von all dem zu tun, was er tut.
Plötzlich flammte ein Lichtstrahl auf – eine starke Taschenlampe leuchtete ins Zimmer. Stefanovitch versuchte verzweifelt, sich zusammenzureißen. Konzentrier dich, befahl er sich. *Aufs äußerste.*
Er wollte instinktiv zurückzucken, sich von dem suchenden Lichtkegel entfernen, aber er konnte nirgends hin.
Er hörte das unverkennbare *Snick* eines Pistolenhahns an der anderen Seite des Schlafzimmers. Zweifellos eine Pistole.
Wie viele sind es? fragte er sich wieder. Unbeantwortete Fragen. Die wichtigsten seines Lebens. Und Sarahs Lebens.
Waren sie jetzt alle im Schlafzimmer? Sie arbeiteten in der Dun-

kelheit so still wie Ratten. Konvulsionen von Furcht durchliefen seinen Körper.

Eine zweite Taschenlampe leuchtete auf. Ihr Lichtstrahl traf ein leeres Bett. Dort schlief niemand. Jetzt wußten sie es ...

John Stefanovitch feuerte auf die erste Taschenlampe. Er zielte dreißig Zentimeter über den Anfang des grellen Lichtstrahls.

Ein Mann schrie auf. Er war verwundet. Aus dem Schrei klang Überraschung über den unerwarteten Hinterhalt. Ein Körper fiel mit einem dumpfen Platschen zu Boden.

Die zweite Taschenlampe erlosch sofort.

Gedämpfte Stimmen ertönten. Männer sprachen in einer fremden Sprache miteinander. John Stefanovitch konnte nicht erkennen, was sonst noch in dem pechschwarzen Dunkel geschah. Er hatte jedoch den Eindruck, daß sie weiter ins Schlafzimmer kamen – also nicht zurückgingen in den Flur. Ratten huschen nachts in ein dunkles Loch. Er und Sarah waren in dem Loch gefangen.

Er konnte ihre leisen scharrenden Schritte auf dem Bodenteppich hören, das Rascheln von Kleidungsstücken, die Möbel streiften. Dann kam wieder die unheimliche Stille. *Als ob niemand da wäre.* Das Dunkel kam ihm nicht mehr ganz so schwarz vor wie eben, denn seine Augen gewöhnten sich endlich daran. Er glaubte, unbestimmte Formen auszumachen. Die Form da drüben war – Sarahs Frisiertisch? Oder glaubte er, ihn nur deshalb zu sehen, weil er wußte, wo er stand? Der Unterschied war entscheidend. Er *konnte* die schattenhafte Kontur der Tür zum Flur sehen. Konnte er den Spiegel über der Badezimmertür sehen?

In diesem Augenblick sah er Schatten, die sich bewegten, wie eine dicke Flüssigkeit, die an die Schlafzimmerwände geschüttet wurde.

Er hatte keine Luft mehr. Er mußte *aufstehen,* um Atem zu holen. Konnten sie ihn sehen?

Er fragte sich, ob ihre Augen sich an das Dunkel gewöhnt hatten. Die Frage schrillte in seinem Kopf.

Der Spiegel über der Badezimmertür gab etwas wieder. Ein Schatten ging an ihm vorbei. Er bewegte sich sehr schnell, im Laufschritt, nach links.
Er mußte praktisch in ein und demselben Moment zweierlei tun: feuern und ein Stück weiterfahren. Auf die Stelle links von der Badezimmertür feuern; ein Stück weiterrollen. So gut wie gleichzeitig...
Der Revolver in seiner Hand blitzte auf. Einen Sekundenbruchteil danach langte er mit dem linken Arm zurück und stieß sich von der Wand ab. Alle Kraft, die er in dem Arm hatte, wurde für die Bewegung eingesetzt.
Der zweite Killer fiel gegen die hohl klingende Wand und plumpste dann zu Boden.
Die Taschenlampe! Der Gedanke tönte so laut, daß er glaubte, er redete in seiner Verzweiflung mit sich selbst. Es war noch wenigstens eine da. Vielleicht zwei.
Vielleicht hatte ein Killer keine Taschenlampe mitgebracht. Ein *sehr* schlauer. Der große Gangster selbst?
Einige verängstigte Mieter begannen in der relativen Sicherheit ihrer Wohnung zu schreien. Ganz in der Nähe, wahrscheinlich im selben Stock des luxuriösen Apartmenthauses, stieß eine Frau gellende Schreie aus.
Dann fing Sarah an, um Hilfe zu schreien. Sie drückte den Rücken an die geschlossene Badezimmertür und stemmte ihre bloßen Füße an die kalte Porzellanwanne.
»Rufen Sie die Polizei an! Polizei anrufen! Bitte die Polizei anrufen!« schrie Sarah aus Leibeskräften.
Im Schlafzimmer knallte der Schuß einer Handfeuerwaffe – so laut wie der einer Bordkanone.
Ein grausiger Schmerz durchfuhr John Stefanovitchs Körper. Er wurde so heftig nach links gerissen, daß der Rollstuhl umzukippen drohte.
Einer der Killer war hinter ihm.
Der dritte Mann?
Der vierte?

Er fühlte das gleiche schneidende Brennen wie damals in Long Beach. Die Aufprallwucht des Geschosses hatte ihn fast vom Rollstuhl geschleudert. Ein Feuer fraß sich links von seinem Rückgrat nach unten, zerriß sein Fleisch. Er stöhnte leise, obgleich er sich krampfhaft mühte, es nicht zu tun. Aber er konnte sich nicht beherrschen.

Aus der Mündung der Waffe blitzte es wieder. *Hinter ihm.*

Der Schmerz, den sein Gehirn meldete, war unerträglich. Sein Gesichtsfeld, wenn er es denn so nennen konnte, verschwamm. Er konnte einen hellen Lichttunnel sehen. Es war alles wieder so wie in Long Beach.

In diesem Moment flog die Badezimmertür auf. Sarah war ungedeckt. Ihre Silhouette zeichnete sich vor der Wand ab. Dann verschwand sie.

Was tat sie?

»Sarah, nein!« schrie Stefanovitch, so laut er konnte.

Plötzlich krachte Glas an die Wand beim Wandschrank und zersplitterte. Ein anderer Gegenstand aus Glas zersprang. Sie warf Flaschen mit Parfüms und Lotions ins Schlafzimmer. Um die Mörder abzulenken! Um irgendwie zu helfen.

»Sarah!«

Der Killer feuerte wieder, diesmal ins offene Badezimmer.

»Sarah? Sarah? . . . *Sarah!*«

Stefanovitch zielte angestrengt auf den Punkt, wo der Mündungsblitz gewesen war. Seine Hände zitterten. Er zielte ein Stück über den letzten der geisterhaften Blitze. Er hielt den Revolver krampfhaft mit beiden Händen umklammert. Zorn kontrollierte ihn nun. Beide Schüsse gingen daneben.

Dann war alles ein Chaos. Sekunden später flammten die Lampen und Lichter in der Wohnung wieder auf, und die Elektrogeräte fingen wieder an zu laufen. Die Wirkung war zunächst betäubend, der Schock unglaublich.

Er sah den dritten Schützen aus der Tür laufen. Es waren nur drei gewesen.

»Stef?« hörte er Sarah rufen. Dann öffnete sich die Badezimmertür ganz, und er sah sie auf sich zukommen. »Alles in Ordnung? Bist du verletzt?«

»Ich bin okay«, sagte er, da er ihr nicht sagen wollte, daß er getroffen war. Er konnte kaum atmen.

Jemand hämmerte laut an die zweite Eingangstür der Wohnung. Gedämpfte Rufe drangen durch die Wand. »Ist da drin alles in Ordnung? Mrs. McGinniss? Mrs. McGinniss?«

Stefanovitch setzte den Rollstuhl mit übermenschlicher Anstrengung in Bewegung. Für ihn gab es keine andere Wahl. Er stieß sich aus dem Schlafzimmer, dann durch die obere Diele zur zweiten Wohnungstür und schließlich in den Hausflur hinaus.

Sobald er sich bewegte, war es viel besser – er durfte sich nur nicht zu weit nach links beugen. Wenn er das tat, wurde sein Rücken von einem Schmerz zermalmt, der nicht zu ertragen war.

Der Fahrstuhl war im vierten Stock. Er und Sarah waren wahrscheinlich die letzten gewesen, die ihn heute nacht benutzt hatten. Der letzte Killer mußte auf der Feuertreppe nach unten gegangen sein – auf der er und die beiden anderen gekommen waren. Stefanovitch nahm den Fahrstuhl.

Das Foyer füllte sich rasch mit Mietern. Als die Fahrstuhltür aufgeglitten war, blickte er in fassungslose Gesichter. Er bahnte sich einen Weg zwischen den geschockten und aufgeregten Leuten hindurch. Er ignorierte alles ringsum, die Furcht und die allgemeine Hektik. Stefanovitch hatte nur einen Gedanken: der dritte Killer.

»Machen Sie die Tür auf«, rief er dem vor ihm stehenden Portier zu. *Auf der Straße bin ich schneller als ein gesunder Mann,* dachte er. Das war ein Trost.

Dann war Stefanovitch draußen in der heißen und feuchten Nachtluft. Es erschien ihm plötzlich zwecklos, den Killer zu suchen. Hoffnungslos. Er dachte nicht lange so.

Eine Gestalt kam aus dem Gang hinter dem Gebäude gerannt. Der Mann hielt nicht inne, um sich umzublicken, sondern sprintete weiter zur Madison Avenue.

Stefanovitch folgte ihm sofort in die 66. Straße. War es der Grabtänzer? Als er die Ecke Madison Avenue erreichte, konnte er sehen, daß er humpelte. Er war ebenfalls verwundet.
Stefanovitch bog in die Madison Avenue und folgte dem Killer in südlicher Richtung. Er wurde immer schneller. Der Rollstuhl holperte den niedrigen Bordstein hinunter, und er war auf der Straße. Auf dem glatten Belag konnte er noch schneller fahren – wie beim Rennen.
Er hatte nicht einkalkuliert, daß kurz nach drei soviel los sein würde. Viele New Yorker Bars schlossen um drei, und seitdem hatte der Verkehr zugenommen. Gelbe Taxen und andere Fahrzeuge sausten die Madison Avenue hinauf, direkt auf ihn zu.
Die Fahrer sahen einen Mann in einem Rollstuhl, der die Einbahnstraße in der falschen Richtung hinuntersauste, einen Phantomfahrer im Bademantel in einem Rollstuhl! War er aus einem Krankenhaus geflohen? Es war selbst in New York ein unerwarteter Anblick.
Es wurde noch schlimmer.
Stefanovitch zog einen .22er Revolver aus der Bademanteltasche. Er begann zu feuern – auf die Autos, die ihm entgegenkamen? *Den Stuhl streicheln,* rief er sich ins Gedächtnis, aber er wußte nicht, ob es ihm möglich sein würde, die Entfernung zwischen sich und dem Gangster zu verringern. Die Autos räumten die mittlere Fahrspur, um nicht mit ihm zu kollidieren. Taxen und andere Wagen scherten nach links und nach rechts aus, und zornig plärrende Hupen unterstrichen die gefährliche Situation, die er heraufbeschwor.
War das da vorn Alexandre Ste-Germain? Stefanovitch konnte es nicht sagen. Er mußte aufholen. Er versuchte, sich vorzustellen, er sei wieder bei dem Rennen in Coney Island. So zu reagieren wie damals. Als er den Kopf hob, um wieder zu dem Mann zu blicken, stellte er fest, daß er aufholte. Seine Brust stand in Flammen, aber er holte auf. Zentimeterweise, aber das war besser als nichts. Sein ganzer Körper prickelte und brannte. Er spürte, daß sein Gesäß naß war, die Unterseite seiner Schenkel

auch, und er wußte, daß er in seinem eigenen Blut saß. Mit jedem Herzschlag wurde mehr hinausgepumpt.
Streicheln! wiederholte er stumm.
Streicheln!
Nur auf den ersten Fahrer sehen.
Sonst nichts.
Streicheln!
Der Killer war stehengeblieben. Er war nur noch knapp dreißig Meter entfernt. Er drehte sich um und hob seine Waffe. Er zielte auf Stefanovitch, der mit jeder Sekunde ein besseres Ziel bot.
Stefanovitch erkannte seinen potentiellen Mörder. Er kannte den Mann ... Wahnsinn ... Ihm wurde schwarz vor Augen.
John Stefanovitch riß seinen Revolver hoch und verlor dabei die Kontrolle über den Rollstuhl. Das kleinere von zwei Übeln, schoß es ihm durch den Kopf. *Vielleicht.*
Er feuerte auf den Mann. Dann sah er nichts mehr, weil er an die Tür eines heftig bremsenden und schleudernden Taxis sauste. Das Taxi war nur Zentimeter von seinem Gesicht entfernt. Er streifte die Tür, prallte an ihr ab und wurde von einem schnell fahrenden roten Sportwagen erfaßt.
Ein schrilles Hupkonzert ertönte. Überall um ihn herum waren Autos – wie ein zorniger aufgeschreckter Bienenschwarm. Alle versuchten verzweifelt, ihn nicht zu zermalmen. Der Rollstuhl löste sich vom Boden, er flog. Es war etwas, das er schon so lange gewollt hatte, eines seiner ständig wiederkehrenden Wunschbilder. Einfach davonfliegen.
Aber wirklich zu fliegen war das reine Grauen.
Er wußte, daß er nichts tun konnte, damit der Rollstuhl sicher auf beiden Rädern landete. Er flog nach links geneigt über das Pflaster. Er würde mit der bereits verwundeten Seite aufprallen.
Es gab nichts, was Stefanovitch tun konnte, um sein Schicksal zu ändern. Er konnte sich nur ein wenig vorbeugen und den Kopf einziehen. Er prallte auf und verlor einen Augenblick lang das Bewußtsein – er wußte nicht mal, ob er es unmittelbar vor

oder nach der Landung verlor. Er kam mit der rechten Schulter und der rechten Gesichtshälfte auf, und dann folgte der Rest seines Körpers. Er überschlug sich einige Male und dann noch einmal.

»Es ist nicht Ste-Germain!« war das nächste, was er hörte. *»Es ist Burke. Er ist tot, Stef. Du hast Burke erledigt.«*

Stefanovitch nickte. Er erfaßte den Sinn der Worte nicht ganz.

Er hatte Jimmy Burke vom Rollstuhl aus erkannt. Burke war in Long Beach gewesen, und nun war er in Sarahs Wohnung gewesen. Natürlich war Alexandre Ste-Germain nicht selbst gekommen. Er hatte nie daran gedacht, selbst mitzumachen, nicht wahr? Sarah stand mitten auf der Madison Avenue neben ihm. Und ein Schwarm von Polizisten und weiß gekleidete Männer aus einem Krankenwagen. Ein Typ in einem weißen Oberhemd und Smokinghosen spähte durch lächerlich kleine Brillengläser auf ihn herunter wie eine Eule. Ein Arzt? Stefanovitch hoffte es.

Sarah hielt mit beiden Händen seine Hand. Der Ausdruck in ihrem Gesicht war so verängstigt, daß er auch Angst bekam.

»Ich bin froh, daß dir nichts passiert ist«, sagte er und lächelte krampfhaft. Er konnte es nicht fassen, wie schwach er sich fühlte, während er hier mitten auf der Straße lag – vollkommen hilflos, aber doch sonderbar ruhig.

Mit seinem Gesicht stimmte etwas nicht, genauso wie mit seinem Körper, der verdreht und verrenkt wie eine zerbrochene Puppe auf der Busfahrspur der Madison Avenue lag.

Schließlich zwinkerte er Sarah zu, und dann schlossen sich seine Augen. Er war so unsäglich müde. Sein Kopf sank auf den breiten weißen Trennstreifen.

Fünfzehn Meter weiter lag das traurige Wrack von Stefanovitchs Rollstuhl.

Sarah McGinniss, Milton, New York

Es wollte nicht aufhören. Das Grauen hörte nicht auf, sie zu verfolgen. Sarah fragte sich tagelang, ob sie den Verstand verlieren würde. Der Druck, der seit einigen Wochen auf ihr lastete, war nicht zu ertragen. Jetzt war es noch schlimmer. Gleichzeitig spürte sie jedoch, daß ihr Verstand wieder präziser arbeitete, als werde er vom Feuer geläutert.

Jedesmal wenn sie endlich eingeschlafen war, fuhr sie, von den unbeschreiblichen Bildern vor ihrem inneren Auge geweckt, in Schweiß gebadet, wieder hoch. In ihrem Kopf pochte ein dumpfer Schmerz, ihr Körper fühlte sich überall wund an, sie hatte zehn Pfund abgenommen.

Sie sah ausgemergelt aus und war deprimiert. Es gab so viele furchtbare Augenblicke, die sie nicht aus ihrem Geist drängen konnte, so viele alptraumhafte Gedanken, die sie peinigten.

Sarah fuhr ein dutzendmal zum New York Hospital. Niemand konnte oder wollte ihr sagen, wie es Stefanovitch wirklich ging. Sie hörte unverbindliche, hoffnungsvolle und höfliche Nettigkeiten, aber kein Mensch sagte ihr die Wahrheit. Sie sagten ihr nicht einmal, ob er überleben würde.

Sie hörte auch nichts von Sam. Sie zwang sich, keine Mutmaßungen über die Gründe anzustellen. Sie versperrte gewisse Zonen ihres Geistes wie Zimmer eines allzu großen Hauses, die man im Winter nicht benutzen will.

Alexandre Ste-Germain war aus New York verschwunden, hatte das Land womöglich verlassen. Die Polizei, die ihn vernehmen wollte, hatte ihn nirgends finden können.
Die Tageszeitungen waren voll von Berichten über die Schießerei in ihrer Wohnung. Auf den ersten Seiten waren Fotos von ihr und Stefanovitch. Das Szenarium hatte den Stakkatorhythmus und die etwas unwirkliche Atmosphäre eines Hitchcock-Thrillers. Oder war es ein real gewordener Alptraum?
Der Anruf kam schließlich früh am Mittwoch morgen, drei Tage nach dem heimtückischen Überfall auf ihre Wohnung. Es war ein kurzer Anruf, und die Polizei hatte ungeachtet all ihrer High-Tech-Geräte keine Chance, den Anschluß aufzuspüren, von dem aus er geführt wurde.
Sarah nahm unten im Wohnzimmerflur ab. Zuerst hörte sie ein alarmierendes Schweigen, dann eine beinahe distinguiert klingende Stimme.
»Wir möchten Ihnen nur sagen, daß es Ihrem Jungen gutgeht. Er ist so sicher, wie er nur sein kann. Ihm ist kein Haar gekrümmt worden«, hörte sie.
Dann wurde aufgelegt.
Sarah lehnte sich an die Wand. Wenn es so weiterging, würde sie bestimmt zusammenbrechen. Sie hatte stechende Herzschmerzen. Ihre Hände fingen an zu zittern, und dann bebte sie am ganzen Körper.
Wer war am Telefon gewesen? Warum riefen sie jetzt an und legten so schnell wieder auf? Was bedeutete »Ihrem Jungen geht es gut«?
Es gab sonst nichts, was sie ihr fortnehmen könnten. Warum hatten sie also angerufen und nicht mehr als das gesagt! Sam ging es überhaupt nicht gut. Wie konnte es ihm gutgehen?
Wer hatte angerufen? Ste-Germain? Der Mitternachtsclub? Sie verstand das alles nicht, zuerst die Entführung und jetzt dieser Anruf. Aber warum sollte sie auf einmal die Beweggründe und die Arbeitsweise des Clubs verstehen?
Den Rest dieses Tages, der einfach nicht zu Ende gehen wollte,

blieb Sarah in unmittelbarer Nähe des Telefons. Am frühen Nachmittag sah sie zufällig ihr Bild im Spiegel. Es erschreckte sie. Sie hatte noch nie so kraftlos, so unsäglich erschöpft ausgesehen. Unter den Augen waren schlaffe, dunkle und bläulichrote Tränensäcke. Ihr Haar sah aus, als hätte sie es als Mop benutzt... Wo hielten sie Sam gefangen? Was konnten sie jetzt noch von ihr wollen? *Was, um Gottes willen, konnten sie wollen?*

Am nächsten Tag riefen sie nicht an. Vierundzwanzig Stunden vergingen mit der Tortur ihrer geheimen Ängste und Befürchtungen. Sicher gehörte es zu ihrem Plan, sie in diesem alptraumhaften Zustand zu lassen. Aber warum? Zu welchem Zweck?

Sie konnte nicht die Wohnung verlassen, ohne von den Reportern abgefangen zu werden, die wie eine alternde Teenagerbande vor dem Haus kampierten. Sie ließen sie nicht in Frieden, und sie verstand plötzlich, was Leute durchmachten, die nach einer Tragödie von Medienleuten belagert wurden.

Ihr war, als hätte sie sichtbare offene Wunden, an denen Journalisten und Fernsehreporter schamlos pickten. Sie hatte ihre »Opfer« früher nie so rücksichtslos bedrängt, aber sie *hatte* sie bedrängt. Jetzt verstand sie, was sie empfinden mußten, wie es war, nur deshalb gequält zu werden, weil die Öffentlichkeit »ein Recht auf Information« hatte.

Als sie die Reporter eines Morgens besonders unfreundlich abgewimmelt hatte, hatten sie sie unmißverständlich daran erinnert, daß ausgerechnet sie es besser wissen sollte. Sie *wisse* es besser, hatte sie geantwortet, und sie sollten es genauso gut wissen.

Sie war an jenem Nachmittag wieder zum New York Hospital gefahren. Stefanovitch hatte in nur vier Tagen die zweite größere Operation gehabt.

Der einzige Trost war, daß er einen ausgezeichneten Arzt hatte, einen gewissen Michael Petito. Dr. Petito gehörte nicht zu den Medizinern, die unbegründete Hoffnungen weckten oder opti-

mistische Prognosen stellten. Er sagte Sarah, er wisse nicht, ob Lieutenant Stefanovitch es schaffen würde.
Endlich hatte ihr wenigstens jemand die Wahrheit gesagt.

»Wir möchten, daß Sie etwas für uns tun, Sarah ... Wenn Sie es machen, werden wir Ihnen den kleinen Jungen zurückbringen.«
Der zweite Anruf kam genauso plötzlich und unerwartet wie der erste. Beide Male hatte Sarah den Mann vor sich gesehen, der Sam in der Park Avenue hochgehoben und zu dem schwarzen Auto gebracht hatte. Der Augenblick hatte sich für immer in ihr Gedächtnis gebrannt.
»Ja ... Was ist es? *Bitte*«, flüsterte sie rauh in die Sprechmuschel. Sie wußte, daß sie jetzt wider jede realistische Hoffnung hoffte. Sie war zutiefst verzweifelt.
Das Klingeln des Telefons hatte sie am Freitagmorgen geweckt, als sie gerade mal ein wenig geschlafen hatte. Sie versuchte, sich auf jedes Wort zu konzentrieren, das sie hörte. Sie mußte jede Nuance verstehen und sich merken.
Die Stimme am anderen Ende sagte ihr, was sie als nächstes tun solle und was geschehen würde, wenn sie es nicht tat. Alles wurde sehr deutlich ausgedrückt. Am Ende des Gesprächs schlug der Anrufer sogar einen beruhigenden Ton an.
»Sie brauchen sich keine Sorge um Ihren Sohn zu machen. Wir möchten, daß Sie ihn wiederbekommen. Es liegt bei Ihnen. Wenn Sie in dieser einen Sache kooperieren, ist er so gut wie zu Haus ... Wir möchten nicht, daß noch mehr Aufmerksamkeit auf uns gelenkt wird.«
Es lag alles an Sarah. So einfach war die Erklärung gewesen. Sie mußte die Anordnungen befolgen. Sie hatte keine andere Wahl – ob sie dem Anrufer nun glaubte oder nicht.
Während sie nach Milton fuhr, einem Dorf im Norden des Bundesstaats New York, begann sie endlich zu verstehen. Es war alles ganz einfach und überaus logisch, von Anfang an. Sie kannte die Regeln, sie brauchte sie nur zu befolgen. Wie man ihr befohlen hatte.

Wir möchten nicht, daß noch mehr Aufmerksamkeit auf uns gelenkt wird.
Sie hatten ihre Regeln.
Wie immer.
Zwar schienen dort noch einige Leute zu wohnen, aber ansonsten wirkte das kleine Dorf, das das Ziel ihrer Reise war, wie die Ostküstenversion einer Geistersiedlung. Von den meisten heruntergekommenen Häusern blätterte Farbe. Fundamente gaben offensichtlich nach. Überall in Milton bogen sich Veranden durch. Fast jeder Garten schien nur noch als Schrottplatz zu dienen: rostende Kühlschränke, Autokarosserien, alte Pritschenwagen, verbogene Maschinenteile, die unmöglich noch eine Funktion haben konnten.
Während sie dann zum Hudson hinunterfuhr, wurde die Szenerie etwas erfreulicher. Die Häuser, die hier standen, waren größer und schienen einmal wohlhabenden Leuten als Sommersitze gedient zu haben. In den Ulmen, Ahornbäumen und Tannen an der Straße zwitscherten Vögel. Dann und wann lugte der Fluß durch die Blätter, ein strahlendes Blau, das sich seiner unvergänglichen Schönheit bewußt war.
Schließlich parkte Sarah den Landrover getreu den Instruktionen am Rand einer überwucherten Einfahrt mit einem schmiedeeisernen Pfosten mit einem Namensschild. Das Haus am anderen Ende gehörte einem J. Kamerer. Sie konnte die große Villa von der Straße aus sehen.
Das Haus hatte einen cremefarbenen, an vielen Stellen gelbgrau gewordenen Anstrich, der dringend erneuert werden mußte. Es machte jedoch keinen allzu verkommenen Eindruck. Das Rasengrundstück, wenigstens zwei Morgen groß, war ungepflegt, aber man sah, daß das Gras kürzlich gemäht worden war.
Warum haben sie mich hierherbestellt? fragte sie sich. Ob sie Sam hier gefangenhalten?
»Hallo«, rief sie. »Hallo. Ist da jemand?« Ihre Stimme unterbrach das Summen der Insekten und das Zwitschern der Vögel

in den Bäumen ringsum, und sie kam sich vor wie ein unwillkommener Eindringling, der den sommerlichen Frieden störte.
Sie war auf der Fahrt nach Norden ganz ruhig gewesen. Ihre innere Verfassung hatte betäubend gewirkt. Jetzt wurde ihr bewußt, wie verwundbar sie war, während sie hier mutterseelenallein stand und sich umblickte. Wo halten sie Sam gefangen? schrie sie innerlich.
»Hallo? ... Hallo? ... Ist da jemand?« rief sie wieder. Immer noch keine Antwort.
Sie fragte sich, ob sie beobachtet wurde. Sie hatte das Gefühl, daß es so war.
Dann und wann fuhr ein Pkw oder ein Pritschenwagen auf der gewundenen Landstraße vorbei, auf der sie gekommen war. J. Kamerer? Der Name sagte ihr nichts. Jedenfalls soweit sie sich erinnern konnte.
Dann beschloß sie, das zu tun, was man ihr befohlen hatte. Sie ging langsam zu ihrem Wagen zurück, um das Paket zu holen, das sie von ihr haben wollten. Das war der bislang schwerste Teil, schwerer, als sie sich vorgestellt hatte, während sie die Anweisungen gehört hatte.
Als sie das Fahrzeug erreicht hatte, langte sie zum Beifahrersitz. Sie hielt einen Moment inne, um sich zu beruhigen und durchzuatmen. Dort auf dem Sitz lag *Der Club,* das Manuskript samt allen Aufzeichnungen. Die Kopien waren bereits vernichtet.
Sie nahm den dicken Papierstapel, hielt ihn mit beiden Armen fest und hastete damit, fast wie ein kleines verletztes Tier, über den Rasen vor dem Haus.
Ihr war klar, daß sie nur eines von vielen losen Enden für sie war, mehr nicht. Sie wollten nicht, daß ihr Buch erschien. Es wäre peinlich. Es ging darum, den Mitternachtsclub vor Peinlichkeiten und lästiger Publizität zu bewahren. Seine Seriosität zu schützen, dafür zu sorgen, daß er so unsichtbar blieb wie zuvor.
Ihre verdammten Regeln.

Sie war so gut wie sicher, daß sie beobachtet wurde. Wo hielten sie Sam gefangen? O Sam, mein Kleiner, wo bist du?
Konnte er hier sein, in dieser gottverlassenen Gegend mit all den dunklen Wäldern und einsamen Sümpfen? Konnte er in dem Haus dort sein?
Sarah merkte, daß ihr in der sommerlichen Hitze schwindelte und daß sie offenbar Fieber hatte. In den Bäumen sangen Blauhäher. Grillen zirpten, und andere Insekten summten, und die ganze Luft schien unter einer elektrischen Spannung zu stehen.
Sarah horchte auf ein anderes Geräusch. Einen menschlichen Ton? Die dünne Stimme eines unschuldigen kleinen Jungen, die ihren Namen rief?
Sie ging mit unsicheren Schritten von ihrem Auto auf die große, auf den ersten Blick unbewohnte Villa zu. Winzige Insekten umschwärmten sie. Aus einem der Bäume am Grundstück klang das rhythmische Hacken eines Spechts. Geräusche von Menschen waren nicht zu hören.
Ist dies also das Ende? fragte sie sich. Um ein Haar hätte sie es laut gesagt. Würde dies das Ende von allem sein?
Hatten sie jede Runde gewonnen? Alexandre Ste-Germain und der Mitternachtsclub? Ja, sie *hatten* gewonnen, oder? Sie schienen immer zu gewinnen. Sarah hatte den Impuls zu schreien.
Sie hinterlegte zwei Jahre Recherchen und Manuskriptarbeit. Sie tat, was sie ihr befohlen hatten.
Die Warnung war deutlich gewesen, von eiskalter Logik. Wenn es Kopien gab, wenn die Aufzeichnungen jemals in irgendeiner Form rekonstruiert werden sollten, wußte sie, was geschehen würde.
Auf der Rückfahrt nach New York fühlte sie sich so ausgelaugt, so kaputt, so innerlich abgetötet wie noch nie in ihrem Leben. Aber vielleicht würde es jetzt aufhören. Vielleicht würde es nun schlicht ein Ende haben.

Sarah McGinniss, 66. Straße Ost

Achtundvierzig Stunden nach der Fahrt in den Norden ging Sarah ziellos die 66. Straße in Richtung Park Avenue entlang. Als sie Milton an jenem Nachmittag verlassen hatte, war sie voll Hoffnung gewesen und hatte sogar eine sonderbare Freude empfunden. Dann war sie zunehmend in Verzweiflung geraten. Sie hatte die Anweisungen genau befolgt, sie hatte nach ihren Regeln gespielt. Was wollten sie sonst noch von ihr? Wo war Sam jetzt? War er noch am Leben?

Es war immerhin eine merkwürdige Befriedigung, daß sie nichts mehr hatte, woran sie arbeiten mußte. Kein Buch mehr, keine Ermittlungen. Während sie durch ihr Viertel ging, hatte sie zum erstenmal seit Monaten alltägliche, ganz banale Kleinigkeiten registriert. Schräg einfallende Sonnenstrahlen, die von Erdgeschoßfenstern zurückgeworfen wurden, farbige Blumen, die in den Ritzen zwischen den Platten eines Bürgersteigs wuchsen, ein neues Restaurant mit norditalienischer Küche, in dessen Schaufenster eine vielversprechende Speisekarte hing.

Das Dumme war, daß es niemanden mehr gab, mit dem sie all das teilen konnte. Sie schüttelte heftig den Kopf, um den Gedanken zu vertreiben.

Sie sah den dunkelgrauen Mercedes, der sehr langsam, als suchte der Fahrer einen Parkplatz, in ihre Richtung kam, und spürte, wie alles in ihr kalt wurde, vielleicht zum hundertstenmal in den letzten paar Wochen.

Ihr Blick ließ das langsam fahrende Auto nicht los. Vorn saßen zwei Männer, breitschultrige Gestalten in dunklen Anzügen.
Sarah dachte kurz daran, die Eingangstreppe des Stadthauses hinaufzulaufen, an dem sie gerade vorbeiging, und sich darin zu verstecken. Hatten sie es jetzt auf sie abgesehen?
Alles schien in Zeitlupe zu geschehen.
Sarah hatte ein scheußliches Gefühl beim Anblick dieses Wagens. Sie faßte keinen logischen Gedanken, reagierte nur instinktiv. Sie waren hinter ihr her. Aber warum? Sie hatte ihnen ihre Arbeit der beiden letzten Jahre gegeben, die Wahrheit, wie sie sie sah, ihre Nachforschungen. Sie würde über ein Jahr brauchen, um den *Club* neu zu schreiben, und das Buch würde nie so gut sein wie zuvor.
Die dunkelgraue Limousine stoppte auf ihrer Höhe, nicht einmal einen halben Meter von ihr entfernt. Sie erstarrte. Die elektrische Türverriegelung rastete aus. Die hintere Tür an ihrer Seite öffnete sich.
Ein großgewachsener grauhaariger Mann stieg aus dem Mercedes. Sie hatte ihn noch nie gesehen. Er starrte sie mit einem rätselhaften Ausdruck in den Augen an. Es war ihm offensichtlich ganz gleichgültig, daß sie ihn identifizieren könnte. Er arbeitete ohne Furcht. Er wußte, daß er am Hebel saß.
Er wirkte so *seriös.* Ein Herr in einem dezenten Busineßanzug.
»Mrs. McGinniss?« fragte er, und sie nickte, ohne ein Wort zu sagen. Sie konnte gar nicht sprechen, aber sie wollte es auch nicht. »Nichts von dem hier ist passiert«, sagte der Mann. »Verstehen Sie das bitte. Wir möchten nichts davon in einer Zeitung lesen. Wir wären wirklich unangenehm berührt, wenn wir es täten.«
Dann schien Sarahs Verstand sich von ihrem Körper und von der ganzen Szene in der 66. Straße zu lösen.
Sie sah, daß man Sam aus dem Wagen half, aber sie konnte nicht recht fassen, was geschah. Es war, als betrachtete sie eine zum Leben erwachte Fotografie. Sie hatte nie etwas so distanziert erlebt, noch nie in ihrem Leben.

»Mami, Mami«, rief Sam. Sie fürchtete plötzlich, sie zeigten ihn ihr nur, um ihn dann wieder ins Auto zu zerren und mit ihm wegzufahren.
Aber sie ließen Sam gehen, und er rannte in ihre ausgestreckten Arme. Die dunkelgraue Limousine setzte sich wieder in Bewegung, rollte die schmale Häuserschlucht entlang und bog ab, verschwand aus ihrem Blickfeld, als ob tatsächlich nichts von alldem passiert wäre.
Aber warum standen sie und Sam dann mitten auf dem Bürgersteig und weinten?

Der Mitternachtsclub, Beverly Hills, Kalifornien

Der zwischen den Hügeln und Schluchten nördlich vom Sunset Boulevard verborgene Stadtteil Bel Air besteht fast ausschließlich aus Luxusvillen und Bungalows und ist durch Einfahrtstore zu erreichen, die zu bestimmten Zeiten von Privatpolizisten bewacht werden. Am Fuß der üppig bewachsenen Hügel liegt das Bel Air Hotel, ein geschmackvoller, herrschaftlicher Komplex, der für seine idyllische Lage ebenso bekannt ist wie für seinen wundervollen Park, in dessen Teichanlagen majestätische Schwäne ihre Bahn ziehen. Fast alles an diesem ungewöhnlichen amerikanischen Hotel ist von erlesener Schönheit und strahlt eine Atmosphäre der Seriosität aus.

In der zweiten Novemberwoche jenes Jahres – Tage mit strahlendem Sonnenschein, an denen die Temperatur selten unter fünfundzwanzig Grad sank – waren für die üblichen Geschäftsreisenden, die Studiomanager und Stars, die das Bel Air Hotel bevorzugen, keine Zimmer oder Suiten mehr frei. Die viereinhalb Hektar große Anlage mit neunzig Zimmern war für ein ungewöhnliches Treffen reserviert, an dem sechsundzwanzig Spitzenmanager, Regierungsvertreter und hohe Militärs teilnahmen.

Sie trafen sich jeden Morgen beim Frühstück im Pavillon und im Gartensaal, die sonst meist für Hochzeiten und Feste wohlhabender Leute benutzt wurden. Abends aßen die Teilnehmer im Hotelrestaurant, das ebenfalls für fünf Tage gebucht worden war.

Die sechsundzwanzig Mitglieder des Clubs sprachen im Bel Air Hotel über die üblichen Themen, alles sehr wichtige Dinge. An erster Stelle der Tagesordnung standen Drogen, ein Geschäft mit einem Jahresumsatz von dreiundzwanzig Milliarden Dollar und einer Gewinnmarge von über fünfundsechzig Prozent.

Ein anderer Punkt war das Kredit- und Darlehensgeschäft, in alten Mafiazeiten auch Kreditwucher genannt. Das Bankgeschäft belief sich nun auf vierzehn Milliarden Dollar, und der Reingewinn betrug zehn Prozent.

Ein dritter war die Prostitution, mit der man »nur« anderthalb Milliarden Dollar im Jahr umsetzte, aber der Profit lag bei vierzig Prozent.

Ein vierter war das Glücksspiel mit rund zwölf Milliarden Dollar Umsatz, die Hälfte davon Reingewinn.

Eines Abends erörterten die Herren beim Dinner leidenschaftslos, wie die Kubaner das illegale Wettgeschäft in New York, Baltimore und Philadelphia an sich rissen.

Die Nigerianer und Pakistani waren neuerdings zunehmend im Heroinhandel engagiert und hatten – offenbar ohne jeden Zusammenhang damit – ein florierendes Geschäft mit gefälschten Kreditkarten aufgezogen. Warum schienen ethnische Gruppen immer ganz bestimmte Spezialitäten zu haben? Doch auch das fanden die Mitglieder nicht sonderlich wichtig.

Dies war *Big Business* mit jährlichen Reingewinnen von bis zu fünfundsechzig Milliarden Dollar.

Während der einwöchigen Konferenz in Südkalifornien verbesserte man die Vertriebs- und Verteilerkanäle und einigte sich auf einige Änderungen in der pyramidenförmigen Managementstruktur, die den Geschäftsablauf reibungsloser und effektiver machen sollten. An der Spitze des neuen Systems sollte nun ein *geschäftsführender Vorstand* stehen, die nächste Stufe bildeten ein *Geschäftsführer* und ein *beratender Vorstand,* und die darunter bestand aus den *Geschäftsführern* der einzelnen Sparten.

Die sechsundzwanzig Mitglieder hatten das Verbrechen nunmehr wirklich in der Hand. Sie hatten es geschafft, das organisierte Verbrechen zu einer der lukrativsten Wachstumsbranchen der Welt zu machen. Ihr Profit war etwa elfmal so hoch wie der von IBM, und ihre Produkt- und Dienstleistungspalette war wahrhaft konkurrenzlos.

Nur ein wichtiges Clubmitglied nahm nicht an dem Gipfel teil. Alexandre Ste-Germain befand sich nicht unter den Männern, die in den Hügeln von Bel Air in Klausur gegangen waren. Er war absichtlich nicht eingeladen worden. Er war jedoch der Gegenstand eingehender Beratungen.

Das eigentliche Thema dabei waren die neuen Geschäftsprinzipien, die die alten endgültig ablösen sollten, die Grundsätze *Seriosität* und *Anonymität.* Der Grabtänzer war in seine alten brutalen Praktiken zurückgefallen. Es ging um den *Stil,* mit dem er kürzlich in New York versucht hatte, seinen Willen durchzusetzen. Schießereien. Eine ärgerliche Entführungsgeschichte, in die der Club schließlich eingegriffen hatte.

Und dann die Sache mit der vermißten jungen Frau namens Susan Paladino.

Alexandre Ste-Germain war bei dem ursprünglichen Plan, die alte Garde des Verbrechens auszuschalten, naturgemäß unerläßlich gewesen. Er besaß einen bewundernswerten Instinkt für Geschäft und Politik, er war schlau, erfinderisch und skrupellos wie Macchiavellis *Fürst*, er hatte einige der sechsundzwanzig Mitglieder mit seinem persönlichen Charme bestrickt. Er war sogar derjenige, der sie alle in das Unternehmen aufgenommen hatte. Aber nun: *Was sollte mit dem Grabtänzer geschehen?*

Am frühen Morgen des 16. November betrat David Wilkes, gefolgt von FBI-Agenten und Beamten der Polizei von Los Angeles, das private Gelände des Bel Air Hotels. Drei Dutzend Männer in Geschäftsanzügen und Uniformen trabten über den frischgemähten Rasen.

Kurze Schrotflinten und Handfeuerwaffen blitzten in der Morgensonne. Hähne wurden gespannt, und das Geräusch weckte die Schwäne und veranlaßte die vietnamesischen und mexikanischen Zimmermädchen, in Wäscheschränken und unbewohnten Räumen Schutz zu suchen.

Eines der Clubmitglieder wurde beim morgendlichen Schwimmtraining festgenommen. Ein anderes wurde beim Joggen in der nahe gelegenen Bellagio Road verhaftet. Die meisten holte man aus dem Bett.

Wilkes vom FBI leitete die Aktion, aber unter den Teilnehmern war auch Stuart Fischer von der Bezirksanwaltschaft New York. Sarah McGinniss war im Geiste dabei. Stefanovitch ebenfalls.

Die Massenverhaftung war der Höhepunkt viermonatiger strategischer Planung und einer ungewöhnlichen Kooperation verschiedener US-Behörden und ausländischer Regierungen. Aktenkundige Mitglieder des Midnight Club waren in den Wochen vor der Konferenz rund um die Uhr beschattet und überwacht worden. Das Belastungsmaterial, das man für die Anklageerhebung benötigte, füllte viele hundert Aktenordner, die in mehreren Räumen in Wilkes New Yorker Büro untergebracht waren. Kopien befanden sich in einem Lagerhaus in New Jersey und zur Sicherheit zusätzlich im Hauptquartier von Interpol in Paris.

Die Beamten lasen allen sechsundzwanzig Geschäftsmännern das Gesetz gegen Verschwörung zum Zwecke krimineller Tätigkeit im genauen Wortlaut vor und beteten es dann vor ihren teuren Anwaltsteams noch einmal herunter.

Soweit die *Seriosität,* die Anpassungsfähigkeit und Mimikry des Mitternachtsclubs, die Schönfärberei aller Art. Die Polizei lernte endlich die Spielregeln. Es gab gar keine Regeln. Außer schießen, um zu töten.

Alexandre Ste-Germain, World Trade Center, Manhattan

Zehn vor acht. Er war allein. Er war so allein wie noch nie in seinem Leben. Hatte er bereits Selbstmordgedanken, fragte er sich. Er fand keine Antwort auf die stumme Frage.
Er eilte durch das kalte und sterile Foyer aus Marmor und erlesenen Steinen. Vor den Fahrstühlen atmete er noch einmal tief durch, um sich unter Kontrolle zu bekommen und bereit zu sein.
Er holte eine Ingram-Automatik hervor. Die enorm leistungsfähige Kompakt-MP hatte unter einem weitgeschnittenen schwarzen Sportsakko gesteckt.
Es geschah so schnell, daß niemand anders hatte reagieren können. Ein Mann, der einen Gebäckwagen mit der Aufschrift »Au Bon Pain« schob, lenkte die Leibwächter im letzten Augenblick ab.
»Nicht bewegen. Das gilt besonders für dich und für dich. Es hat keinen Sinn, hier den Helden zu spielen. Keinen Sinn, für diesen Haufen Scheiße zu sterben.«
Alexandre Ste-Germain erkannte Parker, kurz bevor er die Maschinenpistole sah. Parker hatte die Fahrstuhltüren im selben Moment erreicht wie Ste-Germain und sein Gefolge.
Der Plan wurde meisterhaft, fast mühelos ausgeführt. So mußte es sein, wenn er funktionieren sollte. Parker stieß Ste-Germain blitzschnell in den Fahrstuhl. Er drückte dem Mann die schwarze Mündung der Ingram an die Kehle.

»Ganz ruhig«, sagte er zum Grabtänzer. »Zieh bloß keine Nummer ab. Wir haben an alles gedacht. Diesmal gibt es keine faulen Tricks.«
Alexandre Ste-Germain hatte beide Hände mit der Handfläche nach vorn ausgestreckt. Er hielt seine eigenen Leute zurück. »Ich kümmer' mich allein darum«, sagte er. »Ich werd' schon damit fertig.«
Die Türen glitten geräuschlos zu. Parker und Ste-Germain standen einander in der Fahrstuhlkabine gegenüber.
»Ich bin sicher, wir können eine Lösung finden. Eine Vereinbarung treffen«, sagte Ste-Germain sehr leise.
»Halt's Maul, mieser Pusher.«
Parker drückte auf Knopf 108, den Knopf für das oberste Stockwerk des Turms. Dort oben war die berühmte umlaufende Aussichtsplattform, wo gewöhnliche Sterbliche gegen Gebühr einen Blick auf New York, New Jersey, Connecticut, die ganze Megalopolis werfen konnten.
Auf der Anzeigetafel blitzten die Stockwerknummern auf. Die Fahrstuhltrosse wimmerten wie aneinanderreibende Stahlschienen. Isiah Parker paßte auf, bis die Nummern siebenunddreißig, achtunddreißig, neununddreißig erschienen. Dann drückte er kräftig auf die Nottaste. Der Fahrstuhl ruckte einmal und glitt langsam aus. Die Alarmklingel in der Kabine schrillte los, ein lauter Ton, der in den Ohren weh tat.
»Du hast gedacht, du hättest alles einkalkuliert«, sagte Parker. Seine Automatik-MP berührte Ste-Germains Brust. Er fühlte noch nicht viel, aber er hatte den Eindruck, daß er schwebte, endlich von der Welt abgenabelt war – in irgendeine Ferne.
»Anscheinend doch nicht.« Die Stimme des Grabtänzers war arrogant.
»Du hast die Konkurrenz ausgeschaltet. Die alten Bosse. Was sollte als nächstes kommen?«
Alexandre Ste-Germains Gesichtsausdruck blieb rätselhaft. Er hatte den kalten, distanzierten Blick eines Wolfs. Er schien ganz

in sich selbst versunken. »Ich habe schon vorher Polizisten wie Sie kennengelernt. Sehr oft«, sagte er endlich. »Sie wissen sehr wenig vom Leben, aber Sie *glauben,* Sie wüßten alles. Selbsttäuschung kann sehr gefährlich sein.«
Isiah Parker lächelte Ste-Germain an. »Ich habe noch was erfahren. Du hast meinen Bruder zehn Tage lang mit Stoff vollgepumpt. Ihn süchtig gemacht. Du hast mit meinem Bruder gespielt und ihn langsam vergiftet... Du hast ihn langsam ermordet, um eine von deinen Lektionen zu erteilen.«
Ste-Germain schüttelte den Kopf.
»In Ihrer Geschichte fehlen ein paar Einzelheiten ... Ihr Bruder *war* schon süchtig, ehe wir anfingen, mit ihm zu arbeiten. Wir waren natürlich jedesmal da, wenn er seinen Stoff brauchte. Er war zuletzt abwechselnd total überdreht und zutiefst deprimiert und äußerst gefährlich. Das hätten Sie sehen müssen. Aber Sie haben ja damals Kokain genommen. Eine ganze Menge Kokain, soweit ich weiß.«
Isiah Parker lehnte sich an die Kabinenwand. Er lächelte, diesmal ein bißchen traurig. *Er* hatte die erste Schwäche gezeigt. Alexandre Ste-Germain gewann scheinbar immer noch.
Das Notfalltelefon im Fahrstuhl begann zu klingeln. Das vertraute Bimmeln kam mit dem eigenen Echo.
Parker langte hinter seinen Kopf und nahm den Hörer aus der Halterung. »Ja? Fahrstuhlmann.«
»Wer ist da? Wer ist da oben?« klang es aus der Muschel. »Wer, zum Teufel, ist im Lift?«
»Alexandre Ste-Germain und ein Freund von ihm. Wir haben gerade eine kleine Besprechung.«
Isiah Parker hängte ein. Es war ihm sonderbar schummrig. Aber er würde nicht zulassen, daß er die Konzentration verlor. Er nahm den Hörer wieder ab.
»Keine Anrufe mehr«, sagte er zu Ste-Germain. »Wir lassen jetzt keine wichtigen Anrufe mehr für dich durchstellen.«
Parker zeigte mit der MP nach links. »Setz dich. Schön langsam an der Wand runterrutschen lassen. Wo kaufst du eigentlich dei-

ne Klamotten, Mann? Bei Barney's? Du bist der bestgekleidete Killer der Stadt.«

Parker konnte die heulenden Sirenen der Streifenwagen hören, die sich dem World Trade Center näherten und vor dem Haupteingang des Turms hielten. Sie machten ihm deutlich, wie denkwürdig und bizarr dieser Augenblick war.

»Wer weiß, vielleicht können sie dich hier rausholen«, sagte er sehr gelassen. »Vielleicht fällt ihnen was ein. Mach dir's also gemütlich und relax. Überlegen wir mal, wie es ausgehen wird. Rate mal. Du sollst doch so schlau sein.«

In der Fahrstuhlkabine kroch die Zeit unendlich langsam dahin. Eine halbe Stunde. Eine Stunde. Fast zwei. Alles nach Plan. Parker kannte diese Notsituationen aus dem Blickwinkel der Polizei. Er wußte, wie sie da unten reagierten. Das hatte er ebenfalls eingeplant.

Er und Ste-Germain waren schweißnaß. Man hatte die Klimaanlage des Fahrstuhls abgeschaltet, das war der erste kluge Schritt der New Yorker Polizei.

Für Parker war nun alles wie ein langsamer, schwebender Traum. Er hatte an Marcus gedacht und sich an einige gemeinsame Erlebnisse erinnert. Sie waren Helden des Viertels gewesen. Er dachte zurück an die Zeit, in der sein Bruder Champion gewesen war. Wenn man ganz oben war, glaubte man abzuheben und hatte das Gefühl, etwas Besonderes zu sein. Alle blickten zu Marcus auf und wußten, daß sie es auch schaffen konnten, aus Harlem rauszukommen. Ein Entkommen war möglich. Dann war der Traum zerstört worden – von diesem Mann vor ihm im Fahrstuhl. Unten in der Lobby standen mehrere Polizisten vor den Fahrstühlen, und oben im neununddreißigsten Stock warteten andere. Alle paar Augenblicke riefen sie etwas zu der haltenden Kabine hinauf oder hinunter. Sie baten, sie drohten. Parker antwortete ihnen kein einziges Mal.

Seine Augen fingen an zu brennen. Schweißperlen lösten sich von seinem Haaransatz und bildeten winzige Rinnsale. Er kam sich vor, als steckte sein Körper in einem warmen Tümpel.

Ste-Germains Leinenanzug hatte sich stumpfgrau gefärbt. Sein gewelltes blondes Haar klebte an seiner Stirn. Er war nicht mehr der unbesiegbare Grabtänzer. Aber er war immer noch ein Monster, und Parker fühlte, wie seine Haut kribbelte.
»Ich will dir sagen, was jetzt passiert«, sagte Parker. Seine Stimme blieb leise, bekam aber einen scharfen Unterton. »Dann werden wir quitt sein, du und ich hier in diesem Fahrstuhl.«
»Sie sind jetzt am Drücker, mein Freund.«
»Ja, das stimmt.«
Isiah Parker hob die schwarze Ingram mit der verdickten Mündung. Die dunklen Augen des Franzosen registrierten die kleinste Verwirrung. In seinem Kopf schienen Alarmsirenen loszugehen. Ste-Germain war zu dem Ergebnis gekommen, daß Parker nicht Selbstmord begehen wollte: Er war zu sehr Herr der Lage, um hier drin zu sterben. Der Beamte würde ihn also nicht hier im Lift erschießen. Was würde er tun? Was hatte er jetzt vor?
»Du hast dir noch *nichts* einfallen lassen, was«, flüsterte Parker.
»Sie scheinen sehr sicher zu sein.«
»Ja, das bin ich. Du glaubst immer noch, du kommst mit heiler Haut davon, mit deiner verfluchten Arroganz. Du glaubst, ich sitze hier selbst im Käfig. Kein Ausweg. Kein Entkommen für mich.«
Ste-Germain sagte nichts. Ein listiger Ausdruck blieb in seinem Gesicht. Er gewann immer. Irgendwie gewann er letzten Endes immer.
»Aber diesmal irrst du dich. Ich will nur, daß du ein bißchen leidest. Wie mein Bruder Marcus. So, wie du ihn im Edmonds Hotel leiden ließest.«
Isiah Parker hob die Maschinenpistole noch einen Zentimeter höher und lächelte. Mit der freien Hand holte er einen kleinen versiegelten Plastikbeutel mit einem feinen weißen Pulver aus der Tasche.
Ste-Germains Augen weiteten sich. Endlich begriff er.
»Ich wünschte nur, wir hätten mehr Zeit dafür«, sagte Parker. »Aber heutzutage hat man ja nie genug Zeit.«

Er holte ein Gasfeuerzeug heraus, ein gewöhnliches Wegwerffeuerzeug.
Er holte einen kleinen silbernen Löffel heraus.
Eine Injektionsspritze kam als nächstes.
Er hob die Ingram bis zu Ste-Germains Augen. »Zieh die Jacke aus. Mach's dir bequem.«
»Und wenn ich es nicht tue?«
»Dann geht es ganz schnell. Dann bleibt weniger Zeit für Rettungsversuche. Krempel den Ärmel hoch. Egal, welchen.«
Der Grabtänzer zog widerstrebend sein Sakko aus. Er nahm seine goldenen Manschettenknöpfe ab und krempelte einen Ärmel hoch. »Jetzt bereite dir deinen eigenen Cocktail.«
»Ich nehme das Zeug nicht. Ich habe noch nie Drogen genommen.«
Parker machte eine heftige Bewegung mit der Ingram. »Aber jetzt tust du es.«
Er sah zu, wie Alexandre Ste-Germain mit den Utensilien für den Trip hantierte. Ein vertrauter säuerlicher Geruch verbreitete sich in der kleinen Fahrstuhlkabine. Als die Spritze voll war, redete er wieder. Seine Stimme war leise und befehlend.
»Guter Stoff, in meinem Viertel sehr beliebt. Probier ihn, Grabtänzer. *Jetzt.* «
Ste-Germain hob die aufgezogene Spritze.
»Zuerst nur ein bißchen«, sagte Parker. »Dann unterhalten wir uns noch etwas. Du brauchst noch keine Angst zu haben. In meinem Viertel machen das zwölf- und dreizehnjährige Kinder.«
Ste-Germain führte die silbern glänzende Nadel langsam und sorgfältig in die Ader ein. Das überhebliche Lächeln hatte endlich angefangen zu verschwinden.
Sekunden später fiel sein Kopf nach hinten und ruckte dann wieder vor. Das berühmte Fixernicken. Seine Augäpfel verdrehten sich, so daß nur noch das Weiße zu sehen war. Er begann keuchend zu atmen.
Er wußte, daß er bereits eine Überdosis genommen hatte. In sei-

nen Augen stand die Angst. Er würde hier in der Fahrstuhlkabine einen Herzstillstand haben.
Isiah Parker blickte unverwandt auf Ste-Germains Gesicht. Was er sah, war sein Bruder. Das Edmonds Hotel. Vielleicht endlich einen Hauch von Gerechtigkeit.
Alexandre Ste-Germain verfiel in heftige Konvulsionen. Er konnte nicht mehr richtig atmen, aber er konnte Parkers Stimme hören. »Na, wie gefällt es dir, Pusher?«
Ste-Germain bekam einen Schlaganfall, während er dort an der Kabinenwand saß. Fünfundvierzig Sekunden später bekam er einen qualvollen zweiten Schlaganfall.
Parker starrte auf die kläglich zusammengesunkene Gestalt, deren Kopf nun in einem unmöglichen Winkel herunterhing. Alexandre Ste-Germain war tot, lag wie ein bemitleidenswerter Straßenjunkie mausetot im Lift.
Parker empfand keine Reue, nicht den leisesten Gewissensbiß. Er hatte getan, was getan werden mußte. Er hatte getan, was der Polizei erlaubt sein sollte.
Dann nahm ihn ein anderer Gedanke in Besitz: entkommen und überleben. Das wäre eine Leistung, nicht wahr.
Er zog den Notknopf heraus. Der Fahrstuhl vibrierte und erwachte wieder zum Leben. Die bernsteinfarbene Anzeige über der Tür blinkte wieder. Der Fahrstuhl schoß nach oben, setzte seine Fahrt fort, als ob nichts geschehen wäre. Einige Sekunden später drückte Parker wieder auf den Halteknopf. Der Fahrstuhl stoppte im fünfundvierzigsten Stock.
Isiah Parker sprang hinaus und warf die Ingram hin. Er rannte zu einem Notausgang mit dem Schild »Feuertreppe«. Während er nach unten lief, knöpfte er sein Sakko zu und schüttelte sich die Schweißtropfen vom Gesicht. Er wischte es mit dem Jackenärmel trocken. Er lief zum vierundvierzigsten Stock hinunter, zum dreiundvierzigsten, zum zweiundvierzigsten. Bloß keine Panik. Nur Beeilung, mahnte er sich.
Schließlich trat er vom Absatz der Feuertreppe in den Korridor des neununddreißigsten Stocks. Er versuchte, seinen rasenden

Puls zu beruhigen. Er sah Polizisten mit vorgehaltenen Schrotflinten und quäkenden Sprechfunkgeräten. Dann war in dem breiten Korridor auf einmal Stille. *Jetzt mußt du absolut cool sein*, sagte sich Parker. *Du bist auch Bulle.*

»Isiah Parker, 19. Revier«, sagte er zu dem Streifenpolizisten nächst der Feuertreppentür. Er machte ein Pokergesicht. »Was, zum Teufel, ist los?« fragte er.

Der Polizist starrte ihn an. Ein zweifelnder Ausdruck trat in seine ernsten blauen Augen. Er hielt seine Remington in Brusthöhe. Er zielte genau auf Parkers Magen.

Isiah Parker klappte seine Brieftasche auf und zeigte seine Marke. Er zwang sich zu lächeln und zuckte dann mit den Schultern.

»Keine Sorge. Was, zum Teufel, ist los? Wir haben gehört, wie der Lift wieder angefahren ist. Was ist passiert?«

Ein schwarzer Beamter, der sich den beiden genähert hatte, warf ein: »Ich kenne ihn. Es ist Parker. Hallo, Isiah.«

Endlich schüttelte der Streifenpolizist mit der Schrotflinte den Kopf. Er ließ die Waffe langsam sinken. »Das möchten wir auch gern wissen. Wo ist der Fahrstuhl? Wo ist Ste-Germain?«

Nun kamen andere Streifenpolizisten und Kriminalbeamte aus der Tür zur Feuertreppe und verteilten sich im Korridor. Isiah mischte sich unter sie, wurde ein Teil des allgemeinen Durcheinanders, trug zur Verwirrung bei. Sie hatten alle dieselbe Frage: Was war los? Wohin war der entführte Lift gefahren?

Parker blieb noch einige Minuten im neununddreißigsten Stock und ging dann die Feuertreppe weiter hinunter. Diesmal hatte er Gesellschaft von zwei anderen Beamten. Man hatte den Fahrstuhl im fünfundvierzigsten Stock gefunden. Der Grabtänzer lag tot in der Kabine.

Parker ging durch die Lobby des World Trade Center zum hellen Tageslicht, das draußen herrschte. Vor den beiden gewaltigen Türmen war ein unbeschreibliches Chaos – viel schlimmer als oben im fünfundvierzigsten Stock.

Die Polizei hatte überall Sperren errichtet. Auf dem Bürgersteig

standen Krankenwagen und rot und blau blitzende Streifenfahrzeuge. Hinter den von behelmten Polizisten bewachten blauen Barrikaden waren mehrere tausend Menschen versammelt.
Entkommen und überleben, dachte Parker. So wie nach dem Allure und nach dem Cin-Cin.
Er ging die Chambers Street, die ebenfalls mit knallblauen Sperren blockiert war, in nördlicher Richtung weiter. Er schritt an den Sperren vorbei und zeigte ein- oder zweimal seine Dienstmarke. Während er dann weiter nordwärts durch die Stadt ging, wünschte er, daß die Welt noch einfach sein möge. Er hatte nur eines gewollt: Marcus' Mörder finden und bestrafen. Ob in seiner Eigenschaft als Polizist oder als ein anderer, das spielte keine Rolle. Er hatte nur ein bißchen Gerechtigkeit gewollt.
Endlich war er in der Bowery, irgendwo bei der Grand Street und der Canal Street, wo es von Bettlern wimmelte. Von zitternden Pennern, die immer so aussahen, als hätten sie sich gerade in die Hose gemacht. Das schäbige Edmonds Hotel. Er stand auf dem Bürgersteig und dachte an Marcus, ihre gemeinsame Vergangenheit, all die Verheißung und Hoffnung, die ein wahnsinniger Pusher zerstört hatte.
Isiah Parker fühlte sich nicht mehr als Mörder. Mit dem, was er getan hatte, war keine Schuld verbunden. Er hatte den Grabtänzer dorthin geschickt, woher er gekommen war, in die Hölle.
Er ging weiter nach Norden, nach Haus. Er war schließlich ein Polizeibeamter, ein Hüter des Gesetzes. Der beste in Harlem. Es gefiel ihm immer noch.

Epilog

Ein letzter Tanz

Sarah McGinniss, New York

An einem Nachmittag in der letzten Aprilwoche ging Sarah wieder die vertraute blaue Klebstreifenlinie entlang, die Besucher durch das Labyrinth der Korridore im Erdgeschoß des New York Hospital leitete. Sie war nun fast neun Monate lang regelmäßig jeden Tag zum Krankenhaus gefahren. Sie kannte es wie ihre Handtasche. Und sie kannte die meisten Pfleger und eine Menge Schwestern und Ärzte und Linda, Laurie und Robin vom Geschenkartikelladen. Und fast alle kannten sie.

Der sechzehnte Stock, ihr Ziel, hatte einen fünfundzwanzig mal zwölf Meter großen grauen Balkon zum Hudson, von dem aus man die große alte Pepsi-Reklame und die Straßen von Brooklyn und Queens sehen konnte. Sie war nie in einer imposanteren und schöneren Klinik gewesen, aber das Gefühl hat man bei Krankenhäusern oft.

An diesem Frühlingsnachmittag ging Sarah sofort in Stefanovitchs Zimmer, das übrigens schon sein siebtes Zimmer hier war. Jedes Zimmer war in einem anderen Stockwerk des weitläufigen Komplexes gewesen.

Wie sie sich gedacht hatte, war Stef auf und erwartete sie. Seine Mutter und sein Vater, sein Bruder Nelson und Nelsons Frau Hallie waren schon in dem kleinen Raum versammelt.

»Das scheint eine gute Genesungsparty zu werden, nicht wahr?« sagte er, als er Sarah begrüßt hatte. Er hatte sein strahlendstes

Lächeln aufgesetzt und seine Augen leuchteten. Er hatte Ähnlichkeit mit einem Soldaten, der sich in einem Armeekrankenhaus von seiner Verwundung erholte.
Er blickte sich in dem sonnendurchfluteten Zimmer um. Er schien seine Besucher genau zu betrachten. Seine Augen funkelten vor Glück. Sarah wußte nicht, wie er es fertigbrachte – zumal heute.
Erst jetzt entdeckte sie Michael Petito, den großen Neurologen mit der Halbglatze, der Stef in den letzten Monaten praktisch jeden Tag untersucht oder sich wenigstens nach seinem Befinden erkundigt hatte. Es war *tatsächlich* neun Monate her, daß drei Killer in ihre Wohnung eingedrungen waren und versucht hatten, sie beide zu ermorden. Sie hatten Stef zweimal getroffen, in die Seite und ins Kreuz.
Zwei Tage nach dem Überfall hatte Dr. Petito sich zur Operation entschlossen. Stefanovitch war in einem sehr kritischen Zustand gewesen. Fünf oder sechs Angehörige waren von Pennsylvania nach New York gefahren. Man hatte nicht damit gerechnet, daß er durchkam.
Stefanovitch war auf der Intensivstation gewesen, als seine Eltern, Sarah und Dr. Petito ihn besucht hatten. »Es sieht gar nicht so schlecht aus«, hatte der Arzt ihm erklärt. »Ich hab' nach Footballspielen schon Schlimmeres hiergehabt.«
Stef hatte den saloppen Arzt sofort gemocht, vielleicht deshalb, weil Michael Petito auf den Straßen von New York aufgewachsen war und sich noch ein bißchen danach benahm. Oder vielleicht, weil er der Mannschaftsarzt der New York Giants war und sich auf Rücken- und Beinverletzungen spezialisiert hatte.
Er sagte Stefanovitch, daß er seinen Rücken noch einmal operieren wolle, daß die Kugeln ohnehin herausmüßten.
»Welche Chance habe ich?« hatte Stef gefragt. Er hatte mit jedem Wort ringen müssen.
»Ungefähr sechzig zu vierzig für Sie. Sagen wir fünfundfünfzig zu fünfundvierzig, daß Sie nicht an Armen und Beinen gelähmt bleiben.«

»Der andere Arzt sagte achtzig zu zwanzig, andersherum. Als sie mich letztes Mal so zusammengeschossen hatten.«
Petito zuckte die Achseln. »Meiner Ansicht nach zu konservativ. Der andere Arzt hat sich rückversichert, falls er bei dem Eingriff pfuschen würde. Ich werde nicht pfuschen, aber das sind die realen Aussichten. Sie sind nicht allzu erbaulich. Besonders nicht die Aussicht, gelähmt zu bleiben.«
Stefanovitch hatte sich einverstanden erklärt, die nötigen Papiere zu unterzeichnen. Er stimmte dem Eingriff zu, der dazu führen konnte, daß er vom Hals abwärts gelähmt blieb. Aber, wie Dr. Petito gesagt hatte, die Kugeln mußten sowieso raus.
Neun Monate später war er immer noch im New York Hospital. Die Schmerzen nach der Operation waren unerträglich gewesen, sie schienen tage- und wochenlang kein Ende zu nehmen. Petito hatte ihm gesagt, daß er nach der zweiten Rückenoperation entsetzliche Qualen durchmachen müßte.
Tag für Tag hatten sie ihn zur physiotherapeutischen Station geschoben, wo man dann schon geneigt war, eine Flasche Champagner aufzumachen, wenn er es nach vielen Versuchen einmal schaffte, seine Zeigefinger mit den anderen Fingern zu berühren oder mit dem großen Zeh zu wackeln. Wenn er nach den Übungen zu seinem Zimmer zurückgefahren wurde, war er jedesmal in Schweiß gebadet gewesen und hatte vor Schmerzen nicht mehr ein noch aus gewußt.
Er glaubte nicht, daß er all das noch einmal überstehen könnte. Sarah hatte ihn jeden Tag besucht, all die neun Monate. Sie hatte ihm Geschenke mitgebracht, sie hatte ihm komplette Dinners gebracht, aber vor allem Hoffnung.
»Sechzig zu vierzig für mich? Sind das die Chancen?« fragte John Stefanovitch nun.
Seine Stimme klang plötzlich dumpf und fern. Seine Familie und Dr. Petito standen an den beiden Fenstern des Krankenzimmers. »Ich dachte, ich hätte damals fünfundfünfzig zu fünfundvierzig gesagt«, antwortete Petito fest und blickte ihn unverwandt an.

»Ja, das taten Sie. Wissen Sie, ich fand mich heute morgen in der Physiotherapie nicht übel«, sagte Stefanovitch. »Aber jetzt fühle ich mich wie unter Drogen. Beine wie Gummi. Zuviel Adrenalin.«

»Hör zu, Sarah«, fuhr er lächelnd fort, aber seine Augen wirkten glasig und ohne Fokus. »Ich glaube, ich brauche jemanden, der mich motiviert. Würdest du... Warum stellst du dich nicht da drüben hin? Da neben die Tür?«

»Sei nicht so autoritär. Du brauchst nicht gleich den Tyrannen zu spielen, nur weil du ein bißchen krank gewesen bist«, sagte Isabelle Stefanovitch. Sarah hatte sie in den letzten Monaten gut kennengelernt. Sie konnte Stef antreiben und gleichzeitig die bewegendste Zuneigung für ihn zeigen.

»Dieses eine Mal werde ich mich herumkommandieren lassen«, sagte Sarah und lächelte, aber das Lächeln fühlte sich an wie eine Maske. Es fiel ihr schwer zu sprechen.

»Wenn du ihm den kleinen Finger gibst, nimmt er die ganze Hand«, sagte sein Bruder Nelson, der in der anderen Ecke des Zimmers stand. »Er ist schon immer so gewesen. Nur deshalb ist er an der Highschool Quarterback geworden. Nicht, weil er gut gespielt hat. Nicht, weil er so magere Arme hatte.«

Die Stimmung im Krankenzimmer war besser als noch vor wenigen Augenblicken. Selbst Dr. Petito lächelte über die verdrehten, aber erstaunlich wirksamen Verteidigungsmechanismen der Stefanovitch-Sippe.

»Ich stell' mich hier neben die Tür«, sagte Sarah, als ob sie eben selbst auf die Idee gekommen wäre.

»Wenn ich hinfalle, laß mich langsam los«, sagte Stefanovitch zwischen zwei tiefen Atemzügen. Er saß jetzt auf dem Bettrand. Seine Beine waren bereits belastet und hielten einem gewissen Druck stand. In seinem Kopf ging so vieles vor, daß er es kaum verkraften konnte. Plötzlich stieß er sich mit seiner typischen Sturheit vom Bett ab, als könnte er seine Familie nur auf diese Weise zum Schweigen bringen. »Ich liebe euch alle«, flüsterte er, als er die Bettkante losließ.

Stefanovitch machte den ersten Schritt seit über drei Jahren mit Hilfe einer bedrohlich wackelnden Gehhilfe aus Aluminium. In der Physiotherapie hatten sie erst kürzlich begonnen, ihn mit dem vierbeinigen Gestell vertraut zu machen. Er hatte das Gefühl, daß er damit aussah wie achtzig.
Er schob das Gebilde einen Schritt weiter, und der Schmerz zeichnete sich in seinem ganzen Gesicht ab. Er machte einen dritten zögernden Schritt. Der Schmerz und das Glücksgefühl waren etwas ausgewogener. Außer dem Scharren des metallenen Gehapparats war nichts zu hören. Sarah und seine Angehörigen hielten den Atem an. Dann streckte Stefanovitch einen Arm nach Sarah aus.

Sarah hätte nicht erklären oder beschreiben können, wie es war, ihn zu halten, ihn nach diesen an ein Wunder grenzenden Schritten in die Arme zu nehmen. Sie wußte nicht, wer von ihnen mehr zitterte. Sie war nicht sicher, wo sein Körper aufhörte und ihrer anfing. Sein Bruder und sein Vater hielten sich rechts von ihm, um zu helfen, falls er zu guter Letzt doch noch hinfallen sollte. Aber er fiel nicht hin. Er schwankte bedrohlich, aber er fiel nicht. *Er ließ sich nicht fallen.*
Wenn er noch Energie übriggehabt hätte, hätte er vor Freude geschrien. Statt dessen flüsterte er Sarah zu: »Ich würde gern schreien, aber ich kann nicht. Ich hab' nicht mehr die Kraft dazu.« Die Ärzte der physiotherapeutischen Station hatten ihm versprochen, daß er in sechs Monaten keine Schwierigkeiten mehr mit dem Gehapparat haben werde. In sechzehn bis achtzehn Monaten, sagte der leitende Oberarzt, werde er das Gestell nicht mehr brauchen und sich an einer Spezialkrücke aus Metall fortbewegen können, wenn auch nur humpelnd.
»In einem halben Jahr werde ich tanzen«, sagte Stefanovitch. Kein Gehapparat. Keine Krücke. Nichts. Er versprach es ihnen allen, besonders aber Sarah.

Isiah Parker,
Harlem,
einige
Monate später

Es war ein kalter Abend zu Anfang des neuen Jahres. Ein heftiger Wind trieb Schnee durch die Straßen, als Isiah Parker gegen halb neun das 19. Revier verließ. Er war damals selbst überrascht gewesen, wie energisch er seine Arbeit als Kriminalbeamter wiederaufgenommen hatte. Seit dem Tod seines Bruders packte er die ihm übertragenen Fälle zum erstenmal wieder mit Schwung und Hingabe an.

Er ging den Adam Clayton Powell Boulevard hinunter und empfand die Huperei des abendlichen Verkehrs als ausgesprochen angenehm. Viele von den Dingen, die er sah, ließen ihn an seine Jugend zurückdenken. Die erhöhten Hochbahngleise. Reklameschilder, auf denen die neuesten Haarpomaden und Evangelisten angepriesen wurden. Schäbige Leihhäuser. Männer, die sich an einem Feuer in einer Mülltonne wärmten.

Hinter den Eingangsstufen eines alten Hauses, nur wenige Türen vom Revier entfernt, trat jemand hervor. Parker hatte seinen Gedanken nachgehangen. Er hatte nicht achtgegeben.

»Umdrehen und keine überflüssige Bewegung«, hörte er.

Parker wandte sich langsam um und rechnete mit dem Schlimmsten.

Was er erblickte, hätte ihn nicht mehr verblüffen können.

Dort stand Stefanovitch, gestützt auf einen dicken Spazierstock. Der Spazierstock war in Pennsylvania handgeschnitzt worden.

»Passen Sie auf, sonst fallen Ihnen gleich die Augen aus dem Kopf«, sagte Stef zu Parker. »Noch nie einen weißen Mann in Harlem gesehen?«

»Es ist nur, weil ich nicht glauben kann, wie häßlich Sie auf zwei Beinen aussehen.«

»Sie haben ihn getötet, nicht wahr? Den Grabtänzer. Sie waren doch der Mann im World Trade Center?« sagte Stef. Dann lächelte er. »Ich habe den weiten Weg hierher gemacht, um Ihre gottverdammte Hand zu schütteln.«

Isiah Parker tat mehr. Er umarmte John Stefanovitch und drückte ihn fest an sich.

Die beiden Bullen standen auf dem dunklen verschneiten Bürgersteig in Harlem und grinsten.